Felicity Whitmore
Der Klang der verborgenen Räume

AF184987

Die Konzertpianistin Nina Altmann, 24, befindet sich in einer Krise. Sie hat sich auf ein Verhältnis mit dem Mann ihrer Mentorin eingelassen, und seither verkrampfen sich ihre Finger beim Anblick eines Klaviers. Da erhält sie die Nachricht, dass sie ein Anwesen in den Cotswolds geerbt hat. Doch mit diesem Erbe ist ein Auftrag verbunden: Nina soll die Unschuld ihrer Vorfahrin Anna Stone beweisen, die des Mordes an vier Menschen angeklagt und 1858 hingerichtet wurde. Eine willkommene Ablenkung, und nur zu gern macht sich Nina auf den Weg nach Stone Abbey, das sich als wildromantischer Landsitz im Herzen Englands entpuppt. Seit Nina weiß, dass Anna ebenfalls Pianistin war, spürt sie eine enge Verbindung zu ihr.

Eine geheime Partitur ist es schließlich, die Nina hilft, Annas wahre Geschichte zu enthüllen. Sie stößt auf eine große Liebe, Leidenschaft, Intrigen und Verrat. Und auf die einflussreiche Familie Lubrell, die mit aller Macht verhindern will, dass die Wahrheit ans Licht kommt.

Felicity Whitmore hat vier große Leidenschaften: England, ihre Hunde und Katzen, das Theater und das Schreiben. Seit 2011 leitet sie zusammen mit ihrem Mann ein freies Theater in Hagen, wo sie als Dramaturgin, Regisseurin und Schauspielerin arbeitet. Sie reist regelmäßig nach England und schreibt, wann immer sie Zeit dafür findet. In ihren Bestsellerromanen beschäftigt sie sich am liebsten mit den Geheimnissen alter Häuser. Mehr Informationen finden Sie auf www.felicitywhitmore.de.

FELICITY WHITMORE

DER *Klang* DER VERBORGENEN *Räume*

ROMAN

dtv

Von Felicity Whitmore
sind bei dtv außerdem erschienen:
Das Herrenhaus im Moor
Die vergessenen Stimmen Chastle House
Der Faden der Vergangenheit.
Die Frauen von Hampton Hall, Band 1
Die Straße der Hoffnung.
Die Frauen von Hampton Hall, Band 2
Das Geheimnis der verborgenen Bibliothek
Der wilde Garten am Helford River

Ungekürzte Ausgabe 2019
3. Auflage 2023
© 2017 dtv Verlagsgesellschaft mbH & Co. KG, München
Umschlaggestaltung: Isabella Grill/dtv
unter Verwendung von Fotos von Getty Images
Satz: C.H.Beck.Media.Solutions, Nördlingen
Gesetzt aus der Aldus 9,5/13˙
Druck und Bindung: Druckerei C.H.Beck, Nördlingen
Printed in Germany · ISBN 978-3-423-21791-0

Für Dario

Prolog

Sein dunkles Haar schimmerte im Glanz der zahlreichen Kerzen, während er sich den Weg durch ein wogendes Meer aus kostbaren Stoffen und Edelsteinen bahnte. Er sog den Duft teurer Parfums ein, der sich mit dem Geruch von Schweiß und Zigarrenrauch vermischte. Vor dem großen Kamin, der in dieser warmen Mainacht wohl nicht zum Einsatz kommen würde, saßen die Musiker des Tanzorchesters. Sie spielten gegen das Stimmengewirr aufgeregter Debütantinnen an, die sich Luft zufächelten und die Köpfe zusammensteckten. Beobachtet von ihren Müttern, die jeden Tanz und jedes Gespräch ihrer Töchter genau verfolgten.

Er spürte die Blicke der Frauen, während er durch den Saal schritt. Es hatte eine Zeit gegeben, da war er einer der begehrtesten Junggesellen Londons gewesen und hatte sich vor Einladungen kaum retten können. Nach seiner Hochzeit war es ruhiger geworden, aber das störte ihn keineswegs. Er wusste, dass die Damen ihn immer noch äußerst attraktiv fanden, und genoss einen kleinen Flirt oder eine diskrete Unschicklichkeit, wenn sich die eine oder andere Dame der Gesellschaft gelegentlich dazu hinreißen ließ.

Momentan war er allerdings nicht auf der Suche nach Zerstreuung, sondern nach Sir George Gilbert Scott, dem er den Auftrag für sein Bauprojekt in Wales übertragen hatte.

Das war das Angenehme an der Londoner Ballsaison. Aufwendige Reisen erübrigten sich, denn ein paar Wochen lang waren die wichtigsten Mitglieder der Gesellschaft in London versammelt. In dieser Zeit wurden die besten Geschäfte abgeschlossen.

Allmählich begannen die täglichen Bälle ihn unendlich zu langweilen, aber so erging es ihm jedes Jahr, wenn er zur Saison in London war. An den ersten Abenden machte es ihm noch Spaß, alte Bekannte und Freunde wiederzusehen, neue Kontakte zu knüpfen und mit den Damen zu flirten. Nach wenigen Tagen jedoch wiederholte sich alles. Es waren immer die gleichen Gesichter, denen er begegnete, nur die Häuser, in denen die Bälle stattfanden, unterschieden sich.

Es wurde Zeit, London wieder zu verlassen, doch zuvor hatte er noch ein paar wichtige Gespräche zu führen.

Im Vorübergehen nickte er den Damen zu und begrüßte ein paar Freunde und Geschäftspartner. Es konnte für ihn zurzeit nicht besser laufen: Er befand sich auf dem Höhepunkt seiner Karriere, er hatte Erfolg bei all seinen Unternehmungen und endlich Kontakte zum Königshaus knüpfen können.

Er verließ den Ballsaal, stieg eine Treppe hinauf und betrat die lange Galerie, die zu verschiedenen kleineren Räumen führte. Gerade war er im Begriff, in den Garten zu gehen, um dort nach dem Architekten zu suchen, als er fasziniert stehen blieb.

Aus einem der Zimmer erklang eine Melodie, die ihn auf sonderbare Weise berührte. Jemand spielte Klavier. Obwohl die Tür zu dem Zimmer geschlossen war, konnte er den Zorn spüren, den der Pianist in sein Spiel legte. Die Töne wurden hart angeschlagen, fast auseinandergenommen, und zugleich lagen viel Gefühl, Verletztheit und eine gewisse Zärtlichkeit darin.

Neugierig geworden öffnete er vorsichtig die Tür. Als sein Blick auf den Flügel fiel, stutzte er. Er wusste nicht genau, warum er davon ausgegangen war, einen Mann am Klavier vorzufinden. Vielleicht weil das Spiel so aggressiv geklungen hatte.

Doch die junge Frau, die am Flügel saß, wirkte alles andere als männlich. Sein Blick glitt über die wohlgeformten Schultern, den langen Hals und das üppige Dekolleté. Eine blonde Strähne hatte sich aus ihrem Haarknoten gelöst.

Sie war vollkommen in ihr Klavierspiel versunken. Ihre Augen waren geschlossen, der Mund war leicht geöffnet, und ihre Gesichtszüge wirkten völlig entspannt. Dabei strahlte sie eine Leichtigkeit aus, die in starkem Gegensatz zu ihrem zornigen Spiel stand. Ihre Finger flogen über die Tasten und entlockten dem Instrument virtuose Tonfolgen.

Er konnte seine Augen nicht von ihr abwenden. Erst als der letzte Ton verklungen war, sah sie auf, und ihre Blicke trafen sich. Einen Moment lang weiteten sich ihre Augen, die ihm vollkommener erschienen als die Smaragde in einem der zahlreichen Colliers seiner Ehefrau.

»Was haben Sie gespielt?« Er konnte nicht länger warten, musste ihre Stimme hören.

Sie lächelte nachdenklich und zuckte die Schultern. Alles an ihr war perfekt. Die helle reine Haut, der weibliche Körper, die schmale Taille.

Sie strich sich die Haarsträhne zurück und stand auf.

»Ich weiß es nicht genau. Wahrscheinlich mich selbst.« Ihre Stimme war genauso kräftig wie ihre Erscheinung. Sie hatte einen leichten, vermutlich deutschen Akzent.

»Sich selbst?«

Sie nickte.

Er trat näher an sie heran. Der Abstand zwischen ihnen war gerade noch so groß, dass es nicht anstößig war. Und doch war er ihr nah genug, um den zarten Duft von Seife und Maiglöckchen wahrzunehmen. »Und wer sind Sie?«

Sie lachte und warf ihren Kopf zurück. »Sie haben mir zugehört. Sie müssten es also wissen.«

»Ich habe so viel gehört, dass es mich verwirrt.«

»Natürlich.« Die Haarsträhne hing ihr wieder ins Gesicht. Achtlos steckte sie sie hinters Ohr. »Mein Klavierspiel ist ehrlich. Ich drücke meine Gefühle darin aus. Damit können Sie als Engländer nicht umgehen. Ich bin erst seit wenigen Wochen in Ihrem Land, aber eines habe ich seitdem gelernt: Gefühle zu zeigen, gehört nicht zu den Stärken der Engländer.«

Jetzt musste er lachen. Keine englische Dame würde ihre Gedanken so unverblümt äußern.

»Nein. Gefühle zu zeigen, ist gefährlich.«

Sie sah ihn nachdenklich an, und ihre grünen Augen erforschten sein Inneres. »Ich bin mir nicht sicher, ob es nicht gefährlicher ist, es nicht zu tun.«

»Ich habe Zorn und Wut gehört. Sind Sie etwa zornig?«

»Oh ja.« Die Gelassenheit, die sie gerade noch gezeigt hatte, war mit einem Mal verschwunden. Die zarten Finger, die eben noch über die Tasten geglitten waren, ballten sich zu Fäusten. »Ich war noch nie in meinem Leben so zornig!«

Sie setzte zum Kampf gegen einen unsichtbaren Gegner an, und ihre Hände fuchtelten wild in der Luft herum. Er wich ihnen geschickt aus und musste wieder lachen. Das schien ihre Wut jedoch zusätzlich anzufachen.

»Sie haben kein Recht, über mich zu lachen.« Sie neigte ihren Kopf zur Seite. »Sie wissen doch überhaupt nicht, was mich so wütend gemacht hat.«

»Sagen Sie es mir«, schlug er vor.

Sie starrte ihn kampflustig an. »Nein.«

»Dann dürfen Sie mir auch nicht böse sein, wenn ich amüsiert bin.«

Sie stand jetzt ganz dicht vor ihm. Hatte er jemals einen so vollkommenen Duft von Maiglöckchen gerochen? Winzige schwarze Sprenkel mischten sich in das leuchtende Grün ihrer Augen. Sie hielt seinem Blick stand, schlug die Augen nicht nieder, wie er es bei einer Engländerin erwartet hätte.

»Wovor haben Sie Angst?«

Einen Moment lang schien sie verwirrt. »Was meinen Sie?«

»Sie sind verletzt worden. Das haben Sie mir alles durch Ihr Klavierspiel verraten.«

»Sie haben mich belauscht. Es war nicht für Ihre Ohren bestimmt.«

Sie wandte sich ab. Mit zwei Schritten war er bei ihr, packte sie am Arm und drehte sie zu sich. Ihre Augen funkelten zornig. Ihr Gesicht war ganz nah an seinem.

»Ja, das stimmt«, sagte er leise. »Doch ich bereue es nicht, denn ich habe nie zuvor jemanden so eindringlich spielen hören wie Sie. Niemals hat mich eine Melodie so sehr berührt wie vorhin.«

Sie öffnete ihren Mund, als wollte sie etwas erwidern, schloss ihn dann aber wieder. Ihre vollen, geschwungenen Lippen schimmerten seidig.

Er wusste hinterher nicht, wie es gekommen war, ob sie sich ihm genähert hatte oder er sich ihr. Plötzlich trafen sich ihre Lippen, und es war, als beträte er eine Welt, die er zuvor nicht gekannt hatte. Er hatte schon viele Frauen geküsst, aber nichts war mit diesem Kuss vergleichbar.

Ihre Lippen waren weich und warm, sie drängten sich ihm erwartungsvoll entgegen. Dieser Kuss schmeckte nach der Virtuosität ihres Spiels, nach dem Klang der Töne, die eben noch den Raum erfüllt hatten. Er verlor jegliche Orientierung und wusste hinterher auch nicht, wie lange sie sich geküsst hatten, ob es Sekunden oder Minuten gewesen waren.

Irgendwann waren Schritte auf der Galerie zu hören und jemand lachte. In diesem Moment löste sie sich von ihm und lief zur Tür. Dort drehte sie sich noch einmal um und schenkte ihm ein flüchtiges Lächeln. Dann war sie aus seinem Leben verschwunden.

Kapitel 1

Stone Abbey, Oktober 2015

*D*er Weg wurde immer mühsamer. Eigentlich müsste das Haus längst zu sehen sein. Stattdessen wurde der Wald dichter und dichter. Ninas Jeans verfing sich alle paar Meter im Dornengestrüpp. Zweimal war sie bereits über eine Wurzel am Boden gestolpert. Die schwarze Tasche rutschte ihr von der Schulter.

Nina blieb stehen und sah sich um. Nichts erinnerte daran, dass hier einmal ein gepflegter Park gewesen war. Der Weg, den sie eingeschlagen hatte, war bestenfalls als Trampelpfad zu bezeichnen.

Nina sog den Duft von Holz, Tannennadeln, Pilzen und feuchter Erde ein. Sie legte den Kopf in den Nacken und sah in das tiefe Blau des Himmels, das über den Baumwipfeln aufleuchtete. Das Wetter hätte nicht besser sein können. Dazu die sanften Hügel der Cotswolds, die Dörfer mit ihren Sandsteinhäusern, die Bäche mit den kleinen Brücken, die Nina vom Zug aus gesehen hatte.

Sie riss sich vom Anblick des Himmels los und runzelte die Stirn, während sie sich langsam weiterkämpfte. Der Pfad schien ins Nirgendwo zu führen.

Doch gerade als sie beschlossen hatte, umzukehren und nach einem besseren Weg zu suchen, endete der Wald. Vor ihr lagen weite Wiesen, die sich bis in ein Tal hinunter erstreckten. Und in diesem Tal lag ein viereckiges Gebäude aus dem typischen Cotswolds-Sandstein. Nina hielt einen Moment lang den Atem an. Das also war Stone Abbey.

Dieses Haus sollte mitsamt seinen Geheimnissen nun ihr gehören. Nina musste unwillkürlich lachen, obwohl sie sich nicht erinnern konnte, jemals so verzweifelt gewesen zu sein.

Und plötzlich erschien ihr alles vollkommen unwirklich. In den letzten Wochen waren die Ereignisse wie hohe Wellen über ihr zusammengeschlagen. Zuerst diese schreckliche, verhängnisvolle Nacht in Madrid, in der sie sich von Johannes' Charme hatte blenden lassen. Wie hatte sie nur so schwach und so gemein sein können, mit dem Mann ihrer besten Freundin ins Bett zu steigen?

Danach war sie überstürzt aus Madrid abgereist, und bei ihrer Ankunft zu Hause in Dortmund hatte sie die Nachricht des Anwalts erwartet. Nina war noch so durcheinander gewesen, dass sie gar nicht richtig zugehört hatte. Erst zwei Tage später, als die Dokumente schließlich vor ihr lagen, hatte sie langsam begriffen, was der Rechtsanwalt ihr zu erklären versuchte. Sie hatte ein Haus in England geerbt, von ihrer Urgroßtante Ernestine.

Nina ließ die Tasche von der Schulter gleiten und tastete nach dem Brief, den ihr ein Angestellter der Kanzlei überreicht hatte. Nina rieb sich mit den Fingerspitzen über die Augen und schüttelte den Kopf, als sie auf die zittrige Handschrift der alten Frau blickte. Sie konnte es immer noch nicht glauben. Nach all den Jahren, in denen sie sich ständig gefragt hatte, ob sie jemals Antworten auf ihre Fragen finden würde, fiel ihr ihre Familiengeschichte quasi in den Schoß. Sie strich das fliederfarbene Papier glatt und las den Inhalt, den sie bereits auswendig kannte:

Liebe Nina,

ich bin froh, dass mein Anwalt herausgefunden hat, dass ich eine Urgroßnichte in Deutschland habe. Nun ist es also so weit. Wenn Du diesen Brief liest, werde ich Stone Abbey für immer verlassen haben. Ich bemühe mich, ohne Wehmut und in Dankbarkeit Lebewohl zu sagen. Wer hat schon das Glück, sein Leben lang im selben Haus leben zu dürfen? Ich bin hier geboren und werde hier auch sterben.

Stone Abbey wird nun Dir gehören. Meine Großmutter Abigail hat in ihrem Testament bestimmt, dass das Anwesen nur an weibliche Nachkommen vererbt werden darf. Ich hoffe, dass Du Dir der Verantwortung für dieses Haus und seine Geschichte immer bewusst sein wirst. Doch mit Stone Abbey vererbe ich Dir noch etwas anderes.

Es ist ein wohlgehütetes Geheimnis, das mich, meine Mutter und besonders meine Großmutter schwer belastet hat. Die Ereignisse liegen mittlerweile weit zurück, und doch reichen ihre Schatten bis in die Gegenwart. Damals soll meine Urgroßmutter, Anna Stone, große Schuld auf sich geladen haben. Angeblich war sie eine Mörderin, psychisch gestört und gefährlich. Meine Großmutter Abigail, Anna Stones Tochter, kannte die ganze Geschichte. Leider ist sie gestorben, als ich noch sehr klein war. Meine Mutter erzählte mir später, Abigail sei davon überzeugt gewesen, dass man ihrer Mutter Anna Stone großes Unrecht getan habe. Aber meine Mutter hat nicht gern darüber gesprochen. Ich habe bis heute den Verdacht, dass sie ebenfalls unter einer psychischen Störung gelitten hat. Auch ich selbst habe mein Leben lang Zweifel mit mir herumgetragen. Was genau hat man meiner Urgroßmutter vorgeworfen, und ist sie tatsächlich ungerecht behandelt worden? Oder war sie wirklich die wahnsinnige Mörderin, von der in Stone nur ungern gesprochen wurde? Der Name Anna Stone wurde hier nur geflüstert.

Ich hatte mir vorgenommen, Annas Geschichte auf den Grund zu gehen, aber es ist aus verschiedenen Gründen, die ich nun zutiefst bedaure, niemals dazu gekommen.

Nina, wir haben uns leider nie persönlich kennengelernt. Meine Bitte erscheint Dir vermutlich sonderbar, und doch wage ich, sie zu formulieren: Hole das nach, was ich nicht geschafft habe. Versuche, Annas Geschichte zu ergründen, damit sie, ihre Tochter Abigail, meine Mutter und auch ich in Frieden ruhen können. Die Türen von Stone Abbey stehen Dir offen. Das Haus gehört nun Dir.

In Liebe
Ernestine

Nina ließ den Brief sinken. Was genau hatte Anna Stone getan, dass es die Familie über Generationen hinweg belastete? Seit Jahren hatte sie sich immer wieder gewünscht, sie hätte ihrer Mutter all die Fragen über ihre Familie stellen können, die ihr zu spät eingefallen waren. Nina war mit acht Jahren zur Halbwaise geworden, und erst Jahre später war ihr bewusst geworden, wie wenig sie über ihre eigenen Wurzeln wusste.

Ninas Vater hatte ihr nichts über die Familie seiner Frau sagen können. Als er kurz nach dem Tod von Ninas Mutter erneut geheiratet hatte, schickte er seine Tochter auf ein Internat und bald darauf aufs Konservatorium. Heute hatte Nina kaum noch Kontakt zu ihm. Auf der Musikhochschule in Wien hatte sie Mareike kennengelernt, die bald zu einer zweiten Mutter für sie wurde.

Nina seufzte und zwang sich, nicht an Mareike und Johannes zu denken. Stattdessen ließ sie ihren Blick über das Anwesen im Tal wandern.

Das Haus war riesig. Eigentlich wirkte es eher wie ein Schloss. Doch selbst von hier oben konnte Nina den Verfall deutlich erkennen. Die Fensterläden hingen schief in den Angeln, die ursprünglich weiße Farbe der Fensterrahmen war an vielen Stellen abgeblättert oder dunkel verfärbt. Efeu rankte sich an der Hauswand empor und hatte eines der Fenster im ersten Stock fast gänzlich überwuchert.

Nina ließ sich erschöpft in das kniehohe Gras fallen und streckte die Beine aus. Es kam ihr vor, als hätte man dieses Gebäude vor Jahrhunderten dort abgestellt und dann vollkommen vergessen.

Kein Rauch stieg aus den Kaminen auf, kein Fenster stand zum Lüften offen und niemand arbeitete im Garten.

»Als wäre das Haus aus einem Märchen gefallen«, murmelte Nina.

Sie blieb eine Weile im Gras sitzen und sah auf das Gebäude hinunter. Was würde sie hinter diesen Türen erwarten? Würde sie hier endlich mehr über ihre Familie erfahren? Die hohen Gräser bewegten sich sanft im Wind, Margeriten und Rosen leuchteten dazwischen auf. Sie spürte die Oktobersonne auf ihrer Haut und lauschte dem perfekten Klang der Natur, den kein Komponist besser hätte erschaffen können. Die Vögel sangen, und der Wind ließ die Blätter rauschen.

Nina stand auf und griff nach ihrer Tasche. Gut, dass sie es bald geschafft hatte, lange würde sie dieses Gewicht nicht mehr herumschleppen können. Sie hatte vom Bahnhof aus ein Taxi genommen und sich an der verfallenen West-Lodge von Stone Abbey absetzen lassen. Sie hatte nicht damit gerechnet, dass sie der Weg von dort aus noch so lange durch die Wildnis führen würde.

Nina ging den Hügel hinunter und über die ungepflegte Rasenfläche seitlich auf das Haus zu. Rechts von ihr schlängelte sich die zugewachsene Straße zum Haupteingang. Nina konnte den ehemaligen Glanz der Auffahrt erahnen, die früher einmal breit und stattlich gewesen sein musste. Jetzt hatten sich Moos, Disteln und anderes Unkraut darauf angesiedelt. Vor dem Haus standen rechts und links zwei große Vasen aus hellem Stein, die stark verwittert und am Sockel bereits beschädigt waren.

Je weiter Nina sich dem Gebäude näherte, umso mehr marode Stellen erkannte sie. Einige Ziegel waren aus der Hauswand gebrochen, eine Fensterscheibe war herausgefallen und durch ein Stück Pappe ersetzt worden.

Nina ging um das Haus herum. Als sie die Südseite erreicht hatte, blieb sie stehen. Die Fassade wurde von einem mächtigen Säulengang dominiert. Auf Höhe der ersten Etage gab es einen Vorsprung, auf dem Bäume und Sträucher wuchsen. An den Eckpavillons, die das Gebäude flankierten, wucherte Efeu.

Nina fiel der kurze Wikipedia-Eintrag ein, den sie über das Haus gefunden hatte:

Stone Abbey ist ein denkmalgeschütztes Landhaus in der Nähe von Broadway, England. Es liegt in den Cotswolds und befindet sich seit 1723 im Besitz der Familie Stone. Erbaut wurde es zwischen 1698 und 1702 von Colonel Grafford. Er verkaufte es 1723 an die Familie Stone, der es seinen heutigen Namen verdankt. Das Gebäude wurde als Wohnhaus errichtet und hat nie als Kloster fungiert. Der Name »Abbey« geht auf das Mittelalter zurück, als auf dem Gelände ein Kapuzinerkloster stand.

Schade, dachte Nina. Ein ehemaliges Kloster wäre wirklich spannend gewesen. Sie stellte sich vor, wie Mönche hier auf den Feldern gearbeitet hatten und die Wege entlanggelaufen waren. Hatte die Landschaft damals ähnlich ausgesehen? Heute, viele Jahrhunderte später, drängte sich von beiden Seiten der Wald heran. Kaum vorstellbar, dass hier einmal Kutschen gefahren waren.

Als Nina dicht vor dem Haus stand, stutzte sie. Sie hatte ein imposantes Portal erwartet. Doch es gab nur eine unscheinbare Tür, die wie ein Dienstboteneingang wirkte. Sie suchte nach dem Schlüsselbund, den der Anwalt ihr gegeben hatte, und probierte einen Schlüssel nach dem anderen.

Der vorletzte passte. Er war altmodisch und schwer. Die Tür ließ sich problemlos öffnen.

Nina betrat eine niedrige dunkle Eingangshalle, die eher an einen Kellerraum erinnerte als an den Empfangsraum eines herrschaftlichen Hauses. Hinter ihr fiel die Tür ins Schloss. Sie wartete einen Moment, bis sich ihre Augen an das dämmrige Licht gewöhnt hatten. Es roch nach altem Holz, feuchten Tapeten, Büchern und Rauch.

Sie tastete sich durch den Raum und stand schon bald vor einer weiteren Tür. Nina betrat vorsichtig ein Treppenhaus. Breite, flache Stufen führten nach oben. Die aufwendigen Schnitzereien in dem dunklen Holz des Geländers deuteten auf den vergangenen Glanz des Gebäudes hin. Heute war der Läufer, der auf den Stufen lag, zerschlissen und fadenscheinig.

Unwillkürlich hielt sie den Atem an. Doch hier war niemand, den sie stören konnte. Die letzte Bewohnerin des Hauses war seit Wochen tot.

Trotzdem hatte sie das Gefühl, ein Eindringling zu sein. Sie spürte deutlich ihren Herzschlag, während sie in das Haus hineinlauschte. Durch die schmutzigen Fenster auf dem Treppenabsatz über Ninas Kopf kämpften sich Sonnenstrahlen. Staubkörnchen tanzten im Licht. Nina drehte sich einmal um sich selbst. Am Fuß der Treppe lief ein Flur entlang. Aus der einen Richtung war sie gekommen. Dort lag die niedrige Eingangshalle. Auf der anderen Seite gingen verschiedene Türen ab. Nina stellte ihre Reisetasche auf der untersten Treppenstufe ab und ging dann auf eine der Türen zu.

Sie widerstand dem Drang anzuklopfen und drehte den Türknauf. Ein Knarren begleitete das Öffnen der Tür. Nina trat langsam in den Raum, als wollte sie die Geister nicht stören, die sich hier niedergelassen hatten.

Das Zimmer schien bewohnt. Ein altmodischer Röhrenfernseher stand auf einem niedrigen Eichentischchen. Ninas Blick wanderte zu dem Sessel davor. Er war mit Spitzendeckchen behängt. An der Wand stand eine große Vitrine, die Teller, Tassen und verschiedene Spieluhren enthielt. An der gegenüberliegenden Wand hingen einige Fotografien.

Die Luft roch nach einem schweren Parfum, das wohl von der letzten Bewohnerin des Anwesens regelmäßig hier versprüht worden war. Fernsehzeitschriften lagen überall herum.

Nina durchquerte den Raum und betrat ein angrenzendes Schlafzimmer. Das Bett hatte sicher schon bessere Zeiten erlebt. Der Schrank war vollgestopft mit Kleidern, und das Parfum war hier noch deutlicher wahrzunehmen als nebenan.

Auf dem Nachttisch standen ein Glas, eine leere Blumenvase und ein Stapel Bücher, die darauf warteten, gelesen zu werden. Nina fuhr mit dem Finger über die Buchrücken. Es waren zwei Kriminalromane von Agatha Christie, *Sturmhöhe* von Emily Brontë und zwei Sammelbände mit Liebesgeschichten. Auf dem Kaminsims lagen Briefe und Postwurfsendungen.

Das hier mussten die Zimmer gewesen sein, in denen Ninas

Urgroßtante Ernestine bis zu ihrem Tod gelebt hatte. Eine gute Wahl für eine Hundertzweijährige, die keine Treppen mehr steigen konnte. Auch wenn es bestimmt noch schönere Zimmer auf dem Anwesen gab. Nun waren Ernestines Räume verwaist.

Nina fröstelte. Es war ein eigenartiges Gefühl, durch die Überreste eines gelebten Lebens zu wandern.

Sie zog die Tür hinter sich zu, um sich die restlichen Zimmer des Gebäudes anzusehen, deren Bewohner schon länger tot waren. Eine innere Unruhe hatte sie befallen, seit sie von Anna Stone wusste. Sie wollte herausfinden, was es mit dieser Geschichte auf sich hatte. Schließlich floss das Blut ihrer Ahnin auch in Ninas Adern.

Sie sah an der Eichenholztreppe hoch, die in die oberen Stockwerke führte. Was würde sie dort erwarten? Würde sie vielleicht Hinweise finden, wie sie sich Annas Geheimnis nähern konnte?

Nina stieg die breiten Stufen hinauf und betrachtete im Vorbeigehen die Pferdegemälde an den Wänden. Als sie die erste Etage erreicht hatte, blieb sie stehen und schaute sich zögernd um. Dann betrat sie den Raum, der ihr direkt gegenüberlag. Wieder umgab sie Dämmerlicht. Es roch muffig. Als sie sich nach rechts wandte, schrie sie auf.

Zwei leuchtende Augen starrten sie aus dem Dunkel an. Nina wich zurück und stieß gegen etwas Hartes. Instinktiv drehte sie sich um. Mehrere Augenpaare waren auf sie gerichtet.

Sie zwang sich durchzuatmen. Vorsichtig tastete sie nach ihrem Smartphone und schaltete mit zitternden Fingern die Taschenlampenfunktion ein. Das Licht spiegelte sich in einer Scheibe direkt vor ihr. Es waren ausgestopfte Tiere in einer Vitrine! Nina atmete auf. Sie musste sich zusammenreißen.

Langsam tastete sie sich weiter in den Raum hinein. Das

Geräusch ihrer Schritte hallte von den Wänden wider. Nina kämpfte sich durch die dicht beieinanderstehenden Möbel und Glaskästen. Endlich stieß der Strahl ihrer Taschenlampe auf gelbe Vorhänge. Sie zog den zerschlissenen Stoff zurück, und Licht strömte in den Raum. Sofort fühlte sie sich wohler. Sie musste wirklich souveräner werden. Gut, dass sie allein war und niemand sah, dass sie sich in der Dunkelheit wie ein schreckhaftes Kätzchen benahm.

»Oh mein Gott.« Nina schaute sich um. Der Raum war viel größer, als sie zunächst gedacht hatte. Vermutlich hatte er einmal als Ballsaal gedient. Jetzt allerdings war er mit Möbeln vollgestellt. In der Mitte erkannte sie einen wuchtigen Billardtisch. Und daneben stand ein Flügel. Er musste schon alt sein, bestimmt aus dem vorletzten Jahrhundert.

Normalerweise hätte Nina gleich angefangen, den Flügel zu spielen. Aber jetzt schob sie den Gedanken schnell beiseite. Sie konnte nicht mehr Klavier spielen. Seit dieser schrecklichen Affäre mit Johannes weigerten sich ihre Hände zu funktionieren. Sobald sie auch nur in die Nähe eines Klaviers kam, verkrampften sich ihre Finger so sehr, dass es unmöglich war, auch nur eine Taste anzuschlagen. Und dabei war gerade alles so gut für sie gelaufen. Seit Jahren hatte Nina darauf hingearbeitet, in Warschau beim Chopin-Wettbewerb antreten zu dürfen. Und dieses Jahr hatte sie es endlich geschafft und war als Kandidatin ausgewählt worden. Mareike war so stolz auf sie gewesen.

Doch dann hatte Nina diesen unverzeihlichen Fehler begangen und ihre gesamte Karriere damit aufs Spiel gesetzt. Nach Warschau war sie nicht gefahren, und sie fragte sich, ob sie überhaupt jemals wieder in der Lage sein würde, Klavier zu spielen.

Nina atmete tief ein, um die Panik zu vertreiben. Sie ließ ihren Blick durch den Raum schweifen. Diese Erbschaft war ein Segen und hätte zu keinem besseren Zeitpunkt kommen können. Sie hatte Ernestines Bitte, Annas Geschichte nachzugehen, nur zu gern zum Vorwand genommen, um ihr altes Leben für eine Weile hinter sich zu lassen. Vielleicht konnte sie das Familiengeheimnis lüften und damit zumindest eine Zeit lang ihren eigenen Sorgen und Problemen aus dem Weg gehen.

Vorsichtig ging sie ein paar Schritte in den Raum hinein. Überall standen Vitrinen mit ausgestopften Tieren, Steinen, Muscheln und anderen Gegenständen. Zahlreiche Gemälde und Hirschgeweihe schmückten die Wände. An der Stirnseite des Raumes hing über einem Kamin aus Marmor das lebensgroße Porträt einer jungen Frau. Als Nina näher herantrat, fuhr sie überrascht zusammen. Die junge Frau war sie selbst. Keine Fotografie hätte Ninas Gesicht besser einfangen können als dieses Gemälde.

Nina starrte auf das Kunstwerk. Ihr Herz raste, die kleinen Härchen auf ihren Unterarmen hatten sich aufgestellt, und ihre Augen waren feucht geworden. Dieses Porträt ihrer selbst wirkte so lebendig, so wirklich, dass sie sich in das Bild hineingezogen fühlte. Wieso hatte Ernestine Stone dieses gewaltige Ölgemälde von Nina an der Wand hängen? Nina hatte ihre Urgroßtante nie persönlich kennengelernt. Wer hatte dieses Bild gemalt? Es musste nach einer Fotografie entstanden sein.

Nina konnte ihren Blick nicht von der Leinwand abwenden.

Auf dem Bild saß sie an einem Flügel, die Augen auf einen Punkt in der Ferne gerichtet. Sie trug ein Kleid aus dunkelblauem Samt. Obwohl sie sich nicht erinnern konnte, jemals ein solches Kleid getragen zu haben, meinte sie, den Stoff spüren zu können. Im Vordergrund des Gemäldes erkannte sie einen achteckigen Tisch, auf dem eine Vase mit Sommerblumen stand. Hinten war ein buntes Fenster zu sehen, das wunderschön leuchtete. Es musste noch andere Lichtquellen gegeben haben, denn der Raum war von hellem Licht durchflutet. Aber Ninas Blick wanderte immer wieder zu ihrem Gesicht. Die grünen Augen, die blonden Haare, die etwas zu spitze Nase und die hohe Stirn, all das war ihr völlig vertraut. Sie sah es jeden Tag im Spiegel. Die Haltung, die der Maler eingefangen hatte, ihren leicht gekrümmten Rücken und den vorgestreckten Kopf. So sah sie aus, wenn sie Klavier spielte.

Nina war fasziniert von ihrem eigenen Anblick. Der Maler hatte es geschafft, das Bild lebendig erscheinen zu lassen. Sie hörte fast die Musik, die sie, während er an dem Bild gearbeitet hatte, gespielt haben musste.

Und doch war irgendetwas daran merkwürdig. Sie saß an einem Flügel, der älter zu sein schien als herkömmliche Flügel. Nina konnte sich nicht daran erinnern, je ein solches Instrument gespielt zu haben. Auch die altmodische Frisur und das samtene blaue Kleid waren ihr fremd. War das eine kleine Narbe da an ihrem Kinn? Sie fuhr mit der Hand über ihre Haut. Nein, da war nichts.

Wann war dieses Porträt entstanden? Warum konnte sie sich nicht an die Szene erinnern? Sie musste mehr über das Bild herausfinden.

Um die Vitrinen und Schränke herum ging sie vorsichtig zum Kamin. Je näher sie dem Porträt kam, desto stärker zog sie der Blick der in die Ferne gerichteten Augen an. Sie erkannte die winzigen dunklen Sprenkel in dem tiefen Grün. Der Maler hatte wirklich ganz genau hingesehen.

Das Bild steckte in einem dicken Goldrahmen. Nina suchte vergeblich nach einer Signatur. Vielleicht war sie auf der Rückseite angebracht und es gab dort auch einen Hinweis auf den Künstler und das Entstehungsjahr?

Aber allein würde sie das Gemälde nicht abnehmen können. Es war viel zu groß und außerdem hing es sehr hoch.

Nina riss sich nur schwer von dem Anblick des Kunstwerkes los. Doch sie musste weiter, um eine Schlafstelle zu finden. Wenn sie etwas über ihre Familiengeschichte erfahren wollte, würde sie wohl eine Weile auf Stone Abbey bleiben müssen. Und Tante Ernestines Bett im Untergeschoss machte keinen einladenden Eindruck auf sie.

Sie verließ den großen Salon und betrat ein Zimmer nach dem anderen im ersten und zweiten Stock. Die meisten Zimmer schienen schon ewig nicht mehr benutzt worden zu sein. Es gab ein großes Esszimmer, eine wunderschöne alte Bibliothek mit zahlreichen Büchern, eine zweite, kleinere Bibliothek, ein altes Schulzimmer, ein viktorianisches Wohnzimmer mit kleinen Porzellanvasen, Figuren und anderem Nippes. Und Dutzende von Schlafzimmern.

Die meisten davon waren als Abstellkammern missbraucht worden, und auf den Betten und Böden standen Kisten, Truhen und ausrangierte Möbel.

Eines der Schlafzimmer im ersten Stock mit einem großen Erker war nicht ganz so vollgestellt wie die anderen. Nina setzte sich vorsichtig auf das Bett aus Eichenholz. Die Matratze quietschte unter ihrem Gewicht, aber ansonsten schien es stabil zu sein. Wunderbar, hier würde sie ihr Nachtlager aufschlagen. Nina stand auf und trat an den Frisiertisch, dessen Spitzendecke einmal weiß gewesen sein musste. Die silbernen Bürsten und Kämme waren angelaufen. Die Puderdose trug eine dicke Staubschicht. Sie würde hier erst einmal gründlich sauber machen müssen.

Nina gab die Suche nach geeigneten Putzutensilien bald auf. Das Haus war so groß, dass sie weder die Küche noch andere Wirtschaftsräume finden konnte. Sie nahm ihre Tasche und beschloss, ins Dorf zu laufen, um dort Reinigungsmittel und vielleicht etwas zu essen zu kaufen. Es war bereits Nachmittag und ihr Magen knurrte. Das Letzte, was sie gegessen hatte, war ein belegtes Käsebrötchen gewesen, früh am Morgen im Dortmunder Flughafen.

Sie war bereits eine halbe Stunde unterwegs, als sie endlich ein großes schmiedeeisernes Tor vor sich sah. Rechts und links davon befanden sich kleine Backsteinhäuser, die früher bestimmt nett anzusehen gewesen waren. Das musste das Pförtnerhaus sein.

Auf der anderen Seite des Portals erwartete sie eine asphaltierte Straße, die nach wenigen Metern in ein kleines Städtchen führte. Nina las das Schild am Ortseingang: »*Welcome to Stone Village. Thank you for driving carefully.*«

Sie betrachtete die Sandsteinhäuser zu beiden Seiten der Hauptstraße. Manche waren schlichte Wohnhäuser, in anderen befanden sich Souvenirläden, eine Bäckerei, ein Süßigkeitenladen und ein Supermarkt. Direkt daneben luden grünweiß gestreifte Markisen eines Tearooms zum Verweilen ein. Nina betrat das Café.

Sie setzte sich an einen Tisch am Fenster und studierte die Menükarte. Schließlich entschied sie sich für eine *Victorian-Limonade* und ein Sandwich. Eine pummelige Kellnerin mit roten Locken nahm Ninas Bestellung auf. Am Tisch nebenan saß eine alte Frau. Zwei junge Leute mit Fotoapparat und Reiseführer nahmen ein Stück weiter, in einer kleinen Nische, ihren Lunch ein.

»Machen Sie hier Urlaub?« Die Kellnerin goss ihr die Limonade aus der Glasflasche ein.

»Ja und nein«, antwortete Nina. »Meine Urgroßtante hat mir hier ein Haus vererbt.« Außerdem laufe ich vor dem größten Fehler meines Lebens davon, fügte sie in Gedanken hinzu.

»Hier in Stone?« Die Kellnerin sah Nina an. Das schien interessanter zu sein als das übliche Touristengespräch.

Nina nickte. »Stone Abbey. Kennen Sie das Haus?« Vielleicht konnte ihr die Frau ja etwas darüber erzählen.

Die Kellnerin hob die Augenbrauen. »Natürlich kenne ich es. Es ist das Herrenhaus, das zu unserem Dorf gehört. Früher gehörte das ganze Dorf mit allen Häusern der Familie Stone. Heute nicht mehr. Sie haben nur das Herrenhaus behalten. Ich war lange nicht mehr dort.« Sie lächelte. »Als Kinder haben wir uns manchmal heimlich auf das Anwesen geschlichen und in den Stallungen gespielt. Oder wir haben Mutproben veranstaltet, bei denen wir zum Haus runterlaufen und an die Tür klopfen mussten, oder ähnliche Dinge.«

»Wie lange ist das her?« Ninas Fuß wippte zum Takt der Musik, die im Hintergrund lief.

»Dass wir jung waren?« Die Frau lachte und dachte einen Moment nach. »Mittlerweile sind es fünfundzwanzig, dreißig Jahre. Die Zeit vergeht so schnell.«

»Standen die Stallungen denn damals auch schon leer?«

Die Frau nickte, während sie ihre weiße Schürze glatt strich. »Solange ich denken kann. Und die Elektrizität kam erst in den Sechzigerjahren nach Stone Abbey.«

Nina stellte erstaunt ihr Glas ab, aus dem sie gerade einen Schluck trinken wollte.

»Mein Vater hat damals beim Verlegen der Leitungen geholfen.«

Das Glöckchen an der Tür bimmelte und kündigte die Ankunft eines neuen Gastes an. Ein grauhaariger Mann mit einem Springer Spaniel setzte sich an den Tisch hinter Nina. Die Kellnerin entschuldigte sich bei ihr und holte eine Tasse Kaffee für den Hundebesitzer und ein Schälchen Wasser für den Vierbeiner. Sie wechselte ein paar Worte mit dem Mann und kam dann zu Nina zurück.

»Sie sagten, Sie haben das Haus der alten Mrs Stone geerbt. Aber ich habe Sie vorher nie hier gesehen.« Sie wischte mit einem feuchten Lappen über Ninas Tisch, der vorher auch schon sehr sauber ausgesehen hatte.

Nina nickte. »Das stimmt. Ich wusste bis vor wenigen Wochen überhaupt nichts von der Existenz meiner Urgroßtante. Meine Mutter ist gestorben, als ich acht Jahre alt war. Leider habe ich kaum Informationen über ihre Familie oder Stone Abbey.«

Der Springer Spaniel schlabberte geräuschvoll sein Wasser.

»Hatte Mrs Stone denn sonst keine Verwandten?« Die Kellnerin stützte die Arme in die Hüften.

Nina schüttelte den Kopf. »Wohl nicht. Und es wurde schon vor Generationen festgelegt, dass das Anwesen nur an weibliche Nachkommen vererbt werden darf.«

»Ja. Das ist eines der vielen Gerüchte, die sich um Stone Abbey ranken.« Die Kellnerin rückte ein paar Marmeladengläser zurecht, die in einem Regal neben Nina zum Verkauf bereitstanden. »Dann stimmt es also. Außerdem sollen die Frauen auch immer darauf bestanden haben, den Namen *Stone* beizubehalten.«

Nina sah die Frau erstaunt an. Darüber hatte sie noch gar nicht nachgedacht. Dann wanderte ihr Blick zu der Zeichnung von Stone Abbey, die auf den Marmeladengläsern zu sehen war. Sie zeigte ein Herrenhaus, das noch völlig intakt war. »Was gibt es denn sonst noch für Gerüchte?«

»Ach, alles Ammenmärchen. Ich würde nichts darauf geben.« Die Kellnerin wischte über die Regalbretter.

»Haben diese Geschichten mit Anna Stone zu tun? Damit, dass meine Vorfahrin angeblich eine Mörderin war?« Nina dachte an den Brief.

Die Kellnerin drehte sich wieder zu ihr um. »Diese Gerüchte haben der Familie Stone schwer zugesetzt.«

»Wie meinen Sie das?«

Die Kellnerin schien nicht gern über das Thema zu sprechen. Ihr Mund verzog sich zu einem Lächeln, aber ihre Augen blieben ernst. »Damals waren die Menschen noch abergläubischer als heute. Am besten, Sie vergessen das alles und konzentrieren sich auf die Gegenwart. Das Haus ist doch bestimmt stark renovierungsbedürftig, nicht wahr?«

Nina nickte. »Ich weiß noch nicht, ob ich es behalten werde. Die ganze Sache wird vermutlich viel zu teuer für mich. Waren Sie selbst auch schon mal im Haus?« Vielleicht wusste sie ja über das Porträt im Salon Bescheid.

Aber die Kellnerin schüttelte den Kopf. »Nein, die Familie hatte nur wenig Kontakt zu uns Dorfbewohnern. Penelope Huffkins hat bei der alten Dame geputzt, soweit ich weiß. Vielleicht sollten Sie sich mal mit ihr unterhalten.« Die Kellnerin ging zurück an den Tresen.

»Wo finde ich sie?« Als Putzfrau hatte Mrs Huffkins bestimmt einiges mitbekommen. Nina trank einen Schluck Limonade.

»Gehen Sie einfach die Main Street hinunter. Am Ende der Straße steht Rose Cottage. Da wohnt Penelope.« Ihr roter Lockenkopf verschwand in der Küche, und kurz darauf brachte sie einen Teller mit Sandwiches herein. »Sie sind keine Engländerin, nicht wahr?«

Nina sah sie erstaunt an. War ihr Englisch etwa doch nicht so gut, wie sie immer geglaubt hatte? »Hört man das?«

Die Kellnerin lachte. »Ja. Wo kommen Sie her?«

»Aus Deutschland.« Nina schob sich ein paar Chips in den Mund, die neben dem Sandwich lagen.

Die Kellnerin blieb an ihrem Tisch stehen. »Mein Schwager war lange in Deutschland stationiert. Wir haben ihn dort ein paarmal besucht.«

Nina plauderte mit ihr über Deutschland und hörte sich eine langatmige Geschichte über ihren Schwager an. Sie war froh, als sie ihr Sandwich endlich gegessen hatte, und bedankte sich bei der Frau für die Auskünfte.

Das Cottage von Penelope Huffkins erinnerte Nina an das Setting der alten Miss-Marple-Filme mit Margaret Rutherford. Auch das ganze Dörfchen Stone Village hätte aus einem dieser Filme stammen können. Alles wirkte idyllisch und friedlich, doch hinter jedem Fenster und hinter jeder Tür konnten alte Geheimnisse lauern. Die kleinen Sandsteinhäuschen schienen mehrere Hundert Jahre alt zu sein, die meisten davon waren reetgedeckt. Die Blumen in den Vorgärten mussten im Sommer wunderschön blühen. Nina war die Dorfstraße entlanggelaufen und an einer kleinen Kirche vorbeigekommen. Verwitterte Grabsteine auf der Wiese davor zeugten davon, dass sowohl die Kirche als auch die Gräber sehr alt sein mussten. Die Inschriften auf den Steinen waren kaum noch zu lesen. Nina konnte mit Mühe Jahreszahlen aus dem achtzehnten Jahrhundert entziffern. Vor der niedrigen Mauer, die den Kirchhof säumte, standen eine rote Telefonzelle und eine Holzbank. Die kleinen Rasenflächen vor den Häusern waren alle akkurat gemäht.

Kaum dass Nina Rose Cottage erreicht hatte, wurde die Haustür geöffnet. Eine ältere Frau in Kittelschürze war gerade dabei, eine Schale mit Milch vor die Tür zu stellen.

»Guten Tag«, rief Nina und ging auf die Frau zu. »Die Kellnerin im Tearoom hat mir geraten, mich an Sie zu wenden.«

Die Frau sah erstaunt auf. Nina fuhr schnell fort: »Ich bin heute in Stone Abbey eingezogen. Sie haben für meine Urgroßtante Ernestine geputzt?«

Die Frau stutzte. »Für Ernestine Stone? Ja, das stimmt. Kann es sein, dass wir uns irgendwo schon mal begegnet sind?«

»Nein, ich glaube nicht.« Nina überlegte kurz. Dann sah

sie der älteren Dame nachdenklich in die Augen. »Oder vielleicht doch? Sie haben vermutlich mein Bild im Haus meiner Tante gesehen.«

Mrs Huffkins runzelte die Stirn. »Kann sein. Aber kommen Sie doch erst mal herein. Ich mache uns eine Tasse Tee.«

Am liebsten hätte Nina auf den Tee verzichtet. Sie wollte jetzt dringend mehr erfahren.

Sie folgte der Frau in ein winziges Wohnzimmer und nahm auf einem Sofa zwischen zwei schnurrenden Katzen Platz.

»Ich bin gleich wieder bei Ihnen.« Damit verschwand Mrs Huffkins in der Küche.

Nina streichelte die Katzen und betrachtete die zahlreichen Familienfotos auf dem Kaminsims, bis ihre Gastgeberin mit einem Tablett zurückkam. Sie schenkte ihnen Tee ein und stellte einen Teller mit Keksen vor Nina auf den Tisch.

»Ein Bild, sagen Sie?«, griff Mrs Huffkins das Thema wieder auf. »Meinen Sie eine der Fotografien im Schlafzimmer?«

Nina schüttelte den Kopf. »Nein, ich meine das große Gemälde im Salon.«

Mrs Huffkins nahm die Teetasse und lehnte sich in ihrem Sessel zurück. »Ach Gott, da oben war ich seit Jahren nicht mehr. Die Zimmer wurden ja nicht mehr benutzt, und wir hatten uns darauf geeinigt, dass ich nur die Wohnräume Ihrer Tante reinige.«

Nina beobachtete, wie Mrs Huffkins in ihrem Tee rührte. »Aber früher waren Sie mal dort oben?«

»Ja, aber das ist lange her.« Mrs Huffkins nippte an dem heißen Getränk.

»Erinnern Sie sich an das Bild?«

Eine der Katzen machte es sich auf Ninas Schoß bequem. Ihre Tatzen krallten sich im Rhythmus ihres Schnurrens immer wieder schmerzhaft in Ninas Oberschenkel.

Mrs Huffkins schloss einen Moment lang die Augen und

dachte nach. »Ja, tatsächlich. Ich sehe es wieder vor mir. Es hat mich damals sehr berührt. Das Bild strahlt irgendwie so viel …«, sie suchte nach dem richtigen Wort, »es strahlt Liebe aus.« Die Frau grinste, als schämte sie sich für diesen Gedanken.

Sie hatte recht. Nina hatte es auch gespürt, als sie vor dem Bild stand. Vielleicht hatte der Maler die Liebe eingefangen, die sie der Musik entgegenbrachte.

»Sie haben tatsächlich Ähnlichkeit mit der Frau auf dem Bild.« Mrs Huffkins betrachtete Nina. »Sogar eine ganz erstaunliche. Allerdings kann es kein Porträt von Ihnen sein.«

»Das habe ich auch gedacht. Die Kleidung, die Frisur, der Flügel, all das ist mir vollkommen fremd. Und doch bin ich es. Es ist wirklich seltsam. Warum hat meine Urgroßtante ein Bild von mir malen lassen? Ich nehme an, dass es nach einer Fotografie entstanden ist.« Nina bemühte sich, die Krallen auf ihren Oberschenkeln zu ignorieren, und streichelte die Katze tapfer weiter.

Mrs Huffkins lächelte und hielt ihren Blick forschend auf Nina gerichtet. »Nein, es ist noch viel seltsamer. Das Bild zeigt eine Vorfahrin von Ihnen, der Sie erstaunlich ähnlich sehen, Ernestines Urgroßmutter Anna Stone.«

Kapitel 2

London, April 1851

»Betteln und Hausieren verboten!« Der Butler schlug ihr die Tür vor der Nase zu.

Anna musste niesen. Sie hatte den ganzen Tag schon in den feuchten Kleidern verbracht. Wenn sie jetzt nicht schnell ins Warme kam, würde sie eine üble Erkältung bekommen. Vermutlich war es sowieso schon zu spät. Ihr Hut war so nass, dass es sich anfühlte, als trüge sie einen Eimer mit Wasser auf dem Kopf, der ständig überschwappte. In ihren Stiefeln schienen sich bereits Pfützen gebildet zu haben. Es hörte aber auch nicht auf zu regnen.

Anna hatte den Weg von Dover oben auf der Postkutsche zurückgelegt, obwohl es im Inneren der Kutsche noch freie Plätze gab. Die hatte sie sich jedoch nicht leisten können. Ihr Onkel hatte das Reisegeld genau abgezählt und beschlossen, dass ein Außenplatz für Anna ausreichend sein musste. Und ihre eigenen wertvollen Ersparnisse hatte sie nicht anrühren wollen. Der Regen hatte ihr ins Gesicht gepeitscht, und der kalte Wind war durch ihren Mantel gefegt.

Anna seufzte und griff noch einmal nach dem Türklopfer. Am liebsten hätte sie sich umgedreht und wäre zurück nach Deutschland gefahren. Zurück nach Grünberg. Zurück zu ihren Freunden und all den Menschen, von denen sie sich am Tag zuvor hatte verabschieden müssen. Noch immer konnte sie nicht daran denken, ohne dass ihr die Tränen kamen.

Anna hörte Schritte. Im nächsten Moment wurde die Tür geöffnet.

»Betteln und …«

»Warten Sie!« Diesmal war Anna vorbereitet und stellte ihren Fuß in die Tür. »Ich werde erwartet. Mein Name ist Anna Stone.«

Der Butler starrte sie einen Moment lang an. Sie musste einen erbärmlichen Anblick bieten. Strähnen ihres langen blonden Haares hatten sich aus dem Knoten gelöst und hingen unordentlich unter ihrem Hut herab. Ihre sonst so helle und makellose Haut war mit Sicherheit von der Kälte gerötet wie bei einem der Schweinchen auf dem Gut ihrer Großeltern.

Der Butler trat mit ausdruckslosem Gesicht zur Seite und ließ sie hinein. Anna griff nach ihrer Reisetasche, die nicht weniger vom Regen durchnässt war als sie selbst, und betrat die große Eingangshalle. Sie sah sich um. Im Empfangsraum standen nur wenige Möbelstücke, die ordentlich, jedoch unbequem wirkten.

»Die Herrschaften sind ausgegangen.« Der Butler schien zu überlegen, wo die tropfnasse Anna am wenigsten Schaden anrichten konnte. »Wenn Sie solange hier in der Halle warten würden.«

»Wann werden Mr und Mrs Stone denn zurück sein?« Anna wollte nicht warten. Sie wollte auf ihr Zimmer gehen und sich endlich umziehen.

»Um sechs Uhr spätestens.« Der Butler wandte sich ab.

Es war gerade vier vorbei.

»Einen Moment noch.« Anna stellte ihre Tasche ab. »Ich werde hier wohnen. Mr Stone hat Ihnen doch gewiss Bescheid gegeben.«

Der Butler sah sie an, ohne etwas zu erwidern. Also sprach sie weiter. »Ich möchte gern die nassen Kleider ausziehen. Würden Sie mir bitte schon mein Zimmer zeigen?«

Der Butler schüttelte den Kopf. »Verzeihen Sie, Miss. Ich muss darauf bestehen, dass Sie auf Mr Stone warten.« Damit ging er lautlos davon.

Anna seufzte und ließ sich auf einen der unbequemen Holzstühle fallen. Vorsichtig löste sie die Hutnadel und nahm ihren Hut ab. Die nassen Haare hatten sich jetzt vollständig aus dem Knoten gelöst und fielen ihr wirr ins Gesicht. Müde strich sie die Strähnen zurück und sah sich in der Halle um. Das war also das Haus, in dem ihr Vater aufgewachsen war. Zumindest in den Sommermonaten hatte er sich immer hier aufgehalten.

»Zur Saison«, hatte er ihr erklärt, wenn er von seiner Kindheit und der Zeit in London gesprochen hatte.

Sein Vater, Annas Großvater, hatte eine große englische Handelsfirma betrieben, die Schafwolle kaufte und wieder verkaufte. Im Winter hatte die Familie in den Cotswolds gewohnt, auf dem Landsitz Stone Abbey, und im Sommer in der Großstadt. Anna hatte so viele Geschichten darüber gehört, dass sie meinte, die beiden Häuser genauso gut zu kennen, wie ihr Vater sie gekannt hatte. Sie erinnerte sich an lange Winterabende, an denen sich alle Kinder aus Grünberg in ihrem Fachwerkhaus versammelt hatten und Annas Vater Geschichten aus England erzählte. Für Anna und ihre Freunde waren diese Berichte wie Reisen, die sie nie würden unternehmen können. So hatten sie teilhaben können an der Welt jenseits der grünen Berge, denen Grünberg seinen Namen verdankte. An diesen Abenden, wenn das Fachwerkhaus der Stones voller Kinder war, hatte Annas Vater Deutsch gesprochen. Anna musste lächeln, als sie an seine entsetzliche Aussprache dachte. Wenn er mit ihr allein war, hatten sie sich immer auf Englisch unterhalten. Ihre Sprachkenntnisse konnten ihr jetzt sicher zum Vorteil gereichen.

Denn nun war Anna doch aus Deutschland herausgekommen. Aber es war eine Reise ohne Rückkehr. Anna schluckte den Kloß hinunter, der sich plötzlich in ihrem Hals gebildet hatte, und betrachtete die Eingangshalle mit den Augen ihres Vaters. Sie stellte sich vor, wie er als junger Mann die Eichentreppe heruntergekommen war, die in der Mitte der Halle endete. Sie sah ihn als Kind auf dem Steinfußboden Murmeln spielen, die Ahnenporträts an den Wänden betrachten oder nach einem Geheimfach in den Eichenpaneelen suchen.

Ihre Augen füllten sich mit Tränen. Sie vermisste ihn so sehr. Dabei war inzwischen mehr als ein Jahr vergangen, seit er gestorben war. Ein schreckliches Jahr, in dem Anna hatte erwachsen werden müssen. Aber mittlerweile wusste sie, dass alles noch viel schlimmer kommen konnte.

Vor vier Monaten war ihr Onkel Timothy plötzlich in Grünberg erschienen, und seitdem war nichts mehr wie zuvor.

Das ganze Dorf war in Aufregung gewesen, als die große Kutsche vor ihrem Haus gehalten hatte. Es kam manchmal vor, dass teure Equipagen auf der Hauptstraße vorüberfuhren, und ihr Erscheinen war im Dorf stets Gesprächsstoff für mehrere Wochen. Grünberg bestand aus einem Dutzend Häusern, einer Kirche, zwei Bauernhöfen, einem Krämerladen, der gleichzeitig als Poststation diente, und Gut Reichholz, dem Gutshof, auf dem Annas Mutter aufgewachsen war.

Sämtliche Kinder des Dorfes hatten sich vor dem Fachwerkhaus der Stones versammelt, noch bevor Timothy aus dem eleganten Gefährt herausgeklettert war.

Wäre er bloß für immer in dieser Kutsche geblieben!

Die Tage nach seiner Ankunft kamen Anna wie ein böser

Traum vor. Alles war so schnell gegangen und fühlte sich vollkommen falsch an. Warum hatte ihre Mutter sich bloß auf eine Ehe mit ihrem Schwager, dem Bruder von Annas Vater, eingelassen? Anna hatte den Eindruck gehabt, sie fürchtete sich vor ihm. Sobald sie Timothy in seiner Kutsche erspäht hatte, war ihre Mutter in einen ihrer schlimmen Zustände gefallen.

Anna hatte fast eine Stunde lang für sie Klavier spielen müssen, bis sie aus ihrer Abwesenheit zurückgekehrt war.

In der Gegenwart ihres Schwagers hatte Annas Mutter kaum ein Wort gesprochen. Anna konnte es nicht fassen, als ihr zwei Tage später die Verlobung der beiden mitgeteilt wurde.

Timothy und Annas Mutter waren sofort nach England gereist, um dort zu heiraten, und Anna sollte wenige Wochen später nachkommen. Sie hatte ihre Mutter angefleht, mit ihr reisen zu dürfen, aber die hatte sich voll und ganz den Plänen Timothys unterworfen.

Anna blieb in Grünberg zurück. Sie hatte kein gutes Gefühl dabei gehabt, sich von ihrer Mutter zu trennen. Das ganze letzte Jahr über hatte sie sich um ihre Mutter gekümmert. Würde Timothy mit den Zuständen umgehen können, die seine Frau regelmäßig ereilten? Anna schüttelte den Kopf. Es hatte lange gedauert, bis sie die heilende Kraft ihres Klavierspiels erkannt hatte. Seitdem konnte sie ihre Mutter in wenigen Minuten von der Schwermut befreien. Ohne Anna war sie hilflos.

Anna seufzte und erinnerte sich an ihren Abschied von Grünberg. War das wirklich erst gestern gewesen? Sie war an dem Apfelbaum vorbeigegangen, an dem sie als Kind so gern geschaukelt hatte. Sie war ein letztes Mal über die Blumenwiese gelaufen, wo ihr Vater sie früher immer durch die Luft gewirbelt hatte.

»Du wirst eines Tages zu den Sternen fliegen«, hatte er gerufen und sie dabei lachend hochgeworfen, als wäre sie ein Vogel.

Gestern hatte Anna das Gefühl gehabt, weiter von den Sternen entfernt zu sein als je zuvor. Sie hatte den Stamm der alten Birke gestreift. Sie hatte ein letztes Mal ihre geliebten Kätzchen Johanna, Erna und Brunhilde gestreichelt. Gustav hatte ihr unter Tränen versprochen, gut auf die drei aufzupassen. Unfassbar, dass all das plötzlich nur noch Vergangenheit sein sollte.

Anna hatte in den letzten Wochen immer wieder darüber nachgedacht: Warum hatte ihre Mutter, die das ganze Jahr über keinen Tag ohne Anna hatte auskommen können, eingewilligt, sich von ihrer Tochter zu trennen?

Anna schreckte aus ihren Gedanken hoch, als draußen Hufgeklapper zu hören war. Eine Kutsche hielt vor dem Haus. Der Butler betrat mit einem Regenschirm die Halle und eilte, ohne Anna eines Blickes zu würdigen, hinaus in den Regen.

Wenige Minuten später waren Schritte auf der Außentreppe zu hören, und die Tür wurde schwungvoll aufgestoßen.

»Danke, Morgan.« Annas Onkel Timothy erschien in der Haustür, dicht gefolgt von einer Gestalt, die in einem viel zu großen Mantel steckte.

Anna war aufgestanden und trat ihrem Onkel einen Schritt entgegen.

Als Timothy sie sah, stutzte er einen Augenblick. Dann lächelte er. »Anna. Ich hatte vergessen, dass du schon heute kommst.«

Deshalb also war nichts für ihre Ankunft vorbereitet. »Guten Tag, Onkel Timothy.«

Timothy drehte sich zu der Frau im Mantel um. »Marianne, begrüße deine Tochter.«

Anna erschrak. Die abgemagerte Frau war ihre Mutter? Als sie sich vor fast vier Monaten voneinander verabschiedet hatten, war ihre Mutter noch mindestens zwanzig Pfund schwerer gewesen.

Anna bemühte sich, ihr Entsetzen zu verbergen, und ging auf ihre Mutter zu, die noch immer zögernd neben der Eingangstür stand.

»Mutter, ich freue mich, Sie wiederzusehen!« Anna griff nach der kalten Hand. »Wie geht es Ihnen?«

Sie zuckte zusammen, als sie merkte, wie viel Anstrengung ihre Mutter das Lächeln kostete. Das Gesicht war grau unter der Haube, die sie trug. Dunkle Ringe lagen um ihre Augen.

»Danke, es geht mir gut.« Ihre Mutter wandte sich zur Treppe. »Entschuldige, ich möchte mich ein wenig ausruhen.«

»Natürlich.« Anna trat zur Seite.

Ihre Mutter nickte kurz und stieg dann langsam die Treppe hinauf. Anna sah ihr nach und machte sich größere Sorgen denn je. Warum war ihre Mutter so zurückhaltend? Freute sie sich nicht über das Wiedersehen?

Solange Anna denken konnte, hatte ihre Mutter unter Schwermut gelitten, aber als Annas Vater noch lebte, waren die Zustände selten gewesen. Der Tod ihres Mannes hatte sie vollkommen erschüttert. Seitdem war sie immer wieder von Verstimmungen heimgesucht worden, bis Anna schließlich die Klaviertherapie entdeckt hatte. Die Zustände waren dadurch nicht nur deutlich kürzer, sondern auch wieder seltener geworden.

Anna wandte den Blick von der Tür am Ende der Treppe ab, hinter der ihre Mutter verschwunden war, und drehte sich zu ihrem Onkel. »Hatten Sie eine schöne Hochzeitsfeier?«

Statt einer Antwort traf sie ohne Vorwarnung ein Schlag ins

Gesicht. Anna schnappte nach Luft. Ein stechender Schmerz durchfuhr sie.

Ihr Onkel hatte sie geschlagen. Sie starrte ihn erschrocken an. Er griff ihr ins nasse Haar und bog ihren Kopf zurück. Anna schrie auf.

In seinem Blick lag reine Verachtung. »Dieses Auftreten werde ich künftig nicht dulden. Komme mir nie wieder in einem derart verwahrlosten Zustand unter die Augen.«

»Wie bitte?« Anna schluckte.

»Du siehst aus wie eine Vagabundin. Vollkommen durchnässt und schmutzig.«

Anna spürte, wie ihr Tränen in die Augen traten. Ihre Wange brannte von dem kräftigen Schlag ihres Onkels. »Es hat geregnet. Ich saß auf der …«

»Ich weiß, dass es regnet«, unterbrach Timothy sie. »Aber eine Dame sieht immer gepflegt und ordentlich aus, egal ob es regnet, schneit oder die Sonne vom Himmel brennt.«

Er ließ sie los und wandte sich an seinen Butler, der die Szene mit unbewegter Miene verfolgt hatte. »Morgan, bringen Sie meine Nichte auf ihr Zimmer. Sie kann die Kammer ganz oben, direkt neben der Treppe haben. Wenn das neue Hausmädchen kommt, soll es eines der Zimmer auf der Nordseite beziehen.«

Anna presste die Lippen zusammen. Innerhalb weniger Minuten hatte ihr Onkel ihr gezeigt, welchen Stellenwert sie in seinem Haus einnehmen würde. Sie wagte es nicht, den Butler anzusehen. Eine solche Herabwürdigung hatte Anna noch nie erleben müssen. Zu Hause war sie niemals vor einem Dienstboten getadelt worden, selbst wenn sie einen großen Fehler begangen hatte. Vor einem Angestellten geschlagen zu werden, war das Erniedrigendste, was Anna sich vorstellen konnte.

»Wir essen um sieben Uhr.« Annas Onkel stieg die Treppe

hoch und drehte sich auf dem ersten Absatz noch einmal zu ihr um. »Unpünktlichkeit dulde ich nicht.«

Als Anna um sieben aus ihrem Zimmer kam, empfing Morgan sie am Fuß der Treppe und führte sie in den Salon, wo im Kamin gegenüber der Tür ein Feuer brannte. Anna hatte sich zwar umgezogen, aber ihr war immer noch schrecklich kalt. Die Kleider in ihrer Reisetasche waren vom Regen genauso nass geworden wie das Kleid, das sie unter ihrem Umhang getragen hatte. In der Dachkammer, die ihr Onkel ihr zugewiesen hatte, brannte kein Feuer, und der Wind pfiff kräftig durch die Fensterritzen. Hoffentlich würde das Wetter bald wärmer werden, es war immerhin schon Ende April.

Anna ging direkt auf den Kamin zu, als sie plötzlich zusammenzuckte. Ein Schatten löste sich aus einer Ecke des nur durch wenige Kerzen beleuchteten Raumes.

»Guten Abend.« Der Whisky im Glas des Mannes schimmerte bernsteinfarben, während er auf Anna zutrat.

»Entschuldigen Sie, dass ich uns einander selbst vorstelle – ich nehme an, Sie sind Anna Stone, die Nichte meines Freundes Timothy.«

Anna nickte und sah zu der geschlossenen Tür hinter sich. Ihr Onkel brachte sie anscheinend gern in kompromittierende Situationen. Sie war ganz allein mit einem fremden Mann in einem Zimmer.

Anna zwang sich zu einem Lächeln. »Ja, Sie haben recht. Es wäre besser … Ich werde sofort nachsehen, wo mein Onkel bleibt.«

Sie wollte zur Tür eilen, aber der Mann hielt sie auf. »Das ist nicht nötig. Er ist in die Küche gegangen, um etwas mit der Köchin zu besprechen. Gestatten, Philip Lyme.« Er lächelte sie an.

Anna stand unentschlossen mitten in dem Salon, der mit

zahlreichen Möbeln ausgestattet war. Sollte sie Mr Lyme einen Platz anbieten? Immerhin lebte sie jetzt in diesem Haus, auch wenn sich alles noch so fremd anfühlte.

Mr Lyme schien ihre Unsicherheit zu bemerken. »Ich denke, wir sollten uns setzen.« Er deutete auf die Sessel, die um einen runden Tisch herumstanden, und betätigte die Klingel neben dem Kamin. »Was möchten Sie trinken? Einen Sherry?«

Anna nickte. »Wo ist Mrs Stone?«

»Ihr Onkel sagte mir, sie lasse sich entschuldigen. Sie leide unter Kopfschmerzen.«

»Oh.« Anna setzte sich in einen der mit gelbem Seidenstoff bezogenen Sessel. Sie hatte sich darauf gefreut, ihre Mutter an diesem Abend zu sehen, und gehofft, mehr darüber zu erfahren, wie es ihr wirklich ging. Gern hätte sie für ihre Mutter auch Klavier gespielt. Sie sah sich um.

»Wonach halten Sie Ausschau?« Mr Lyme hatte sich in einen Sessel ihr gegenüber gesetzt und schlug die Beine übereinander. Das Möbelstück schien unter dem großen und kräftigen Mann beinahe zu verschwinden.

»Ich dachte nur … verzeihen Sie, wissen Sie, ob mein Onkel ein Klavier oder ein Cembalo besitzt?«

»Ein Klavier?« Mr Lyme sah sie überrascht an. Dann lachte er. »Ich verstehe. Jetzt kommen Damen ins Haus. Da wird Timothy natürlich ein Instrument brauchen. Ich befürchte, bislang gab es kein Pianoforte oder Ähnliches hier. Als eingefleischter Junggeselle hat er wenig für die schönen Künste in seinem Haus getan.«

»Sprecht Ihr über mich?«

Anna fuhr herum. Timothy hatte den Salon betreten. Auch Morgan war plötzlich da und reichte ihr ein Glas Sherry.

»Ihr habt euch also bereits kennengelernt.« Timothy setzte sich zu ihnen an den runden Tisch.

»Ich habe mich deiner reizenden Nichte selbst vorgestellt. Ich hoffe, du hast nichts dagegen.« Mr Lyme prostete seinem Freund zu.

»Natürlich nicht.« Timothy musterte Anna von oben bis unten. »Wie gefällt sie dir? Es ist noch einiges zu tun. Sie kommt aus Deutschland. Vom Lande.«

Anna spürte, wie sie schamrot wurde. Wie konnte ihr Onkel nur so indiskret sein? Er schien Freude daran zu haben, sie von einer unangenehmen Situation in die nächste zu bringen.

»Ich weiß.« Mr Lyme lächelte. »Du vergisst, dass ich damals auch in Grünberg war.«

»Sie kennen Grünberg?« Anna sah Mr Lyme an. Wie schön, mit jemandem über ihre Heimat sprechen zu können.

»Ja, ein sehr hübscher Ort. Aber es ist schon lange her.«

»In diesen Kleidern wird sie nicht herumlaufen können«, unterbrach Timothy seinen Freund und taxierte Anna jetzt wie einen Gaul auf dem Pferdemarkt. »Wir werden morgen den Schneider aufsuchen müssen.«

Annas Wangen brannten unter dem forschenden Blick ihres Onkels, der über ihr Dekolleté, ihre Brüste und Taille strich. Schnell wechselte sie das Thema. »Mr Lyme sagte, meiner Mutter gehe es nicht gut?«

»Sie leidet unter Kopfschmerzen.« Timothy trank einen Schluck Whisky, während sein Blick auf Anna ruhen blieb. »Wenigstens hat sie zarte Rundungen. Auch das Haar ist annehmbar. Zwar nicht gut frisiert, aber es schimmert sehr hübsch im Licht. Volle Lippen, schöne grüne Augen. Die Nase ist natürlich zu spitz. Und die Taille ist auch nicht schlank genug. Trägst du ein Korsett?«

Anna stieß die Luft aus. Diese Unverschämtheit konnte sie nicht länger ertragen. Sie stand auf und wollte gerade das Zimmer verlassen, als die Stimme ihres Onkels sie zurückhielt.

»Setz dich.«

Anna zögerte. Am liebsten hätte sie ihn angeschrien, ihm gesagt, wie respektlos sein Verhalten war, doch sie erinnerte sich noch gut an die schmerzende Ohrfeige, die er ihr erst vor ein paar Stunden versetzt hatte.

»Ich würde mich sehr freuen, wenn du Miss Stone nächste Woche zu dem Ball meiner Nichte mitbringen würdest. Du wirst sie doch in die Gesellschaft einführen, oder?« Mr Lyme sah seinen Freund fragend an.

»Nun, wenn du darauf bestehst … Zurechtgemacht könnte sie ganz passabel aussehen.«

Anna schluckte.

Mr Lyme schien zu bemerken, wie unwohl sie sich fühlte. »Miss Stone ist eine Schönheit. Ich befürchte nur, wir bringen sie gerade in Verlegenheit. Entschuldigen Sie unsere Indiskretion, junge Dame.«

Doch Timothy achtete nicht auf die Worte seines Freundes. »Bei Hofe kann man sie natürlich nicht zeigen. Schade, ich hätte das ganze Tamtam gern mal mitgemacht. Aber ein paar Bälle können nicht schaden. Ich werde Kontakte knüpfen können.« Timothy warf seinem Freund einen amüsierten Blick zu. »Und ich bin dir wirklich dankbar dafür, dass du dich bereit erklärt hast … Wenigstens muss ich jetzt keinen geeigneten Ehemann mehr für die Kleine finden …«

»Was?« Anna sah ihren Onkel entsetzt an. Timothy wollte sie mit diesem Lyme verheiraten? Sie dachte an ihre Freundin Maria in Grünberg, die zu einer Ehe mit dem alten Bauern Weilmann gezwungen worden war. Anna hatte damals mit ihrer Freundin gelitten, und sie hätte niemals geglaubt, selbst einmal in eine ähnliche Situation zu geraten.

»Dachtest du, ich würde dich hier jahrelang durchfüttern?« Er lachte ihr ins Gesicht.

»Wie bitte?« Annas Entsetzen verwandelte sich in Wut.

Ihr Onkel behandelte sie wie ein Kalb, das er auf dem Markt verkaufen wollte.

Mr Lyme eilte ihr zu Hilfe. »Timothy, ich sehe nur Vorzüge bei Miss Stone. Sie scheint mir eine perfekte junge Dame zu sein. Doch nun lass uns das Thema wechseln.« Mr Lyme stellte sein Glas entschieden ab und Anna sah ihn dankbar an. »Deine Nichte hatte sich eben gefragt, ob du wohl ein Klavier besitzt?«

»Wozu? Du hoffst besser nicht darauf, dass wir hier so einen lästigen Kasten aufstellen. Ich kann das Geklimper nicht ertragen.«

Annas Hände ballten sich zu Fäusten. In Köln hatten sich die Leute um die Plätze gerissen, wenn Anna bei einem der beliebten Salonkonzerte gespielt hatte. Sie war regelmäßig mit Professor Falkenstein dorthin geritten, um für die vornehme Gesellschaft Vorstellungen zu geben. Anna hatte diese Ausflüge geliebt. Sie wurde immer mit großem Respekt behandelt, durfte in luxuriösen Häusern zu Gast sein und ihre Zuhörer mit ihren Melodien erfreuen.

Verzweiflung mischte sich unter ihre Wut. Es gab kein Instrument im Hause ihres Onkels, und er war auch nicht bereit, eines für sie anzuschaffen. Seit sie aufrecht sitzen konnte, war in ihrem Leben kein Tag vergangen, an dem sie nicht Klavier gespielt hatte. Wie sollte sie nur in einem Haus überleben, in dem es kein Instrument gab?

Hunderte von Kerzen ließen den Ballsaal in warmem Licht erstrahlen. Der hohe Raum war von Stimmengewirr, dem Rascheln von Seide und von heiterer Musik erfüllt. Die feinsten und teuersten Ballkleider fanden ihre Gegenstücke in eleganten und modischen Anzügen. Frauen mit aufwendig gesteckten Frisuren, glitzernden Edelsteinen und schimmernden Federn bewegten sich zur Musik oder standen in

Gruppen am Rande der Tanzfläche zusammen. Aufgeregte Mädchenstimmen tuschelten hinter Anna.

»Ich habe schon jetzt keinen Tanz mehr frei.«

»Mich hat gerade John Grant um den nächsten Tanz gebeten.«

»Ich glaube, er wird uns in den nächsten Tagen besuchen.«

Anna ließ sich treiben. Diese Welt war ganz anders als die, aus der sie kam. Atemlos sah sie den Paaren zu, die schwungvoll über die Tanzfläche wirbelten. Unwillkürlich machte sie einen der Tanzschritte mit, so ansteckend war die Musik. Sie schlenderte am Rand entlang und beobachtete die Tänzer. Sie kannte diese Schritte nicht. In Deutschland hatte sie auf den Dorffesten gern getanzt, aber es waren andere Tänze gewesen als diese hier. Zu Hause hatten sie sich vom Rhythmus der Musik treiben lassen, waren herumgesprungen, bis ihnen die Luft ausgegangen war. Die Tänzer hier schienen ihre Bewegungen genau einstudiert zu haben. Alles folgte einem Muster.

»Anna, darf ich dir Sir John Stroud vorstellen?« Plötzlich stand Timothy vor ihr, einen eleganten Herrn neben sich.

»Sehr erfreut«, der Mann verbeugte sich leicht. »Darf ich Sie um den nächsten Tanz bitten?«

»Nein danke«, Anna lächelte ihn an, »ich werde heute nicht tanzen.«

Der junge Mann sah Anna verwirrt an, stammelte eine Entschuldigung und ging davon. Timothy zog die Augenbrauen zusammen. Sein Gesicht färbte sich rot. Er öffnete den Mund, als wollte er etwas sagen, schien sich dann jedoch zu besinnen und folgte dem Mann, der im Gewirr der Menge verschwunden war. Anna sah ihnen irritiert nach und setzte dann ihren Weg durch den Ballsaal fort.

Warum war Timothy so wütend geworden, nur weil Anna nicht mit Mr Stroud tanzen wollte? Ob er sie in Wirklichkeit mit ihm und nicht mit seinem Freund Lyme zu verheiraten hoffte? Er hatte bislang nicht wieder davon gesprochen.

Anna schüttelte den Gedanken ab. Sie wollte zu dem kleinen Orchester gelangen, um ihnen besser beim Spielen zuhören zu können.

Doch sie kam nicht weit, denn jetzt stand Mr Lyme plötzlich vor ihr. Er stellte Anna einen weiteren jungen Mann vor, der darum bat, Annas Tanzkarte sehen zu dürfen. Anna erklärte auch ihm, dass sie nicht vorhabe zu tanzen. Der Mann zog eine Augenbraue hoch. Meine Güte, war es denn so ungewöhnlich, nicht tanzen zu wollen? Als Mr Lyme und der junge Mann weitergegangen waren, traf Annas Blick auf zwei lachende blaue Augen.

»Sie sind noch nicht lange in London, nicht wahr?« Die blauen Augen gehörten einer Frau in einem rosa Kleid, das ihr das Aussehen eines Schweinchens verlieh. Ihre gewaltige Körperfülle verfestigte diesen Eindruck. »Ist das heute Ihr erster Ball?«

Anna errötete. War das so offensichtlich?

»Oh, entschuldigen Sie. Ich wollte Sie nicht in Verlegenheit bringen.« Die Frau streckte ihr die Hand entgegen, die in einem weißen Spitzenhandschuh steckte. »Ich bin übrigens Miss Francis Barnister. Und das ist meine Freundin Lorraine Lavington.« Sie deutete auf eine blasse Frau neben sich. In ihrem Kleid aus dunkellila Taft erschien die dünne Gestalt so zerbrechlich wie die Porzellanfiguren auf den Kaminen in den hochherrschaftlichen Kölner Salons. Anna unterdrückte ein Grinsen. Die beiden gaben ein lustiges Paar ab. Die rundliche Miss Barnister mit ihren blonden Löckchen und daneben die dürre Miss Lavington mit leuchtend rotem Haar.

»Anna Stone.« Anna ergriff die Hand und zuckte zusammen, als sie den festen Händedruck spürte. »Sie haben recht, ich bin erst seit wenigen Tagen in London.«

»Das habe ich mir gedacht.« Miss Barnister lachte.

Anna war sich nicht sicher, ob sich Miss Barnister über sie lustig machte. Ihre Stimme war kühl, als sie fragte: »Ist das denn so deutlich zu erkennen?«

»Ja, ich fürchte, schon.« In Miss Barnisters Augen lag immer noch ein Lächeln. »Sonst hätten Sie den Herrn vorhin nicht abgewiesen. Das würden Sie nicht tun, wenn Sie mit den Regeln der Gesellschaft hier vertraut wären.«

»Oh, war das falsch?«

»Ja.« Miss Barnister lachte wieder. »Falls Ihre Tanzkarte nicht bereits voll ist oder der junge Mann unhöflich war.«

»Nein«, Anna seufzte. »Aber ich kann diese Tänze nicht tanzen.«

»Dann kommen Sie mit. Wenn Sie als junge und ganz offensichtlich unverheiratete Dame direkt an der Tanzfläche stehen, werden Sie immer wieder um einen Tanz gebeten werden.«

Anna folgte den beiden Freundinnen in den Salon, der den Damen vorbehalten war. Anna sah sich um. Junge Mädchen standen in Gruppen zusammen und tranken Bowle. Einige ältere Damen hatten sich in den Sesseln und auf Sofas niedergelassen. Gegenüber der Tür, die in den Ballsaal führte, standen Weinflaschen und eine große Bowleschüssel. Mehrere Kronleuchter erhellten den Raum, und das Licht der Kerzen warf tanzende Schatten auf die Ahnenporträts an den Wänden.

»Also, Miss Stone, erzählen Sie uns etwas über sich.« Miss Barnister setzte sich auf einen seidenbezogenen Stuhl, der an einem zierlichen Tischchen stand. Miss Lavington eilte davon, um ihnen ein Glas Bowle zu holen.

»Nun«, Anna nahm neben Miss Barnister Platz und strich

über das Kirschbaumholz des Tisches. »Ich bin Pianistin.« Es war das Erste, was ihr einfiel.

»Oh«, Miss Barnister schien entzückt, »Lorraine spielt auch gern Klavier, nicht wahr?« Sie nahm das Glas entgegen, das ihre Freundin ihr reichte. Miss Lavington setzte sich und lächelte zustimmend.

»Ich spiele nicht einfach nur Klavier«, Anna errötete, »ich habe bei Professor Falkenstein studiert und in Köln regelmäßig Konzerte gegeben.«

»Wie aufregend! Dann müssen Sie das Instrument perfekt beherrschen.« Miss Barnister lehnte sich nach vorn. »Vielleicht können Sie einmal für uns spielen?«

»Sehr gern. Ich habe zu Hause in Deutschland jeden Tag viele Stunden am Klavier verbracht. Aber hier habe ich keine Gelegenheit dazu. Es fehlt mir sehr.« Sie nippte an der Bowle, die Miss Lavington vor Anna auf das Tischchen gestellt hatte.

»Sie kommen aus Köln?« Miss Barnister zog einen Fächer aus ihrem mit Bommeln besetzten rosa Handtäschchen und begann, sich Luft zuzufächeln.

»Aus der Nähe von Köln. Aus Grünberg. Einem kleinen Dorf bei Lennep.«

»Lorraine und ich reisen sehr gern. Bevor wir unser Landhaus in Devon haben bauen lassen, waren wir acht Jahre unterwegs. Überall auf der Welt. Nicht wahr, Lorraine?«

Miss Lavington nickte. Anna hatte sie noch nicht einen Ton sprechen hören. Ob sie überhaupt eine Stimme besaß?

Miss Barnister fuhr fort: »Wir waren in Neuseeland. Traumhaft. Aber auch in Nord- und Südamerika war es wundervoll.«

»Und in Mesopotamien und Ägypten.« Also doch. Miss Lavington konnte reden.

»Wir haben Muscheln gesammelt, und in unserem Haus

in Devon gibt es jetzt eine Muschelgalerie unterm Dach. So haben wir die Erinnerungen an unsere Reisen immer um uns.« Miss Barnister fächelte weiter. »Auf Bällen wird die Luft immer so stickig.«

Anna fand es auch sehr warm. Die Türen des Salons waren geschlossen, und der Raum war voller Frauen und junger Mädchen, die sich vom Tanz erhitzt ausruhten.

»Wann sind Sie in London eingetroffen, Miss Stone?«

»Anna.« Sie fühlte sich wohler, wenn sie mit ihrem Vornamen angesprochen wurde.

»Gut, aber dann sagen Sie auch Francis und Lorraine zu uns.« Miss Barnister strahlte.

»Ich bin erst vor einer Woche in London angekommen.«

Es war die längste Woche in Annas Leben gewesen. Außer zu Besuchen beim Schneider hatte sie das Haus ihres Onkels nicht verlassen dürfen. Ohne Begleitung zeigte sich eine junge Dame nicht auf der Straße, meinte Timothy. Er hatte Anna angewiesen zu handarbeiten. Aber Anna hatte noch nie gern gestickt. Die Zeit, die andere Mädchen am Stickrahmen verbrachten, hatte Anna lieber ihrer Musik gewidmet.

»Sind Sie direkt aus Köln hergekommen?« Francis reichte Lorraine ihr leeres Glas, die sofort aufstand, um ihrer Freundin erneut Bowle zu holen.

»Ja, es war schrecklich, ich bin nie zuvor so lange gereist. Ich war froh, als ich mich endlich wieder ausstrecken konnte.« Anna sah Lorraine nach, die sich durch die Menge der umherstehenden Frauen ihren Weg bahnte.

»Oh, das kennen wir. Auf unseren Reisen haben wir schon viele Tage in unbequemen Droschken und Kutschen zugebracht. Hinterher taten uns sämtliche Knochen weh.« Francis verzog das Gesicht bei der schmerzhaften Erinnerung und schüttelte ihre Löckchen. »Und in den südlichen Ländern wird man zusätzlich von Stechtieren jeglicher Art belästigt.

Das waren manchmal ganz schöne Strapazen. Aber«– sie lächelte – »ich möchte keine unserer Reisen missen. Die Eindrücke, die wir dabei gewonnen haben, sind so überwältigend. Wir zehren noch heute davon.«

»Das kann ich mir vorstellen. Es ist bestimmt interessant, fremde Länder kennenzulernen. Waren Sie schon einmal in Deutschland?«

Francis schüttelte den Kopf und nahm das gefüllte Glas entgegen, das Lorraine ihr reichte. »Nein, bislang noch nicht. Obwohl wir gehört haben, dass es am Rhein und in den Alpen sehr schön sein soll.«

»Am Rhein ist es wunderbar. In den Alpen war ich auch noch nicht. Ich bin nie weit von Köln fortgekommen. Eigentlich hatte mein Professor für mich eine Konzertreise geplant, aber dann …« Anna schwieg und dachte an die Pläne, die sie gehabt hatte.

»Wieso sind Sie nach England gekommen, Anna? Wollen Sie hier ein Konzert geben?«

»Das wäre schön.« Anna seufzte. »Nein, ich wurde gezwungen hierzukommen. Mein Vater ist vor einem Jahr gestorben, und meine Mutter hat nun seinen Bruder, meinen Onkel, geheiratet, der in London lebt.«

»Ist er Engländer?« Francis nippte an ihrer Bowle.

Anna nickte. »Genau wie mein Vater.«

»Sie vermissen Ihre Heimat«, stellte Francis fest, die Anna genau beobachtet hatte.

»Ja, mehr als ich je gedacht hätte.« Anna spürte, wie die Tränen in ihr aufstiegen. Sie atmete tief durch. »Alles ist plötzlich anders geworden. Ich sehe meine Mutter kaum. Mein Onkel lässt mich nicht zu ihr, und ich mache mir Sorgen um sie.« Warum erzählte sie diese persönlichen Dinge zwei Frauen, die sie eben erst kennengelernt hatte? »Meine Mutter ist krank«, fügte Anna hinzu.

»Das muss schrecklich für sie sein.« Francis griff nach Annas Hand und streichelte sie sanft. Lorraine stand auf und eilte mit Annas halb leerer Tasse erneut zu der großen Bowleschüssel. Kurz darauf war sie mit einem neuen Glas zurück.

Anna nahm einen Schluck des süßen und erfrischenden Getränks. Sofort fühlte sie sich besser. »Es tut mir leid, dass ich Sie mit meinen Sorgen belästige. Sie möchten bestimmt einen fröhlichen Abend verbringen.« Sie lehnte sich zurück und stellte fest, dass sich der Salon geleert hatte. Vielleicht wurde im Ballsaal gerade ein besonders beliebter Tanz gespielt.

»Ach was«, Francis winkte ab und zog ein mit Spitze besetztes Tuch aus ihrem Seidentäschchen. Damit tupfte sie sich über die feuchte Stirn. »Das Leben ist eben nicht immer fröhlich. Was für eine Krankheit hat Ihre Mutter denn?«

Anna zuckte mit den Schultern. »Genau kann ich es nicht sagen. Sie hatte schon immer einen Hang zur Schwermut, aber nach dem plötzlichen Tod meines Vaters litt sie unter seltsamen Zuständen. Sie war dann manchmal tagelang nicht ansprechbar, hat nur herumgesessen und vor sich hin gestarrt.«

»Oje, das muss auch für Sie eine starke Belastung gewesen sein.« Miss Lavington warf einen prüfenden Blick auf Annas Bowle und schien zufrieden, dass das Glas noch gefüllt war.

»Natürlich.« Anna dachte an die Zeit zurück, in der sie nicht an ihre Mutter herangekommen war. »Aber dann habe ich eine Möglichkeit gefunden, ihr zu helfen.«

Francis und Lorraine sahen Anna gespannt an. »Wie?«

»Ich habe es zufällig herausgefunden. Ich muss nur Klavier spielen, und schon geht es ihr besser.«

»Wunderbar«, hauchte Lorraine begeistert.

»Wie sind Sie darauf gekommen?«, wollte Francis wissen, während sie ihr Tuch wieder in der Tasche verstaute.

»Anfänglich hatte ich gedacht, meine Mutter brauche Ruhe. Daher hatte ich absichtlich nicht gespielt, wenn es ihr schlecht ging. Aber je öfter und länger diese Zustände wurden, umso verzweifelter fühlte ich mich. Und da ich mich am besten beim Klavierspiel beruhigen kann, habe ich einfach gespielt. Dabei merkte ich, dass es nicht nur mir, sondern auch meiner Mutter geholfen hat.«

»Hervorragend.« Francis trank ihre Bowle aus und stellte die Tasse auf das Kirschbaumtischchen. »Wir werden nur noch wenige Tage in London bleiben. Nach der Eröffnung der Weltausstellung kehren wir aufs Land zurück, in unser Haus Sixteen Angles bei Plymouth. Sie müssen uns dort unbedingt besuchen.«

Anna verabschiedete sich von den beiden Damen und verließ den Salon. Auch im Ballsaal waren bereits weniger Menschen als zuvor. Anna überlegte, wie spät es wohl war. Der Ball würde bestimmt bald zu Ende gehen.

Sie achtete darauf, nicht zu nah an die Tanzfläche zu geraten, um nicht wieder von einem Mann zum Tanzen aufgefordert zu werden.

»Miss Stone«, Mr Lyme stand plötzlich neben ihr, »ich fürchte, Sie haben meinen Freund vorhin in Verlegenheit gebracht.« Er lachte.

»Das weiß ich inzwischen auch, und es tut mir sehr leid.« Anna ließ sich von ihm auf die Terrasse führen. »Ich verspreche, mich zu bessern.«

»Es war nicht Ihre Schuld.« Mr Lyme lehnte sich an das schmiedeeiserne Geländer. Der Wind trug den Duft von Rosen und Lavendel aus dem Garten zu ihnen herauf. Leise drang die Musik des Orchesters aus dem Ballsaal auf die Terrasse.

»Ihr Onkel hätte daran denken sollen, dass Sie mit den Regeln der Gesellschaft nicht vertraut sind.«

»Mein Onkel will mich quälen, wo er nur kann.« Anna biss sich auf die Lippen. Sie musste vorsichtiger sein. Schließlich war Mr Lyme ein Freund von Timothy.

»Er ist mit seiner neuen Rolle als Ihr Vormund noch ebenso unerfahren wie Sie mit der Londoner Gesellschaft. Geben Sie ihm Zeit, er wird sich daran gewöhnen und Ihnen gegenüber verständnisvoller und gütiger werden.« Mr Lyme zeichnete mit der Spitze seines Stiefels den Umriss der terrakottafarbenen Terrassenfliesen nach.

Anna hätte ihm gern geglaubt.

»Miss Stone.« Mr Lyme berührte Annas Arm. »Würden Sie mir die Freude machen und mit mir tanzen?«

»Oje.« Anna musste lachen. »Jetzt bringen Sie mich dazu, wieder unhöflich sein zu müssen. Ich kann nicht mit Ihnen tanzen, Mr Lyme. Ich kenne die Tänze hier nicht.«

»Sie spielen einen Walzer, kennen Sie den auch nicht?« Mr Lyme sah sie offen an.

Anna errötete. »Doch, natürlich. Ich habe ihn auf dem Klavier gespielt. Getanzt habe ich ihn noch nie.« In Deutschland galt der neumodische Walzer als anrüchiger Tanz.

»Es ist ganz einfach. Lassen Sie sich von mir führen.« Mr Lyme zog Anna in seine Arme und begann, sich mit ihr im Takt der Musik zu bewegen. Noch nie zuvor war ihr ein Mann so nah gewesen. Anna wusste nicht, wo sie hinsehen sollte.

»Seien Sie ganz entspannt, genießen Sie die Musik.« Mr Lyme schien ihre Unsicherheit bemerkt zu haben.

»Aber wenn jetzt jemand auf die Terrasse kommt?« Wenn Anna auch kaum etwas von der englischen Gesellschaft wusste, dann doch so viel, dass es sich mit Sicherheit nicht schickte, allein mit einem Mann auf der Terrasse Walzer zu tanzen.

»Lassen Sie sich von der Musik treiben.« Mr Lyme wirbelte sie schwungvoll in die hintere Ecke. Dämmerlicht umgab sie. »Jetzt kann uns niemand mehr sehen.«

Er schien sehr zufrieden mit seinem Einfall zu sein. Anna hingegen fühlte sich nun noch unwohler als zuvor. Sie war solch intimen Umgang mit einem Mann nicht gewohnt und wäre lieber in den Ballsaal zurückgekehrt. Aber Mr Lyme schien den Tanz mit ihr zu genießen.

Anna dachte an ihre Mutter. Auf dem Weg zum Ball hatte sie gekrümmt in der Kutsche gesessen. Ihr Gesicht war angespannt gewesen, als litte sie unter Schmerzen. Aber auf Annas Fragen hatte ihre Mutter immer wieder versichert, dass es ihr gut gehe.

Die Musik endete. Mr Lyme führte sie wieder ins Haus. Kaum hatten sie den Flur erreicht, der von der Terrasse in den Ballsaal führte, trat Timothy auf sie zu.

»Zum Teufel noch mal, untersteh dich, dich einfach davonzustehlen!« Er zischte wie eine Schlange. Als er sah, dass Anna in Begleitung seines Freundes war, wurde sein Blick etwas freundlicher. »Ach so. Du hast sie mitgenommen. Schön, dagegen kann ich kaum etwas sagen. Es ist schließlich dein Recht.«

»Was?« Anna sah ihren Onkel an.

»Die Kutsche wartet. Komm schon.« Ohne auf ihre Frage einzugehen, legte Timothy ihr die Hand auf den Rücken und schob sie in Richtung Ausgang. Anna hätte seine Hand am liebsten abgeschüttelt. Der Abend war schön gewesen, aber nun wartete in Timothys Haus wieder die Langeweile auf sie.

Am nächsten Morgen wurde Anna ins Arbeitszimmer ihres Onkels gerufen. Dicke Vorhänge sperrten das Sonnenlicht aus. Zigarrenrauch lag in der Luft.

Als Anna eintrat, stand Timothy vor seinem Mahagonischreibtisch. Auf dem roten Ledersofa vor dem Kamin saß eine Frau, die Anna nicht kannte. Sie trug ein schwarzes, hochgeschlossenes Kleid und eine Witwenhaube.

»Das ist Mrs Roberts«, stellte Timothy die ältere Dame vor. Anna knickste.

»So, das ist sie also.« Mrs Roberts stand auf und ging auf Anna zu. Mit gekräuselten Lippen und zu schmalen Schlitzen zusammengekniffenen Augen betrachtete sie Anna von oben bis unten.

»Sie tragen kein Korsett«, stellte sie fest.

Anna errötete. Sie konnte doch nicht vor ihrem Onkel über ihre Unterwäsche sprechen.

»Darauf hätte man schon in ihrer Kindheit achten müssen. Nun wird es schwer, die Figur annehmbar zu gestalten.«

»Ich hatte leider keinen Einfluss darauf«, beeilte sich Timothy zu erklären, »man hat sie erst vor ein paar Wochen in meine Obhut gegeben.«

Anna lachte laut auf. Von »geben« konnte nun wirklich nicht die Rede sein. Timothy hatte sie sich doch praktisch angeeignet, indem er ihre Mutter geheiratet hatte.

»Möchten Sie etwas sagen, mein Kind?« Mrs Roberts sah Anna direkt in die Augen. Anna fuhr zurück, als sie die Kälte in ihrem Blick wahrnahm. Dann schüttelte sie den Kopf. Dieser Frau hatte sie gar nichts zu sagen.

»Ich hatte geglaubt, dass wir mit ihr allein zurechtkämen. Aber wie sich jetzt herausstellt, braucht sie die Führung einer erfahrenen Frau.« Timothy griff nach dem Whiskyglas neben sich. »Sie kennt die einfachsten Anstandsregeln nicht, bewegt sich vollkommen ungraziös und ist nicht einmal mit leichten Handarbeiten vertraut.«

Mrs Roberts nickte und nahm wieder auf dem Sofa Platz. »Das überrascht mich nicht. Ich brauche sie nur anzusehen und weiß sofort, dass hier viel versäumt worden ist.«

»Können wir auf Ihre Hilfe hoffen?« Timothy leerte sein Glas in einem Zug.

»Nun, es ist eine Herausforderung.« Ihr Blick wanderte durch das dunkle Arbeitszimmer. Einen Moment lang betrachtete sie den gefegten Kamin, die Gemälde an der Wand, auf denen Schiffe und Kutschen abgebildet waren. Schließlich warf sie Anna einen abschätzenden Blick zu und wandte sich wieder an Timothy. »Einen so schwierigen Fall hatte ich noch nie. Aber ich nehme Ihr Angebot an, Mr Stone.«

»Wunderbar.« Timothy griff nach der Kristallkaraffe und schenkte sich noch einen Whisky ein. »Ihre Räume habe ich schon herrichten lassen. Sie werden doch hier im Haus wohnen?«

»Natürlich.« Mrs Roberts stand wieder auf. Sie schritt zum Kamin und rückte ein paar Silberdosen und eine Schiffspfeife zurecht. »Ich nehme schließlich die Stelle einer Mutter bei diesem Mädchen ein.«

»Aber ich habe eine Mutter.« Anna konnte sich nicht länger zurückhalten.

Mrs Roberts musterte sie abfällig. »Umso schlimmer.«

Anna beschloss, Mrs Roberts so gut es ging zu ignorieren. Sie trat auf ihren Onkel zu, der immer noch vor seinem Schreibtisch stand. »Ich würde gern meine Mutter sehen. Gestern Abend hatte ich den Eindruck, es gehe ihr nicht gut.«

Mrs Roberts war bereits zur Tür gegangen und wandte sich ungeduldig zu Anna um. Anscheinend wollte sie gemeinsam mit ihr das Arbeitszimmer verlassen.

»Unsinn.« Timothy machte eine wegwerfende Handbewegung. »Sie ist nicht mehr die Jüngste, da hat man schon mal das ein oder andere Zwicken. Es geht ihr gut.«

»Darf ich bitte zu ihr?« Anna sah ihren Onkel herausfordernd an, der sich jetzt eine Zigarre anzündete.

»Nein.« Timothy grinste sie an. »Deine Mutter hat heute

Vormittag einige Besuche zu machen. Und am Nachmittag wollen wir in den Hyde Park fahren und uns die Bauarbeiten ansehen.«

»Darf ich Sie begleiten?« Anna hatte schon von dem Kristallpalast gelesen, der im Park errichtet worden war. In wenigen Tagen sollte dort die Eröffnung der Weltausstellung gefeiert werden. Anna freute sich schon sehr darauf, die Ausstellung zu besuchen.

»Nein, du kannst uns nicht begleiten.« Timothy trat dicht vor sie. Er blies ihr den Zigarrenrauch ins Gesicht.

Anna unterdrückte den Drang, den Rauch mit der Hand wegzuwedeln, und ging zur Tür. Warum schirmte Timothy ihre Mutter so von ihr ab? Seit Anna in England war, hatte sie ihre Mutter kaum gesehen. Meistens litt sie angeblich unter Kopfschmerzen. Anna vermutete, dass ihre Mutter von den altbekannten Zuständen heimgesucht wurde. Wenn es in diesem Haus bloß ein Klavier gäbe! Aber so hatte sie keine Möglichkeit, ihrer Mutter zu helfen. Sie musste Timothy dazu bringen, ein Pianoforte anzuschaffen. Und vielleicht war jetzt ja die richtige Gelegenheit. Mrs Roberts würde es doch bestimmt gutheißen, wenn junge Mädchen ein Instrument spielten. Also drehte Anna sich an der Tür noch einmal um. Doch als sie dem Blick ihres Onkels begegnete, schwieg sie. Abgrundtiefer Hass zeichnete sich in seinen Augen ab. Aber was hatte Anna ihm getan, dass er sie so sehr hassen konnte?

Anna versuchte, tief durchzuatmen.

»Zappeln Sie um Himmels willen nicht so herum!« Mrs Roberts' Gesicht, das in der Öffentlichkeit immer freundlich, hinter verschlossenen Türen jedoch verbissen wirkte, schob sich dicht neben Annas Ohr.

»Ich kriege keine Luft«, zischte Anna zurück.

Mrs Roberts strahlte sie an. »Schauen Sie sich die anderen jungen Mädchen an. Sie tragen ihre Kleider, ohne zu klagen.«

»Es ist auch nicht das Kleid, das mir zu schaffen macht, sondern das schreckliche Korsett.« Anna zupfte an ihrem gelben Seidenkleid herum.

»Schluss jetzt!«, säuselte Mrs Roberts.

Anna sah sich in dem Ballsaal um. Die anderen Mädchen bewegten sich graziös und unbeschwert, während sie im Takt über die Tanzfläche schwebten. Bunte Edelsteine blitzten aus ihren Haaren und Dekolletés, die Seidenstoffe ihrer teuren Kleider rauschten unter ihren Bewegungen. Das Licht der zahlreichen Kerzen schimmerte in ihren erwartungsvollen Augen, und das muntere Geklapper der unzähligen Absätze vermischte sich mit dem Klang der Musik.

Anna hingegen fühlte sich nicht nur in ihrer fest verschnürten Brust gefangen. Mittlerweile war sie schon fast drei Wochen in England, und seit sie unter dem strengen Regiment von Mrs Roberts stand, hatte sie keine Möglichkeit gehabt, auch nur einen unbeobachteten Schritt zu tun. In den ersten Tagen wurde das Schnüren des Mieders von der Erzieherin streng überwacht. Sie ließ es so fest zuziehen, dass Anna befürchten musste, in Ohnmacht zu fallen. Das Korsett minderte Annas Appetit enorm.

Der Vormittag verging mit leichten Handarbeiten und Tanzunterricht, und am Nachmittag musste Anna Besuche anderer junger Damen empfangen und erwidern, sich von Mrs Roberts langweilige Vorträge über die Führung eines Haushalts anhören oder weiter sticken und häkeln. All das hätte sie ertragen können, wenn sie zwischendurch hätte Klavier spielen dürfen. Das jedoch hielt Mrs Roberts nicht für nötig. Sie sah bei Anna zu viele Unzulänglichkeiten, wie sie sich ausdrückte. Zuerst müsse sie lernen, den Pflichten einer guten Hausfrau nachzukommen, danach könne sie sich um die schönen Künste kümmern. Noch nie zuvor hatte Anna so lange nicht musiziert. Sie vermisste es mit jeder Stunde mehr.

Das Leben im Haus ihres Onkels war wie ein Gewitter, das sie im Wald überrascht hatte. Jeden Moment konnte sie von einem Blitz getroffen werden, den Timothy abfeuerte. Er war jähzornig, und Anna hatte bereits mehrmals harte Ohrfeigen von ihm einstecken müssen. Meistens war Anna sich keiner Schuld bewusst. Sie hatte irgendwann aufgehört zu fragen, wofür sie die Strafen erhielt.

Ein schrecklicher Verdacht setzte sich in ihr fest. In den wenigen Momenten, die sie ihre Mutter sah, schien diese immer Schmerzen zu haben. War es möglich, dass Timothy Annas Mutter genauso brutal behandelte, wie er auch Anna behandelte? Schlug er bei Annas Mutter vielleicht noch fester und noch öfter zu? Das würde das schmerzverzerrte Gesicht und die gebückte Haltung ihrer Mutter erklären. Aber warum hatte Timothy sie geheiratet, wenn er sie und Anna nicht ertragen konnte?

»Hören Sie auf, ein solches Gesicht zu machen! Lächeln Sie! Sonst wird sich kein Mann erbarmen und mit Ihnen tanzen.« Mrs Roberts nickte zwei Damen zu, die an ihnen vorbeigingen. Es war bereits der fünfte Ball, auf den Timothy Anna gebracht hatte. Dieses Mal befanden sie sich in einer Stadtvilla in Westminster.

»Aber ich möchte nicht tanzen.« Sie musste das Korsett loswerden. Mit diesem Ungetüm würde sie keinen Ball genießen können. Dabei hatte sie sich sehr darauf gefreut zu tanzen.

In den letzten Wochen hatte Mrs Roberts sie jeden Morgen für zwei Stunden zu einem Lehrer gebracht, der Anna die modernen Tänze beigebracht hatte. Mr Smith, ein junger Mann mit gewaltigem Schnurrbart und schütterem Haupthaar, hatte Annas Taktgefühl und Talent gelobt. Anna hatte die Komplimente höflich entgegengenommen. Natürlich lag ihr das Tanzen. Es basierte auf Musik, und Musik war nun einmal ihr Leben.

Jetzt brannte sie darauf, sich endlich mit den anderen jungen Leuten auf der Tanzfläche zu drehen, aber nicht in diesem Gefängnis, das sich um ihren Körper schloss.

»Natürlich werden Sie tanzen. Der einzige Zweck, warum man Sie auf Bälle mitnimmt, ist, einen geeigneten Ehemann für Sie zu finden.« Mrs Roberts warf ihr galantes Lächeln in den Raum.

Timothy hatte doch schon einen Ehemann für Anna ausgewählt. Wusste Mrs Roberts etwa nichts davon? Oder hatte der Kandidat seine Zustimmung zurückgezogen? Vielleicht war es auch Mr Stroud, dem Anna beim letzten Ball den Tanz verweigert hatte. War er tatsächlich so gekränkt, dass er sein Interesse an ihr verloren hatte? Anfänglich hatte Anna geglaubt, dass sie Mr Lyme heiraten sollte. Doch weder Timothy noch sein Freund hatten das Thema noch einmal aufgegriffen. Anna war froh darüber, denn Mr Lyme war ein netter Gesprächspartner und immer aufmerksam, aber ein Leben an seiner Seite konnte sie sich nicht vorstellen.

Anna seufzte. Möglichst schnell einen Ehemann zu finden, wäre ganz in ihrem Sinn, dann würde sie wenigstens Timothys grausamer Herrschaft entkommen.

Andererseits hatte sie sich immer vorgestellt, einmal einen Jungen aus Grünberg zu heiraten. Vielleicht Gustav, den Sohn des Hufschmieds. Er hatte dieses sanfte Lächeln, das Anna immer ganz weich hatte werden lassen. Es stand völlig im Gegensatz zu seinen schmutzigen und schwieligen Händen, dem starken Körper und den dreckigen Hosen. Und dieser Gegensatz war es gewesen, der Anna angezogen hatte. Sie mochte diesen einfachen Jungen.

Und das hatte sie von ihrem Vater gelernt: Jeder, der Annas Vater traf, war sofort von der Herzlichkeit gefangen, mit der William jeden Menschen behandelte. Ganz gleich, welchen Standes er war oder welche finanziellen Mittel er besaß.

»Nicht die Äußerlichkeiten wie Ruhm, Geld oder Schönheit zählen«, hatte er auf Englisch oft zu ihr gesagt, »sondern das, was da drin ist.« Dabei hatte er sich auf die Brust getippt.

Wenn jemand Anstoß daran nahm, dass Anna wie ein Junge über die Wiesen toben durfte, dass sie nicht stundenlang am Stickrahmen sitzen und handarbeiten musste oder dass sie mit Professor Falkenstein regelmäßig nach Köln reiste, erklärte er: »Nur in einem freien Leben kann sich auch der Geist frei entfalten.«

Anna seufzte. Im Augenblick fühlte sie sich alles andere als frei. Sie sah sich in dem Ballsaal um. Junge Männer gab es hier genug. Aber es fiel ihr schwer, sich einen von ihnen als ihren Ehemann vorzustellen. Das hier war nicht ihre Welt. Mit den Jungen aus Grünberg hatte sie tanzen und reden können. Sie hatte nicht darauf achten müssen, wie sie ihren Fächer hielt, wo sie sich im Saal aufhielt oder wie lange sie einem von ihnen in die Augen sah. Das Leben war so viel einfacher gewesen.

»Tanzen Sie mit mir, Miss Stone!« Plötzlich stand Mr Lyme vor ihnen und streckte die Hand nach Annas Tanzkarte aus. »Sie machen ein so finsteres Gesicht, dass sich kein Mann traut, Sie aufzufordern. Sehen Sie«, er hielt ihr die leere Tanzkarte unter die Nase, »nun, umso besser für mich. Der nächste Tanz gehört mir.«

Anna musste gegen ihren Willen lachen. »Mit Ihnen tanze ich gern, Mr Lyme. Ich dachte nur gerade darüber nach, dass ich nicht in diese Gesellschaft passe.«

Der ältere Mann sah sie überrascht an. »Ich muss Ihnen widersprechen. Sie sind eine der schönsten Frauen dieses Abends, und ich kann mir nicht vorstellen, wer mehr hierhergehört als Sie.«

»Ich fühle mich hier nicht wohl. Ich bin ein Kind vom Dorf und werde mich nie an London gewöhnen.« Anna ließ sich von Mr Lyme auf die Tanzfläche führen. Die Musik hatte ausgesetzt, und das Orchester wartete, bis die Tänzer sich in zwei gegenüberliegenden Reihen aufgestellt hatten. Es wurde eine Quadrille getanzt. Als sich die beiden Reihen gebildet hatten, begannen die Musiker zu spielen.

»Sie brauchen jemanden, der sich Ihrer annimmt«, griff Mr Lyme das Gespräch wieder auf, sobald sie mit dem Tanz begonnen hatten. »Mit ein wenig Anleitung und unter der starken Führung eines Mannes werden Sie eine wunderbare Ehefrau abgeben.«

Anna zog die Augenbrauen zusammen und sah Mr Lyme an, während sie sich auf die Tanzschritte konzentrierte. »Ich bin nicht dafür geeignet, eine gute Hausfrau zu werden. Sehen Sie, das ist es, was ich vorhin meinte. Die Mädchen hier sind genau dazu erzogen worden, aber ich habe immer Klavier gespielt, solange ich denken kann. Ich wollte nie etwas anderes als Pianistin werden. Ich möchte komponieren, Konzerte geben und eigene Schüler unterrichten. Wie Clara Schumann.«

»Das sind nette Fantasien.« Mr Lyme lachte, und Anna spürte, wie die Wut in ihr aufstieg. Hier in England schien sie niemand ernst zu nehmen. Und sie hatte noch keine einzige Note am Klavier spielen können, um zu zeigen, welch gute Pianistin sie war.

»Oje, ich habe Sie verärgert. Wo ist Ihr Lächeln geblieben?« Mr Lyme griff nach ihrem Arm und machte die fünf Tanzschritte neben ihr her, bevor er sich wieder von ihr trennen und sich der Tänzerin neben Anna zuwenden musste.

»Wenn Sie verärgert sind, sind Sie beinahe noch bezaubernder«, erklärte er, als er wieder bei ihr war.

Offenbar machte er sich über sie lustig, und Anna schwieg den Rest des Tanzes. Als das Orchester geendet hatte, führte Mr Lyme sie von der Tanzfläche.

»Kommen Sie mit auf die Terrasse.« Er schob sie vor sich her, durch das Gewühl der vielen aufgeregten Debütantinnen und jungen Männer. Anna wollte widersprechen und lieber bei den anderen Menschen im Saal bleiben. Sie erinnerte sich an den anderen Ball, als er sie ebenfalls auf die Terrasse geführt hatte. Anna hatte sich dort nicht wohlgefühlt. Aber er hatte sich nicht unschicklich verhalten. Er hatte mit ihr Walzer getanzt. War das wirklich so schlimm gewesen?

»Sie sind mir böse«, stellte er fest, als sie endlich aus den stickigen Räumen ins Freie traten. »Was kann ich tun, damit Sie mir verzeihen?«

Anna zog die Schultern hoch und starrte in den dunklen Garten. Fackeln waren aufgestellt worden und verbreiteten ein flackerndes, unruhiges Licht. Ein paar junge Mädchen liefen kichernd einen Weg entlang. Anna fragte sich, wie sie es wohl geschafft hatten, ihren Aufpasserinnen zu entkommen. Leise tönte die wieder einsetzende Musik des Orchesters zu ihnen heraus.

Sie sah sich um. Wo war Mrs Roberts? Normalerweise ließ sie Anna nicht aus den Augen. Annas Blick streifte über die große Terrasse. Außer ein paar Statuen aus Marmor war nichts zu sehen.

»Miss Stone«, Mr Lyme stand jetzt ganz dicht neben ihr, »es ist mir wichtig, dass Sie nicht mehr ärgerlich auf mich sind. Ich hatte heute Abend mit Ihnen sprechen wollen, über eine sehr …«, er zögerte, »persönliche Angelegenheit.«

Anna sah ihn fragend an.

»Ich muss gestehen«, fuhr Mr Lyme fort, »dass ich vom ersten Augenblick an von Ihnen verzaubert war.«

Er griff nach Annas Hand, und sie fühlte sich plötzlich äußerst unwohl auf der einsamen Veranda.

»Ihr Onkel und ich sind uns einig geworden.« Er führte ihre Hand an seine Lippen und hauchte einen Kuss auf die violette Spitze von Annas Handschuh.

»Worüber denn?« Ihr Hals war plötzlich trocken, die Worte kamen nur mühsam hervor.

»Wir haben beschlossen, dass Sie meine Frau werden. Die Verlobung soll noch während dieser Saison verkündet werden und die Hochzeit bereits im Herbst stattfinden.« Er streckte seine Hand aus und berührte sanft Annas Wange.

Sie wich vor ihm zurück und starrte ihn verständnislos an. »Aber mit mir hat niemand gesprochen. Mein Onkel hat mich nicht gefragt.«

»Nun, das wird er bestimmt noch tun.« Mr Lyme strich über Annas Gesicht. Es war eine viel zu intime Geste. Noch nie zuvor hatte ein Mann sie so berührt.

»Aber ich möchte Sie nicht heiraten«, presste Anna hervor und wandte sich von ihm ab.

Mr Lyme schwieg einen Moment. Dann lachte er nervös. »Nun, Sie müssen erst darüber nachdenken, sich mit dem Gedanken vertraut machen. Das verstehe ich. Aber am Ende werden Sie einsehen, dass es eine vernünftige Lösung ist. Ich habe viel Geld und eine gute gesellschaftliche Position.«

»Aber ich liebe Sie nicht.« Anna war es plötzlich kalt geworden. Im Garten hörte sie eine Nachtigall singen.

Mr Lyme lachte. »Ihr jungen Mädchen habt herrlich romantische Vorstellungen. Wer heiratet denn schon aus Liebe? Das ist etwas für die Armen, für die unteren Schichten.«

»Ich werde Sie nicht heiraten, Mr Lyme. Das kann mein Onkel nicht von mir verlangen.«

»Oh doch.« Mr Lymes Hand schloss sich um Annas Handgelenk, und er drehte sie zu sich. Der freundliche und liebevolle Ausdruck war aus seinen Augen verschwunden. »Das kann er. Wer interessiert sich schon dafür, was eine Frau will? Frauen werden geheiratet. Männer entscheiden darüber, wen sie heiraten. Und Ihr Onkel und ich sind uns einig. Allerdings«, sein Griff lockerte sich und sein Gesicht entspannte sich wieder, »würde es mir wesentlich mehr Freude bereiten, wenn Sie mich aus freien Stücken heiraten würden. Sie gefallen mir und ich würde Sie gern glücklich sehen.«

Anna entwand sich seinem Griff und wich einen Schritt vor ihm zurück.

»Dann lassen Sie mich in Ruhe. Zwingen Sie mich nicht zu dieser Ehe.« Anna hörte den flehenden Ton in ihrer Stimme. Wie weit war es gekommen, dass sie um ihre Freiheit betteln musste?

»Das kann ich nicht. Ich wusste, dass ich Sie heiraten würde, in dem Moment, als ich Sie zum ersten Mal sah. Ihr Onkel ist ebenso glücklich über diese Verbindung wie ich. Ich fürchte, Sie werden sich an den Gedanken gewöhnen müssen.« Mr Lyme sah sie entschlossen an. Blitzschnell war er bei ihr und presste sie an sich. Anna versuchte, sich zu befreien, aber Mr Lymes Arme waren kräftig.

»Niemals!« Endlich gelang es Anna, sich loszureißen. Sie stürmte zurück ins Haus. Jetzt wollte sie bloß nicht Mrs Roberts oder Timothy begegnen und ihnen Rede und Antwort stehen.

Sie wandte sich nach links und lief durch eine doppelflügelige Tür. Überall waren Menschen. Die große Stadtvilla, wo der heutige Ball stattfand, wimmelte von Debütantinnen, Müttern und Männern sämtlicher Altersstufen.

Für jede der jungen Frauen, die in die Gesellschaft einge-
führt werden sollten, wurde ein Debütantinnen-Ball gegeben. So kamen im Laufe der Saison unzählige Veranstaltun-
gen zusammen, bei denen jeder Vater die anderen Eltern zu
übertreffen versuchte. Hatte eine Familie kein ausreichend
großes Haus, wurde auf die Residenz eines höher gestellten
Verwandten zurückgegriffen.

Anna stand am Fuße einer breiten Treppe, die nach oben
auf eine Galerie führte. Sie lief hoch und hielt dann einen
Moment inne, um nach Luft zu schnappen. Das Korsett
machte derartig schnelle Bewegungen fast unmöglich.

Stimmen näherten sich vom anderen Ende der Galerie,
und Anna schlüpfte schnell durch eine Tür zu ihrer Rechten.
Als sie die Tür hinter sich geschlossen hatte, atmete sie auf.
Das Stimmengewirr und die Musik waren plötzlich weit
weg. Angenehme Stille herrschte in dem Raum, in dem sie
sich jetzt befand. Sie sah sich um. Es schien sich um ein
Wohnzimmer zu handeln. Kleine Tische mit Spitzendeckchen, Porzellanfiguren auf dem Kaminsims, eine ausladende
Sitzgarnitur mit goldbortengesäumten Kissen und ein Stickrahmen. Es schien sich um das Boudoir der Dame des Hauses
zu handeln.

Anna ließ sich in einen der Sessel fallen und dachte darüber nach, wie sie es schaffen könnte, das Mieder ohne fremde
Hilfe zu lockern. In diesem Moment fiel ihr Blick auf ein Möbelstück in der gegenüberliegenden Ecke. Ihr Herz begann
zu pochen. Sie stand auf und trat näher heran. Tatsächlich –
ein Flügel! Ein wunderschönes Pianoforte aus Nussbaumholz. Anna konnte nicht anders, sie schlug die Spitzendecke,
die auf dem Instrument lag, zurück und öffnete den Deckel.
Sie sah sich um, dann setzte sie sich auf die Klavierbank.

Ihre Finger glitten über die Tasten. Wie immer, wenn sie
zu spielen begann, entstand als Erstes Beethovens Sonate

Pathétique unter ihren Händen. Sie liebte dieses Musikstück und brauchte es, um in ihre eigenen Melodien zu finden. Die Sonate *Pathétique* war das erste Werk, das Professor Falkenstein mit ihr eingeübt hatte. Seitdem stellte es ein Stück Heimat für sie dar.

Nachdem die letzten Takte verklungen waren, spielte Anna ihre eigenen Kompositionen. Sie schloss die Augen und ließ sich fallen. Sie tauchte in den Strudel der Melodien ein, die ihre Wut, ihre Verzweiflung, ihr Heimweh, ihren Kummer und ihre Angst herausspülten. Die Anspannung der letzten Tage fiel von ihr ab. Es tat so gut, sich der Musik anzuvertrauen, in ihr zu vergessen und sich von ihr trösten zu lassen. Nie zuvor hatte sie die Musik so sehr gebraucht wie in diesem Augenblick. Und nie zuvor hatte sie ihren Trost und ihren Zuspruch derart stark erfahren.

Nachdem sie sich gänzlich befreit und der Musik vollkommen anvertraut hatte, öffnete sie die Augen. Der Klang ihrer letzten Noten lag noch im Raum.

Sie stutzte. Zwei dunkle Augen betrachteten sie. Etwas ging von diesen Augen aus, das Anna faszinierte. Tiefes Wissen. Verständnis. Sie verlor sich in dem Blick, in dem ein ganzes Universum zu liegen schien.

»Was haben Sie gespielt?« Seine Stimme war warm und weich. Ein voller C-Dur-Ton.

Anna lächelte nachdenklich und zuckte die Schultern. Das dunkle Braun seiner Locken entsprach der Farbe seiner Augen. Ein schöner Mann, wenn auch nicht mehr ganz jung. Sie stand auf.

»Ich weiß es nicht genau. Wahrscheinlich mich selbst.« Sie kam hinter dem Flügel hervor, ohne ihn aus den Augen zu verlieren. Etwas an ihm berührte sie. Ein merkwürdiges Kribbeln breitete sich in Annas Magen aus.

»Sich selbst?«

Sie nickte.

Er kam näher und Anna nahm den markanten Duft von Orangen und Moschus wahr. »Und wer sind Sie?«

Das Kribbeln in ihrem Bauch verstärkte sich. Sie lachte und warf ihren Kopf zurück. »Sie haben mir zugehört. Sie müssten es also wissen.«

»Ich habe so viel gehört, dass es mich verwirrt.«

»Natürlich.« Anna steckte sich eine Haarsträhne hinters Ohr, die sich aus ihrer Frisur gelöst hatte, und bemühte sich, das Kribbeln zu ignorieren. »Mein Klavierspiel ist ehrlich. Ich drücke meine Gefühle darin aus. Damit können Sie als Engländer nicht umgehen. Ich bin erst seit wenigen Wochen in Ihrem Land, aber eines habe ich seitdem gelernt: Gefühle zu zeigen, gehört nicht zu den Stärken der Engländer.«

Er lachte. Ein verführerisches Lachen.

»Nein. Gefühle zu zeigen, ist gefährlich.«

Sie betrachtete ihn nachdenklich und dachte an das Gespräch, das sie kurz zuvor mit Mr Lyme geführt hatte. Wie trist musste ein Leben sein, in dem man keine Gefühle zeigen konnte. Wie einsam musste eine Ehe sein, in der es keine Liebe gab. »Ich bin mir nicht sicher, ob es nicht gefährlicher ist, es nicht zu tun.«

»Ich habe Zorn und Wut gehört. Sind Sie etwa zornig?«

»Oh ja.« Ihr Onkel hatte sie an Mr Lyme versprochen, ohne sie auch nur darüber zu informieren, und Mr Lyme wollte sie heiraten, obwohl sie sich dagegen wehrte. Waren ihre Wünsche denn überhaupt nichts wert? »Ich war noch nie in meinem Leben so zornig!«

Während sie wieder daran dachte, wie der Freund ihres Onkels sie auf der Terrasse festgehalten hatte, boxte sie mit den Fäusten in die Luft. Der Fremde lachte. Anna hielt inne. Jetzt fing dieser Mann auch noch an, sich über sie lustig zu machen, und dabei hatte sie geglaubt, er könne sie verstehen.

»Sie haben kein Recht, über mich zu lachen. Sie wissen doch überhaupt nicht, was mich so wütend gemacht hat.«

»Sagen Sie es mir.« Er bemühte sich, ernst zu bleiben, aber Anna sah, dass seine Mundwinkel zuckten.

Sie starrte ihn kampflustig an. »Nein.«

»Dann dürfen Sie mir auch nicht böse sein, wenn ich amüsiert bin.«

Er stand jetzt ganz dicht vor ihr. Seine dunklen Augen bohrten sich tief in ihr Inneres. Annas Wut war verflogen. Sie hielt seinem Blick stand und schlug die Augen nicht nieder, wie sie es bei einem anderen Mann getan hätte.

»Wovor haben Sie Angst?«

Annas Augen weiteten sich erstaunt. Einen Moment lang war sie verwirrt. »Was meinen Sie?«

»Sie sind verletzt worden. Das haben Sie mir alles durch Ihr Klavierspiel verraten.«

»Sie haben mich belauscht. Es war nicht für Ihre Ohren bestimmt.«

Wie lange war sie bereits in diesem Raum? Mrs Roberts würde bestimmt schon nach ihr suchen, und Timothys Ohrfeigen würden nicht lange auf sich warten lassen. Sie wandte sich von dem Mann ab und lief in Richtung Tür. Er folgte ihr und fasste sie am Arm. Langsam drehte er sie zu sich. Sein Gesicht war ganz nah.

»Ja, das stimmt«, sagte er. »Doch ich bereue es nicht, denn ich habe nie zuvor jemanden so eindringlich spielen hören wie Sie. Niemals hat mich eine Melodie so sehr berührt wie vorhin.«

Seine Worte brachten etwas in ihr zum Klingen. Sie hatte es gewusst, in dem Moment, als sie die Augen geöffnet hatte. Sie hatte es in seinem Blick gesehen. Er hatte sie und ihre Musik verstanden wie kein anderer Mensch auf der Welt.

Sie öffnete ihren Mund und wollte ihm sagen, dass sie es wusste. Aber sie fand nicht die richtigen Worte.

Das Kribbeln in ihrem Bauch war mittlerweile unerträglich. Der Duft von Orangen und Moschus umfing sie. Ganz vorsichtig näherte sie sich ihm. Und dann kam er ihr entgegen. Ihre Lippen berührten sich. Eine Woge von Glück und Wärme strömte über Anna hinweg. Sie küssten sich. Und plötzlich war das enge Korsett vergessen. Mr Lyme, Timothy und Mrs Roberts schienen weit fort, und Anna hätte nicht einmal mehr sagen können, wo sie sich befand. Das Kribbeln in ihrem Bauch hatte aufgehört, dafür breitete sich ein anderes, ihr vollkommen fremdes Gefühl überall in ihr aus. Seine Arme umfassten sie, Anna drängte sich dicht an ihn und spürte seinen Körper.

Sie wollte diesen Moment festhalten, verschließen, tief in ihrem Innern. Es war wie ein neues Instrument, das sie jetzt erst kennen- und zu spielen gelernt hatte.

Lautes Lachen und Schritte auf der Galerie rissen sie wieder in die Gegenwart.

Widerstrebend löste sie sich von ihm und lief zur Tür. Dort drehte sie sich noch einmal um. Sie wollte sich jedes Detail seines Gesichtes einprägen, damit sie die Erinnerung an diesen Moment immer bei sich tragen konnte.

Kapitel 3

Staub, Spinnweben, Rattenkot und Insekten waren zu Ninas ständigen Begleitern geworden. Seit einer Woche war sie bereits in Stone Abbey und hatte nicht einmal die Hälfte der Zimmer in der ersten Etage gesichtet. Auf der Suche nach Hinweisen zu Anna Stones Geschichte musste sie immer wieder innehalten, und sie staunte über all die Gegenstände, die sie hier vorfand. Sie nahm eine zarte Porzellantasse in die Hand und stellte sich vor, wie ihre Urgroßtante daraus getrunken hatte. Oder sie stieß auf einen staubigen Teddybären und fragte sich, ob ihre Mutter als Kind wohl damit gespielt hatte. Vorsichtig nahm sie auf einem viktorianischen Sessel in einem der Wohnzimmer Platz und fuhr mit den Fingern über den mit Rosen bedruckten Polsterbezug. Hatte hier ihre Familie gesessen und Tee getrunken? War Anna die breite Eichenholztreppe hinauf- und hinuntergestiegen? Hatten sich ihre Vorfahren im Sommer vielleicht im Garten getroffen?

Nach zwei Tagen in Stone Abbey fühlte sich Nina in dem großen, zugigen Anwesen wohler als irgendwo sonst auf der Welt. Jahrelang war die Musik ihre einzige Heimat gewesen. Nachdem ihre Mutter gestorben war, ihr Vater seine zweite Frau geheiratet und Nina aufs Internat geschickt hatte, war sie nicht mehr gern in ihr Elternhaus zurückgekehrt. Wenn sie beobachtete, wie ihr Vater seine beiden neuen Babys im Arm hielt, wie er sich mit Nicole aufs Sofa kuschelte, dann hatte Nina das Gefühl, ein Eindringling zu sein. Irgendwann hatte sie sich Ausreden überlegt, um in den Ferien nicht mehr nach Hause fahren zu müssen, und ihr Vater hatte sich keine Mühe gegeben, sie davon abzubringen.

Jetzt hatte Nina zum ersten Mal wieder das Gefühl, nach Hause gekommen zu sein. Das Stöbern in den Erinnerungen war ihr fast zu einer Besessenheit geworden. Nina erkannte sich selbst nicht wieder. Fieberhaft arbeitete sie sich durch die Hinterlassenschaften ihrer Ahnen. Sie war beinahe glücklich. Es war, als hätte ihre Mutter sie an die Hand genommen und endlich ihrer Familie vorgestellt. Seit vielen Jahren hatte sich Nina ihrer Mutter nicht mehr so nah gefühlt wie hier in Stone Abbey.

Außerdem hielt sie der Ausflug in die Vergangenheit ihrer Vorfahren davon ab, über die Zukunft nachdenken zu müssen. Darüber, wie es in ihrem eigenen Leben weitergehen sollte. Sobald ihre Gedanken zu Mareike oder Johannes wanderten, zwang sie sich, wieder an Anna Stone zu denken. Sie konzentrierte sich auf die Suche nach Hinweisen zu den längst vergangenen Ereignissen und dem schrecklichen Schicksal ihrer Ahnin. Doch bislang hatte sie nur unbekannte alte Gemälde, zerfallene Puppenhäuser und Zierrat gefunden, dazu mottenzerfressene Kleidung, die sicher schon jahrzehntelang hier vermoderte. Nichts, was direkt mit Anna Stone zu tun hatte. Dabei schienen in diesem Haus ständig neue Zimmer aufzutauchen. Es konnte Jahre dauern, bis sie jeden Winkel durchsucht hatte.

Jetzt lag sie grübelnd im Bett und konnte nicht einschlafen. Vielleicht suchte sie einfach am falschen Ort. In vielen Zimmern waren Gegenstände gelagert, die aus dem achtzehnten oder einem noch früheren Jahrhundert stammten.

Dort würde sie keine Informationen über Anna Stone finden, die ja erst viel später gelebt hatte. Nina musste eher in den Bereichen des Hauses suchen, die noch nicht so lange unbewohnt waren. Der Raum zum Beispiel, in dem sie sich jetzt gerade befand. Hier hatten seit Anna Stones Tod Menschen gelebt, die möglicherweise an ihrem Schicksal beteiligt waren.

Nina machte Licht und sah sich um. Bislang war sie nur zum Schlafen hierhergekommen. Sie war so mit der Suche in den anderen Zimmern beschäftigt gewesen, dass sie an ihr eigenes Schlafzimmer noch gar nicht gedacht hatte. Der Kleiderschrank war bei ihrer Ankunft leer gewesen. Nina hatte ihn mit ihren eigenen Kleidern gefüllt. Und auch in der Kommode hatten nur ein paar staubige, leere Leinensäckchen gelegen. Aber was war mit dem Wandschrank? Sie hatte ihn zuerst gar nicht bemerkt, denn nur eine schmale Fuge und ein Schlüsselloch deuteten an, dass er in die Holzvertäfelung eingelassen war.

Nina schwang die Beine aus dem Bett. Das Schloss war abgesperrt. Wo konnte der Schlüssel sein? Sie suchte zunächst auf dem Frisiertisch und sah dann in dem Nachttisch neben dem Bett, im Schrank und in der Kommode nach. Nichts. Als sie sich schon wieder ins Bett gelegt und das Licht gelöscht hatte, kam ihr eine Idee. Sie schaltete die Nachttischlampe wieder ein und lief zu ihrer Jacke, die sie achtlos über einen Stuhl in der Ecke geworfen hatte. An dem Schlüsselbund, den sie vom Rechtsanwalt erhalten hatte, hingen noch fünf weitere Schlüssel, deren Funktion sie nicht kannte. Sie probierte sie nacheinander aus. Der dritte ließ sich im Schloss bewegen, es gab nach, und Nina konnte den Wandschrank öffnen.

Ihr Herzschlag beschleunigte sich, als sie den Inhalt sah. Fotoalben, Bücher, Briefe und andere Papiere lagen in ordentlichen Stapeln nebeneinander. Sie wusste sofort, dass sie mit diesem Fund näher an Anna Stones Schicksal gerückt war als mit allen anderen Dingen, die sie bislang ausgegraben hatte.

Ihr Bauch kribbelte, während sie ein altes viktorianisches Fotoalbum herauszog. Der Einband bestand aus weinrotem Cord. In der Mitte war ein Loch eingelassen, in das der Besitzer ein Foto gesteckt hatte. Nina erkannte auf dem Bild Stone Abbey. Ein gepflegtes und strahlendes Anwesen. Kein Unkraut, das auf dem Säulengang wuchs, kein angelaufener Sandstein und keine verwilderten Wiesen und Wege drum herum. Die Auffahrt war fein geharkt und der Rasen gemäht. Nina schlug das Album auf und betrachtete die Fototafeln, die in den mit Blumen bedruckten Seiten steckten. Ihr Blick blieb an dem Bild einer Frau hängen, die einen Säugling im Arm hielt. Die Frau hatte eine leichte Ähnlichkeit mit Anna Stone und somit auch mit Nina selbst. Die Nase war spitz, das lange Haar hochgesteckt, und die Augen blickten an dem Fotografen vorbei in die Ferne. Nina glaubte denselben Ausdruck darin zu erkennen, der auch oft in ihren eigenen Augen zu finden war. Wieder erschauderte sie. Die Ähnlichkeit war nicht zu übersehen. Vielleicht war das ja Ernestines Großmutter Abigail, die Tochter von Anna Stone. Nina blätterte weiter in dem Album und fand noch andere Bilder der Frau. Keines davon war beschriftet.

Nina seufzte und legte das Album auf ihren Nachttisch. Sie zog einen dicken Stapel Papiere aus dem Schrank. Es waren Partituren! Sie betrachtete die mit Bleistift gezogenen Notenlinien und die unsauber eingetragenen Noten. Die Schrift wirkte gehetzt, als wären die Noten unter großem Zeitdruck oder von einer zitternden Hand eingetragen worden. Vielleicht von Ernestine, als sie schon sehr alt war? Nein, Nina verwarf den Gedanken an Ernestine wieder. Das

Papier war alt. Zu alt, als dass es erst ein paar Jahre hier lag. Nina betrachtete die vergilbten Blätter genauer. Es waren Klavierpartituren. Wer war der Komponist und wieso waren sie hier im Schrank eingeschlossen und befanden sich nicht bei den anderen Notenbüchern in der Bibliothek? Außer dem dicken Stapel Noten, den sie aus dem Schrank geholt hatte, lagen noch fünf weitere Stapel darin. Es würde Stunden dauern, wenn man sie alle spielen wollte.

Sie hielt kurz inne. Wenn sie doch nur spielen könnte … Zu gern hätte sie sich an den Flügel im Salon gesetzt. Aber sie hatte keine Lust, ihren verdammten Händen dabei zuzusehen, wie sie den ausgestopften Vögeln Konkurrenz machten. Starre Vogelklauen gab es wahrlich genügend hier. Ihre Hände waren nicht mehr zum Klavierspiel zu gebrauchen. Sie schloss die Augen, als könnte sie dadurch den Gedanken an ihr Versagen von sich schieben. Sie hatte sich immer eingebildet, mit ihrem Talent etwas Besonderes zu besitzen, jemand Besonderes zu sein. Sie hatte auf all die kleinen Klavierschüler herabgesehen, die Nase über die unzähligen Musikstudenten gerümpft, die ihr Leben als einfache Musiklehrer verbringen würden. Sie, Nina Altmann, war besser. Ein Ausnahmetalent. Sie hatte eine große Zukunft. Und sie hatte hart dafür gearbeitet. Aber was blieb jetzt noch davon übrig? Nichts. Sie würde nicht einmal als Musiklehrerin arbeiten können. Nina hörte bereits ihre Konkurrenten, wie sie sich das Maul über sie zerrissen.

Ihre Augen brannten. Sie atmete tief durch. Bloß nicht heulen. Sie hasste es, ihre Gefühle nicht kontrollieren zu können. Damit hatte alles angefangen. Wenn sie in dieser verdammten Nacht in Madrid ihre Gefühle doch nur beherrscht und Johannes abgewiesen hätte! Seit dieser unglücklichen Affäre hatte sie die Probleme mit ihren Händen.

Schnell legte sie den Stapel mit Noten zurück in den Wandschrank. Momentan sollte sie wohl besser um alles, was mit Musik zu tun hatte, einen großen Bogen machen. Ihr Blick fiel auf ein zusammengeknülltes Blatt Papier, das in der hinteren Ecke des Schrankes steckte. Nina zog es vorsichtig heraus und strich es glatt. Das Papier war brüchig und stark nachgedunkelt. Es handelte sich um einen Brief, vielmehr den Entwurf eines Briefes. Er war an *Lord Lubrell, Mainston Hall, Mainston, Nordwales* adressiert. Nina setzte sich auf ihr Bett und begann zu lesen.

Stone Abbey, im März 1881

Sehr geehrter Lord Lubrell,
niemand von uns weiß genau, was damals, in jener Nacht, bei Ihnen in Mainston Hall geschehen ist. Ich habe nie akzeptieren können, dass meine Mutter eine Mörderin sein soll, und bin bis heute von ihrer Unschuld überzeugt. Vor wenigen Tagen habe ich Aufzeichnungen meiner Mutter gefunden, die sie kurz vor ihrem Tod im Gefängnis niedergeschrieben hat. Die Übersetzung ist mühsam, aber ich komme voran. Das, was ich bislang herausfinden konnte, gibt Anlass zu der Vermutung, dass das Schicksal unserer beiden Familien enger miteinander verwoben ist als anzunehmen war. Meine Mutter hat die letzten Jahre vor ihrem Tod auf Mainston Hall verbracht. Ich würde gern mit Ihnen persönlich über die damaligen Vorfälle sprechen. Könnten wir uns vielleicht in London treffen?
Ihre Abigail Stone

Nina starrte lange auf das zerknüllte Papier. Abigail Stone war also von der Unschuld ihrer Mutter überzeugt gewesen.

Seit Nina wusste, dass es Anna Stone war, die auf dem Porträt im Salon abgebildet war, konnte sie selbst auch nicht mehr glauben, dass diese Frau eine Mörderin sein sollte. Sie fühlte sich mit ihrer Ahnin enger verbunden als mit jedem lebenden Menschen. Nina zog noch einmal das viktorianische Fotoalbum hervor. Sie nahm die Platte mit der jungen Frau heraus, die den Säugling im Arm hielt, und drehte sie um. Warum war sie nicht eher darauf gekommen, auf der Rückseite der Platten nachzusehen? Tatsächlich – »Abigail und Hannah« stand dort. Das war also Anna Stones Tochter, die diesen Brief geschrieben hatte. Was waren das wohl für Aufzeichnungen, von denen sie berichtet hatte? Was für eine Übersetzung? Und was war damals in Mainston Hall geschehen, wo Anna vor ihrem Tod angeblich gewesen war? Irgendetwas musste dort vorgefallen sein, was die schicksalhaften Ereignisse ausgelöst hatte. Bevor Nina weiter hier suchte, musste sie unbedingt nach Mainston reisen.

Kapitel 4

Wütend folgte Anna dem Strom festlich gekleideter Menschen in Richtung Hyde Park. Weder Timothy noch Mrs Roberts würden sie davon abhalten können, das große Ereignis mit eigenen Augen zu verfolgen. Seit ihrer Ankunft in England hatte sie immer wieder von der Weltausstellung gehört. Auf jeder Dinnerparty, bei jedem Ball hatten sich die Gespräche um den Kristallpalast gedreht. Es hatte nicht lange gedauert, und sie war wie alle anderen neugierig darauf geworden, den Wunderbau, der angeblich nur aus Glas und Eisen bestand, zu sehen.

Heute fand die Eröffnung statt, und sie hatte sich seit Tagen schon darauf gefreut. Aber Mrs Roberts hatte beim Frühstück erklärt, dass Anna zu Hause bleiben werde, als Strafe für ihr gestriges Benehmen. Sie schien persönlich gekränkt zu sein, dass es Anna gelungen war, sich ihrer Überwachung zu entziehen. Als sie gestern Abend nach Hause gekommen waren, hatte Mrs Roberts Anna in Timothys Arbeitszimmer gebracht und sich bei ihm beschwert. Timothy hatte sich die Geschichte um Annas kurzzeitiges Verschwinden angehört, ohne Vorwarnung ausgeholt und ihr mit der Hand ins Gesicht geschlagen. Ihre Wange brannte noch heute von dem Schlag. Anna war zutiefst erschrocken, als sie erkannte, welch großen Genuss es Timothy bereitete, sie zu schlagen. Sie war sicher, dass er nicht so schnell von ihr abgelassen hätte, wäre Mrs Roberts nicht anwesend gewesen.

Alles Betteln und Flehen hatte nichts geholfen. Timothy und Mrs Roberts bestanden darauf, dass Anna den Tag in ihrem Zimmer verbringen sollte. So war die Kutsche ohne sie in Richtung Hyde Park aufgebrochen. Anna war jedoch keineswegs dazu bereit, zu Hause zu bleiben. Vor ihrem Fenster stand ein Apfelbaum, gerade nah genug, dass sie einen der kräftigen Äste zu fassen bekam und sich aus dem Fenster schwingen konnte. Da Mrs Roberts davon ausging, dass ihr Schützling den ganzen Tag auf dem Zimmer verbringen würde, hatte Anna glücklicherweise auf das Korsett verzichten dürfen und nur ein schlichtes, aber sehr hübsches graues Baumwollkleid übergezogen.

Dann war sie in dem weiten Rock barfuß an dem Baum hinuntergeklettert. Unten sammelte sie ihre Stiefel ein, die sie vorher hinuntergeworfen hatte. Sie schlüpfte hinein und machte sich zu Fuß auf den Weg zur Weltausstellung. Auf den Straßen herrschte heute ein solches Treiben, dass es gar nicht auffallen würde, dass sie ohne Begleitung unterwegs war. Sie musste nur dafür sorgen, vor den anderen zurück zu sein, um eine erneute Auseinandersetzung mit ihrem Onkel zu vermeiden. Sie würde eben heute noch nicht in den Kristallpalast hineingehen. Das würde zu lange dauern, außerdem wäre die Gefahr zu groß, ihrer Familie zu begegnen. Nein, sie wollte den Palast zunächst nur von außen bewundern und in ein paar Tagen wiederkommen, wenn sich die Aufregung zu Hause gelegt hatte.

Je mehr sie sich dem Hyde Park näherte, umso dichter wurde das Gedränge. Anna beschloss, durch den Park zum Ausstellungsgelände zu gehen, um dem größten Ansturm zu entgehen. Als sie an dem Triumphbogen mit der Reiterstatue des Herzogs von Wellington vorbeikam, fragte sie sich, ob sie jemals so viele Menschen an einem Ort gesehen hatte.

Über die gelben Sandwege und die grünen Rasenflächen zogen sich lange Reihen von Besuchern, die sich in Richtung Kristallpalast bewegten und sich schließlich in einem einzigen bunten Strom vermischten. Fröhliches Stimmengewirr lag in der Luft und verwandelte sich in Annas Kopf zu heiteren Melodien.

Plötzlich spürte sie, wie aufgeregt sie war. Würde die Wirklichkeit ihren Vorstellungen gerecht werden? Wäre der Kristallpalast tatsächlich so groß, gigantisch und märchenhaft, wie sie ihn sich ausgemalt hatte? Der feine Nieselregen hatte aufgehört. Anna hielt einen Moment inne und streckte ihr Gesicht der Sonne entgegen, die sich zwischen den Wolken hindurchgekämpft hatte.

Jetzt endlich sah sie Glas und Eisen mit Hunderten von kleinen Flaggen sämtlicher Nationen über den Wipfeln der Ulmen vor sich aufragen. Schnell lief sie weiter und drängte sich zwischen den vielen Menschen unter den Bäumen hindurch, die ihr den Blick auf das Wunderwerk größtenteils versperrten. Der Weg mündete schließlich in einen freien Platz, auf dem rechts mehrere lange Reihen von Kutschen standen. Vor ihr drängten sich die Menschenmassen zwischen Zelten und Buden, die auf dem Rasen aufgebaut waren. Nun kam Anna nicht mehr weiter. Über die Köpfe der Menschen hinweg konnte sie nur die obere Hälfte des gewaltigen Kristallpalastes erkennen.

Ungeduldig sah sie sich nach einem besseren Weg um, der sie näher zu ihrem Ziel führen konnte. Wenn sie es nur schaffen könnte, an die Stelle zu gelangen, wo die Kutschen hielten. Bestimmt könnte sie das Gebäude von dort aus besser sehen.

Aber als sie sich endlich bis zur Auffahrt durchgekämpft

hatte, bemerkte sie, dass das Gedränge hier nicht weniger war. Die Menschenmenge schubste Anna hin und her, bis sie schließlich den Halt verlor und von den Massen zu Boden gedrückt wurde. In diesem Moment kündigten Hufgetrappel und Wiehern die Ankunft einer weiteren Kutsche an. Die Rufe des Kutschers waren das Letzte, was Anna hörte, bevor sie einen Schlag am Kopf spürte und jäh das Bewusstsein verlor.

Weiße Schwäne glitten zum Klang der Ouvertüre von Johann Sebastian Bach im warmen Sonnenschein über silbern glitzerndes Wasser. Oboen, Fagotte, Geigen und Bratschen schienen in den Tieren zu wohnen und ließen ihren Klang mit dem Wasser verschmelzen. Aber irgendetwas störte die scheinbare Harmonie. Zwischen den vielen makellos weißen Schwänen befand sich ein graues Tier. Kaum war es entdeckt, breitete es die Flügel aus und flog davon. Die Musik wurde leiser, als hätte der graue Schwan ihren Klang mitgenommen. In die nun folgende Stille drang ein neues Geräusch. Anna lauschte angestrengt. Meeresrauschen? In sanften Wogen schwoll es an und ab. Es wurde mit jeder Welle etwas lauter, bis Anna schließlich erkannte, dass es sich um Tausende verschiedener Stimmen handelte.

Mühsam öffnete sie die Augen. Offensichtlich befand sie sich in einer Kutsche. Ihr Kopf schmerzte. Ihr Mund war trocken. Langsam kehrte die Erinnerung zurück. Die Weltausstellung, das Gedränge, die Pferde, die sich genähert hatten.

Sie richtete sich vorsichtig auf und schob den Vorhang zur Seite, um aus dem Fenster zu sehen. Vor ihr ragte der Kristallpalast auf, von unzähligen Menschen umlagert. Sie musste von einem der Pferde getreten worden sein. Anna stöhnte auf, als sie eine neue Welle des stechenden Kopfschmerzes durchfuhr.

»Geht es Ihnen besser?«

Anna fuhr erschrocken zusammen. Sie drehte ihren Kopf vom Fenster ins Innere der Kutsche und erstarrte.

Die Schmerzen waren vergessen. Pauken explodierten in ihrem Kopf. Fagotte und Hörner dröhnten in ihren Ohren. Dunkle Augen, die ihr seit gestern Abend nicht mehr aus dem Sinn gingen, betrachteten sie besorgt und erfreut zugleich. Streicher setzten ein, als hätten sie das Wiedersehen eigens für sie komponiert. Das dunkle Haar des Mannes schimmerte im Zwielicht der Kutsche.

»Entschuldigen Sie, ich habe Sie erschreckt.« Er beugte sich vor und lächelte Anna an. Der Klang seiner warmen Stimme verscheuchte die Melodie aus ihrem Kopf.

Sie spürte ein Pochen im Hals, sie hatte vor Überraschung die Luft angehalten.

»Sie?«, stieß Anna hervor. »Was machen Sie denn hier?«

»Vermutlich genau das Gleiche wie Sie. Ich wollte zur Eröffnung der Weltausstellung. Aber leider bin ich mit einem sehr ruppigen Kutscher gestraft, der wenig Rücksicht auf Fußgänger nimmt. Ich fürchte, mein Pferd hat sie unsanft am Kopf getroffen.«

Annas Hand fuhr automatisch zu der Stelle, wo sie getroffen worden war. »Ich hätte besser aufpassen sollen.«

Er saß direkt vor ihr, und sein Blick lag forschend auf ihrem Gesicht. »Wie kommt es, dass mein Pferd ausgerechnet Sie getreten hat? Hier sind Tausende von Menschen, und es tritt zielsicher die geheimnisvolle Pianistin, an die ich seit gestern ununterbrochen denken muss.«

Anna wurde es ganz warm vor Freude. Auch er hatte an sie gedacht. Sie spürte, wie sich ihre Wangen rot färbten. Aber sie hielt seinem Blick stand. »Vielleicht hat Ihr Pferd übernatürliche Kräfte. Oder ich habe es verhext.«

»Nein, Sie sind keine Hexe. Sie sind eine Zauberin – das wusste ich in dem Moment, als ich Sie habe spielen hören.«

»Sie meinen, ich habe Ihr Pferd verzaubert?«

Er lächelte. »Vielleicht.«

Der Mann saß so dicht vor ihr, dass sie wieder seinen markanten Duft nach Orangen und Moschus wahrnehmen konnte. Sie wollte ihre Hände ausstrecken und sein Gesicht berühren. Sie wollte sich in seine Arme werfen, ihn wieder und wieder küssen und sich von ihm küssen lassen.

»Woran denken Sie?« Seine Stimme riss sie aus ihren Gedanken.

»Ich dachte daran, dass ich Sie küssen möchte.«

Seine Augen weiteten sich einen Moment lang überrascht. Dann zog er sie zu sich heran. »So viel Ehrlichkeit muss belohnt werden.«

Anna saß jetzt dicht neben ihm und spürte seine Arme auf ihrem Rücken. Er beugte sich zu ihr hinunter, und im nächsten Augenblick trafen ihre Lippen aufeinander.

Anna lag den ganzen Nachmittag in seinen Armen. Er hatte den Kutscher angewiesen, aus dem Gedränge des Hyde Parks herauszufahren. Sie waren nur langsam vorangekommen, aber das hatte die beiden Passagiere nicht gestört. Für sie hatte die Welt außerhalb der Kutsche in diesen Stunden aufgehört zu existieren, ihre Welt war auf das Innere der edlen Equipage zusammengeschrumpft. Doch Anna nahm die weichen roten Samtbezüge, die geschnitzten Deckenstreben, die über ihren Köpfen einen Baldachin formten, die kleinen, über den Türen angebrachten venezianischen Gemälde und die goldenen Türknaufe kaum wahr. Es gab keine Zeit dafür, nur Lippen, die sich fanden, und Körper, die wie Magneten zueinander hingezogen wurden.

Erst als sich die Dämmerung langsam über die Kutsche legte, richtete Anna sich widerwillig auf. Worte waren wenig gesprochen worden, und doch hatten sie sich so viel erzählt, dass Anna ganz schwindelig war. Niemals zuvor hatte sie einen Mann auf diese Weise kennengelernt. Niemals zuvor hatte sie sich einem Menschen so rückhaltlos anvertraut. Wenn er gestern in ihrem Klavierspiel gelesen hatte, so teilten sie sich heute alles über ihre Körper mit.

Voller neuer Melodien und Klänge verließ sie am Abend die Kutsche. Erst als die Equipage hinter der Hausecke aus Annas Blickfeld verschwunden war, fiel ihr auf, dass sie sich nicht nach ihren Namen erkundigt hatten. An diesem Nachmittag hatte es so viele wichtigere Dinge gegeben als Namen, dass sie keinen Gedanken daran verloren hatte.

Aber jetzt bereute sie es. Würde sie ihn jemals wiedersehen? Oder würde er sie, auch ohne ihren Namen zu kennen, finden? Einen Moment lang stieg Panik in Anna auf. Warum war sie nicht auf die Idee gekommen, ihn danach zu fragen, wann sie sich wiedersehen würden? Doch dann fiel ihr ein, dass die Saison noch lange nicht zu Ende war und dass ja noch unzählige Bälle anstanden. Auch wenn Timothy bestimmt nicht jeden Ball mit ihr besuchen würde, zu den wichtigsten gesellschaftlichen Ereignissen würde er sie sicher bringen. Und dann würde Anna diesen Mann wiedersehen. Beruhigt machte sie sich auf den Heimweg.

Sie hatte sich am Rande von Mayfair absetzen lassen, damit Timothy keinen Blick auf die Kutsche werfen konnte. Ihr Verschwinden war mit Sicherheit längst bemerkt worden. Sie würde ihren eigentlichen Plan als Erklärung heranziehen. Sie habe sich den Kristallpalast ansehen wollen und auf dem Rückweg sei sie falsch abgebogen. Bis sie den richtigen Weg nach Hause gefunden habe, seien Stunden vergangen. Natürlich würde das Ganze eine ordentliche Strafe nach sich ziehen. Aber Anna wollte sich gar nicht erst ausmalen, was geschehen würde, falls Timothy erfuhr, wie sie den Nachmittag wirklich verbracht hatte.

Als Anna an dem Baum vor ihrem Fenster angekommen war, musste sie feststellen, dass das Hinaufklettern um einiges schwieriger war als das Herunterklettern. Sie versuchte vergeblich, sich an dem untersten Ast hochzuziehen, ließ dann resigniert los und landete unsanft im Blumenbeet.

»Aua!« Sie fasste nach ihrem Knöchel. Heute schien ein unfallträchtiger Tag zu sein. Anna schloss einen Moment die Augen und gab sich den Erinnerungen an die Ereignisse in der Kutsche hin, die ihr erster Unfall nach sich gezogen hatte. Als sie die Augen wieder öffnete, sah sie auf zwei schwarze Stiefelspitzen vor sich am Boden. Anna hielt erschrocken die Luft an. Und noch ehe sie herausfinden konnte, wem diese Stiefel gehörten, wurde eines der Beine, die darin steckten, nach hinten geschwungen und landete Sekundenbruchteile später in ihrem Gesicht. Von der Wucht des Trittes zurückgeschleudert, fiel Anna rücklings ins Gras. Jetzt tauchte Timothys zornige Miene über ihr auf. Er stellte seinen Fuß auf ihre Brust und verlagerte sein Gewicht darauf. Anna japste unter dem Druck, während der Schmerz des Trittes ihr einen Moment lang die Luft nahm. Sie schrie auf.

»Ich habe die Macht, dich zu zerstören. Und wenn du meinst, mich an der Nase herumführen zu können, werde ich nicht zögern, dich zu vernichten!«, zischte er.

Anna hatte das Gefühl zu ersticken. Endlich nahm Timothy seinen Fuß von ihrer Brust. Sie spürte, wie sich ihre Lungen wieder entfalteten. Doch im gleichen Moment traf sie ein neuer Tritt, diesmal in die Seite. Sie versuchte, den erneuten Schrei, der ihr unwillkürlich über die Lippen kam, zu unterdrücken. Timothy sah zufrieden aus.

»Wage es nie wieder, das Haus ohne mein Wissen zu verlassen. Beim nächsten Mal werde ich nicht mehr so zimperlich mit dir umgehen. Und dass du jetzt so billig davonkommst, hast du dem Umstand zu verdanken, dass ich Gäste zum Abendessen erwarte. Ich habe keine Zeit, mich länger mit dir zu beschäftigen. Heute Abend bleibst du auf deinem Zimmer. Und morgen werde ich entscheiden, wie es mit dir weitergehen soll.«

Annas Glieder und Gesicht taten weh. Sie lag in ihrem Bett und konnte vor Schmerz, ohnmächtiger Wut und Sehnsucht nicht einschlafen. Die Erinnerungen an die Küsse des fremden Mannes, an die Wärme seines Körpers und die zärtlichen Berührungen seiner Hände vermischten sich mit der schmerzhaften Sehnsucht nach ihrer Heimat Grünberg. Anna vermisste ihre Freunde, ihre Katzen, das kleine Fachwerkhaus, ihr Klavier und ihren Alltag dort. Außerdem knurrte ihr Magen, denn sie hatte seit dem Frühstück nichts mehr gegessen.

Mit angehaltenem Atem lauschte sie in die Dunkelheit. Es war absolut still im Haus. Anscheinend waren die Gäste schon fort und alle zu Bett gegangen. Da sie nicht bereit war, die ganze Nacht vor Hunger wach zu liegen, tastete sie nach der Kerze neben ihrem Bett. Sie zündete sie an und schlüpfte in ihren Morgenmantel.

Vorsichtig öffnete sie die Tür. Der Gang vor Annas Zimmer war leer. Im Schein der Kerze schlich sie sich die Flure entlang und die Treppe hinunter. Nachts glich das Haus einer nicht gespielten Partitur. Tagsüber kamen die Töne aus allen Ecken und Ritzen – aus der Küche, dem Arbeitszimmer ihres Onkels, ja sogar aus den Schlafzimmern, wo die Hausmädchen miteinander schwatzten. Aber jetzt hörte Anna nur Stille.

Als sie die Eingangshalle erreicht hatte, hielt sie inne. Sie war gerade im Begriff, durch die mit grünem Samt bezogene Tür in den Dienstbotentrakt zu schlüpfen, als sie ein Geräusch wahrnahm. Angestrengt lauschte sie. Nichts. Wahrscheinlich hatte sie sich geirrt. In der Nacht nahm man selbst das Rascheln einer Maus überdeutlich wahr.

Während sie die Steinstufen zur Küche hinabstieg, fröstelte sie. Hier unten war es kühler als im oberen Teil des Hauses. Sie war bislang nur einmal kurz in der Küche gewesen, als sie der Köchin vorgestellt worden war. Sie erinnerte sich noch gut an die Vorratskammer, die direkt daneben lag. Damals hatten sie die Puddings und Pasteten beeindruckt, die darin gelagert waren. Auch jetzt war die Vorratskammer gut gefüllt.

Anna fand die Reste des Abendessens sofort. Sie standen in Töpfen und auf Tellern verwahrt, gleich links neben der Tür. Rasch holte sie sich aus der Küche ein Messer und schnitt eine dicke Scheibe des Bratens ab. Genussvoll biss sie hinein und schloss die Augen. Sie nahm sich eine der Pasteten und aß sie direkt aus der Hand. Ihr Mund schmerzte noch immer von dem harten Tritt ihres Onkels, aber auf ihren Lippen spürte sie die Küsse des Fremden. Die Stunden in der Kutsche waren jeden Tritt Timothys und jedes böse Wort wert gewesen. Sie griff nach dem Messer und schnitt eine weitere Scheibe von dem Braten ab.

Anna musste lachen, als sie daran dachte, wie unschicklich ihr Verhalten war. Eine englische Dame würde niemals Braten und Pastete aus der Hand essen und schon gar nicht heimlich in der Nacht. Wenn Mrs Roberts sie jetzt sehen könnte, würde ihre lange Hakennase sicher vor Zorn anfangen zu zucken. Ob Anna sich jemals an die strengen Regeln der englischen Gesellschaft gewöhnen konnte? Sie musste das Haus ihres Onkels schnellstmöglich verlassen, um seiner Tyrannei zu entgehen. Aber der einzige Weg hier heraus war eine Eheschließung. Anna konnte sich nicht vorstellen, einen der jungen Männer zu heiraten, die ihr auf den Bällen vorgestellt wurden. Oder gar Mr Lyme, den Timothy offenbar für sie ausgesucht hatte.

Nachdem sie sich satt gegessen hatte, wischte sie sich die Finger an einem Küchentuch ab, griff nach einem Stück Brot und wandte sich zur Tür. Plötzlich zögerte sie. Timothy hatte ihr angedroht, dass er sich morgen eine Strafe für sie ausdenken würde. Und Anna wusste inzwischen: Ihr Onkel war unberechenbar und brutal. Er schien Annas Strafen regelrecht zu genießen. Was würde sie morgen erwarten? Ohne länger darüber nachzudenken, nahm sie das Messer. Wahrscheinlich würde sie nichts damit anfangen können, aber sie fühlte sich besser, wenn sie etwas gegen Timothy in der Hand hatte. Vorsichtig schlich sie sich wieder nach oben.

In der Halle hörte sie es wieder. Ein leises Geräusch, das sie nicht einordnen konnte. Es schien aus einem der Räume im hinteren Bereich des Hauses zu kommen. Annas Neugierde war geweckt. Die Kerze in der einen, das Messer in der anderen Hand, durchquerte sie die Eingangshalle und schlich durch die angrenzenden Flure. Das Geräusch wurde lauter. Jetzt konnte sie es deutlich hören. Sie blieb erschrocken stehen. Waren das etwa Schmerzensschreie? Nein. Es klang eher nach einem wimmernden Kind. Oder war irgendwo eine rollige Katze im Haus? In Grünberg hatten die Katzen Anna oft nächtelang mit der Suche nach einem Kater wach gehalten.

Was auch immer es war, es schien aus dem Billardzimmer ihres Onkels zu kommen. Sie stellte die Kerze auf dem Tischchen neben der Tür ab und drehte den Türknauf. Die schwere Eichentür öffnete sich einen Spalt weit.

Anna fuhr entsetzt zurück. Obwohl das Zimmer im Halbdunkeln lag, konnte sie jedes Detail der Szene, die sich ihr bot, genau erkennen. Auf dem Billardtisch in der Mitte des Raumes lag eine halb nackte Frau. Timothy kniete mit heruntergelassenen Hosen über ihr und stieß immer wieder auf sie ein. Dabei drückte er mit seiner rechten Hand den Kopf der Frau gewaltsam nach unten. Er keuchte bei jedem Stoß. Als die Frau aufschrie, schlug Timothy ihr mit voller Wucht ins Gesicht und lachte. »Gut so, ich mag es, wenn du dich wehrst. Aber helfen wird es dir nicht, du Hure.« Er schlug noch einmal zu. Dann bäumte er sich auf und stieß ein lang gezogenes Stöhnen aus, um schließlich mit seinem gesamten Gewicht auf dem Mädchen zusammenzubrechen. In diesem Moment bewegte sich etwas in der hinteren Zimmerecke.

»Jetzt lass mich mal ran.«

Annas Augen weiteten sich vor Entsetzen – Mr Lyme! Er war gerade dabei, seine Hose aufzuknöpfen. Timothy grunzte müde und hievte sich von dem Mädchen herunter, das in leises Wimmern ausgebrochen war.

Timothy griff nach einem Glas, das mit einer dunklen Flüssigkeit, vermutlich Whisky, gefüllt war. Als Philip Lyme sich auf das Mädchen legte und ihre Beine gewaltsam auseinanderdrückte, schien sie jeglichen Widerstand aufgegeben zu haben.

Anna stand wie gelähmt in der Tür und verfolgte das Geschehen fassungslos. Als der Freund ihres Onkels jetzt seinerseits ungelenk auf das Mädchen einzustoßen begann, stieg unbändige Wut in ihr hoch. Ohne länger darüber nachzudenken, riss sie die Tür weit auf und stürmte ins Zimmer. Mit dem Messer in der Hand stürzte sie sich auf den völlig überraschten Lyme und stieß ihn mit aller Kraft von dem Mädchen herunter. Dabei traf das Messer auf seinen Unterarm. Er schrie erschrocken auf. Ihr Angriff war so unerwartet und gewaltig gekommen, dass Lyme sich nicht halten konnte und mit einem dumpfen Knall vom Billardtisch zu Boden fiel. Anna wandte sich der jungen Frau zu, die immer noch reglos auf dem Tisch lag. Es war eines der Hausmädchen.

Anna wollte ihr gerade aufhelfen, als sie einen heftigen Schmerz verspürte. Der Faustschlag ihres Onkels traf sie an der Schläfe. Zuerst war sie verwirrt, doch dann wuchs ihre Wut ins Unermessliche. Sie stürzte sich auf Timothy und stach mit voller Wucht auf ihn ein. Er sprang zurück, sodass das Messer ihn nur streifte, und keifte mit zitternder Stimme: »Lass das Messer fallen, du Wahnsinnige. Willst du mich umbringen?«

In diesem Moment war es Anna egal, ob ihr Onkel den Angriff überlebte oder nicht. Sie wollte das geschändete Mädchen in Sicherheit bringen, sie wollte sich selbst und ihre Mutter retten und endlich aus diesem Haus verschwinden. Hier geschahen Dinge, die Anna sich in ihren schlimmsten Träumen nicht hätte vorstellen können. Blut lief ihr aus der Nase und tropfte aufs Parkett, aber sie beachtete es nicht. Timothy nutzte ihre kurzzeitige Unachtsamkeit und bekam ihre Handgelenke zu fassen. Das Messer fiel klirrend zu Boden. Er drückte sie gegen die Wand, und Anna war eingekeilt.

»Das wirst du bereuen, du dreckiges Miststück.« Dann rief er über die Schulter: »Philip, komm und nimm sie dir. Jetzt kannst du schon mal ausprobieren, was deine zukünftige Braut zu bieten hat.«

Übelkeit stieg in Anna auf. Ihr Onkel schien tatsächlich davon auszugehen, dass sie diesen Kerl heiraten würde.

Timothy grinste.

Philip Lyme, der sich inzwischen wieder aufgerappelt hatte, nickte und ging auf Anna zu. Seine Augen wanderten an ihrem Körper entlang und blieben schließlich an ihren Brüsten hängen. Sein rechter Hemdsärmel hatte sich blutrot gefärbt. Er riss den Blick von Annas Brust los und bemerkte wohl erst jetzt den roten Fleck an seinem Ärmel. Erschrocken schrie er auf.

»Ich kann nicht«, jammerte er, während er die linke Hand auf seine Wunde drückte. »Sie hat mich schwer verletzt.«

Timothy hielt Annas Handgelenke weiter fest umklammert und sah sie hämisch an. »Keine Sorge, Philip, das macht nichts«, sagte er, zu seinem Freund gewandt. »Die Kleine wird dir ja schon bald zur Verfügung stehen.« Er lachte dröhnend. »Ist das nicht amüsant? Ausgerechnet dieses freche Biest wird unsere Rettung sein. Von ihrem Erbe werden wir beide gut leben können.«

Anna starrte ihren Onkel fassungslos an.

»Ja, es stand nicht gut um meine Finanzen. Aber jetzt wird sich das ändern. Das Geld deines Großvaters kommt uns sehr gelegen, nicht wahr, Philip? Der Vertrag ist bereits unterzeichnet. Wir haben den Abschluss gerade mit dieser kleinen Hure hier gefeiert.« Er deutete auf das Mädchen, das vor dem Billardtisch zusammengekauert auf dem Boden saß.

»Ihr habt einen Vertrag unterzeichnet? Du verkaufst mich?« Annas Fassungslosigkeit wurde wieder zu Wut.

»Ich verkaufe dich nicht. Ich habe mit Philip eine Abmachung. Er bekommt dich, eine immerhin ganz passabel aussehende und temperamentvolle Ehefrau, und ich bekomme dein Vermögen.« Timothy lachte wieder, und sein nach Alkohol und Zigarrenrauch stinkender Atem fuhr Anna ins Gesicht. »Na los, Philip, willst du nicht doch gleich zugreifen?«

»Timothy«, Mr Lyme sah Annas Onkel an, »mir steht jetzt nicht der Sinn nach Vergnügen. Mein Arm schmerzt.«

Anna versuchte, sich von Timothy zu befreien, doch der Griff ihres Onkels verstärkte sich.

»Ich halte sie für dich fest, Philip. Es wird ihr nicht schaden, wenn sie im Vorfeld schon gezähmt wird.«

Ihr Onkel hörte seinem Freund einfach nicht zu. Anna wollte Lymes Antwort nicht mehr abwarten. In ihrer Verzweiflung riss sie ihr rechtes Knie hoch und stieß es mit aller Kraft zwischen Timothys Beine. Er heulte auf wie ein verwundetes Tier und sackte auf dem Boden zusammen.

Mr Lyme, der nach wie vor seinen blutenden Arm umklammert hielt, machte keine Anstalten, Timothy zu Hilfe zu eilen. Stattdessen starrte er überrascht auf seinen Freund, der sich am Boden wand.

Mit wenigen Schritten war Anna bei dem Mädchen und zog es hoch. Während sie die im Zimmer verstreuten Kleider aufsammelte, ließ sie die beiden Männer nicht aus den Augen. Timothy lag auf dem Boden und krümmte sich vor Schmerzen. Mr Lyme stand ängstlich daneben.

Anna sah ihn angriffslustig an. »Wir werden jetzt gehen, und sollte irgendjemand versuchen, uns aufzuhalten, werde ich nicht zögern, noch einmal zuzutreten.« Sie ließ ihren Blick kurz zu Lymes offener Hose wandern und wandte sich dann an das Mädchen, dem sie die Kleider reichte.

»Wir müssen hier verschwinden. Mein Onkel wird gleich wieder zu sich kommen.« Anna legte ihren Arm um die junge Frau, die bei jedem Schritt vor Schmerz aufstöhnte, und stützte sie auf dem Weg zur Tür.

Erst als sie Annas Zimmer erreicht hatten und die Tür hinter ihnen verschlossen war, atmete sie auf.

»Wir müssen die Wunden auswaschen. Hier ist frisches Wasser.« Anna füllte die Waschschüssel und tauchte den Waschlappen hinein. Dann sah sie sich zu dem Mädchen um, das sich in eine Zimmerecke verkrochen hatte. Den Kopf hatte es zwischen seinen Armen verborgen.

Anna kniete sich neben das Mädchen und löste behutsam seine Hände, um ihm das Gesicht waschen zu können. An der linken Schläfe war die Haut aufgeplatzt. Als Anna vorsichtig die Wunde auswusch, wich das Mädchen ihrem Blick aus.

»Wie heißt du?«

Das Mädchen schwieg.

»Ist das schon öfter vorgekommen?«

Sie nickte, ohne Anna anzusehen.

»Du musst etwas dagegen unternehmen. Hast du mit jemandem darüber gesprochen?«

Sie schüttelte den Kopf. »Was soll ich denn tun? Mit wem soll ich sprechen? Niemand glaubt mir – und wenn doch, was würde es ausrichten? Ich stehe in seinen Diensten, er kann mit mir machen, was er will.«

»Das kann er nicht. Er bezahlt dich als Hausmädchen, nicht dafür, dass du ihm …« Anna suchte nach dem richtigen Wort. »Jedenfalls nicht dafür.«

Das Mädchen schüttelte wieder den Kopf. »Ich kann nichts tun. Meine Eltern sind so stolz, dass ich diese Anstellung gefunden habe. Es ist eine gute Arbeit. Viel besser als in der Fabrik.«

Anna sah das Mädchen entsetzt an. Was konnte schlimmer sein als das, was ihr heute Abend angetan worden war?

»Miss, Sie haben überhaupt keine Vorstellung von dem Leben, aus dem ich komme. Meine drei Brüder und ich mussten schon mit sechs Jahren in der Fabrik arbeiten. Sonst wären wir verhungert. Trotzdem haben zwei meiner Brüder nicht einmal das zehnte Lebensjahr erreicht. Sie sind an Schwindsucht gestorben. Meine Eltern wollten etwas Besseres für mich, und durch eine kleine Erbschaft haben sie das Geld bekommen, mir Kleid und Schürze kaufen zu können. Dadurch habe ich diese Stellung als Hausmädchen gefunden.«

Anna starrte das Mädchen an. »Aber deine Eltern wollten doch bestimmt nicht, dass dir Gewalt angetan wird.«

»Miss, alles ist besser, als wieder in der Fabrik zu arbeiten. Ich habe hier ein eigenes Bett und gutes Essen. Ich will keinen Ärger bekommen.«

Anna ließ sich resigniert aufs Bett fallen. »Dann lass mich dir helfen. Wir werden die Taten meines Onkels offenlegen. Wir können ihn in der Gesellschaft bloßstellen.«

Das Mädchen schüttelte den Kopf. »Verzeihung, Miss,

aber Sie können gar nichts tun. Nach dem heutigen Abend sind Sie selbst in Gefahr. Ihr Onkel wird mächtig wütend auf Sie sein.«

»Das wird er wohl sein. Aber er unterschätzt mich. Ich werde ihm nämlich einen Schritt voraus sein und seine Tat überall bekannt machen.«

Das Mädchen sprang auf. »Nein, Miss, bitte nicht. Bitte, verraten Sie mich nicht. Ich will wirklich keinen Ärger bekommen.«

Anna sah das Mädchen an und überlegte. »Gut, ich werde dich nicht erwähnen. Aber ich werde etwas unternehmen.«

Das Mädchen ging zur Tür. »Ich wünsche Ihnen Glück. Das werden Sie bestimmt brauchen können.«

Täuschte Anna sich oder lag tatsächlich Mitleid in ihrem Blick?

Nachdem Anna die Tür aufgesperrt hatte, vergewisserte sie sich, dass der Gang davor leer war. Dann ließ sie das Hausmädchen hinaus und schloss wieder ab.

Jetzt erst fand sie Zeit, in den Spiegel zu sehen, und erschrak heftig. Ihr linkes Auge war geschwollen und das Gesicht blutverschmiert. An ihrem Kinn befanden sich blaue Flecke, die von dem Tritt am Nachmittag stammen mussten. Ihr Morgenmantel und das dünne Seidennachthemd waren voller Blut.

Nachdem sie sich gewaschen und umgezogen hatte, legte Anna sich auf ihr Bett und dachte nach. Das Mädchen hatte vermutlich recht. Annas Situation war miserabel. Sobald ihr Onkel wieder zu Kräften kommen würde, befand sie sich in größter Gefahr. Vermutlich würde er mit ihr ebenso grob umgehen wie mit dem Hausmädchen. Aber mit ihr würde er kein leichtes Spiel haben. Anna war bereit zu kämpfen.

Gegen Morgen fiel sie endlich in einen unruhigen, traumlosen Schlaf. Kopfschmerzen weckten sie, und ihr Mund war völlig ausgetrocknet. Sie bewegte ihre Zungenspitze hin und her, bis sich allmählich wieder Speichel bildete. Sie bekam keine Luft, da ihre Nase verstopft war. Vorsichtig tastete sie danach und schrie auf. Ein heftiger Schmerz durchfuhr sie. Sie stöhnte, rollte sich auf die Seite und stand auf.

Als sie in den Spiegel sah, hätte sie beinahe noch einmal geschrien. Sie sah fürchterlich aus. Die verletzten Stellen waren angeschwollen und hatten sich blau und grün verfärbt. Anna wusch sich vorsichtig und zog sich an. Dann legte sie eine dicke Schicht Puder auf. Nun war es nicht mehr ganz so schlimm.

Anna atmete tief durch, schloss die Tür auf und ging hinunter zum Frühstück. Es war noch früh, und außer ihr war noch kein Familienmitglied aufgestanden. Anna war erleichtert, ihrem Onkel noch nicht ausgesetzt zu sein, und ärgerte sich gleichzeitig, denn sie wollte sich nicht von Timothy einschüchtern lassen. Sie würde ihm den Kampf ansagen.

»Guten Morgen.« Mrs Roberts erschien im Frühstückszimmer, wie immer mit strenger Miene. Alles an ihr war in perfekter Ordnung. Ihre Haare waren zu einem festen Knoten gebunden, und es gab kein widerspenstiges Haar, keine Falte in ihrer Kleidung, die nicht dorthin gehört hätte. Sie ließ sich wie jeden Morgen einen Toast und schwarzen Kaffee servieren.

Annas Mund schmerzte bei jedem Bissen. Während sie die zweite Portion Rührei aß, fragte sie sich, wie ein einziger Toast Mrs Roberts bis zum Mittagessen satt halten konnte. Als die Gouvernante ihr Brot verspeist hatte, sah sie Anna an, die unter dem durchdringenden Blick fröstelte. Über die Schwellungen und Wunden in Annas Gesicht sah sie offenbar hinweg.

»Sie haben nach Ihrer Mutter gefragt«, stellte Mrs Roberts fest.

Anna nickte. Immer öfter erklärte Timothy, seine Frau fühle sich nicht wohl und könne weder ihr Zimmer verlassen noch Besuche empfangen. Anna machte sich zunehmend Sorgen um sie. Mehrmals hatte sie versucht, zu ihrer Mutter zu gelangen, aber der Flügel des Hauses, in dem ihre Räume lagen, war verschlossen.

»Kommen Sie mit.« Mrs Roberts stand auf.

Würde Anna ausgerechnet heute ihre Mutter sehen dürfen? Vielleicht hatte Timothy ja ein schlechtes Gewissen bekommen. Oder hatte er Angst, Anna könne seine Taten öffentlich machen, und wollte sie milde stimmen, indem er sie endlich Zeit mit ihrer Mutter verbringen ließ? Anna schnaubte verächtlich. Davon würde sie sich nicht beeindrucken lassen.

Sie folgte Mrs Roberts durch das Haus, bis sie vor der Tür zu ihrer Mutter standen. Mrs Roberts zog einen Schlüssel hervor und öffnete.

Anna trat ein und hörte, wie die Tür hinter ihr ins Schloss fiel. Als sie sich nach Mrs Roberts umdrehte, stellte sie fest, dass sie ihr nicht gefolgt war.

Anna rüttelte an der Tür, doch die war verschlossen und bewegte sich keinen Millimeter.

Anna sah sich um. Vor ihr lag ein langer Flur. Mehrere Zimmer gingen zu beiden Seiten ab. Vorsichtig ging sie den Flur entlang. Was hatte das alles zu bedeuten? Bei einem der Zimmer zu ihrer Rechten stand die Tür offen, und Anna nahm eine Bewegung wahr. Sie schaute genauer hin.

»Mutter!« Anna lief hinein und beugte sich über das Bett, das an der Wand stand. Ihre Mutter trug ein fleckiges Nachthemd und überall waren Reste von Erbrochenem und Blut.

Anna wich entsetzt zurück. Noch nie hatte sie einen Menschen in einem derart verwahrlosten Zustand gesehen. Der Gestank von Schweiß, Urin und dem Erbrochenen stieg ihr in die Nase. Sie musste würgen. Anna atmete tief durch und griff nach der Hand ihrer Mutter.

»Mutter, stehen Sie auf. Ich werde das Bett frisch beziehen und Ihnen beim Waschen helfen.« Anna sah sich nach Wasser um. Auf einem schmalen Waschtisch stand eine volle Karaffe. Als sie die Bettdecke zurückschlug, erschrak sie ein weiteres Mal. Das dünne Nachthemd konnte die Verletzungen nicht verbergen. Der Körper ihrer Mutter war mit blauen Flecken, Striemen und offenen Wunden übersät. Einige der Wunden waren bereits abgeheilt, doch die meisten schienen frisch zu sein. Anna wurde übel. Die Mutter wich dem Blick ihrer Tochter aus.

»Timothy?« Annas Augen füllten sich mit Tränen. »Er schlägt Sie, nicht wahr?«

Ihre Mutter nickte. Der Boden bewegte sich unter Annas Füßen. Was hatte sie nur angerichtet? Ihr Onkel hatte seine Wut auf Anna in der gestrigen Nacht an ihrer Mutter ausgelassen. Und dass er sie jetzt zu ihr gelassen hatte, war Strafe und Warnung zugleich.

Ob Mrs Roberts davon wusste? Anna konnte es sich nicht vorstellen. Die Gouvernante würde dann wohl kaum noch für Timothy arbeiten können. Er war ein Unmensch, der sich an Hausmädchen verging und seine Ehefrau misshandelte.

Anna half ihrer Mutter aus dem Bett, die nur gekrümmt gehen konnte und bei jedem Schritt vor Schmerzen zusammenzuckte. Anna begleitete sie zu einem Sessel. Der Bezug war fadenscheinig und speckig. Dann suchte sie nach frischer Bettwäsche und einem neuen Nachthemd. In einem der angrenzenden Räume wurde sie fündig. Während sie sich mit dem Laken abmühte, wanderten ihre Gedanken zu dem Fremden, in dessen Armen sie den gestrigen Nachmittag verbracht hatte. Er hatte sie vor den Hufen des Pferdes gerettet, warum konnte er sie nicht auch vor Timothy retten?

Anna brauchte lange, bis die Bettwäsche einigermaßen glatt gezogen war. Sie hatte noch nie zuvor eine solche Arbeit verrichtet, und ihr Körper schmerzte von den Tritten und Schlägen, die ihr Onkel ihr am Tag zuvor verpasst hatte. Wenn sie nur aufmerksamer gewesen wäre und die Hausmädchen beim Bettenmachen beobachtet hätte! Erschöpft betrachtete sie ihr Werk. Das gemachte Bett sah bei Weitem nicht so einladend aus wie bei den Dienerinnen, aber es musste reichen.

Als Nächstes half sie ihrer Mutter aus dem Nachthemd und wusch sie gründlich. Auch die Haare ließ sie nicht aus. Anna hatte Leinenhandtücher gefunden und wickelte das feuchte Haar darin ein. Als ihre Mutter wieder in ihrem frisch bezogenen Bett lag, ließ Anna sich in den Sessel fallen und schloss die Augen.

Sie war in einem Albtraum gelandet und wusste, dass sie nicht so schnell daraus erwachen würde. Was sollte sie jetzt tun? Wenn sie an ihrem Plan festhielt, Timothy in der Gesellschaft bloßzustellen, musste ihre Mutter leiden. Das hatte er ihr unmissverständlich gezeigt. Aber Anna konnte nicht über das schweigen, was sie letzte Nacht hatte miterleben müssen.

Wenn sie nur den Namen des Fremden wüsste, er würde ihr bestimmt helfen. Er hatte gesagt, dass er an sie gedacht habe. Sie schien ihm also etwas zu bedeuten. Er würde für Anna eintreten und einen Ausweg wissen.

Ihre Gedanken wurden jäh unterbrochen, als sie den Schlüssel in der Tür zum Flur hörte. Schritte näherten sich, und das Hausmädchen, das Anna letzte Nacht vor Timothy und Lyme gerettet hatte, betrat das Zimmer. Sie stellte ein Tablett mit Eiern und Sandwiches auf ein wackliges Tischchen in der Ecke. Timothy folgte ihr. Anna wusste, dass sie vorsichtig sein musste, um sie nicht alle drei in Gefahr zu bringen.

Ihr Onkel starrte sie an. Kälte und blanker Hass lagen in seinem Blick. »Ich sehe, du hast deine Mutter gefunden. Heute Nacht bin ich noch gnädig mit ihr umgegangen. Ich war nicht vollständig auf der Höhe, nachdem du meine wertvollsten Teile derart traktiert hattest. Aber der Schmerz lässt mit jeder Stunde nach, und bald werde ich mich wieder vergnügen können – mit deiner Mutter oder mit einer der Huren hier im Haus, die mir stets willig zu Diensten stehen.« Er fasste der Dienerin an die Brüste und presste seinen Mund auf die Lippen des Mädchens.

Anna wandte angewidert den Blick ab und sah, wie ihre Mutter die Szene regungslos verfolgte. Anscheinend war es nicht das erste Mal, dass sie ein solches Benehmen ihres Mannes mit ansehen musste.

»Schau mich gefälligst an, wenn ich mit dir rede!« Timothy fasste Anna bei den Schultern und schüttelte sie heftig. Eine Welle des Schmerzes durchfuhr sie.

»Du musst noch viel lernen«, hörte sie die Stimme ihres Onkels nah an ihrem Ohr. »Bis zur Hochzeit wirst du hier oben bleiben, bei deiner Mutter. Mrs Roberts wird dich regelmäßig besuchen und dich über deine Pflichten als Ehefrau aufklären. Philip hat schließlich das Recht, eine gut ausgebildete Hausfrau zu bekommen. Ich musste übrigens meine ganze Überredungskunst aufbringen, damit er an einer Ehe mit dir festhält. Dein Betragen in der letzten Nacht hat ihm tatsächlich Angst gemacht. Ich habe ihm geraten, mit dir genauso zu verfahren, wie ich es mit deiner Mutter tue.«

»Ihr wollt mich einsperren?« Anna sah ihren Onkel fassungslos an.

Timothy nickte, grunzte zufrieden und wandte sich zur Tür. »Die Hochzeit habe ich für Dienstag in vier Wochen angesetzt. Je schneller wir die Sache unter Dach und Fach bringen, desto besser.« Er verließ den Raum, und das Mädchen folgte ihm mit gesenktem Kopf. Was für ein armseliges Geschöpf!

Anna versuchte, aufzustehen und den beiden zu folgen. Doch als sie den Gang erreicht hatte, hörte sie, wie der Schlüssel schon von außen im Schloss gedreht wurde.

Annas Fingerspitzen taten entsetzlich weh. Seit Tagen saß sie an dieser Stickarbeit und schien kein Stück weiterzukommen. Sie betrachtete ihre Mutter, die wieder in einen tiefen Schlaf gefallen war. Anna war unendlich wütend auf Timothy und fragte sich, warum er ihrer Mutter das alles antat.

Seit fast drei Wochen war sie zusammen mit ihrer Mutter in deren Zimmern eingeschlossen, und die Zeit kroch nur langsam voran. Inzwischen war Anna schon so mürbe, dass sie sich sogar auf die regelmäßigen Besuche von Mrs Roberts freute.

Anna dachte darüber nach, sich der Gouvernante anzuvertrauen. Sie wollte ihr von Timothys Misshandlungen berichten und sie um Hilfe bitten. Doch Anna befürchtete, dass die ältere Frau ihr nicht glauben und sich an Timothy wenden würde. Und was das nach sich zog, konnte Anna sich lebhaft vorstellen.

Mrs Roberts kam jeden Tag von zehn bis zwölf und unterrichtete Anna über die Pflichten, die sie als Ehefrau und Hausfrau zu erfüllen haben würde. So wusste Anna bald, wie sie eine Dinnerparty zu organisieren hatte oder den täglichen Haushalt führen musste. Bevor Mrs Roberts ging, trug sie Anna jedes Mal ein bestimmtes Stickpensum auf, das, falls sie es nicht bewältigte, zum Ausfall einer Mahlzeit führen konnte. Die Mahlzeiten waren der Höhepunkt des Tages. Sie unterbrachen das tägliche Einerlei und die monotone Stille, die für gewöhnlich über den Räumen lag. Anna zwang sich jeden Nachmittag, eine Weile mit ihrer Mutter zu sprechen, obwohl es ihr häufig schwerfiel. Ihre Mutter starrte meist nur vor sich hin und gab kaum Antworten.

Nun hielt Anna in ihrer Stickarbeit inne. Die Tür war aufgeschlossen worden. Es war Nachmittag, da kam normalerweise niemand. Mrs Roberts war wie immer am Vormittag erschienen und hatte pünktlich um zwölf Uhr die Tür hinter sich geschlossen.

Anna ließ die Decke sinken und rieb sich die Fingerkuppen. Sie lauschte. Schritte kamen den Flur entlang. Kurz darauf stand Timothy in der Tür, das Hausmädchen hinter ihm. Sie trug ein sperriges Paket.

»Das Hochzeitskleid ist zur Anprobe geschickt worden.« Timothy zeigte auf die große Schachtel.

Anna stand auf. »Warum?«

»In zehn Tagen wirst du Philip heiraten.« Timothy grinste. »Sie wird dir beim Umziehen helfen.« Er nickte dem Hausmädchen zu.

»Nein.« Anna wich vor ihm zurück. »Ich werde Mr Lyme nicht heiraten.«

»Das Thema hatten wir geklärt.« Timothy sah sie abschätzig an. »Die Entscheidung liegt nicht bei dir.«

Das Mädchen nahm das weiße Kleid aus der Schachtel.

»Ich will überhaupt nicht heiraten. Jedenfalls nicht Mr Lyme.« Es gab nur einen Mann auf der Welt, den Anna heiraten wollte. Auch wenn sie seinen Namen nicht kannte.

Wenn Anna daran dachte, wie Lyme seine Hose aufgeknöpft und sich auf das Hausmädchen gelegt hatte, wurde ihr schlecht.

Sie musste einen Weg finden, dieser Hochzeit zu entgehen. Aber wie? Mit Timothy zu reden, brachte überhaupt nichts.

Während sie dem Mädchen ins Nachbarzimmer folgte, stand ihr Onkel selbstzufrieden am Fenster. Anna fragte sich, nicht zum ersten Mal, warum er sie eigentlich so sehr hasste. Er schien größten Gefallen daran zu finden, Anna und ihre Mutter zu quälen und zu beherrschen.

Um ihre Mutter, das Hausmädchen und sich selbst nicht in Gefahr zu bringen, zog sie sich im Nebenzimmer aus und ließ sich von dem Mädchen in das Hochzeitskleid helfen. Es war weiß und schön wie das Kleid einer Königin. Der teure Seidenstoff mit der kostbaren Spitze schmiegte sich an ihren Körper. Es musste ein Vermögen gekostet haben. Warum gab ihr Onkel mehr Geld als nötig aus? Bislang hatte er den Eindruck vermittelt, Anna nur möglichst schnell und gewinnbringend verheiraten zu wollen. Er hatte sogar ein weißes Kleid für sie ausgewählt. Nachdem Königin Victoria weiß geheiratet hatte, war diese Farbe modern geworden.

»Ich sehe, es passt.« Timothy stand in der Tür. »Ich kann Philip also sagen, dass an dem Kleid nichts mehr geändert werden muss. Er hat es selbst in Auftrag gegeben.«

Anna lächelte bitter. Das erklärte das teure Kleid. Philip Lyme schien es mit der Hochzeit ernst zu sein. Den Schrecken über Annas Gewalttätigkeit schien er überwunden zu haben.

Plötzlich hatte Anna das Gefühl, dass mit dieser Hochzeit irgendetwas nicht stimmte. Die englische Gesellschaft verfügte über viele junge Frauen, die einen wohlhabenden Mann wie Philip Lyme liebend gern heiraten würden. Warum entschied er sich für Anna, die ihm deutlich erklärt hatte, dass sie das nicht wollte? Und die mit den Pflichten einer Hausfrau nicht besonders gut vertraut war. Und Timothy ihr Knie zwischen die Beine gerammt und beide Männer mit dem Messer verletzt hatte?

Anna beobachtete, wie das Mädchen das Kleid wieder in

der Schachtel verstaute. Was hatte Timothy in jener schrecklichen Nacht gesagt? *Ausgerechnet dieses freche Biest wird unsere Rettung sein. Von ihrem Erbe werden wir beide gut leben können.*

Anna strich ihr grau kariertes Hauskleid glatt. Jetzt ergab alles einen Sinn. Ihre Großeltern, Herr und Frau von Lauster, waren vor zwei Jahren gestorben. Sie waren die Eltern von Annas Mutter und die Besitzer von Gut Reichholz in Grünberg gewesen. Auf diesem Gut hatten sich Annas Eltern kennengelernt.

Anna schluckte, als sie daran dachte, wie oft ihr Vater von dem Sommer erzählt hatte, als er zum ersten Mal Annas Mutter begegnet war. Sein Vater hatte ihn nach Deutschland geschickt, um die Absatzchancen für englische Schafwolle auf dem preußischen Markt zu prüfen und Beziehungen zu knüpfen.

Annas Blick verschwamm vor Tränen, als sie sich an das fröhliche Lachen ihres Vaters erinnerte. »Und das habe ich getan. Beziehungen geknüpft. Zu der schönsten Frau, die Preußen zu bieten hatte.«

In ihrem Testament hatten Annas Großeltern verfügt, dass ihre Enkelin Anna ihr gesamtes Geld und das Gut in Grünberg erben sollte. Bis sie fünfundzwanzig Jahre alt wäre oder heiratete, sollte Annas Vormund das Geld verwalten. Natürlich war ihr Großvater davon ausgegangen, dass Annas Vater bis zu diesem Alter ihr Vormund sein würde. Er hatte nicht damit gerechnet, dass ihr Vater ihm kaum ein Jahr später in den Tod folgen würde.

Hatte Timothy etwa von diesem Testament erfahren? War es möglich, dass er Annas Mutter aus diesem Grund geheiratet hatte? Um über Anna und über das Geld bestimmen zu können?

»Es geht um mein Erbe, nicht wahr?«

Timothy drehte sich blitzschnell um und schlug ihr mit voller Wucht seine Faust ins Gesicht. Anna keuchte auf.

Er griff nach ihrem Handgelenk. »Ich werde nicht zulassen, dass irgendjemand meine Pläne durchkreuzt. Nichts und niemand wird diese Hochzeit verhindern.« Sein Unterkiefer schob sich nach vorn. »Absolut niemand.«

Er stieß Anna von sich, die durch die abrupte Bewegung den Halt verlor und ins Taumeln geriet. Sie landete unsanft am Boden, während sich Timothys Schritte entfernten.

»Mutter, hören Sie mir bitte genau zu.« Anna sah ihre Mutter eindringlich an. »Wir werden fliehen. Wir werden Timothy und das Ganze hier«, sie machte eine umfassende Handbewegung, »hinter uns lassen.«

Ihre Mutter sah sie entsetzt an.

»Ich verspreche Ihnen, ich werde dafür sorgen, dass Sie in Sicherheit kommen. Timothy wird Ihnen nie wieder wehtun.« Anna hatte keine Ahnung, wie sie das schaffen sollte. Aber sie war fest entschlossen, Timothys Haus zu verlassen und seiner Tyrannei zu entfliehen. »Wir werden morgen früh zeitig aufstehen und unsere Betten mit Kissen ausstopfen. Das Mädchen, das uns das Frühstück bringt, wird denken, wir lägen wie jeden Morgen noch in unseren Betten. Dann werde ich die Dienerin von hinten niederschlagen.« Das war eine Schwachstelle in Annas Plan. Eine von mehreren Schwachstellen. Hoffentlich würde sie es schaffen, vorsätzlich einen Menschen zu verletzen. Nicht aus Notwehr, wie bei Mr Lyme und Timothy. Aber es war ihre einzige Chance.

»Und dann«, fuhr sie fort, »nehmen wir ihr den Schlüssel ab, sperren sie ein und schleichen uns aus dem Haus. Das Mädchen hat ja unser Frühstück. Sie kann es sich hier bequem machen, bis sie gefunden wird.« Anna kniete sich vor ihre Mutter und nahm deren Hände. »Mutter, haben Sie verstanden?«

Ihre Mutter nickte.

Anna betrachtete sie skeptisch. Es war fraglich, ob auch nur eines von Annas Worten bei ihr angekommen war.

Den Tag verbrachte Anna in Anspannung. Hoffentlich würde alles gut gehen. Wenn ihre Mutter morgen früh zur falschen Zeit in einen ihrer Zustände geraten würde, dann wäre sie nicht von der Stelle zu bewegen. Die Flucht musste gelingen. Sie hatten keine andere Wahl. Und es gab nur einen Ort, wohin sie fliehen konnten. Sie hatten kaum Geld, nur die geringen Ersparnisse, die Anna aus Deutschland mitgebracht hatte. Sie waren sicher in ihrem Strumpf versteckt. Für eine Überfahrt zurück nach Deutschland würde dieses Geld nicht reichen. Aber hoffentlich für die Postkutsche nach Devon.

Das Haus hieß Sixteen Angles. Diesen so außergewöhnlichen Namen hatte Anna sich glücklicherweise gemerkt. Francis und Lorraine würden ihr helfen. Anna war sich sicher. Sie hatte wieder und wieder darüber nachgedacht, eine andere Lösung gab es nicht. Sie würde einen anderen Namen annehmen und sich von den beiden als Gesellschafterin ausbilden lassen. Was sie mit ihrer Mutter machen würde, wusste sie noch nicht. Hauptsache, sie entkamen Timothys Gefängnis.

Als die ersten Sonnenstrahlen durchs Fenster fielen, stand Anna auf und zog sich an. Dann weckte sie ihre Mutter und half ihr beim Ankleiden. Anschließend stopfte sie die Betten so aus, dass es den Eindruck erweckte, sie lägen noch darin. Schritte waren auf der Treppe zu hören. Anna bedeutete ihrer Mutter, sich neben den Schrank in die Ecke zu stellen, und stellte sich selbst hinter die Tür. Bewaffnet mit einem

Schürhaken, lauschte sie. Der Schlüssel wurde im Schloss gedreht, jemand kam den Gang entlang. Anna hob den Schürhaken und konzentrierte sich auf den Schlag. Sie durfte nicht zu fest zuschlagen, schließlich wollte sie das Mädchen nicht umbringen. Aber wie fest war fest genug?

Die Tür ging auf, und das Hausmädchen trat ein. Anna entschuldigte sich in Gedanken bei ihr. Dann schlich sie sich hinter das Mädchen, das zu dem kleinen Tisch gegenüber der Tür gegangen war, und holte aus.

»Das würde ich an deiner Stelle nicht tun.« Timothy fasste nach dem Schürhaken. Anna fuhr herum. Darauf war sie nicht vorbereitet gewesen. Timothy stand in der Tür. Es fiel ihm leicht, ihr das Eisen zu entwenden.

»Wie klug von dir, mir Annas Pläne zu verraten. Gut gemacht, mein Mädchen.« Er tätschelte Annas Mutter den Rücken, als wäre sie ein Pferd. Anna sah ihre Mutter entsetzt an.

»Dieses Briefchen hat sie mir geschrieben und gestern Abend in die Tasche gesteckt.« Timothy hielt einen zusammengefalteten Zettel in der Hand. Er warf ihn Anna zu.

Es war zweifellos die Handschrift ihrer Mutter. »*Anna will fliehen. Morgen früh, wenn das Mädchen das Frühstück bringt. Sie will mich mitnehmen. M.*«

Sie las das Briefchen drei Mal. Wie hatte sie nur daran zweifeln können, dass ihre Mutter sie verstanden hatte? Sie hatte jedes Wort genau begriffen und ihren Plan an Timothy verraten. Wut und Trauer stiegen in ihr auf. Warum hatte ihre Mutter das getan?

»Hast du wirklich geglaubt, mich hintergehen zu können?« Timothy fixierte sie. Ein leichtes Lächeln umspielte seine Lippen. Er kam auf Anna zu. »Tu das nie wieder.« Seine Hand fuhr in ihr hochgestecktes Haar. Begierde lag in seinem Blick. Anna war sicher, dass sie nicht ohne Strafe davonkommen würde. »Bildest du dir etwa ein, du wärst schlauer als ich? Das wirst du bereuen!«

Timothy stand immer noch dicht vor ihr. Die eine Hand in ihrem Haar, mit der anderen fingerte er an seiner Hose herum. Oh Gott, er würde sich doch jetzt nicht auch an Anna vergehen? An seiner eigenen Nichte?

Anna atmete tief ein. Jetzt oder nie.

Mit aller Kraft und so schnell sie konnte, rammte sie ihrem Onkel die Faust aufs Kinn. Unverzüglich ließ er von ihr ab und warf den Kopf nach hinten. Diesen Moment nutzte Anna, um ihm mit ihrem Reisestiefel in den Unterleib zu treten. Sicherheitshalber schlug sie Timothy gleich noch einmal ins Gesicht. Er strauchelte. Bevor er das Gleichgewicht wiedergefunden hatte, schlug Anna ein drittes und ein viertes Mal zu. Endlich verlor er das Bewusstsein. Das Hausmädchen, das die Szene vom Tisch aus verfolgt hatte, sah Anna mit einer Mischung aus Angst und Bewunderung an. Ihre Mutter, die immer noch neben dem Schrank gestanden hatte, stürzte zu Timothy und beugte sich über ihn.

»Wo ist der Schlüssel?«, schrie Anna das Hausmädchen an.

»Hier.« Die Hand des Mädchens zitterte, als sie Anna den Bund reichte.

An der Tür drehte Anna sich noch einmal um. Ihr Blick traf auf den ihrer Mutter. Tränen liefen ihr über das Gesicht.

»Mutter, bitte kommen Sie mit mir!«, flehte Anna, aber die schüttelte nur den Kopf.

Anna atmete tief ein und lief dann den Flur entlang. Sie öffnete die Tür und schloss sie von außen ab. So schnell sie konnte, eilte sie durch das Haus. Einen Moment überlegte sie, ob sie den Schlüssel mitnehmen sollte. Mrs Roberts und die Dienstboten sollten doch zusehen, wie sie Timothy wieder befreien konnten. Aber dann dachte sie an ihre Mutter und das Hausmädchen und legte ihn auf den Marmortisch in der Eingangshalle.

Nebelschwaden zogen durch die Straßen des noch schlafenden Mayfair. Anna konnte kaum drei Schritte weit sehen. Fast wäre sie mit dem Milchmann zusammengestoßen, der unmittelbar vor ihr aufgetaucht war. Das Klappern der Milchkannen war so plötzlich zu hören gewesen, dass sie kaum noch Gelegenheit hatte auszuweichen. Annas Schritte klangen dumpf, als hätte sie sich Watte in die Ohren gesteckt.

Unter den Straßenlaternen, deren Flammen ruhig in ihren Glaskolben brannten, konnte sie hin und wieder einzelne Gestalten ausmachen. Dienstboten, die die Milch hereinholten oder auf dem Weg zu ihrer Arbeitsstätte waren.

Anna zitterte am ganzen Körper vor Aufregung. Sie musste die Postkutsche erreichen, die um fünf Uhr abfahren sollte. Sie würde den Weg zu Fuß zurücklegen. Eine Mietkutsche konnte sie nicht rufen, da ihr zu dieser frühen Stunde bestimmt Fragen gestellt würden. Außerdem hatte sie kein Geld dafür.

Die verwinkelten Gassen Londons waren verwirrend genug, aber den Weg im Nebel zu finden, schien fast unmöglich zu sein. Es war wenig Betrieb auf den Straßen. Bei jeder Kutsche, die vorüberfuhr, wandte Anna den Kopf ab. Vielleicht suchte man ja bereits nach ihr. Aber sobald die Kutschen an ihr vorbeigefahren waren, sah sie schnell hinterher, in der Hoffnung, die teure Equipage des Fremden zu erblicken. Doch der Nebel war so dicht, dass sie nichts erkennen konnte. Sie schüttelte den Kopf. Es hatte sowieso keinen Zweck, nach ihm Ausschau zu halten. London war groß, sie kannte nicht einmal seinen Namen, und außerdem war sie die letzten Wochen eingesperrt gewesen. Vielleicht hatte er die Stadt schon längst verlassen. Anna biss sich auf die Lippen. Der Gedanke, ihn nie wiederzusehen, war unerträglich und gleichzeitig unausweichlich. Sie würde heute noch aus London weggehen.

Anna beschleunigte ihren Schritt. Auf keinen Fall durfte sie die Kutsche verpassen. Ihre rechte Hand schmerzte von den Schlägen, die sie Timothy verpasst hatte. Aber viel mehr als ihre Hand schmerzte sie der Verrat ihrer Mutter. Warum ließ sie sich Timothys schlechte Behandlung gefallen? Heute hätte sie mit ihrer Tochter fliehen können. Warum blieb sie bei Timothy? Warum hatte sie ihn überhaupt geheiratet? Und warum hatte sie ihm von Annas geplanter Flucht erzählt?

Mit jedem Schritt entfernte Anna sich weiter von ihrer Mutter. Würde sie sie jemals wiedersehen?

Nur nicht weinen. Nicht jetzt. Sie musste gefasst wirken. Aber sie war nicht gefasst. Sie war verletzt und enttäuscht, und vor allem hatte sie Angst. Sie hatte Angst vor dem Postkutscher und den anderen Reisenden. Keine Minute lang würde es ihr gelingen, sich als gestandene Gouvernante auszugeben, wie sie es geplant hatte. Jeder, der sich auch nur einigermaßen mit Gouvernanten auskannte, würde sie durchschauen. Und wenn Timothy inzwischen gefunden worden war, hatte er sicher längst ganz London in Aufruhr versetzt. Hätte sie den Schlüssel doch lieber mitnehmen sollen? Hatte Timothy bereits seinen einflussreichen Freunden zugesetzt, jede Postkutsche, die aus London hinausfuhr, zu kontrollieren?

Anna war froh, dass sie mit ihrer Mutter nicht über Sixteen Angles gesprochen hatte. Der Nebel lichtete sich. Big Ben tauchte vor ihr auf. Gott sei Dank. Sie hatte instinktiv die richtige Richtung eingeschlagen.

Es konnte nicht mehr weit sein.

Als Anna die Straße zu den Postkutschen hinauflief, zitterte sie so heftig, dass sie erst einmal stehen bleiben und Luft holen musste.

Gouvernanten waren schweigsame Geschöpfe. Nur nicht zu viel reden! Sie kam gerade aus Deutschland und konnte noch nicht gut Englisch. Sie war auf dem Weg in den Süden, um bei einer kinderreichen Familie in Plymouth zu arbeiten.

Anna atmete tief durch und nahm ihre Reisetasche wieder auf. Sie sah sich nach der richtigen Postkutsche um. Diese dort musste es sein, es wurde gerade ein frisches Gespann angebracht. Es war die einzige Kutsche, die zur Abfahrt bereit gemacht wurde. Vier schwarze Pferde scharrten ungeduldig mit den Hufen. Anna hielt nach dem Kutscher Ausschau, der mit einigen Männern etwas abseits stand.

Wer waren diese Männer? Waren sie etwa schon von Timothy geschickt worden? Suchten sie nach ihr? Wenn ihre Flucht heute nicht gelang, würde sie in der folgenden Woche Mr Lyme heiraten müssen.

Die Männer hatten sie noch nicht bemerkt. Anna umklammerte den Griff ihrer Tasche, bereit, im nächsten Moment zu fliehen.

Die Herren waren in ihre Unterhaltung vertieft.

Anna ging auf sie zu und bemühte sich um einen starken deutschen Akzent: »Entschuldigen Sie bitte, ich möchte ein Billet für die Fahrt nach Plymouth lösen.« Ihre Stimme war viel zu laut.

»Gern, Miss.« Der Postkutscher kam auf sie zu und reichte ihr eine schmale Karte. »Drinnen oder draußen?«

»Außen, bitte.« Anna hatte wieder kein Geld für einen Innenplatz.

»Macht zwei Pfund und fünf Schilling.«

Anna schluckte. »Oh, ich habe nur zwei Pfund.«

Der Kutscher dachte einen Moment lang nach.

»Na gut. Ich hab eh nicht viele Fahrgäste. Wir haben die meisten Reisenden an die Eisenbahn verloren.« Der Kutscher seufzte, nahm die zwei Pfund entgegen und händigte Anna ihre Fahrkarte aus.

Schnell kletterte sie auf die Kutsche, bevor der Kutscher es sich doch noch anders überlegen konnte. Oben angekommen, ließ sie sich auf die harte Holzbank fallen und atmete erleichtert auf.

Kapitel 5

Grünberg, Juni 1832

Timothy würde nie den Tag vergessen, als er sie zum ersten Mal sah. Es war ein schöner Sommertag gewesen, und sie waren am frühen Nachmittag in Grünberg angekommen. Timothys erste Reise außerhalb Englands. Williams natürlich nicht. Er war im letzten Jahr bereits auf Gut Reichholz zu Gast gewesen. Und William hatte damals ihren Vater auch nach Indien begleiten dürfen. Indien war seither zum Inbegriff der Ungerechtigkeit geworden, die Timothy sein Leben lang widerfuhr.

Aber an diesem Sommertag dachte Timothy nicht an Indien. Er war fasziniert von dem schönen Landstrich, durch den sie gefahren waren, und von dem urigen Gutshaus, das sie bewohnen durften. Auf ihrer Reise nach Italien würden sie einige Tage in Grünberg bleiben. Für sie alle, außer für William natürlich, war es die erste Deutschlandreise, und mit Ausnahme von William sprach niemand die deutsche Sprache. Gut, Timothy hatte die Gelegenheit gehabt, ebenfalls Deutsch zu lernen. Aber er hatte damals schon genug mit seinem Lateinunterricht zu tun gehabt. Für das Jurastudium in Oxford hatte er hart arbeiten müssen. Wie hätte er da auch noch die deutsche Sprache erlernen sollen? Doch jetzt ärgerte Timothy sich schon im Vorfeld, dass sein Bruder der Einzige sein würde, der ihre Gastgeber verstehen konnte.

Sie alle würden auf seine Hilfe angewiesen sein. Dabei war William sowieso schon eingebildet genug. Bei jeder Gelegenheit wies er Timothy darauf hin, dass er eines Tages die Familienanwesen in London und in den Cotswolds sowie das elterliche Vermögen erben würde.

An diesem ersten Tag in Grünberg waren sie von ihren Gastgebern mit einem Essen empfangen worden. Doch trotz der köstlichen Waffeln und des guten Kaffees hatte Timothy es nicht erwarten können, die Tafel zu verlassen. Es machte ihn krank, den Schmeicheleien seines Bruders zuhören zu müssen. Timothys Freunde Frederik, Philip und Bruno wirkten genauso verlegen wie Timothy selbst. Sie wollten sich in Gegenwart der Gastgeber nicht auf Englisch unterhalten. Also mussten sie sich eine geschlagene Stunde Williams deutsche Darlegungen anhören, von denen sie kein einziges Wort verstanden. Manchmal nahm William seine Hände zu Hilfe, wenn ihm bestimmte Vokabeln fehlten. Er wirkte dann so schrecklich albern, dass Timothy sich für seinen Bruder schämen musste. Doch William selbst schienen die kleinen Schwierigkeiten, die er mit der deutschen Sprache hatte, überhaupt nicht peinlich zu sein. Gemeinsam mit den Gastgebern lachte er sogar über seine unbeholfenen Versuche. Timothy wollte einfach nur fort von seinem Bruder, mit dem er sich auch noch ein Zimmer teilen sollte.

Nachdem der Gutsherr endlich die Nachmittagstafel aufgehoben hatte, entschuldigte Timothy sich bei seinen Freunden, die sich das Gutshaus ansehen wollten – geführt vom Gutsherren, dessen Worte natürlich von William übersetzt wurden. Das hielt Timothy nicht aus.

Er eilte aus dem Haus, über den großen Hof, an Scheunen und offenen Ställen vorbei auf einen Trampelpfad, der auf die umliegenden Wiesen und in den Wald hineinführte. Erst als das Gutshaus außer Sicht war und nichts als Bäume und

Sträucher ihn umgaben, verlangsamte er seinen Schritt. Timothy atmete tief durch. Wie schön es sein konnte, allein zu sein. Er mochte seine Freunde, aber seit sie London vor vier Tagen verlassen hatten, waren sie ununterbrochen in engen Kutschen oder Herbergen zusammengepfercht gewesen. Selbst den Besuch in einem zweitklassigen Bordell in Calais hatten sie alle gemeinsam unternommen. Alle, außer William natürlich. William war nicht an Frauen interessiert. Jedenfalls benahm er sich so.

Wenn sein Bruder doch nur zu Hause geblieben wäre! Aber ihr Vater hatte darauf gedrängt, dass William sie begleitete. Und natürlich war schon am ersten Tag ihrer Reise genau das eingetreten, was Timothy sein ganzes Leben lang kannte: William hatte die Führung des Rudels übernommen. Frederik, Philip und Bruno schienen von William begeistert zu sein. Dabei waren sie Timothys Freunde.

Er seufzte, während er am Rand eines Nadelwalds stehen blieb und über die Wiesen blickte, die sich vor ihm erstreckten. Das war sein Schicksal. Der ewige Zweite zu sein. Sein Bruder war als erstgeborener Sohn nicht nur Erbe des Familienbesitzes, er war auch dafür vorgesehen, das Handelsgeschäft zu übernehmen, das ihr Vater aufgebaut hatte. Solange Timothy denken konnte, hatte er im Schatten seines Bruders gestanden. Und jetzt wickelte William innerhalb weniger Stunden auch noch Timothys Freunde ein, die bereits bewundernd zu ihm aufblickten.

Timothy hielt sein Gesicht in die Sonne. Die frische Luft tat gut. Welchen Weg sollte er wählen? Dem Pfad in den Wald hinein folgen oder querfeldein über die Wiesen laufen?

Er schirmte seine Augen mit der Hand gegen die Sonne ab und ließ den Blick ins Tal schweifen. Ein Bach zog sich wie ein glitzerndes Band durch die Wiesen. Timothy musste nicht länger überlegen. Seine Füße in kühles Wasser zu stecken, war jetzt genau das Richtige.

Während er die Wiese hinunterlief, genoss er das Gefühl von Freiheit. Das wenigstens hatte er William voraus. Auf Timothy wartete nach der Italienreise kein vorgezeichnetes Leben. Die Welt stand ihm offen. Er konnte zur Armee gehen oder in eine Anwaltskanzlei einsteigen. Schließlich hatte er in Oxford sein Jura-Examen abgelegt. Es war nicht herausragend gewesen, aber er hatte bestanden.

Oder Timothy unternahm noch weitere Reisen oder baute sich sogar einen eigenen kleinen Handel auf.

Das Einzige, was er nicht tun konnte, war das Erbe seines Vaters antreten. Warum war es ausgerechnet das, was er wollte? Warum gab es für Timothy kein größeres Ziel, als hinter dem Schreibtisch seines Vaters im Arbeitszimmer von Stone Abbey zu sitzen und seinen Geschäftspartnern ein Glas Whiskey anzubieten? Wieso träumte Timothy davon, als Gastgeber des Jagdballs im Salon ihres Landhauses vor seinen Gästen eine Begrüßungsrede zu halten? Sich frühmorgens mit den Männern zur Jagd zu treffen und abends im Esszimmer am Kopf der Tafel zu sitzen?

Das Plätschern des Baches war jetzt deutlich zu hören. Timothy blieb abrupt stehen. Vor ihm erkannte er, in Grashalme und Gänseblümchen eingebettet, eine Hand. Er wäre beinahe darüber gestolpert. Eine zarte Hand, von der Sonne gebräunt. Er ließ seine Augen an dem Handgelenk hinaufwandern, einen nackten Arm entlang, der erst über dem Ellbogen von leichtem Baumwollstoff bedeckt wurde. Weiter hinauf zu den im Gras liegenden Schultern. Der Ausschnitt des Sommerkleides war verrutscht und der Ansatz einer üppigen Brust zeigte sich unter der Spitze des tiefen Dekolletés. Aber Timothys Augen blieben an dem außergewöhnlichen Gesicht hängen, es war rund und braun gebrannt, keine englische Dame hätte sich mit einer solchen Bräune vor die Tür gewagt. Die Augen waren geschlossen, die Wimpern lang und dicht. Volle, sanft geschwungene Lippen ließen sinnliche Bilder vor Timothys innerem Auge entstehen. Der Mund war leicht geöffnet, einige Sommersprossen bedeckten das Gesicht. Die Nase war spitz, aber klein, und die hohe Stirn ergänzte die runde Gesichtsform vortrefflich. Die langen blonden Locken kräuselten sich im Gras.

Sie musste noch ganz jung sein. Kaum älter als sechzehn Jahre, und doch strahlte sie eine Weiblichkeit aus, wie Timothy sie bei noch keiner anderen Frau wahrgenommen hatte. Ihre Brust hob und senkte sich mit jedem Atemzug.

Timothy konnte nur schwer dem Drang widerstehen, seine Hand nach der weichen Haut auszustrecken. Stattdessen glitt sein Blick über jeden Zentimeter ihres Körpers. Der Rock war hochgerutscht und entblößte die schlanken Unterschenkel und die schmutzigen Strümpfe. Ein Paar Holzschuhe lag neben ihr im Gras.

Dieses schlafende Mädchen zu betrachten, erregte Timothy mehr als die gewandteste Hure, mit der er es je getrieben hatte. Was hatte sie nur an sich, das ihn so stark reizte? Es musste die Unschuld sein, die sie vermittelte, ihre Zerbrechlichkeit und Hilflosigkeit. Dieser tiefe Schlaf, der sie ihm vollkommen auslieferte. Er könnte sich jetzt auf sie werfen, seine Lippen auf ihren Mund pressen und sie sich nehmen.

Aber nein – dazu war dieses Kind zu wertvoll. Sie war keine von den Dirnen, die er und seine Freunde sich in London kauften. Nicht dafür gemacht, dass man schnell und rücksichtslos seine Lust an ihr befriedigte. Dieses Mädchen hatte ein Recht darauf, glücklich zu sein. Sie musste umworben und betört werden.

Als Teil der Natur, die sie umgab, passte sie so gut in

dieses Tal und an den Bach, der kaum zehn Schritte entfernt vor sich hin plätscherte.

Timothy studierte das Gesicht des Mädchens genau, als ihre Wimpern plötzlich zuckten. Sie schien wach zu werden. Hatte sie seine Blicke etwa gespürt?

Er wusste, er sollte sich abwenden, aber er konnte es nicht. Viel zu gespannt war er auf ihre Reaktion und freute sich auf den Schrecken, der sich in ihren Augen abzeichnen würde, sobald sie bemerkte, dass sie beobachtet worden war.

Doch nichts dergleichen geschah. Ihre Augen öffneten sich und blickten ihn verschlafen an. Kein Erschrecken, nur ein erstaunter Blick. Sie lächelte und streckte sich. Ein herzhaftes Gähnen, dann setzte sie sich auf. Sie sagte etwas auf Deutsch. Auch wenn Timothy sie nicht verstand, wusste er doch, was sie gefragt hatte.

»Timothy Stone.« Er setzte sich neben sie ins Gras.

Sie erwiderte etwas. Vielleicht nannte sie ihren Namen, er wusste es nicht. Das harte Deutsch klang aus ihrem Mund wie Musik.

»Es tut mir leid, ich spreche Ihre Sprache nicht.« Er lächelte das Mädchen neben sich an. »Heute ärgere ich mich, dass ich kein Deutsch gelernt habe.«

Das Mädchen hörte ihm aufmerksam zu.

Als er geendet hatte, zuckte sie mit den Schultern und sagte wieder ein paar deutsche Worte.

»Natürlich, Sie verstehen mich nicht. Das habe ich auch nicht erwartet.« Timothy betrachtete das Mädchen, das sich nun zurück ins Gras fallen ließ und in den Himmel blinzelte.

»Ich bedeute meinem Vater nichts. Das ist es. Sonst hätte er darauf gedrängt, dass ich die deutsche Sprache lerne. So, wie er es bei William getan hat. Aber er hat sich nie um meine Ausbildung geschert. Gut, er hat mich nach Oxford geschickt. Doch es war ihm vollkommen egal, was ich dort trieb.«

Sie drehte ihren Kopf in seine Richtung und sah ihn abwartend an. Also sprach er weiter. »Mein Vater ist ein großartiger Mann. Er ist erfolgreich, und wo immer er hinkommt, wird er bewundert. Er ist in die Londoner Gesellschaft aufgenommen worden, obwohl er nicht von Adel ist.« Timothy seufzte. Warum erzählte er dem Mädchen diese Dinge? Er sprach nie darüber. Und sie konnte ihn nicht verstehen. Vermutlich war das der Grund. Es war, als redete er mit sich selbst.

»Ich glaube, ich war eine Enttäuschung für meine Eltern. Wie hätte es auch anders sein können? William war schließlich der perfekte Sohn. Alles, was nach ihm kam, konnte nur noch schlechter werden.« Timothy ließ sich jetzt auch zurückfallen und lag neben ihr im Gras. Er sprach in den blauen Himmel. »Ich habe noch eine jüngere Schwester. Clara. Ein schreckliches Kind. Aber meine Mutter liebt sie. So ist es eben – mein Vater liebt William, und meine Mutter liebt Clara. Und für mich bleibt nichts übrig.« Er tastete nach der Hand des Mädchens und schloss seine Finger fest um ihre. Sie zog sie nicht weg, blieb einfach liegen, Hand in Hand mit Timothy. Timothy hatte noch nie die Hand eines ehrbaren Mädchens gehalten. Keine englische Frau hätte das zugelassen. Aber diese Deutsche war anders als alle Frauen, die Timothy kannte.

»Ich bin unterwegs nach Italien, zusammen mit meinen Freunden und meinem Bruder.« Timothy genoss das Gefühl ihrer warmen Haut in seiner Hand. »Unsere Studien sind beendet, jetzt wollen wir Spaß haben und etwas von der Welt sehen. Wir werden für ein paar Tage auf Gut Reichholz wohnen.«

»Gut Reichholz?« Das Mädchen schien das nahe gelegene Gehöft zu kennen. Sie stieß einige deutsche Worte hervor. Vielleicht war sie schon einmal dort gewesen? Oder arbeitete sie sogar für seine Gastgeber? Nein, Timothy verwarf den Gedanken wieder. Ihre Hände waren zart und sauber. Von der Sonne gebräunt, aber nicht die Hände einer Bäuerin.

Sie setzte sich auf und sprach wieder auf Timothy ein. Er lauschte dem Klang ihrer Stimme und ließ sich dann von ihr auf die Beine ziehen. Sie griff nach ihren Holzschuhen. Dann spazierten sie los. Glaubte sie etwa, er suche den Weg nach Gut Reichholz, und brachte ihn nun dorthin?

Timothy wollte nicht, dass die anderen sie sahen. Dieses zauberhafte Geschöpf war seine Entdeckung. Es hatte etwas in Timothy geweckt, das er noch nie in sich gespürt hatte. Vielleicht war es das seltsame Gefühl von Liebe, von dem die Dichter sprachen. Dieses Mädchen sollte sein Geheimnis bleiben. Er wollte die kommenden Tage nutzen, um sie immer wiederzusehen. Jeden Tag, viele Stunden mit ihr am Bach in der Wiese liegen, ihre Hand halten und mit ihr sprechen. Er wollte sie beobachten, wenn sie schlief, und dann, irgendwann, wollte er sich von ihr küssen lassen. Aber erst wenn sie dazu bereit war. Timothy würde ihr Zeit geben. Auch wenn er nur ein paar Tage Zeit hatte. Aber mehr würde er auch nicht brauchen. Und wenn sie auf der Rückreise von Italien wieder auf Gut Reichholz einkehren würden, sähe er sie wieder und vielleicht … Nein. Das ging natürlich nicht. Er würde niemals ein deutsches Mädchen vom Land zu seiner Ehefrau nehmen können. Die Position seiner Familie in der Gesellschaft war noch viel zu ungewiss, als dass er sich eine exotische Ehe leisten konnte. Ein Fehltritt, und die Tür zu den wichtigsten Salons der Stadt würde ihnen für immer verschlossen bleiben. Er würde ihre Stellung mit der Heirat einer Tochter aus guter englischer Familie festigen müssen.

Aber als Mätresse – das wäre möglich. Dazu brauchte er bloß ein gesichertes Einkommen und durfte nicht mehr von seinem Vater abhängig sein. Denn sein Vater würde eine Liebschaft nur unterstützen, wenn sie geschäftliche oder gesellschaftliche Vorteile brachte. Die verschaffte ihm dieses Mädchen natürlich nicht.

Wenn es William nicht gäbe, wenn nicht er der Erbe wäre, sondern Timothy … Als Erbe seines Vaters könnte er sich einige Freiheiten mehr herausnehmen.

Das Mädchen neben ihm summte eine Melodie. Sie schien es nicht eilig zu haben und schlenderte neben ihm her.

Timothy war glücklich. Vielleicht zum ersten Mal in seinem Leben. Dieser Moment entschädigte ihn für die Zurückweisungen, die er durch seinen Vater erfahren hatte, und für die Benachteiligungen durch seine Mutter. Dieses Mädchen gehörte ihm ganz allein, und er würde dafür sorgen, dass William sie nicht zu Gesicht bekäme.

Aber wie konnte er es schaffen, sich mit ihr für den nächsten Tag zu verabreden? Einer Eingebung folgend, blieb er stehen und drehte sich zu ihr um.

»Morgen, am Bach. Ich warte auf dich.« Er sprach die Worte deutlich aus. Vielleicht klangen die deutschen Begriffe ja ähnlich. Oder vielleicht wusste sie auch einfach, was er ihr sagte.

Das Mädchen lachte und nickte. Sie hatte ihn tatsächlich verstanden. Eine ganze Weile liefen sie schweigend nebeneinander her. Er hatte ihr leises Summen im Ohr, das Zwitschern der Vögel und das Rauschen des Baches, das, je weiter sie sich entfernten, immer mehr zu einem Flüstern wurde.

Als das Gut in Sicht kam, blieb Timothy stehen. »Ich gehe jetzt allein weiter. Bis morgen!« Er winkte ihr zum Abschied zu. Das Mädchen schien zunächst irritiert, lachte dann jedoch und erwiderte sein Abschiedswinken.

Timothy musste nicht bis zum nächsten Tag warten. Als er frisch gewaschen mit seinen Freunden in das Esszimmer des Gutshauses trat, erwartete das Mädchen ihn bereits am

Tisch. Ihr lockiges Haar war jetzt zusammengebunden, und sie trug ein anderes Kleid.

Der Gutsherr stellte das Mädchen vor, und Timothy ballte die Fäuste, als er ihren Namen aus dem Mund seines Bruders erfahren musste, der die Worte ihres Gastgebers übersetzte. »Das ist Marianne, die Tochter des Hauses. Ich habe sie bereits im letzten Jahr kennengelernt, als Vater mich für einige Wochen nach Deutschland geschickt hat.«

Timothy starrte seinen Bruder an. Er hatte plötzlich das Gefühl, etwas Wichtiges und Wertvolles verloren zu haben. Etwas, das er eben erst gefunden und selbst noch nicht vollständig erkundet hatte.

Es war falsch, dass sie hier am Tisch saß und dass Frederik, Philip und Bruno sie ansehen konnten. Dass sie ihr Gesicht studierten, wie Timothy es wenige Stunden zuvor getan hatte.

Unerträglich jedoch war, dass William sie bereits kannte.

Timothy erinnerte sich an die Reise, auf die sein Vater William im letzten Jahr geschickt hatte. Sein Bruder sollte sich nach den Absatzchancen für englische Schafwolle in Deutschland erkundigen.

Warum hatte er William geschickt? Hätte Timothy damals hierherreisen dürfen, dann hätte er das Mädchen als Erster kennengelernt.

Es widerte Timothy an, beobachten zu müssen, wie William sich mit ihr unterhielt, dass sie ihn ansah und über seine Worte lachte. Er wollte seinen Bruder fragen, worüber sie redeten, aber die Wut auf William verschloss ihm den Mund.

Er würgte sein Essen hinunter. Als sie vom Tisch aufstanden, hätte Timothy das Mädchen am liebsten bei der Hand genommen und von den anderen weggeführt. Weit fort, in die Wiesen hinein, hinunter zum Bach.

Jetzt begann Frederik ein Gespräch mit ihr. Er gestikulierte wild, und sie hörte ihm aufmerksam zu. Frederik führte sich wie ein Irrer auf. Damit würde er Marianne nicht beeindrucken können. Er machte übertriebene Gesten, verdrehte die Augen und fasste sich theatralisch ans Herz. Wie ein Schauspieler, dachte Timothy verächtlich. Er war froh, dass er sich nicht so weit erniedrigt hatte, nur um dem Mädchen zu erklären, dass sie auf einem schönen Gehöft lebte. Als ob sie das nicht selbst wüsste.

Sie setzten sich in die Wohnstube. Timothy wunderte sich, dass die Damen sich nicht verabschiedeten, damit die Herren in Ruhe rauchen konnten. Er hätte jetzt dringend eine Zigarre gebraucht. Eilig sorgte er dafür, dass er einen Platz neben Marianne fand, die sich auf einen der Stühle bei der Verandatür gesetzt hatte. Timothy wählte den Stuhl, der auf der anderen Seite der Tür stand.

Nun wurde Kaffee serviert. Timothy suchte Mariannes Blick. Als sie endlich zu ihm herübersah, hatte er das Gefühl, nur noch für diese Frau existieren zu können. Sie lächelte ihn an. Ein wissendes Lächeln, das die Stunden, die sie am Nachmittag gemeinsam am Bach verbracht hatten, mit einschloss.

Wie konnte das Leben ohne Marianne jemals wieder einen Sinn bekommen? Worte waren überflüssig, alles, was zu sagen war, sagten ihre Blicke. Da schob sich plötzlich etwas zwischen sie.

William.

Er hatte sich einen Hocker geholt und stellte ihn direkt vor die Tür zur Veranda.

»Entschuldige, ich hatte mich mit Fräulein von Lauster bei Tisch über die Haltung von Schafen im Bergischen Land unterhalten. Wir waren noch nicht fertig, ich habe noch einige Fragen dazu.« William grinste ihn mit seinem Pfannkuchengesicht an und wandte sich dann an das Mädchen. Timothy starrte auf den kahlen Hinterkopf seines Bruders.

Der kleine Hocker schien unter dem dicken Kerl fast zu zerbrechen.

Der Zauber des Augenblicks war zerstört. Niedergetrampelt von seinem Bruder, dem verabscheuungswürdigsten Menschen dieser Erde.

Marianne lachte laut über Williams Worte, die Timothy nicht verstehen konnte, und jedes Lachen schmerzte Timothy wie ein Peitschenhieb. Niemals zuvor hatte er sich so ohnmächtig gefühlt.

In dieser Nacht dachte Timothy darüber nach, wie er Marianne vor den anderen schützen könnte. Er wollte sie nicht mit ihnen teilen müssen, und Timothy war sicher, dass Marianne die Aufdringlichkeiten seiner Freunde und besonders die seines Bruders peinlich berührten. Er hatte es in ihrem Blick erkannt, als sie sich gestern Abend für einen langen Moment angesehen hatten.

Marianne lachte zwar mit ihnen, aber was blieb ihr schon anderes übrig? Sie war die Tochter der Gastgeber, und natürlich bestanden ihre Eltern darauf, dass sie zu jedem Gast höflich und freundlich war, auch zu den Unattraktiven wie William.

Am nächsten Tag lauerte Timothy Marianne auf. Er hatte sich in eine Ecke neben den Hühnerstall gestellt. Von hier aus konnte er den Hof gut überblicken.

Tatsächlich sah er Marianne nur wenige Minuten nach dem Mittagessen über den Hof in Richtung der Wiesen laufen.

Wie hatte er das vergessen können! Er hatte sich ja mit ihr verabredet. Das war, bevor er erfahren hatte, dass sie auf Gut Reichholz wohnte. Als er noch geglaubt hatte, sie vor seinen Freunden und vor William verstecken zu können.

Das Mädchen lief direkt an ihm vorbei. So nah, dass er die

Hand nach ihr hätte ausstrecken können. Aber er wollte sie nicht aufhalten. Nicht hier, wo sie von allen gesehen werden konnten. Sobald William bemerkte, dass sie davonlief, würde er ihr womöglich folgen. Nein, Marianne musste schnell und ungesehen den Hof verlassen. Timothy wusste ja, wo er sie finden würde. Also ließ er ihr einen Vorsprung, bevor er ihr folgte. Er war sich nicht mehr sicher, welchen Weg sie gestern auf dem Rückweg genommen hatten. Er war so sehr auf die Schönheit des Mädchens neben sich konzentriert gewesen.

Daher nahm er den Weg, den er gestern Nachmittag selbst eingeschlagen hatte. Hinauf bis zum Rand des Nadelwalds und dann querfeldein die Wiesen hinunter. In erwartungsvoller Vorfreude sog er den Duft des saftig grünen Grases ein, mit dem blühenden Wiesenschaumkraut, den Schlüsselblumen und dem Klee. Vögel zwitscherten, und Timothy hörte bereits den Bach ganz in der Nähe plätschern.

Timothy sah sich um.

Sonderbar, er war sich beinahe sicher, die richtige Stelle gefunden zu haben, wo sie sich am Tag zuvor getroffen hatten. Aber das Mädchen war nicht hier.

Hatte er sich denn so sehr in der Richtung geirrt? Timothy setzte sich ins Gras. Wo war sie? Marianne kannte den Weg besser als er. Sie musste längst hier sein. Ob ihr irgendetwas zugestoßen war?

Ein schrecklicher Verdacht kam in Timothy auf. Seine Freunde konnten brutal sein. Wenn sie zufällig auf die im Gras liegende Marianne gestoßen waren, genau wie Timothy, dann würden sie vermutlich nicht zögern. Sie würden sie sich nehmen und ihre Begierde an ihr stillen. Aber würden sie wirklich so weit gehen und ihr Gewalt antun? Immerhin war sie die Tochter ihrer Gastgeber.

Timothy erinnerte sich an die jungen Londoner Dirnen,

die sie sich gemeinsam gefügig gemacht hatten. Frederik und Philip waren dabei ebenso wenig einfühlsam gewesen wie Timothy selbst.

Er musste das Mädchen suchen. Timothy sah sich um. Wo konnte sie sein? Der Weg vom Gut hierher führte über offene Wiesen und Weiden. Kein guter Ort für ein Schäferstündchen. Aber im Wald dort drüben gab es sicher ein verstecktes Plätzchen, er war für derartige Vorhaben wie gemacht. Wenn die beiden Marianne in den Wald gelockt und sich dann an ihr vergangen hätten, würde niemand ihre Schreie hören und niemand sie sehen.

Timothys Schritte wurden immer schneller, während er dem Bachlauf in den Wald hinein folgte. Er fröstelte, als er zwischen den Bäumen auf einen Weg trat, der sich vor ihm in eine tiefe Schlucht des Waldes schlängelte.

Einen Moment lang blieb er stehen und lauschte.

Keine erstickten Schreie, kein Flehen oder Wimmern, das den ruhigen Sommertag störte. Er hatte sich umsonst gesorgt. Alles schien friedlich und still zu sein. Trotzdem ging er noch ein Stück tiefer in den Wald hinein. Nur um ganz sicher zu sein, dass alles in Ordnung war.

Das Laub und der Bach rauschten. Die Sonnenstrahlen drangen gedämpft durch das Blätterdach und zeichneten hier und da helle Sprenkel auf den schmalen Pfad. Es duftete nach Moos, Gras und Margeriten, die auf einer kleinen Lichtung ihre Köpfe in die Sonne streckten.

Timothy entspannte sich. Er würde umkehren, und wenn er an den Bach kam, würde Marianne schon auf ihn warten. Er war einfach zu ungeduldig. Vielleicht hatte sie unterwegs eine Freundin getroffen und ihr über den Besuch aus England berichtet. Vielleicht – und da begann Timothys Herz gleich schneller zu schlagen – hatte sie ihrer Freundin ja von ihm erzählt und von der Liebe, die sie für Timothy empfand.

Er stellte sich vor, wie sie ihr ausführlich schilderte, dass er der Mann ihres Lebens sei. Wie sehr sie ihn begehre und davon überzeugt sei, dass nur er sie glücklich machen könne. Wie konnte Timothy ihr böse sein, wenn sie deswegen trödelte? Er lächelte. Das Leben war schön. Er hatte es bislang nur noch nicht erkannt. Aber dieses Geschöpf zeigte ihm, was leben bedeutete.

Timothy blieb stehen. Da drüben, zwischen den Büschen bewegte sich etwas.

Er lauschte.

Leise Stimmen mischten sich unter das Rauschen der Blätter. Vorsichtig schlich er sich näher an das Gebüsch.

Ein helles Lachen. Timothy zuckte zusammen. Ihr Lachen.

Er ging weiter. So lange, bis er ihre gebräunte Haut deutlich erkennen konnte. Sie lag hinter Büschen auf einer kleinen Lichtung.

Timothy wurde speiübel.

Sie war nackt. Auf ihr wand sich, ebenso unbekleidet, nicht Frederik und auch nicht Philip – sondern William.

William, der Mensch, der Timothy sein ganzes Leben lang alles genommen hatte, was ihm wichtig war. Der Mensch, der an seiner statt mit dem Vater nach Indien gereist war und das väterliche Erbe antreten würde.

Timothy starrte lange auf die Szene. Mit jeder Minute, in der er die Küsse der beiden beobachtete und ihre ineinander verschlungenen Körper, in der er ihren Liebesschwüren lauschte, die er nicht verstehen konnte und doch erkannte, starb etwas in ihm. Sein Inneres kühlte sich ab, bis Timothy glaubte, einen Eisblock in sich zu tragen. Zitternd vor Kälte wandte er sich ab.

Wie er zurück zum Gut gekommen war, konnte er hinterher nicht mehr sagen. Irgendwie hatten seine Beine ihn dorthin getragen. Er setzte sich in den Hof, auf eine der Treppen, die zum Heuschober hinaufführten.

Er war betrogen worden. Sie hatte ein falsches Spiel mit ihm gespielt. Warum? Was hatte er ihr getan, dass sie ihn so verletzen musste? Es ging ihr nicht um William. So viel war klar. Niemandem konnte es wirklich um William gehen. Nicht einmal Timothys und Williams Vater. Ihm ging es nur darum, einen Erben zu haben, und da William nun einmal der Erstgeborene war, konzentrierte sich alles auf ihn.

Nein, Marianne wollte Timothy verletzen, sie wollte ihn reizen.

Timothy lehnte sich zurück und stützte sich mit den Ellbogen auf der nächsthöheren Treppenstufe ab. Genau, nur so konnte es sein. Marianne war gerissener, als er geglaubt hatte. Sie benutzte William, um Timothy zu erregen. Sie hatte genau gewusst, dass er nach ihr suchen würde. Wenn sie nicht an ihrem vereinbarten Treffpunkt war, musste er in den Wald kommen, um nach ihr zu sehen. Sie hatte gestern Abend sofort verstanden, womit sie Timothy locken konnte – mit seinem Bruder.

Timothy hatte sie völlig falsch verstanden. Marianne hatte gestern schon darauf gewartet, dass er am Bach mit ihr schlief. Sie hatte sich ihm angeboten. Vermutlich hatte sie sich nur schlafend gestellt, als sie ihn hatte kommen sehen. Herrje, das Mädchen hatte seine Hand gehalten, sie hatte sich neben ihn gelegt. Wie viele Zeichen brauchte er denn noch? Schließlich hatte sie sich nicht anders zu helfen gewusst, als ihn mit seinem Bruder zu ködern.

Timothy musste lachen. Er schüttelte sich vor Lachen. Eine Magd sah aus dem Kuhstall zu ihm herüber und winkte ihm zu. Fröhliche Menschen waren hier gern gesehen. Und Timothy hatte allen Grund, fröhlich zu sein. Endlich würde William einmal erleben, wie es war, wenn man nur benutzt wurde. Timothy freute sich darauf, das Gesicht seines Bruders zu sehen, wenn er erkennen musste, dass es Marianne nie um ihn gegangen war. Dass es Timothy war, den sie liebte. Vielleicht würde die Freundin, die sie auf dem Weg in den Wald getroffen hatte, es William bestätigen und wiederholen, was Marianne ihr anvertraut hatte: dass Timothy der Mann war, mit dem sie ihr Leben verbringen wollte. Der Einzige, für den sie wirklich Liebe empfand.

Timothy stand auf und klopfte sich den Staub der Treppenstufen von der Hose. Pfeifend ging er in das Zimmer, das er sich mit William teilte. Sorgfältig wählte er seine Abendgarderobe aus. Er würde sich heute besonders schön machen für Marianne.

William kam erst spät zurück. Die junge Frau reizte ihre Karten aus. Natürlich wusste sie, dass er sie gesehen hatte. Sie wollte ihn locken, sichergehen, dass er sie sich noch heute Nacht nehmen würde.

William war verschwitzt und wirkte glücklich, während er sich für das Abendessen zurechtmachte. Timothy musste sich zurückhalten, um ihm nicht alles zu verraten. Wie gern hätte er seinen Bruder schon jetzt mit den Tatsachen konfrontiert. Aber er wusste, dass er warten musste, dass es noch mehr schmerzen würde, wenn Marianne es ihm selbst sagte. Also genoss er Williams gute Laune, denn damit würde sein späterer Fall nur noch tiefer werden.

Das Abendessen schmeckte köstlich. Timothy achtete darauf, nicht zu viel Wein zu trinken, um nachher für Marianne bereit zu sein. Zu viel Alkohol minderte seine Ausdauer.

Er beobachtete sie, ihre Wangen waren leicht gerötet. Sie sah heute Abend besonders reizend aus. Ihr Blick wanderte immer wieder zu William. Sie spielte ihr Spiel ausgezeichnet, und es wirkte. Mit jedem Blick, den sie William zuwarf, spürte Timothy wachsende Erregung. Es steigerte seine Lust zu wissen, dass sie das alles nur für ihn tat.

Wie würde es nach dem Essen weitergehen? Marianne hatte mit Sicherheit schon einen Plan, wie sie ihn zum Äußersten treiben wollte. Sie würde ihm die Gelegenheit geben, über sie herzufallen und sie zu lieben. Timothy wollte sich treiben lassen, sich nicht in ihre Spielregeln einmischen. Nein, er würde sie nicht enttäuschen. Wachsam verfolgte er jeden ihrer Schritte. Nur so konnte er erkennen, wann sie bereit war. Es musste noch heute Abend sein, so viel war sicher.

Schließlich erhob sich Herr von Lauster. Die Tafel war aufgehoben.

Marianne murmelte ihrer Mutter eine Entschuldigung zu und wandte sich zur Treppe. Timothy verbarg sich in einer dunklen Ecke der Eingangshalle. Niemand folgte ihr nach oben. Die jungen Männer gingen hinaus auf den Hof, um zu rauchen.

Timothy wartete geduldig. Zeit hatte er genug. Die ganze Nacht lag vor ihnen. Erwartete Marianne etwa, dass er ihr aufs Zimmer folgte? Aber sie musste doch wissen, dass er ihr Zimmer nicht kannte. Ob sie wohl darauf hoffte, dass er nach ihr suchte?

In diesem Moment hörte er ihre Schritte auf der Treppe. Sie trug einen dunklen Umhang, der sie in der hereinbrechenden Nacht gut verbarg. Verstohlen öffnete sie die Tür und sah sich um. Sie wollte sicher sein, dass er ihr folgte. Er gönnte ihr den Spaß und ließ sie erst aus der Tür und die Stufen hinuntereilen, bevor er selbst in die Nacht hinaustrat.

Sie lief über den Hof. Frederik und Philip standen neben dem Hühnerstall. Gut so, sollten sie nur alle sehen, wie Marianne und Timothy sich davonstahlen. Er folgte ihr leise.

Neben dem Heuschober holte er sie ein. Seine Hand schloss

sich um ihr Handgelenk. Sie zuckte zusammen. Schnell zog er sie die Treppe zur Scheune hinauf. Sie wehrte sich, war aber darauf bedacht, keinen Lärm zu machen. Als sie den Heuboden erreicht hatten, presste Timothy sich fest an Marianne.

Seine Lippen versanken in ihren Locken. »Mein Liebling, jetzt habe ich dich und lass dich nicht mehr gehen.«

Sie stieß ihn sanft von sich und sprach ein paar deutsche Worte.

Timothy lachte. »Ich hatte ja keine Ahnung, dass du mich gestern schon wolltest. Ich glaubte, dir Zeit geben zu müssen.« Er bedeckte ihr Haar mit Küssen.

Sie löste sich aus seiner Umarmung und sah ihn erschrocken an.

»Du spielst gern, nicht wahr? Oh, mein Liebling, ich vergehe fast vor Lust und Begierde. Du verrücktes Geschöpf.« Timothy fasste in ihr Haar, das Band löste sich, und die goldenen Locken fielen ihr über die Schultern.

Timothy legte seine Lippen auf ihre. Sie schmeckte köstlich, nach Beeren und Zitronen. Sie stieß ihn noch einmal zurück. Ihre Worte wurden lauter. Sie schien in Wallung zu geraten. Anscheinend liebte sie es, wenn er sie härter nahm. Also packte er sie fest und entschlossen.

Während er sie gegen die Wand presste und sie küsste, spürte er ihre wilden Schläge. Timothy stöhnte vor Lust, er liebte diese Spielchen. Gut, er würde ihr seine körperliche Überlegenheit demonstrieren. Er stieß sie ins Heu und ließ sich auf sie fallen. Während sein Oberkörper sie auf den Boden drückte, schob er ihre Röcke nach oben. Er knöpfte hastig seine Hose auf und ließ seine Finger zwischen ihre Beine wandern. Timothy meinte, vor Wollust zerspringen zu müssen. Daher konnte er, als er sie nahm, auch nicht lange durchhalten. Er war zu sehr erregt, um sich zu kontrollieren.

Anschließend blieb er erschöpft eine Weile auf ihr liegen und genoss die abklingenden Wellen der Lust.

Er küsste sie noch einmal. Dann rollte er sich zufrieden von ihr und knöpfte seine Hose zu.

Als er sie betrachtete, stutzte er. Timothy hatte damit gerechnet, dass sie ebenso glücklich sein würde wie er. Aber ihr Gesicht war vor Schmerz verzerrt, und in ihren Augen stand blankes Entsetzen. Sie hatte die Arme um den Oberkörper geschlungen und die Röcke wieder hinuntergezogen. Timothy starrte sie fassungslos an. Sie hatte bekommen, was sie wollte. Warum war sie nicht zufrieden? Warum wirkte sie so, als hätte er sie gerade geschändet? Sie benahm sich schlimmer als die jungen Dirnen, die Timothy sich manchmal in London kaufte, damit er ihnen die Unschuld nehmen durfte.

Ganz langsam begann er zu begreifen. Konnte es möglich sein, dass er sich getäuscht hatte? Dass sie überhaupt kein Spiel mit ihm gespielt hatte, sondern sich tatsächlich für William entschieden hatte? Unmöglich! Niemand, der William sah, würde ernsthaft in Erwägung ziehen, dass sich ein Mädchen wie Marianne für ihn interessierte. Und erst recht nicht, wenn Timothy ebenfalls zur Wahl stand. Und doch musste es in diesem Fall so sein. Oder sah nur Timothy William in solch kritischem Licht? War er womöglich in den Augen anderer gar nicht so hässlich?

Timothy streckte die Hand nach Marianne aus. Sie wich vor ihm zurück. Tatsächlich, er hatte sie vollkommen falsch verstanden. Einen Moment lang fühlte er sich wie zerschlagen. Doch dann betrachtete er die zitternde Marianne, deren Lachen plötzlich erstorben war. Das geschah ihr ganz recht. Warum hatte sie ihn auch glauben lassen, sie sei willig? Hatte sie ihn etwa nicht in diese Scheune gelockt? Sie hatte mit William geschlafen – was machte es da schon aus, dass er sie sich auch genommen hatte?

Plötzlich hörte er Schritte auf der Stiege zum Heuboden, und kurz darauf tauchten die Köpfe von Philip und Frederik in der Öffnung auf.

»Alles in Ordnung?« Philip sah mit zusammengezogenen Augenbrauen auf Marianne, die immer noch im Heu kauerte.

Noch vor wenigen Minuten hätte Timothy sich über die Störung durch seine Freunde geärgert, aber jetzt wusste er mehr. Marianne war nicht die Frau, für die er sie gehalten hatte. Er hatte geglaubt, sie sei etwas Besonderes, eine wertvolle Perle, auf die man achten müsse. Wie falsch hatte er damit gelegen. Sie war eine Hure wie jede andere und hatte sich an William verschenkt wie jetzt auch an ihn.

Timothy grinste. »Mehr als das. Ich habe eine Überraschung für euch.«

»So?« Frederik musste einiges an Wein getrunken haben, das konnte Timothy an seinem glasigen Blick erkennen. Umso besser für sein Vorhaben. Marianne benahm sich wie eine Hure, also sollte sie auch wie eine behandelt werden.

»Bedient euch!« Timothy deutete auf das Mädchen. »Sie ist jedem gern zu Diensten.« Timothy schob Frederik in Mariannes Richtung. »Mit William hat sie es heute Nachmittag auch schon getrieben, und ich hatte vorhin meinen Spaß mit ihr.«

»Tatsächlich?« Frederik ließ seinen Blick an ihr hinunterwandern. »Sie hat freiwillig mit dir geschlafen?«

»Sie hat mich hier heraufgelockt und unseren William hat sie in den Wald geschleppt. Welches Mädchen würde mit einem Mann an solche einsamen Plätze gehen, wenn es nicht darauf aus wäre?« Timothy grinste, als er Philips lüsternen Blick sah. Dann wandte er sich wieder an Frederik. »Komm schon, nicht so zimperlich. Sie wartet drauf.«

Auf Frederiks Stirn zeigten sich einige Falten. »Ich weiß nicht, Timothy. Sie sieht nicht so aus, als ob sie es wollte.

Außerdem ist sie die Tochter unserer Gastgeber.« Frederik wandte sich ab. »Ich gehe nach unten und rauche meine Zigarre zu Ende.«

»Feigling!«, rief Timothy ihm nach und versuchte, sich nicht zu sehr über Frederik zu ärgern. Wenigstens Philip war nicht zimperlich. Er hatte bereits seine Hose heruntergelassen und sich auf das Mädchen gestürzt. Zufrieden beobachtete Timothy, wie nun auch Philip über sie herfiel.

Kapitel 6

*D*as Dorf Mainston lag inmitten weiter Wald- und Wiesenflächen im Norden von Wales. Es schien noch kleiner zu sein als Stone und weniger malerisch. Aber die einsame Lage, die Fachwerkhäuser und die verlassene Dorfstraße gaben dem Ort etwas Unschuldiges.

Während Nina den Weg zum Dorf hinunterlief, betrachtete sie die schiefen Gebäude, die wie Bauklötze am Waldrand lagen. Die Bäume leuchteten orange, braun und gelb, viele Zweige waren schon kahl. Nina hatte sich von dem Taxifahrer am Ortseingang absetzen lassen. Die Wolken hatten sich verzogen, und ein kleiner Spaziergang würde ihr guttun. Es wehte ein frischer Wind.

Wenn das die Kulisse für einen Film wäre, hätte Nina eine der verspielten Klaviersonaten von Mozart als Hintergrundmusik gewählt. Doch Klavierspielen gehörte der Vergangenheit an. Warum sollte sie sich in Gedanken damit quälen?

Inzwischen hatte sie die ersten Häuser von Mainston erreicht. Eine getigerte Katze rekelte sich auf dem warmen Asphalt des Bürgersteigs. Nina bückte sich und strich ihr über das Fell. Lautes Schnurren zeigte, wie sehr das Tier diese Streicheleinheiten in der Sonne genoss. Dann bog Nina um eine Ecke und erkannte am Ende der Straße den Gasthof, in dem sie ein Zimmer reserviert hatte: das Mainston Arms. Es war ein krummes Fachwerkhaus mit Reetdach. Eine Gruppe Männer stand davor in der Sonne und rauchte. Eine Tafel an der Straße mit der Aufschrift »Sunday Roast« lockte hungrige Mittagsgäste an. Aus einem parkenden Auto kletterte eine vierköpfige Familie und steuerte auf den Eingang zu.

Nina folgte ihnen ins Innere des Hauses. Der Geruch von Braten, Apfelkuchen und Bier stieg ihr in die Nase. Lautes Stimmengewirr und schreiende Kinder störten die sonntägliche Ruhe. Ninas Augen brauchten einen Moment, um sich an das Dämmerlicht zu gewöhnen. Sie stand in einem schmalen Flur, der in einen großen Gastraum führte. Als sie den Raum betrat, stellte sie überrascht fest, dass die meisten Tische besetzt waren. Woher kamen all die Leute? Das Dorf bestand doch höchstens aus zwei Dutzend Häusern. Anscheinend lockte das Mainston Arms auch Gäste aus den Nachbardörfern an.

Eine Kellnerin eilte an Nina vorbei, ohne sie wahrzunehmen. Am anderen Ende des Raums befand sich ein großer Tresen, an dem mehrere Gäste standen.

Nina durchquerte den Schankraum und stellte sich ebenfalls an die Bar.

Ein Rockertyp in einem Achselshirt und mit wilden Tätowierungen auf den Oberarmen stand dahinter und bediente die Gäste. Er trug ein Kopftuch, und ein Bleistift klemmte hinter seinem Ohr. Die Tattoos auf seinen muskulösen Armen tanzten, während er die Zapfhähne bediente.

Als Nina endlich an der Reihe war, sah er sie fragend an. »Bitte?«

Mit einem Lappen wischte er die verschütteten Getränkereste auf.

»Ich habe ein Zimmer reserviert.« Nina bemühte sich um ein Lächeln und um ihr bestes Englisch.

»Moment.« Er drehte sich um und öffnete die große Schwingtür hinter sich, die zur Küche führte.

»Mom, der Hausgast ist da.« Er wandte sich wieder an Nina. »Einen Moment wird's noch dauern. Setz dich da rüber.« Er deutete auf einen Tisch neben dem Tresen. »Was zu trinken?«

Nina bestellte ein Ginger Ale, bezahlte und nahm an dem ihr zugewiesenen Tisch Platz.

Kurze Zeit später kam eine rundliche Frau aus der Küche. Sie trug eine bunte Schürze, ihr Haar war zu einem Pferdeschwanz zusammengebunden, und die Füße steckten in bequemen Sandalen. Der Typ hinter dem Tresen deutete auf Nina, woraufhin die Frau direkt auf sie zuging.

»Hallo, Liebes. Sie kommen etwas ungünstig. Wir stecken gerade im Mittagsgeschäft.«

»Das tut mir leid. Ich habe gar nicht darüber nachgedacht, dass Sie sonntags um diese Zeit viel zu tun haben könnten.« Nina nippte an ihrem Ginger Ale.

»Das macht nichts. Ich schlage vor, Sie essen erst mal eine Kleinigkeit. Sie haben bestimmt Hunger.«

Nina nickte. Der Bratenduft hatte sie tatsächlich hungrig gemacht.

»Bryan, bring dem Mädchen mal 'ne Speisekarte«, rief sie ihrem Sohn zu. »Wenn Sie aufgegessen haben, bin ich wieder bei Ihnen. Dann zeige ich Ihnen das Zimmer.«

Nina bedankte sich und wartete, bis Bryan mit einem laminierten DIN-A4-Blatt zu ihr kam.

»Bitte sehr. Das Sonntagsmenü besteht heute aus einer Minestrone, Roastbeef mit Yorkshire-Pudding und Apfeltorte mit Vanilleeis. Den Rest findest du auf der Karte.«

Nina bestellte das Menü, und Bryan händigte ihr einen kleinen Kochlöffel aus mit ihrer Wartenummer.

»Bist du zum Wandern hergekommen?« Er sah sie fragend an.

Ach so, das machte man also üblicherweise in dieser Gegend.

»Nein.« Nina musste lachen. »Ich bin nicht besonders sportlich.« Sie musterte seinen durchtrainierten Körper. Er verbrachte vermutlich ganze Tage im Fitnessstudio. Schnell fügte sie hinzu: »Wandern ist nicht mein Ding. Ich bin hier, um Erkundigungen über eine Verwandte von mir einzuholen.« Sie trank einen Schluck Ginger Ale.

»Ach so? Ich kenne hier praktisch jeden. Seit das Lions geschlossen hat, sind wir der einzige Pub im Umkreis. Kaum jemand, der nicht herkommt. Um wen handelt es sich denn?« Das erklärte den großen Zulauf des einsam gelegenen Pubs.

»Ich glaube nicht, dass du sie schon hier bewirtet hast. Sie ist bereits seit über einhundertfünfzig Jahren tot.«

»Nein, dann wohl eher nicht.« Bryan grinste. »Was willst du denn wissen?«

»Ihre Geschichte.« Nina streckte die Beine unter dem Tisch aus.

»Und die willst du ausgerechnet hier in Mainston finden?« Er hob die Augenbraue und beobachtete zwei Jungs im Grundschulalter, die am Nachbartisch mit kleinen Autos spielten.

Nina nickte. »Hast du eine Idee, wo ich mit meiner Suche anfangen sollte?«

»Klar.« Bryan strich sich über das rasierte Kinn. »Mr Halston, der Leiter der örtlichen Bibliothek, ist sehr an lokaler Geschichte interessiert. Wenn deine Verwandte tatsächlich hier gelebt hat und irgendwelche Spuren hinterlassen hat, dann weiß er es.«

»Eine gute Idee.« Nina konnte kaum glauben, dass dieses Dorf tatsächlich eine eigene Bücherei besaß. »Wo ist die Bibliothek denn?«

»In der High Street. Blaues, niedriges Gebäude.« Bryan ging zurück hinter den Tresen.

»Danke. Ich werde morgen mal hingehen.«

Ein Spielzeugauto war zu Boden gefallen, und einer der Jungen sprang auf, um es aufzuheben. Er stieß an Ninas Tisch, und ihr Ginger Ale schwappte über. Nina sah zu den Eltern hinüber, die am anderen Ende des Tisches lebhaft diskutierten.

»Wie hieß denn deine Verwandte?«, fragte Bryan, der mit einem Lappen zurückkam.

»Anna Stone.«

Er hatte gerade begonnen, das verschüttete Ginger Ale aufzuwischen, doch als Nina den Namen nannte, hielt er inne. »Anna Stone?«

»Sagt dir der Name etwas?« Nina sah sich um. Plötzlich schienen die Gespräche im Raum zu verstummen. Die Eltern am Nachbartisch hatten ihre Diskussion unterbrochen und sahen zu ihnen herüber. Ein älterer Mann, der am Tisch unter dem Fenster saß, legte seine Gabel zur Seite und starrte Nina an. Selbst die Jungs schienen plötzlich nicht mehr an ihren Autos interessiert zu sein.

»Natürlich. Jeder hier im Ort kennt den Namen.«

»Na, wunderbar!« Nina warf ein Lächeln in die Runde. »In Stone, wo Annas Familie seit Jahrhunderten lebt, konnte mir niemand etwas Genaueres über ihre Geschichte erzählen.«

Die anderen Gäste wichen Ninas Blick aus und wandten sich wieder ihren vorherigen Beschäftigungen zu.

Bryan schüttelte den Kopf. »Ist auch keine schöne Geschichte.«

»Warum nicht?«

»Willst du das wirklich wissen?« Bryan wischte über Ninas Tisch und kehrte hinter den Tresen zurück.

Nina zog die Augenbrauen zusammen. Warum war sie wohl in dieses Nest gefahren? Bestimmt nicht, weil sie im Mainston Arms das Sonntagsmenü essen wollte. Ihre Stimme klang gereizt. »Natürlich.«

Sie stand auf und ging zu ihm an die Bar.

Bryan sah ihr direkt in die Augen. »Anna Stone hat das Dorf Mainston und die Familie von Mainston Hall in den Wahnsinn getrieben und anschließend fast ausgelöscht.«

Mein Gott, wie melodramatisch! »Kannst du dich vielleicht ein bisschen klarer ausdrücken? Ich möchte keinen kitschigen Horrorfilm über sie drehen. Was genau hat sie getan?«

Bryan schaute Nina mit herausforderndem Blick an. »Sie hat ein Blutbad angerichtet und ein halbes Dutzend Menschen aufgeschlitzt.«

Nina musste schlucken. Sie sah wieder das große Gemälde in Stone Abbey vor sich. Es konnte einfach nicht sein, dass Anna Stone, die dort friedlich am Klavier abgebildet war und ihr selbst so ähnlich sah, sechs Menschen umgebracht haben sollte.

Nina lachte. Ihre Stimme klang, selbst in ihren eigenen Ohren, ein wenig zu schrill, als sie sagte: »Das sind doch typische Dorfmärchen. Komm schon, du glaubst doch selbst nicht, dass Anna Stone, die kaum kräftiger war als ich, sechs Menschen«, Nina machte eine dramatische Pause, »aufgeschlitzt hat. Ein bisschen unrealistisch, findest du nicht?«

»Nein.« Bryans Blick blieb ernst. »Anna Stone ist dafür gehängt worden.«

»Was?« Nina starrte ihn an und griff sich unwillkürlich an den Hals. Plötzlich rief der Bratenduft Übelkeit in ihr hervor. »Das heißt nicht unbedingt, dass sie schuldig war.«

»Der Fall ist untersucht worden.«

»Was bedeutet das schon?« Nina hatte wenig Geduld mit

Schwachköpfen, die das Dorfgeschwätz einfach unreflektiert wiedergaben. »Als ob noch nie jemand falsch verurteilt worden wäre.«

»Aber Anna Stone war schuldig.« Bryan nahm das leere Bierglas des Familienvaters entgegen, der jetzt wieder mit seiner Frau diskutierte.

»Wie kannst du nur so verbohrt sein?« Nina beobachtete, wie Bryan ein frisches Bier zapfte. »Ist das förderlich fürs Geschäft, wenn du hier lächerliche Gerüchte verbreitest? Ich bin überzeugt, dass mehr hinter der Sache steckt, als allgemein bekannt ist. Und ich werde so lange nachforschen, bis ich die Wahrheit herausgefunden habe.« Die Zweifel, die sich ganz leise in ihrem Kopf ausbreiteten, beachtete Nina nicht. Warum hatte sie sich bloß in diese alte Geschichte verrannt? In ihrem Leben herrschte Chaos, ihre Zukunft war für sie als gescheiterte Pianistin ungewiss – und doch gab es nichts Wichtigeres, als diesem Geheimnis nachzugehen?

»Na, dann viel Spaß!« Bryan grinste, während er das Geld für das Bier kassierte. »Ich bin gespannt, wie du das nach«, er schien zu überlegen, »einhundertachtundfünfzig Jahren bewerkstelligen willst.«

»So, Liebes.« Bryans Mutter kam mit einem Teller dampfender Suppe aus der Küche. »Kommen Sie, setzen Sie sich. Bevor die Suppe kalt wird.«

Nina warf Bryan einen finsteren Blick zu, dann setzte sie sich wieder an den Tisch in der Ecke. Dieser Typ nahm sie offensichtlich nicht ernst.

Am nächsten Morgen wurde Nina vom Klingelton ihres Handys geweckt. Sie brauchte einen Moment, um sich zu erinnern, wo sie sich befand. Richtig, im Mainston Arms. Sie tastete nach ihrem Telefon, das sie gestern Abend auf ihren Nachttisch gelegt hatte. Mareike hatte sich seit Tagen nicht mehr bei ihr gemeldet.

Nina blickte auf das Display. *Johannes Thiedemann.*

Ihr Finger schwebte über dem grünen Symbol. Warum rief er sie an? Hatte Mareike ihn darum gebeten? Es gab nur eine Möglichkeit, es herauszufinden. Sie musste den Anruf annehmen. Aber bevor ihre zitternden Finger das Symbol berührten, hörte das Klingeln auf. Einen Moment starrte Nina noch auf ihr schweigendes Telefon, dann ließ sie sich erleichtert zurück in die Kissen fallen. Sie war noch nicht bereit, mit Johannes zu sprechen. Und sie würde nie mehr dazu bereit sein, mit Mareike zu reden, die sie mit dieser Affäre unendlich verletzt und enttäuscht haben musste.

Seit Tagen hatte sie die Erinnerung an die Nacht in Madrid verdrängt. Doch jetzt kamen die Bilder wieder in ihr hoch. Das Symphoniekonzert mit ihrem Klavierpart, die Jubelrufe des Publikums und Ninas Einsamkeit danach. Mareike war nicht mehr da gewesen, sie war gleich nach Wien zurückgekehrt. Aber Johannes nicht. Johannes Thiedemann, einer der größten Dirigenten der Gegenwart. Nina hatte ihn schon als kleines Mädchen bewundert. Dass er der Ehemann ihrer Mentorin und Freundin war, hatte sie erst erfahren, nachdem sie bereits zwei Jahre Mareikes Schülerin gewesen war. Unter ihm spielen zu dürfen, war für sie die Erfüllung eines großen Traums gewesen. Er war nach dem Konzert so charmant gewesen, hatte sie eingeladen und ihr das Gefühl gegeben, jemand ganz Besonderes zu sein. Und dann hatte sie sich tatsächlich von ihm verführen lassen und damit einen unverzeihlichen, den größten Fehler ihres Lebens begangen.

Nina schüttelte den Kopf. Sie durfte nicht daran denken. Hatte sie sich nicht auf die Reise nach England gemacht, um Abstand zu Johannes und Mareike zu gewinnen? Um vergessen zu können, dass sie nicht mehr Klavier spielen konnte, seit sie diesen Verrat an ihrer Freundin begangen hatte?

Nina streckte sich und stand auf. Sie hatte eine Menge Arbeit vor sich, die sie auf andere Gedanken bringen würde, und in der Bibliothek würde sie anfangen.

Da die High Street nicht besonders lang war, hatte Nina die Bücherei bald gefunden. Ein Glöckchen bimmelte, als sie die Tür öffnete.

»Morgen.« Eine junge Frau in lila Leggins und weißem Pulli saß hinter einem Tisch links neben der Tür.

»Hallo!« Nina trat zu ihr. »Ich bin auf der Suche nach einer Geschichte, die sich vor etwa hundertfünfzig Jahren hier in Mainston abgespielt haben muss.«

»Sind Sie Journalistin?« Die junge Frau sah Nina interessiert an, während sie heftig auf einem Kaugummi kaute.

Nina erwog einen Moment lang, diese Frage zu bejahen. Doch dann entschied sie sich für die Wahrheit. »Nein, es geht um eine Familiengeschichte.«

»Ach so.« Die Frau wirkte enttäuscht. »Welche Geschichte meinen Sie denn?«

»Die von Anna Stone.«

»Oh.« Die junge Frau stand auf. »Kommen Sie mit.«

Sie führte Nina in einen Nebenraum. Vor einem Regal mit der Aufschrift »Lokale Geschichte« blieb sie stehen. »So, hier müsste es sein.« Sie strich mit dem Finger an den Buchrücken entlang. Dann schüttelte sie den Kopf. »Ich fürchte, das Buch wurde entliehen. Einen Moment, bitte.« Sie ging zurück in den anderen Raum und öffnete eine Schublade.

»Tatsächlich.« Sie hielt eine hellblaue Karte in der Hand. »Das Buch ist vor einer Woche ausgeliehen worden. Darin ist die ganze Geschichte beschrieben, die sich damals hier abgespielt hat.«

»Oh nein.« Nina verzog das Gesicht. »Wann muss es zurückgegeben werden?«

»Die erste Ausleihfrist umfasst vier Wochen. Danach kann sie allerdings verlängert werden.«

»Das kann ja noch ewig dauern.« Ninas Hoffnungen schwanden, etwas über die damaligen Ereignisse herausfinden zu können.

»Aber Sie haben Glück. Mr Halston, der das Buch geschrieben hat, ist der Leiter unserer Bibliothek.«

Warum hatte die Frau das nicht gleich gesagt? Nina zwang sich zu einem freundlichen Lächeln. »Wie kann ich ihn erreichen?«

Die junge Frau sah auf ihre Armbanduhr. »Er müsste in einer halben Stunde hier sein.«

Nina verabschiedete sich. Sie ging zurück ins Mainston Arms und stellte erfreut fest, dass der Pub schon geöffnet hatte. Die ersten Touristen saßen bereits bei Tee und Kuchen. Nina bestellte eine Tasse Kaffee und ein Sandwich bei Bryans Mutter, die heute Vormittag anscheinend allein in dem Gasthaus arbeitete.

»Wie haben Sie geschlafen, Liebes?« Sie stellte Nina den Teller mit dem Käsesandwich vor die Nase. Der Kaffee duftete herrlich.

»Ganz gut.« Nina trank einen Schluck und genoss den bitteren Geschmack.

»Sie dürfen Bryan nicht übel nehmen, dass er sie gestern wegen der alten Geschichte geneckt hat.« Die Gastwirtin lächelte. »Er meint das nicht so. Bryan glaubt selbst nicht an diese Gerüchte.«

»Das klang gestern aber anders.« Nina biss in das Weißbrot.

»Das ist alles so lange her. Niemand kann genau sagen, was sich damals ereignet hat.« Bryans Mutter stützte sich auf den Tisch und musterte Nina. »Verschwenden Sie Ihre Energie nicht damit, Gespenster zu jagen.«

Nina sah von ihrem Teller auf und lehnte sich zurück. »Lebt Ihre Mutter noch?«

Die Wirtin nickte.

»Als meine Mutter starb, war ich acht Jahre alt.« Nina sah zu ihr auf. »Ich kann mich nicht einmal mehr an ihr Gesicht erinnern.«

»Das tut mir leid.« Bryans Mutter zog einen Stuhl heran und setzte sich zu Nina, die abwinkte.

»Schon gut. Aber ich bin traurig darüber, dass ich kaum etwas von meiner Mutter weiß. Als Kind habe ich die wichtigen Fragen leider nie gestellt.«

»Was meinen Sie?« Die Wirtin kratzte mit dem Fingernagel einen Wachsfleck vom Tisch.

Nina zuckte mit den Schultern. »Von Anna Stone habe ich erst erfahren, als meine Urgroßtante vor ein paar Wochen gestorben ist. Dabei gehört ihr Schicksal auch zu meiner eigenen Familiengeschichte, Anna Stone ist wie ein Teil von mir. Ich hoffe, dass ich mit der Suche nach Annas Geschichte auch mir selbst und meiner Mutter näherkommen kann. Ich muss herausfinden, ob Anna diese schrecklichen Dinge wirklich getan hat oder ob sie zu Unrecht verurteilt wurde. Das bin ich ihr und auch meiner Mutter schuldig.« Nina schwieg und dachte über ihre Worte nach. Ihre Gefühle waren im Moment so durcheinandergeraten, dass sie nicht sicher war, ob die Wirtin sie auch verstand.

Doch die ältere Frau nickte wissend. »Verstehe, Kindchen. Aber passen Sie auf sich auf, und lassen Sie sich von niemandem beirren. Was geschehen ist, ist nun mal geschehen. Sie können es nicht ändern, aber sie sind auch nicht für das verantwortlich, was Ihre Vorfahren getan haben.« Damit stand sie auf und verschwand in der Küche.

Nina nickte und starrte versonnen auf ihren Teller. Das Ganze war äußerst merkwürdig. Seit Anna Stones Hinrichtung waren genau einhundertachtundfünfzig Jahre vergangen. Und obwohl niemand genau darüber Bescheid zu wissen schien, waren diese Morde offenbar nie in Vergessenheit geraten.

Als Nina wenig später zur Bücherei zurückkehrte, war auch Mr Halston gerade angekommen.

Er streckte den Kopf mit dem ungewaschenen grauen Haar und der unförmigen Lesebrille durch seine Bürotür.

»Hallo, hallo«, rief er freundlich. »Sie wollen also etwas über die damaligen Ereignisse in Mainston Hall erfahren.« Mr Halston trug ein kariertes Hemd und darüber einen Pullunder. Das Hemd war aus der Hose gerutscht, und auf dem beigen Pullunder befanden sich braune Flecken, die wohl von seinem Morgenkaffee stammten.

Nina nickte. »Ja, ich interessiere mich für diese Geschichte.«

Mr Halston bot ihr einen Stuhl vor dem Schreibtisch an und setzte sich ebenfalls.

»Anna ist eine Ahnin von Ihnen?« Er sah Nina neugierig an.

»Genau. Die Urenkelin von Anna Stone ist meine Urgroßtante«, erklärte Nina.

»Ah, gut …« Mr Halston musterte Nina, als wäre sie ein seltenes Reptil. »Sind in Ihrer Familie weitere Geisteskrankheiten bekannt?«

Nina runzelte die Stirn. »Nein, warum?«

»Da gibt es bestimmt welche. So etwas ist nämlich erblich und hält sich über Generationen hinweg.«

»Aha.« Nina lächelte ihn an. »War Anna Stone denn geisteskrank?«

»Ja, wie würden Sie es denn nennen, wenn jemand zwanzig Menschen umbringt und dann ausbluten lässt?« Mr Halstons Stimme hatte einen dramatischen Tonfall angenommen. »Sie hat ihre Opfer verstümmelt. Eine Leiche wurde gefunden, bei der die Zunge herausgeschnitten worden war. Der Kopf lag fünf Meter vom Körper entfernt.«

Nina schluckte. Was für eine grauenhafte Geistergeschichte. Sie war jedoch nicht hergekommen, um sich Grausamkeiten anzuhören. Allmählich wurde sie ungeduldig. »Gestern habe ich von sechs Leichen gehört, die angeblich auf Anna Stones Konto gehen. Sie sprechen schon von zwanzig. Kann ich davon ausgehen, dass sich die Zahl erhöht, je mehr Menschen ich danach frage?«

»Nicht so schnippisch, junge Dame. Ich habe den Fall ausführlich erforscht. Sie können das Buch lesen, das ich darüber geschrieben habe.« Mr Halston verschränkte die Arme vor der Brust.

Na toll! Langsam ahnte Nina, dass das Buch für ihre Nachforschungen wertlos sein würde.

»Und Sie konnten eindeutig beweisen, dass Anna Stone für all die Morde verantwortlich war?« Nina kräuselte die Stirn.

»Wenn irgendetwas feststeht, dann das!« Mr Halston schnaubte und lehnte sich im Stuhl zurück. Seine Finger trommelten ungeduldig auf den Schreibtisch.

»Wie hat man sie überführt?« Nina bemerkte die dunklen Ränder unter den Fingernägeln des Bibliothekars.

»Zeugen. Es gab Zeugen, die sie gesehen haben.« Er nickte zufrieden, als wäre er selbst für die Entlarvung der Mörderin verantwortlich gewesen.

»Welche Zeugen?« Nina beugte sich vor.

»Sie hat ihren eigenen Dienstherren umgebracht und dabei ist sie erwischt worden. Hat zwar alles abgestritten, aber es konnte nur sie gewesen sein.« Mr Halston beendete sein Trommelkonzert und beugte sich näher zu Nina hinüber. »Die Geschichte hat das Dorf ziemlich mitgenommen. Beinahe jede Familie hier hatte ein Opfer Ihrer Vorfahrin zu beklagen.«

»Ich danke Ihnen, Mr Halston.« Nina stand auf. »Ach, noch eine Frage. Welche Quellen haben Sie für die Recherche Ihres Buches benutzt?« Nina nahm sich vor, direkt in den Quellen nachzusehen. Vielleicht würde sie damit weiterkommen.

Mr Halston schürzte die Lippen. »Ich bin losgezogen und habe die Alten befragt. Solche Geschichten halten sich lange im Dorf. Sie werden von den Eltern an die Kinder weitergegeben.«

Nina starrte den Bibliotheksleiter an. »Soll das heißen, dass Sie alles, was sie mir erzählt haben, nur vom Hörensagen wissen? Dass es nichts als billiger Dorftratsch ist?«

»Junge Frau, Sie haben überhaupt keine Ahnung von Geschichte. Sie sind reichlich arrogant, muss ich sagen.« Er schnaubte. »Aber ehrlich gesagt, erwarte ich auch nichts anderes, da Anna Stones Blut in Ihren Adern fließt.« Er lehnte sich zufrieden zurück, nachdem er seine Diagnose gestellt hatte.

»Natürlich.« Nina unterdrückte das Verlangen, den verschrobenen Alten an den Schultern zu packen und zu schütteln, bis er vernünftig wurde.

Aber sie hatte eine letzte Frage an ihn. »Steht Mainston Hall heute eigentlich noch?«

Mr Halston schaute Nina perplex an. »Natürlich.«

»Und wie komme ich dorthin?«

»Sie brauchen nur der Hauptstraße aus dem Dorf zu folgen. Nach vier Meilen zweigt links die Einfahrt nach Mainston Hall ab. Aber diesen Weg können Sie sich sparen.«

Er kratzte sich ausgiebig unterm Arm. »Das Haus ist nicht für die Öffentlichkeit zugänglich. Die Familie Lubrell wohnt immer noch dort.«

»Danke für Ihre Mühe.« Nina ging zur Tür. Sie würde einen Weg finden, das Haus von innen zu sehen. Vielleicht gab es dort ja Tagebücher oder Briefe, die von der alten Geschichte erzählten. Jetzt war sie schon nach England gereist, war bis Nordwales hinaufgefahren – da würde sie sich nicht so schnell von ihren Nachforschungen abbringen lassen.

Vier Meilen außerhalb des Dorfes, hatte Mr Halston gesagt. Entweder hatte Nina die vier Meilen Wanderung stark unterschätzt, oder Mr Halston hatte sie angelogen. Der Weg schien endlos zu sein. Die Landstraße zog sich über Felder und durch Waldstücke. Nina sog den Duft des frisch gemähten Grases ein, als sie querfeldein über eine Wiese stapfte, um die sich scheinbar endlos dahinschlängelnde Hauptstraße abzukürzen.

Sie blieb stehen und lauschte. Ein Rauschen war in der Ferne zu hören. Das musste das Meer sein. Nina beschleunigte ihre Schritte, bis sie eine sanfte Bergkuppe erreichte.

Vor ihr breitete sich das offene Meer aus. Sie atmete die salzige Luft ein und genoss den Duft nach Fisch und Algen. Nur schwer konnte sie der Versuchung widerstehen, den Küstenpfad einzuschlagen, der nicht weit entfernt abzweigte. Aber sie wollte die Auffahrt nach Mainston Hall nicht verpassen.

Also wanderte sie weiter die asphaltierte Straße entlang. Sie war bereits gut eine Stunde unterwegs, als sie die Einfahrt entdeckte. Relativ unscheinbar führte sie von der Straße leicht bergab zu einem Tor. Daneben stand ein hübsches reetgedecktes Cottage mit dem Namen *South Lodge*.

Nina versuchte, das Tor zu öffnen, doch es war verschlossen. Damit hatte sie rechnen müssen. Sie klingelte an der Tür des Cottages. Schritte waren zu hören, und eine junge Frau mit einem Kleinkind auf dem Arm öffnete.

»Entschuldigen Sie«, sagte Nina und bemühte sich, einen geschäftsmäßigen Eindruck zu machen, »ich möchte nach Mainston Hall, aber das Tor ist leider verschlossen. Ich habe dort einen Termin.«

»Da kann ich Ihnen auch nicht weiterhelfen.« Die Frau wischte dem Kind auf ihrem Arm den Schnodder von der Nase. »Wir haben die Lodge nur gemietet. Es gibt schon lange keine Torwächter mehr hier.« Sie lachte, als hätte sie gerade einen guten Witz gemacht. »Wenn sie Besuch erwarten, ist das Tor auf, und die Lieferanten haben einen Schlüssel, soviel ich weiß.«

Nina verabschiedete sich von der Frau und kehrte zurück zur Landstraße. Sie vermutete, dass das Land, das zum Herrenhaus gehörte, bis ans Meer reichte. Wenn sie Glück hatte, führte der Klippenpfad hinter dem Haus entlang. Also ging sie eine Viertelstunde lang auf der Landstraße zurück und bog dann in den Küstenweg ein.

Möwengeschrei und Meeresrauschen, die Oktobersonne auf der Haut und vollkommene Einsamkeit. Am liebsten hätte sie sich an den Wegrand gesetzt und die Aussicht genossen. Aber sie war schließlich nicht hier, um sich auszuruhen. Bald erreichte sie einen schmiedeeisernen Zaun, der den Küstenpfad von einem herrschaftlichen Grundstück trennte. Dichtes Gestrüpp versperrte die Sicht.

Ninas Bauch begann zu kribbeln. Das musste der Park von Mainston Hall sein. Hoffentlich gab es irgendwo ein Tor. Nina hatte wenig Lust, über den hohen Zaun klettern zu müssen. Sie verlangsamte ihren Schritt und fand wenig später tatsächlich das hintere Gartentor, das sich mühelos öffnen ließ. Sie atmete erleichtert auf und schlüpfte hindurch. Dann hielt sie erschrocken inne. Hoffentlich gab es hier keine Wachhunde oder noch schlimmer: bewaffnete Sicherheitskräfte, die das Haus bewachten. Nina schüttelte den Gedanken ab und grinste. Die blühende Fantasie der Dörfler schien langsam auf sie abzufärben. Ein kleiner Trampelpfad führte durch das Gestrüpp auf eine große Rasenfläche.

In etwa zwanzig Meter Entfernung verlief eine niedrige Hecke. Dahinter konnte sie Beete mit Hortensien, Rosen und Lavendel erkennen. Staudenastern blühten und verliehen dem Ort ein farbenfrohes Aussehen.

Ninas Blick wanderte über den Garten. Alles machte einen äußerst gepflegten Eindruck. Anders als der Park von Stone Abbey, in dem Unkraut die Herrschaft übernommen hatte. Diese Gärten zu pflegen, musste eine Menge Arbeit verursachen.

Rechts von ihr, dort, wo die Blumenbeete begannen, lag ein gigantisches Haus. Das also war Mainston Hall. Es sah aus wie eine mittelalterliche Burg mit Türmen und Torbögen, nicht verspielt, sondern massiv und kantig. Ein weitläufiges Gebäude, das sich über mehrere Etagen erstreckte.

Vorsichtig, um die geharkten Kieswege nicht in Unordnung zu bringen, ging Nina durch die Gärten zum Haus. Sie stand vor bodentiefen Verandatüren. Das war sicherlich nicht der offizielle Eingang. Sie schlenderte um das Gebäude herum, sah durch die Fenster in hohe Räume mit antiken Möbeln. Nicht schlecht, wie diese Familie Lubrell residierte.

Nina musste über die Wiese an einer Mauer entlanglaufen, die den Garten von der Auffahrt trennte. Erst nach mehreren Hundert Metern fand sie einen Durchgang. Ja, das hier schien der Haupteingang zu sein.

Während sie die breite Auffahrt hinauflief, dachte sie darüber nach, was sie der Familie Lubrell sagen wollte. Sie musste überzeugend sein, damit sie überhaupt eine Chance hatte, in Mainston Hall weiterforschen zu dürfen.

Nina erreichte einen Torbogen und betrat den gepflasterten Innenhof. Geradeaus befand sich ein doppelflügeliges Eingangsportal, neben dem rechts und links zwei lebensgroße Gipslöwen thronten.

Nina sah sich um. Dann drückte sie auf den Klingelknopf in einer Mulde an der Wand.

Nichts geschah. Sie drückte noch einmal. Wieder nichts.

Jetzt hatte sie den weiten Weg vom Dorf hierher gemacht, hatte einen Weg aufs Gelände gefunden, und dann war niemand zu Hause!

Nina hämmerte an die Tür und ließ sich dann auf die Stufen fallen. Ob sie wohl versuchen sollte, einen Weg ins Innere des Hauses zu finden? Vielleicht gab es irgendwo ein geöffnetes Fenster oder eine Hintertür, die nicht abgeschlossen war.

Nina schüttelte den Kopf. Nein, sie musste warten, bis die Bewohner des Hauses zurück waren. Nur sie konnten ihr helfen und ihre Fragen beantworten. Nina stand auf und seufzte. Morgen würde sie erneut ihr Glück versuchen.

Gerade als sie gehen wollte, hörte sie zügige Schritte hinter der Tür. Ein Schlüssel wurde im Schloss gedreht. Die Tür öffnete sich schwungvoll. Vor ihr stand ein Mann im dunklen Anzug und mit weißer Krawatte. Sein dunkles Haar trug er mit einem Seitenscheitel ordentlich frisiert. Nina stutzte. Dieser elegante Mann kam ihr bekannt vor. Ob sie ihn vielleicht in einem Hochglanzmagazin gesehen hatte? Vielleicht war er ja eine berühmte Persönlichkeit?

Er sah sie prüfend an.

»Mr Lubrell?«

»Lord Lubrell«, verbesserte sie der junge Mann, »aber nein. Ich bin Sackville, der Butler.« Seine Mundwinkel zuckten leicht, als hätte Nina gerade etwas Amüsantes gesagt.

»Oh.« Nina trat einen Schritt zurück und betrachtete den jungen Mann genauer. »Sie sind der erste Butler, den ich kennenlerne.«

»Interessant.« Wieder dieses Zucken um seine Mundwinkel.

»Entschuldigen Sie, dass ich hier einfach eindringe, aber ich suche nach etwas, das ich nur hier finden kann.«

»Ich weiß.« Der Mann grinste.

»Eine Geschichte.« Nina holte tief Luft.

»Du hast mir gestern bereits davon erzählt.« Das Grinsen des Butlers wurde breiter. »Als ich eben dein ungeduldiges Klingeln hörte, war mir klar, wer da vor der Tür steht.«

»Bitte?« Nina war verwirrt. Wovon sprach der Mann? Waren hier denn alle verrückt?

Der Butler sah Nina abwartend an. Irgendwo hatte sie vor Kurzem einen ähnlich durchtrainierten Körper gesehen. Nina trat noch einen Schritt zurück, bis sie an den Gipslöwen stieß. Auch das Gesicht erinnerte sie an jemanden, den sie kannte. Ach ja, Bryan, der Dorftrottel. Der Sohn der Wirtin.

»Bryan?« Nina starrte ihn an. »Du siehst so elegant aus.« Sie errötete und biss sich auf die Zunge.

»Das hat ja lange gedauert.« Bryan grinste immer noch. »Und du willst eine Geschichte rekonstruieren, die vor einhundertsechzig Jahren passiert ist? Vielleicht solltest du erst einmal mit einfacheren Aufgaben anfangen.«

»Aber, ich dachte, du arbeitest im Pub. Du kannst doch nicht gleichzeitig Butler von Mainston Hall sein. Außerdem …« Nina betrachtete den Mann, der heute nichts mehr von einem Rockertypen an sich hatte.

»Außerdem bin ich für einen Butler viel zu unseriös? Wolltest du das sagen?« Er strich mit dem weißen Handschuh ein unsichtbares Staubkorn von der Scheibe der Eingangstür.

»Nein, das heißt … doch. Du wirkst nicht wie ein Butler. Jedenfalls nicht, wie du gestern warst. Heute schon.« Warum ließ sie sich von dem Typen aus der Ruhe bringen?

»Ob du es glaubst oder nicht, aber Butler haben auch mal frei. Wenn meine Mutter Hilfe braucht, bin ich eben im Pub.« Er zuckte mit den Schultern. »Und was kann ich jetzt für dich tun?«

»Du kannst gar nichts für mich tun!« Nina verdrehte die Augen. Das wäre ja noch schöner! Den Typen, der Anna für gemeingefährlich und wahnsinnig hielt, würde Nina ganz bestimmt nicht um Hilfe bitten. »Würdest du bitte deinem Chef, Lord Lubrell, Bescheid geben, dass ich ihn sprechen möchte?« Nina betonte den Lord besonders, damit Bryan merkte, dass sie sich mit seinem Butler sicher nicht zufriedengeben würde.

»Mein Chef ist nicht da. Was willst du denn von ihm?« Bryan betonte das Wort Chef, als hätte Nina ein vollkommen absurdes Wort benutzt.

Nina stocherte mit ihrer Fußspitze im Kies. »Das geht dich überhaupt nichts an.«

Bryan trat aus der Tür. »Die Familie Lubrell ist noch für längere Zeit in London. Du wirst also mit mir vorliebnehmen oder in einem halben Jahr wiederkommen müssen.«

»Unsinn.« Nina wurde ärgerlich. »Ich glaube dir nicht, dass die Familie Lubrell noch ein halbes Jahr lang fort ist.«

»Gut, vielleicht habe ich übertrieben. Aber sie sind wirklich in London, und ich erwarte sie in den nächsten Wochen nicht zurück. Außerdem«, Bryan setzte sich auf die oberste Treppenstufe und zog ein Päckchen Zigaretten hervor, »glaube ich kaum, dass Lord Lubrell dich überhaupt empfangen würde.«

Bryan hielt ihr die Packung mit den Zigaretten entgegen, doch Nina lehnte naserümpfend ab.

»Also, was versprichst du dir von einem Gespräch mit den Lubrells?«

Nina sah ihn unschlüssig an. Sie hatte keine Lust, sich mit dem rauchenden Butler und Freizeitrocker zu unterhalten. Aber wenn die Lubrells vorerst nicht zu sprechen waren, blieb ihr wohl kaum etwas anderes übrig.

»Vielleicht gibt es auf dem Anwesen noch alte Tagebücher oder Zeitungen, die über die Ereignisse damals berichtet haben. Ich hatte gehofft, einen Blick hineinwerfen zu können.« Sie setzte sich neben ihn.

Bryan streckte die Beine aus. Offensichtlich hatte er keine Angst, seinen teuren Anzug schmutzig zu machen. »Hast du schon mal ein Bild von Anna Stone gesehen?«

Nina hob eine Augenbraue. »Ja.«

»Ich auch.« Der Butler zog an seiner Zigarette. Er rauchte eine Weile schweigend weiter. Dann räusperte er sich. »Als du gestern im Pub aufgetaucht bist, hatte ich sofort das Gefühl, dich zu kennen. Als ich nachmittags nach Hause kam, hab ich sie mir noch einmal angeschaut. Die Bilder von Anna Stone.«

Nina sah ihn an. Hieß das etwa, dass es auf Mainston Hall weitere Gemälde gab, auf denen ihre Ahnin zu sehen war? Sie sog tief die Luft ein, bemüht, ihre Aufregung vor dem Butler zu verbergen. Sie suchte nach den richtigen Worten. Normalerweise war ihr Englisch flüssig, aber das Adrenalin, das sich plötzlich in ihrem Körper ausbreitete, ließ sie die einfachsten Vokabeln vergessen.

»Dann verstehst du, warum ich nicht glauben kann, dass Anna Stone diese Morde begangen hat? Sie war nur eine ganz normale junge Frau.«

»Nein. Das verstehe ich nicht. Auch wenn sie so ähnlich aussah wie du.« Er zog einen winzigen Aschenbecher aus dem Jackett und aschte hinein. »Aber nur weil ich weiterhin davon überzeugt bin, dass Anna Stone hier ein Blutbad angerichtet hat, heißt das noch lange nicht, dass ich nicht bereit wäre, dir zu helfen.«

Nina drehte sich zornig zu ihm um. »Vielen Dank. Aber du verurteilst sie ja schon von vornherein. Du kannst dir deine Hilfe sonstwohin stecken.« Sie sprang auf und stapfte wütend davon.

Als Nina wieder beim Pub angekommen war, schmerzten ihre Füße entsetzlich. War sie jemals im Leben so viel gelaufen? Sie sah auf die Uhr. Es war bereits nach zwei, und sie hatte sich einen Lunch verdient.

Nina bestellte bei einer brünetten Kellnerin, die jetzt an Bryans Stelle hinter dem Tresen stand, eine Pastete mit Salat zum Mittagessen. Dann setzte sie sich in die Sonne, an einen der Tische, die vor dem Pub aufgebaut waren. Außer ihr saßen nur zwei Männer draußen, die ihre Zigaretten rauchten.

Wenn Bryan sich einbildete, Nina käme ohne seine Hilfe nicht weiter, dann hatte er sich getäuscht. Sie würde Annas Unschuld auch ohne sein Zutun beweisen können.

Die beiden Männer hatten ihre Zigaretten ausgedrückt und gingen wieder in den warmen Gasthof. Nina zog ihr Smartphone aus der Tasche und googelte die Lubrells. Eine Million vierhunderttausendachtunddreißig Einträge. Die ersten befassten sich mit einer Schauspielerin namens Lauren Lubrell. Es gab einen bekannten US-Army-Offizier, der Gerald Lubrell hieß, außerdem verschiedene Ärzte und eine Gärtnerei in Kent.

So kam Nina nicht weiter. Sie fügte London und Mainston Hall zur Suchanfrage hinzu. Jetzt waren es nur noch achtundfünfzigtausend Einträge. Der dritte von oben nannte eine Adresse in Mayfair. Dort hatte eine Helen Lubrell 1959 einen Harald Lubrell zur Welt gebracht, den späteren Lord Lubrell von Mainston Hall.

Nina zog den Reißverschluss ihrer Jacke hoch. Es war mittlerweile kalt geworden, aber sie wollte nicht in den Pub hineingehen. Sie musste ungestört telefonieren. Sie suchte nach einem englischen Telefonbuch im Internet, gab den Namen Lubrell und die Adresse ein und hatte wenig später die Nummer gefunden.

»Deine Pastete.« Die Brünette stellte den Teller vor Nina auf den Tisch, während sie einen Kaugummi hinter den grell geschminkten Lippen hin- und herschob. Der Minirock bedeckte nur knapp ihren Po, und in ihren High Heels hätte Nina es keine fünf Minuten ausgehalten. Kein Gramm Fett zu viel auf den Rippen, stellte Nina fest, während sie sich die dampfende Pastete schmecken ließ. Sie selbst müsste dringend ein paar Kilo loswerden, aber im Augenblick konnte sie sich damit nicht beschäftigen. Sie hatte genug andere Probleme.

Nachdem sie den letzten Krümel verdrückt hatte, schob sie den Teller beiseite und wählte die gefundene Londoner Telefonnummer. Zu ihrem eigenen Erstaunen nahm bereits nach dem dritten Freizeichen jemand ab.

»Mein Name ist Nina Altmann.« Sie bemühte sich um eine akzentfreie Aussprache. »Könnte ich bitte Lord oder Lady Lubrell sprechen?«

»Worum geht es?« Die weibliche Stimme am anderen Ende wirkte reserviert.

»Ich habe einige Fragen zur Geschichte von Mainston Hall. Das ist doch das Landhaus der Lubrells, nicht wahr?«

»Warten Sie bitte einen Moment.« Der Hörer wurde zur Seite gelegt. Nina beobachtete einen Lieferwagen, der vor dem Pub hielt und zwei Kisten mit Gemüse auslud.

Einen Moment später meldete sich die Stimme wieder.

»Lord Lubrell wird kurz mit Ihnen sprechen. Bleiben Sie bitte am Apparat.«

Nina jubelte insgeheim. Dieser Anruf würde sie hoffentlich ein Stück weiterbringen.

»Hallo?« Eine nasale männliche Stimme.

»Lord Lubrell? Mein Name ist Nina Altmann. Ich möchte Sie um ein paar Informationen zu Anna Stone bitten und hoffe, dass Sie mir helfen können.«

Lord Lubrell schwieg einen Augenblick. Er klang gereizt, als er wieder sprach. »Sie sagten meiner Sekretärin, Sie hätten Fragen zu Mainston Hall. Über Anna Stone werde ich nicht mit Ihnen sprechen.«

»Nun, eigentlich geht es auch um Mainston Hall.«

Nina stand auf und wanderte vor dem Pub auf und ab. Das Thema schien einen empfindlichen Nerv bei allen Dorfbewohnern zu treffen, und auch bei den Lubrells. »Anna Stone hat die letzte Zeit vor ihrem Tod in diesem Anwesen verbracht, soviel ich weiß.«

»Ich habe Ihnen nichts zu sagen.« Es klickte. Er hatte aufgelegt.

Verdammter Mist. Nina starrte auf ihr Handy. Am liebsten hätte sie es gegen die Fachwerkwand des Pubs geschleudert. Wieso benahmen sich alle so idiotisch, wenn sie etwas über Anna Stone wissen wollte?

Jetzt war sie doch auf die Hilfe des Rocker-Butlers Bryan angewiesen. Er war der Einzige, der sie ins Haus lassen konnte. Ihm gegenüber sollte sie wohl besser nicht erwähnen, dass sie mit seinem Chef gesprochen hatte und bei ihm abgeblitzt war. Nina stöhnte. Die Aussicht, Bryan um Hilfe bitten zu müssen, gefiel ihr überhaupt nicht. Aber noch weniger gefiel ihr, unverrichteter Dinge wieder nach Stone fahren zu müssen.

Nina nahm ihr leeres Glas und ging zur Tür. Sie hörte

Kindergeschrei und Autos, die vorüberfuhren. Ein Motorrad näherte sich und hielt neben dem Pub.

Es war mittlerweile halb vier. Ihr war kalt, und sie brauchte jetzt einen Kaffee. Morgen würde sie wohl oder übel noch einmal den Weg nach Mainston Hall auf sich nehmen müssen, um mit Bryan zu sprechen. Sie öffnete die Tür zum Pub. Nina wurde mit einem Mal bewusst, dass die Wahrheit über Anna Stone herauszufinden, mehr für sie bedeutete als nur eine Ablenkung von der Tragödie um Mareike und Johannes. Nina konnte Anna nicht einfach fallen lassen, nur weil sich ein paar Schwierigkeiten ergeben hatten.

Als sie den Gastraum betrat, stolperte sie fast über Bryan, der mit der brünetten Bedienung an einem der leeren Tische stand und ausgiebig knutschte.

»Wenn du ihn zu Ende abgeschleckt hast, wärst du dann so freundlich, mir einen Kaffee zu machen?« Nina ging an den beiden vorbei zum Tresen.

»Klar.« Die Brünette verschwand in der Küche.

»Schon Feierabend? Werden deine Butler-Dienste etwa nicht mehr benötigt?« Nina musterte Bryan demonstrativ von oben bis unten. Er hatte den eleganten Anzug gegen seine Lederjacke und die zerrissene Jeans getauscht. Sein Haar war wieder sorgfältig unter dem Kopftuch verborgen.

»Ich bin dienstlich unterwegs. Auf dem Weg nach Bangor, um wichtige Dokumente für Lord Lubrell zu holen.« Er rutschte auf einen der Barhocker, die neben Nina standen.

»Oh, nicht nur Wirt und Butler, sondern auch Kurier! Du wirst immer faszinierender.« Nina verdrehte die Augen.

»Freut mich, dass ich dir gefalle.« Er grinste sie frech an, doch Nina schnaubte. Sie würde sich von ihm nicht überrumpeln lassen.

»Du bist ja leider schon gut versorgt, Bryan.« Sie deutete auf die Küche. »Sonst könnte ich dir kaum widerstehen.«

»Eifersüchtig?« Bryan griff nach den Erdnüssen, die auf dem Tresen standen. Er schob sich eine Handvoll in den Mund. »Ich kann dich beruhigen. Von einer Kugel Eis werde ich nicht satt. Wenn du also Bedarf hast …«

»Nein danke.« Was bildete dieser Typ sich ein? Als ob Nina mit einem abgerissenen Möchtegern-Rocker ins Bett steigen würde, der sein Geld als schleimiger Butler verdiente! Sie hatte mit Johannes Thiedemann geschlafen. Dem berühmten Johannes Thiedemann. Bekannt auf der ganzen Welt. Gut, bei Leuten wie Bryan wahrscheinlich nicht. Der konnte vermutlich nicht mal Beethoven von Mozart unterscheiden.

»Du bist sowieso nicht mein Typ.« Bryan zog einen Schlüsselbund aus der Jeanstasche und wandte sich zum Ausgang.

Nina sah ihm fassungslos hinterher. Sie musste ihn fragen. Aber nach dieser Unterhaltung hatte sie weniger Lust denn je, Bryan um einen Gefallen zu bitten.

»Warte!« Nina folgte ihm zur Tür.

Er blieb stehen und sah sie ungeduldig an. »Zu spät. Chance vertan.«

»Du hast doch gesagt, du würdest mir bei der Sache mit Anna Stone helfen.« Nina bemühte sich, ihre Stimme gleichgültig klingen zu lassen. Bryan sollte nicht merken, dass er sie verletzt hatte, gleichzeitig aber ihre einzige Hoffnung war.

»Habe ich das? Kann mich gar nicht mehr erinnern.«

»Heute Morgen in Mainston Hall. Du hast gesagt …«

»Ich weiß, was ich gesagt habe.« Er sah sie spöttisch an. »Mein Gehirn funktioniert noch ganz gut. Und ich weiß auch, dass du gesagt hast, ich kann mir meine Hilfe sonstwohin stecken.«

Nina schloss genervt die Augen. Warum machte er es ihr

so schwer? »Ich habe es mir inzwischen noch mal überlegt und bin jetzt bereit, deine Hilfe anzunehmen.«

»Oh, da habe ich aber Glück gehabt.« Er warf seinen Schlüssel in die Luft, fing ihn wieder auf und setzte seinen Weg in Richtung Ausgang fort.

Nina schluckte eine Bemerkung hinunter und folgte ihm in die Sonne vor dem Gasthaus. »Also, hilfst du mir jetzt oder nicht?«

Bryan sah sie einen Moment mit zusammengekniffenen Augen an. Er schien zu überlegen. Dann lachte er. »Na schön. Komm morgen um zehn nach Mainston Hall. Ich zeige dir etwas, was dich interessieren wird.«

»Danke.«

»Keine Ursache. Einer Blondine kann ich nichts abschlagen.«

»Ich dachte, ich bin nicht dein Typ.« Nina zog eine Augenbraue hoch.

»Ein bisschen pummelig.« Er zuckte mit den Schultern. »Aber was soll's? Dafür hast du ein hübsches Gesicht. Man kann nicht alles haben, nicht wahr?«

Kapitel 7

Sixteen Angles, Devon, Februar 1852

Anna stand auf der Empore in der Muschelgalerie und betrachtete die aufwendig gestalteten Wände. Sie stellte sich vor, wie Francis und Lorraine hier etliche Stunden verbracht hatten, um die einzelnen Muscheln, Federn und Steine an den Wänden anzubringen. Sie bildeten hübsche Vögel und kunstvolle Ornamente.

Anna hatte noch nie ein Haus gesehen, das so ausgefallen, aufregend und überraschend war wie Sixteen Angles. Eigentlich war es nicht besonders groß. Es bestand aus sieben Zimmern im Erdgeschoss, die Francis und Lorraine bewohnten, und aus ein paar weiteren Räumlichkeiten im Untergeschoss, die Anna mit den Hausangestellten, einem Hausmädchen und einer alten Köchin teilte.

Das Herz des Hauses bildete ein achteckiges Atrium. Es war etwa zehn Meter hoch. Wenn man in seiner Mitte stand und den Kopf in den Nacken legte, konnte man weit oben die Muschelgalerie sehen. Von diesem Atrium gingen die sieben Zimmer des Hauses ab. Die Wände und Türen in diesem achteckigen Raum waren mit einem grünen Muster versehen, das Anna an Seealgen erinnerte.

Einmal im Monat luden die beiden Frauen Freunde und Bekannte zu Hauskonzerten ein, die im Herzen des Hauses stattfanden. Aus den Türzargen wurden dann Sitzbänke herausgeklappt und zusätzliche Stühle aufgestellt. Es musizierte ein Streichquartett, manchmal auch ein Duo, oder es wurde Klavier gespielt.

Die Qualität der musikalischen Vorträge war eher durchschnittlich. Wie gern hätte Anna sich selbst ans Klavier gesetzt und für die Gäste gespielt. Aber sie musste die Rolle der Gesellschafterin spielen. Und die waren in der Regel keine außergewöhnlich talentierten Pianistinnen. Auf jeden Fall nicht so talentiert wie Anna. Hätte sie sich an das Klavier gesetzt, dann hätte sie sich bestimmt nicht zurückhalten können und mit ihrer Darbietung alle Aufmerksamkeit auf sich gezogen. Das konnte Anna nicht riskieren. Also verzichtete sie schweren Herzens auf das Klavierspiel. Nur wenn sie mit ihren beiden Freundinnen allein war, spielte sie Stunde um Stunde.

In den ersten Tagen, die sie in Sixteen Angles verbracht hatte, war sie bei jedem Läuten der Türglocke zusammengezuckt. Dann hatte sie mit angehaltenem Atem gelauscht, ob sie die Stimme ihres Onkels vernahm. Sie hatte Angst, von ihm gefunden zu werden, und gleichzeitig wünschte sie es sich. Seit jener Nacht dachte sie immer wieder an ihre Mutter. Sie sah sie verprügelt und missbraucht in ihrem Bett liegen, unfähig, sich selbst zu versorgen. Wie lange würde sie diesen Zustand überleben? Anna dachte daran, nach London zurückzukehren und ihre Mutter zu pflegen. Manchmal war sie fest entschlossen, mit Francis zu sprechen, die sie im letzten Jahr so großzügig aufgenommen hatte. Sie und Lorraine waren dazu bereit gewesen, Anna bei sich zu verstecken, ohne eine Gegenleistung dafür zu verlangen.

Aber Anna hatte darauf bestanden, dass die beiden sie als Gesellschafterin ausbildeten, denn sie wusste, dass sie nicht für immer hierbleiben konnte. Schließlich hatte Francis nachgegeben.

Anna hatte mittlerweile viel gelernt über die dienstbaren Geister, die sie früher immer umgeben hatten, ohne dass sie es groß bemerkt hätte.

Jedes Mal wenn Anna entschlossen war, nach London zurückzukehren, wurde ihr klar, dass Timothy niemals erlauben würde, dass sie bei ihrer Mutter bliebe. Anna würde zu einer Ehe mit Mr Lyme gezwungen werden, falls er inzwischen nicht längst verheiratet war. Denn er würde bestimmt nicht ewig warten, bis sein Freund die entflohene Nichte wieder einfing. Doch Anna machte sich nichts vor. Timothy würde sie so oder so verheiraten, und zwar an den erstbesten Mann, der ihm eine ausreichende Mitgift anbieten konnte. Schließlich blieb sie in Sixteen Angles und versuchte, die Schuldgefühle, die sie trotz allem hatte, zu verdrängen.

Es verging kein Tag, an dem sie nicht an den Fremden dachte. Immer wieder durchlebte sie die Momente, die sie mit ihm allein auf dem Ball oder in der Kutsche verbracht hatte. Sie stellte sich häufig vor, wieder für ihn Klavier zu spielen, und spürte seinen warmen Blick auf ihrer Haut.

Jetzt stand Anna auf der Galerie, die hoch über dem Boden des Atriums einmal rund um die Muschel- und Federbilder herumführte. Sie war gern hier oben. Sie liebte die Butzenfenster, von denen aus man bei gutem Wetter bis nach Plymouth hinüberblicken konnte.

Sie betrachtete gerade ein langes Rautenmuster aus verschiedenen Steinen, als es an der Tür läutete. Anna hörte die Schritte von Mary, dem Hausmädchen, das tief unter ihr die Haustür öffnete. Anna blickte hinunter und sah, dass sie mit einem Mann ins Atrium trat.

»Würden Sie bitte einen Moment hier warten, ich sage Bescheid, dass Sie hier sind«, hörte Anna Marys Stimme.

»Gern.«

Anna erstarrte. Ihr Mund wurde trocken, ihre Hände waren feucht. Das Herz raste.

Es war Timothy! Sie würde seine Stimme unter Tausenden erkennen. Er hatte sie gefunden. Nach all den Monaten war er also doch gekommen. Dabei hatte sie sich beinahe sicher gefühlt und geglaubt, Timothy abgeschüttelt zu haben. Jetzt stand er hier in Sixteen Angles, ihrem Zufluchtsort.

Marys Schritte entfernten sich. Anna vermutete, dass sie ins Wohnzimmer ging, um Miss Barnister Bescheid zu geben, dass sie Besuch hatte. Bewegungslos stand Anna auf der Galerie. Sie hatte keine Möglichkeit, ungesehen zur Tür zu gelangen. Jeden Moment würde Timothy zu ihr hinaufsehen. Jeder, der zum ersten Mal nach Sixteen Angles kam, bewunderte die Muschelgalerie unter dem Dach.

Annas einzige Chance war, sich so unauffällig wie möglich zu benehmen. Das Gesicht den Muscheln zugewandt, verharrte sie. Unten wurde eine Tür geöffnet.

»Mr Stone, was für eine angenehme Überraschung!« Francis' Stimme klang fröhlich.

»Entschuldigen Sie meinen unangekündigten Besuch«, hörte Anna Timothy sagen, »aber ich habe die Hoffnung, dass Sie mir vielleicht helfen können.«

»So?« Francis klang erstaunt. »Inwiefern?«

»Die Angelegenheit ist sehr delikat.« Timothy zögerte.

»Vielleicht möchten Sie erst einmal in den Salon kommen und eine Tasse Tee mit uns trinken?«

Anna schloss erleichtert die Augen. Francis lockte Timothy aus dem Atrium hinaus.

»Nein, vielen Dank«, lehnte ihr Onkel ab. »Ich will sie nicht lange belästigen. Es geht um meine Nichte, die Sie, glaube ich, in London kennengelernt haben.«

Anna öffnete die Augen wieder und hielt den Atem an.

»Sie ist verschwunden«, fuhr Timothy fort. »Bereits seit letztem Juli.«

»Oh, wie furchtbar!«

Anna hörte, wie aufgesetzt Francis' Stimme klang. Nein, sie war keine besonders gute Schauspielerin.

»Ja, ich bin deshalb auch sehr in Sorge. Nun haben wir aber endlich eine Spur, die uns nach Plymouth führt.«

Anna erschrak. Wie hatte er das herausgefunden?

»Ein Postkutscher hat sich erinnert, an dem fraglichen Tag eine junge Dame nach Plymouth gebracht zu haben. Das muss meine Nichte gewesen sein.«

»Es könnte doch auch eine andere junge Dame gewesen sein. Vielleicht ist Ihre Nichte in London geblieben.« Francis' Stimme klang wenig überzeugend.

»Ich habe die Hoffnung«, fuhr Timothy fort, ohne auf Francis' Einwand einzugehen, »dass Sie sie vielleicht gesehen haben. Plymouth ist nicht groß. Sie kennen bestimmt viele der Familien hier. Vielleicht hat jemand meine Nichte gesehen? Haben Sie sie am Ende selbst getroffen?«

»Es tut mir leid, Mr Stone, aber ich fürchte, da kann ich Ihnen nicht helfen. Ich habe Ihre Nichte seit London nicht mehr gesprochen.«

Annas Muskeln waren angespannt. Ihre Beine zitterten.

»Tatsächlich nicht?« Die Stimme ihres Onkels klang zweifelnd.

»Nein.« Francis Barnister sprach jetzt mit großem Nachdruck. Etwas zu viel Nachdruck, fand Anna.

»Ein sehr interessantes Haus«, wechselte Timothy plötzlich das Thema. Seine Stimme wurde lauter. Er schien den Kopf in den Nacken gelegt zu haben. Anna tastete sich in Richtung Tür, das Gesicht nach wie vor zur Wand gerichtet.

»Die Galerie dort oben scheint faszinierend zu sein. Wäre

es zu viel verlangt, sie einmal aus der Nähe betrachten zu dürfen?«

Annas Herzschlag setzte aus. Oh nein. Timothy hatte sie erkannt. Warum würde er sonst heraufkommen wollen?

Francis zögerte kurz. Dann hörte Anna sie sagen: »Natürlich. Sehr gern. Aber legen Sie doch bitte vorher Ihren Hut und Mantel ab. Die Muscheln und Steine sind sehr empfindlich. Wir achten immer darauf, dass so wenig Berührung wie möglich stattfindet.«

Sie wollte Anna Zeit verschaffen, die Grottentreppe hinunterzusteigen. Es war die einzige Treppe, die zur Galerie führte, und ihre Wände und die Decke waren ebenfalls mit Muscheln verziert. Anna rannte die schmale Treppe hinunter. Stufe um Stufe, Windung um Windung, noch nie war ihr der Abstieg so lang vorgekommen. Als sie die letzten Stufen erreicht hatte, hörte sie Francis mit übertrieben lauter Stimme sagen: »So, gleich sind wir bei der Treppe, die uns nach oben führen wird.« Anna sprang den unteren Treppenabsatz hinunter und schaffte es gerade noch, um die Ecke in die Bibliothek zu verschwinden, bevor ihr Onkel die Grottentreppe erreicht hatte.

Mit zitternden Fingern umklammerte Anna die Teetasse. Sie saß in der dunklen Küche, die sich im Keller des Hauses befand, und ihr Blick wanderte immer wieder zur Tür. Hoffentlich kam ihr Onkel nicht auf die Idee, hier unten nach ihr zu suchen.

Warum hatte er die Muschelgalerie sehen wollen? Er wusste anscheinend, dass sie hier war.

Schritte waren auf der Treppe zu hören, die von den oberen Räumen in die Zimmer der Dienstboten führte. Die Tür zur Küche wurde geöffnet. Anna hielt die Luft an.

Im Türrahmen stand Francis.

»Er ist fort«, beruhigte sie Anna.

»Ich danke Ihnen, dass Sie mich nicht verraten haben.« Annas Hände zitterten noch immer. Sie spürte, dass ihre Knie vor Erleichterung weich wurden.

»Aber ich habe das Gefühl, dass er mir nicht geglaubt hat, nichts von Ihrem Verbleib zu wissen. Er hat mich immer wieder nach Ihnen gefragt.« Francis setzte sich auf den Stuhl am Küchentisch und fächelte sich mit der Hand Luft zu. »Ich bin wirklich ins Schwitzen gekommen. Ich war nicht auf seinen Besuch vorbereitet.«

»Ich habe auch nicht mehr geglaubt, dass er jetzt noch kommen würde.« Anna trank den letzten Schluck Tee. »Es tut mir leid, dass ich Ihnen diese Umstände bereite.«

»Ach was.« Francis Gesicht war gerötet. »Das macht doch nichts. Aber ich fürchte, hier können Sie nicht bleiben. Er wird wiederkommen. Oder einer unserer Bekannten erkennt Sie. Sie waren alle in London, und den einen oder anderen werden Sie dort kennengelernt haben. Bisher haben sich unsere Freunde nichts dabei gedacht, dass Sie hier sind. Aber jetzt, wo Ihr Onkel alle alarmiert hat, würde der Zusammenhang früher oder später herauskommen.«

Anna musste ihr zustimmen. Es war zu gefährlich, hier in Sixteen Angles zu bleiben. Aber sie hatte das Haus und seine Bewohner sehr lieb gewonnen, und der Gedanke an ihren Abschied gefiel ihr gar nicht.

Roseberry House, Devon, Mai 1854

Anna hasste jeden Zentimeter dieses kalten und schmierigen Steinfußbodens in der jahrhundertealten Küche. Auf schmerzenden Knien kroch sie über die Fliesen, eine Wurzelbürste in den wunden Händen und schrubbte, als ergäbe sich daraus die Möglichkeit, noch einmal einen Nachmittag in den Armen ihres unbekannten Geliebten verbringen zu können. Von Zeit zu Zeit kam Mrs Oakland vorbei und kontrollierte das Ergebnis ihrer Arbeit.

Mehr als einmal hatte Anna einen Fußboden zum zweiten oder auch dritten Mal putzen müssen, wenn Mrs Oakland der Meinung war, es ginge noch gründlicher. Von allen Böden, die Anna bislang in Roseberry House hatte säubern müssen, widerten sie die Küchensteine am meisten an. Die waren immer besonders schmutzig. Speisereste, Blut toter Tiere, Fett, Kakerlaken und Küchenabfälle lagen überall herum und zwangen sie zu ständigem Wasserwechsel, der jedes Mal mit großem Aufwand verbunden war.

Anna musste sich zwischen der Köchin und den drei Küchenmädchen einen Platz am Herd erkämpfen und hoffen, dass sich noch Wasser im Kessel oder in dem großen Holzfass neben der Tür befand. Und wenn keines mehr da war, musste sie in die Kälte hinaus und aus dem Brunnen im Hof einen Eimer Wasser heraufziehen und es auf den Herd setzen. Nicht selten geschah es, dass eines der Hausmädchen kam und das Wasser verlangte, und dann musste Anna es ihr abtreten.

Ihre Beine waren vom langen Knien mit blauen Flecken übersät, ständig schlief ihr ein Fuß oder Bein ein. Wenn sie auf ihre Hände sah, schrumpelig, aufgerissen und blutig von der harten Arbeit, dann zuckte sie entsetzt zusammen.

Ihre wunden Finger erinnerten sie an das, was sie verloren hatte. Früher, in jenem anderen Leben, das ihr mittlerweile so weit entfernt erschien wie die Themse vom Rhein, hatte sie gelitten, wenn sie einen Tag lang nicht Klavier spielen konnte. Jetzt hatte sie dafür nur ein bitteres Lachen übrig. Seit mehr als zwei Jahren, seit sie Sixteen Angles hatte verlassen müssen, hatte sie keine einzige Note mehr gespielt. Nichts schien so unerreichbar wie ein Cembalo oder ein Klavier.

Anna war sicher – wenn sie nur einen Satz spielen könnte, vielleicht auch nur einen Takt, es würde ihr sofort besser gehen. Wie oft hatte ihr die Musik geholfen, ihr gesagt, was zu tun war. Sie hatte ihr über den Tod ihres Vaters und die Krankheit ihrer Mutter hinweggeholfen. Sie hatte ihr beigestanden, als sie von einem Tag auf den anderen erwachsen werden musste.

Tränen stiegen in ihr auf. Sie hasste sich dafür, so schwach zu sein. Wenn sie sich umsah und die anderen Mädchen betrachtete, viele von ihnen deutlich jünger als Anna, schämte sie sich. Sie trugen ihr Schicksal, ohne zu klagen.

Aber ihnen hatte das Leben auch nichts anderes versprochen. Sie waren dazu erzogen worden, Böden zu schrubben. Anna hatte Klavier spielen und komponieren wollen. Wenn sie abends erschöpft beobachtete, wie die jungen Mädchen aus dem Dorf die Köpfe zusammensteckten und tuschelten, wie Mrs Oakland und Mrs Payne, die Köchin, in einträchtigem Schweigen am Feuer saßen und an ihrem Tee nippten, dann wusste sie, dass sie hier nicht hergehörte. Es war nicht Annas Welt, und sie würde es auch nie werden.

Unmerklich begann sie schneller zu putzen, gehetzt von einer Angst, die sie plötzlich erfasste. Würden sich ihre geschundenen Hände jemals wieder auf eine Klaviatur legen können? Wenn sie diese Höllenarbeit noch ein weiteres Jahr verrichten würde, wären ihre Finger zu verkrüppelt und verhornt, um jemals wieder einen Ton aus einem Klavier hervorbringen zu können.

In diesem Moment traf sie die Erkenntnis wie ein Keulenschlag: Sie war gefangen. Gefangen in der großen Masse kleiner Dienstmädchen und namenloser Gestalten. Ihre Zukunft bestand aus schmutzigen Küchen, kalten Fliesen und dunklen Korridoren. Es gab keine Möglichkeit zu entkommen, keine Flucht würde sie diesmal retten können.

Denn wohin sollte sie fliehen? In einen anderen Haushalt? Zu anderen verdreckten Böden und Küchen? Oder gar zu Timothy zurück, der sie vermutlich verprügeln und dann in ein weit entferntes Kloster schicken würde?

Annas Hals verkrampfte sich und schmerzte so sehr, dass sie den Tränen, die in ihr aufstiegen, freien Lauf ließ. Sie beugte sich über den Eimer mit dem inzwischen nur noch lauwarmen, schmutzigen Wasser und beobachtete die kleinen Kreise, die ihre Tränen auf der Wasseroberfläche verursachten.

Dann tastete sie in ihrer Rocktasche nach einem Taschentuch, schnäuzte sich und fuhr mit ihrer Arbeit fort. Bei den anderen Dienstboten galt sie sowieso schon als sonderbar. Anna konnte es an den neugierigen Blicken erkennen und an dem Getuschel, das verstummte, sobald sie den Raum betrat. Sie wollte nicht zusätzlich durch ihren Kummer auffallen.

Seufzend tauchte Anna ihre vor Kälte steifen Finger wieder in das Seifenwasser. Was hatte sie durch ihre Flucht vor Timothy und Mr Lyme gewonnen? Sie hatte frei sein wollen, nicht die Frau eines Mannes werden, den sie verabscheute. Aber war sie jetzt nicht gefangener als jemals zuvor? Konnte eine Frau überhaupt frei sein? Waren alle Frauen nicht als Eigentum der Männer geboren? In Preußen schien ihr Freiheitsdenken noch einigermaßen umsetzbar, doch hier in England herrschten strengere Regeln. Wenn sie wenigstens Klavier spielen könnte! Mit ihrer geliebten Beethoven-Sonate *Pathétique* würde sie neue Kraft schöpfen und diese schreckliche Situation sicher besser überstehen.

Anna dachte an ihren Vater, der gern Friedrich Schiller zitierte. Schiller hatte geschrieben, dass erst die Fähigkeit des Widerstands gegen alles Leiden das Prinzip der Freiheit in sich berge.

Genau. Anna musste Widerstand leisten, nur so konnte sie Freiheit erlangen. Aber wie sollte ihr Widerstand aussehen? Nur weil sie die von ihrem Onkel geplante Heirat verweigert hatte, befand sie sich nun in dieser Situation. Und diese Stellung hatte sie auch nur durch das Wohlwollen und die gefälschten Zeugnisse ihrer Freundinnen bekommen.

Nachdem ihr Onkel in Sixteen Angles aufgetaucht war, hatte Miss Barnister sich umgehört und von einer freien Stelle für ein Stubenmädchen in Roseberry House erfahren. In Roseberry, meinte Francis Barnister, wäre Anna vor ihrem Onkel in Sicherheit. Lord und Lady Glister of Roseberry führten ein zurückgezogenes Leben und hatten wenig Kontakt zur Londoner Gesellschaft. Obwohl Anna nun schon seit zwei Jahren auf Roseberry lebte, hatte sie ihre Herrschaft noch nie zu Gesicht bekommen. Das war nichts Ungewöhnliches. Als Stubenmädchen hatte sie die Orte zu meiden, wo sich die Familie aufhielt. Und sollte es doch einmal geschehen, dass sie Lord oder Lady Glister begegnete, hatte sie sofort ihr Gesicht zur Wand zu drehen.

Anna seufzte, während sie sich wieder den Küchensteinen zuwandte. Das hier konnte nicht das Ende ihrer Flucht sein. Nur wusste sie nicht, wie sie von hier wegkommen sollte – und wohin?

Seit sie drei Jahre alt war, kannte sie nur einen Weg, ihre Probleme zu lösen: indem sie Klavier spielte. Dabei fielen ihr meist die richtigen Lösungen ein. Wenn sie nur einen Satz Beethoven spielen könnte, würde sie auch hier mit Sicherheit wissen, was zu tun war.

Roseberry war ein großes Haus, mit vielen unbewohnten Räumen und Stockwerken. Und es gab dort auch ein Klavier.

Annas Entschluss stand fest: Heute Nacht, wenn alle Bewohner schliefen, würde sie spielen. Dann würde ihr schon ein Ausweg einfallen.

Anna wartete, bis sie das regelmäßige Schnarchen des Küchenmädchens Gladys hörte, mit dem sie sich Zimmer und Bett teilte.

Dann schlüpfte sie unter der warmen Decke hervor, nahm ihren Umhang und schlich sich aus dem Zimmer. Im Schein einer Kerze suchte sie sich ihren Weg aus dem Dachgeschoss in die unteren Räume. Beinahe jeden Zentimeter der Böden unter ihren Füßen hatte sie in den letzten zwei Jahren geschrubbt. Die jahrhundertealten Holzdielen der Schlaf- und Wohnzimmer wieder und wieder gebohnert. Feuer in den Kaminen gemacht. Sie wusste genau, in welchen Flügel des Hauses sie gehen musste. In den Ostflügel. Er wurde kaum benutzt, nur wenn Besucher kamen, und das geschah äußerst selten. Im Ostflügel gab es ein Musikzimmer, das Lord Glister angeblich als Kind genutzt hatte. Mittlerweile fristete der Flügel dort ein einsames Dasein.

Anna fand das Zimmer sofort. Sie stellte die Kerze auf ein Tischchen und ging zu dem Flügel aus dunkelbraunem Nussbaumholz, der zwischen den beiden Fenstern stand.

Ihr Herz klopfte vor Aufregung. Endlich würde sie wieder spielen.

Wieso war sie nicht schon früher auf die Idee gekommen, die Stille der Nacht und die Abgeschiedenheit des Ostflügels zu nutzen?

Anna setzte sich auf die mit Samt bezogene Klavierbank und schlug den Deckel der Klaviatur zurück. Ihre rauen Hände legten sich auf die Tasten. Einen Moment hielt sie ehrfurchtsvoll inne. Wie lange hatte sie auf dieses Gefühl verzichten müssen!

Vorsichtig, als bestünden die Tasten aus dünnem Glas, schlug sie die ersten Noten der Sonate *Pathétique* an.

Ihre Finger hatten keinen einzigen Ton vergessen. Sie hörte ihrem Spiel atemlos zu, und bereits nach wenigen Takten hatte sie Roseberry House vergessen. Die Anspannung und Verzweiflung des Tages fielen von ihr ab. Ihre Gedanken trieben auf dem Strom der Musik. Sie spielte die gesamten drei Sätze.

Dann ließen ihre Finger den Melodien und Tönen freien Lauf, die sich in den letzten Jahren in Anna angesammelt hatten. Es waren Kompositionen ihres Kummers und der Sorge um ihre Mutter. Aber auch Lieder voller Liebe und Sehnsucht nach dem Gefühl, das sie in London in den Armen des Unbekannten kennengelernt hatte. Wie gern würde sie noch einmal für ihn spielen!

Es war kein Tag vergangen, an dem sie sich nicht an die liebevollen Momente auf dem Ball oder in der Kutsche erinnert hatte. Ihre Gedanken und Träume rund um diese Begegnungen verwandelten sich in Musik. In ihr schien ein unerschöpflicher Vorrat an Melodien zu liegen. Atemlos und erstaunt lauschte sie ihrem eigenen Spiel. Es gab nichts anderes als Töne. Vergangenheit und Zukunft existierten nicht. Nur die Musik des Augenblicks hatte Bestand.

Es mussten Stunden vergangen sein, als Anna plötzlich in ihrem Spiel innehielt. Sie wurde beobachtet. Sie spürte es deutlich. Langsam, die Hände noch auf den Tasten, wandte sie sich um.

In dem hohen Armsessel hinter ihr am Kamin saß ein weißhaariger Mann, der das siebzigste Lebensjahr wohl schon lange überschritten hatte. In dem weiten Schlafrock wirkte er wie eine Gestalt aus einem Märchen. Ein Glas Portwein stand neben ihm auf dem Tisch.

Sie erkannte ihn aufgrund des Porträts, das in der Halle hing: Lord Glister.

Annas Hände sanken in ihren Schoß. Ihr Blick glitt zu Boden. Sie hatte sich die unverzeihliche Freiheit herausgenommen, auf dem Klavier seiner Lordschaft zu spielen.

Sie murmelte eine Entschuldigung und stand hastig auf. Erst jetzt bemerkte sie die Kälte, vor der sie ihr dünner Umhang nicht hatte schützen können.

»Warten Sie!« Die Stimme des alten Mannes war rau. »Wer sind Sie?«

Anna zwang sich, ihm in die Augen zu sehen. »Anna Meier. Ich bin eines der unteren Stubenmädchen.« Zuständig für Fußböden, fügte sie in Gedanken bitter hinzu.

»So, eines der unteren Stubenmädchen«, wiederholte er.

Anna atmete tief ein. »Eure Lordschaft, ich weiß, dass mein Benehmen unentschuldbar ist.«

»Setz dich.« Er deutete auf den Sessel ihm gegenüber. Dann griff er hinter sich und zauberte ein zweites Glas hervor. Er schenkte Anna Portwein ein.

»Vielleicht erlauben Sie mir eine Erklärung.« Anna setzte sich beschämt auf die vordere Kante des Sessels.

Lord Glister winkte ungeduldig ab. »Erklärung? Pah.«

Anna schluckte. Damit hatte sie rechnen müssen.

»Trink.« Er nahm einen ordentlichen Schluck von dem dunkelroten Wein.

Widerstrebend griff Anna nach dem Glas und führte es an ihre Lippen. Was bezweckte er damit, Anna von seinem Portwein trinken zu lassen?

»Meier. Das ist kein englischer Name«, stellte seine Lordschaft fest.

Oje. Lord Glister war Ausländern wohl nicht gut gesonnen. Auch das noch. Vermutlich würde sie auf der Stelle ihre Tasche packen müssen. Aber wie sollte Anna nun eine neue Stellung finden? Ob ihre Freundinnen ihr noch einmal helfen würden?

Sie stellte den kaum angerührten Portwein zurück auf den Tisch.

»Schmeckt er dir nicht?« Lord Glister sah sie prüfend an.

»Doch«, versicherte Anna ihm eilig. Tatsächlich war sie von dem angenehm süßen Geschmack überrascht gewesen. Sie hatte noch nie Portwein getrunken.

»Dann trink aus. Bist ja ganz durchfroren.«

Zitternd vor Kälte und Aufregung, trank Anna von dem kostbaren Wein.

»Nächstes Mal musst du Feuer machen lassen.« Er deutete auf den Kamin.

Anna sah ihn fragend an. »Nächstes Mal?« Machte er sich über sie lustig?

»Ich gehe jetzt ins Bett. Es wird bald hell werden.« Lord Glister stand auf, und Anna beeilte sich, es ihm gleichzutun.

»Bleib sitzen und trink deinen Wein aus.« Lord Glister schlurfte davon. An der Tür drehte er sich noch einmal um. »Gute Nacht.«

An diesem Tag schrubbte Anna die Böden mit neuem Schwung. In ihr klangen noch die Melodien der vergangenen Nacht und erleichterten ihr die Arbeit.

Mit jeder Stunde, die verging, ohne dass sie zu Mrs Oakland gerufen wurde, wuchs ihre Hoffnung, dass seine Lordschaft über ihre Verfehlung hinwegsehen würde. Als sie am späten Nachmittag mit den anderen Dienern in der Dienstbotenhalle über ihrem Teller Eintopf saß, war sie beinahe sicher, noch einmal davongekommen zu sein.

Plötzlich stand Mrs Oakland in der Tür. »Anna, geh nach oben und pack deine Sachen.«

Das Klappern des Bestecks und die Unterhaltungen verstummten. Alle Dienstboten sahen zu Anna hinüber. Schadenfreude, Mitleid und Neugierde lagen in ihren Blicken. Anna schluckte und legte den Löffel zur Seite.

Sie wollte aufstehen, aber ihre Beine gehorchten ihr nicht. Er hatte sie hinausgeworfen. Sie musste wieder ganz von vorn anfangen, war wieder auf das Wohlwollen der einzigen beiden Freundinnen angewiesen, die sie in diesem Land hatte. Der Eintopf lag ihr plötzlich wie getrocknetes Kerzenwachs im Magen.

»Nun komm schon.« Die Haushälterin deutete zur Tür.

Anna zwang sich aufzustehen. Ihre Beine waren weich. Hinter ihr erhob sich aufgeregtes Stimmengewirr, als sie die Dienstbotenhalle verließ.

Während Anna ihre bescheidenen Besitztümer in die Reisetasche packte, stand Mrs Oakland daneben und beobachtete sie genau. Keine der beiden sprach ein Wort.

Dann führte die Haushälterin Anna in den Ostflügel. Sie öffnete die Tür zum Musikzimmer.

»Lord Glister hat angeordnet, dass du in ein anderes Zimmer ziehst.« Mrs Oaklands Stimme klang missbilligend.

Anna sah sie überrascht an, unfähig, etwas zu erwidern.

Was hatte Lord Glister mit ihr vor?

Einer der Wandteppiche war zur Seite geschlagen worden und gab den Blick auf eine dahinterliegende Tür frei. Auf diese steuerte die Haushälterin zu.

»Dieses Zimmer hat Seine Lordschaft für dich vorgesehen.« Mrs Oakland ging einen Schritt zur Seite und ließ Anna den Vortritt.

Anna sah Mrs Oakland fragend an. Dieses Schlafzimmer war mit Sicherheit eines der besten des Hauses. Anna kannte sie alle und mochte dieses hier besonders. Durch seine nach Süden ausgerichteten Fenster fiel viel Licht herein. Die hellen Fußbodendielen hatte Anna erst letzte Woche gebohnert. Hinten links gab es eine angrenzende Kammer mit einem Fenster, das in die Kapelle zeigte. Diese merkwürdige Architektur war ein Ergebnis der Veränderungen des Hauses über verschiedene Jahrhunderte hinweg.

»Eure Lordschaft erwartet dich zum Dinner um acht.« Mrs Oaklands Stimme war neutral, aber ihre Augen verrieten, wie verwundert und erzürnt sie war. »Im Salon«, fügte sie hinzu, bevor sie den Raum verließ.

Doch Anna war noch viel verwunderter als die Haushälterin. Was konnte Lord Glister nur von ihr wollen?

Mrs Oakland hatte sie zurückgelassen, ohne ihr eine Aufgabe zu erteilen. Zum ersten Mal seit Jahren hatte Anna nichts zu tun.

Sie setzte sich auf einen bestickten Stuhl und wartete. Ihre Reisetasche stand noch neben der Tür, wo Anna sie abgestellt hatte.

Anna konnte nicht glauben, dass Seine Lordschaft dieses Zimmer tatsächlich für sie vorgesehen hatte. Sie wagte nicht, ihr einfaches kariertes Wollkleid und das bisschen Wäsche, das sie besaß, in die Truhe vor dem Bett zu räumen.

Unruhig wartete sie die Stunden bis zum Dinner ab. Als sie die acht Schläge der Turmuhr von Roseberry hörte, stieg sie langsam und unbehaglich die Steintreppe hinunter. Es war die Haupttreppe des Hauses, auf der sie als Stubenmädchen nichts zu suchen hatte, es sei denn, man hatte ihr aufgetragen, sie zu schrubben. Aber über die Dienstbotentreppe wollte sie auch nicht gehen. Es wäre ihr unangenehm gewesen, wenn sie von einem der Hausmädchen dabei beobachtet worden wäre, wie sie durch die Dienstbotentür in den Salon schlüpfte. Diese Tür durften nämlich nur der Butler und die männlichen Diener benutzen. Frauen war es verboten, bei Tisch zu bedienen.

Unentschlossen blieb Anna vor der Eichentür stehen, die in den Salon führte. Hatte sie Mrs Oakland auch wirklich richtig verstanden? Sollte sie es wagen und die Tür öffnen? Was, wenn alles nur ein großes Missverständnis war und sie gar nicht in den Salon kommen sollte? Dann hätte sie sich innerhalb von vierundzwanzig Stunden schon die zweite Verfehlung geleistet. Darüber würde auch der großzügigste Dienstherr nicht mehr hinwegsehen.

Nun, sie würde niemals herausfinden, ob es ein Missverständnis war oder nicht, wenn sie diese Tür nicht öffnete.

Anna atmete noch einmal tief durch und drückte die schwere Türklinke hinunter. Aber noch bevor Anna die Tür aufstoßen konnte, glitt sie lautlos zurück. James, einer der Diener, hatte sie von innen geöffnet. Er wirkte überrascht.

Anna ging zwei Schritte in den Salon hinein. Lord Glister saß in einem der Ohrensessel, seine Frau auf dem zierlichen Sofa.

»Komm hierher!« Lord Glister winkte Anna ungeduldig zu sich. »Setz dich dorthin, neben Beatrix.«

Anna ging zögernd zum Sofa. »Entschuldigen Sie, Eure Lordschaft. Soll ich nicht lieber stehen bleiben?«

»Ach was. Jetzt nimm schon Platz.« Seine Lordschaft wandte sich an den Diener. »Bring Anna ein Glas Sherry, James.«

Anna setzte sich und nahm unsicher das Glas entgegen, das der Diener ihr reichte. Sie betrachtete ihre Herrin, die neben ihr saß. Lady Glisters Gesicht zeigte keine Regung. Ausdruckslos sah sie ihren Mann an. Nur ihre Lippen waren leicht geschürzt. Ihre Ladyschaft war wohl etwas jünger als ihr Mann. Die weiße Haut schien so dünn zu sein, dass die Sonne durch sie hindurchscheinen musste. Ihr hochgeschlossenes Kleid war nicht nach der aktuellen Mode geschnitten. Trotzdem wirkte die kleine Frau vornehm und edel.

»Gefällt dir das Südzimmer?« Lord Glister prostete Anna zu.

»Ja, sehr.« Anna trank einen Schluck des süßen Sherrys. »Aber Eure Lordschaft, ich verstehe nicht, warum Sie mich dorthin haben bringen lassen.«

Lord Glisters Lachen zauberte viele kleine Falten auf sein Gesicht. »Zum Schlafen und Wohnen. Was hast du denn gedacht?«

Anna war verwirrt. »Aber ich bin ein Stubenmädchen. Ich schlafe in einer Kammer auf dem Dachboden.«

»Ein schönes Stubenmädchen, das mir die Nacht mit virtuoser Klaviermusik versüßt.« Lord Glister lachte noch immer.

»Eure Lordschaft, ich entschuldige mich noch einmal in aller Form. Es tut mir leid. Ich hätte mir diese Freiheit nie herausnehmen dürfen.« Anna nippte wieder an ihrem Sherry.

»Ich habe noch von keinem einzigen Stubenmädchen gehört, das Klavier spielen kann.« Er lehnte sich zurück. »Und ich meine, wirklich Klavier spielen. Nicht nur herumklimpern.«

Anna zuckte zusammen. Daran hatte sie noch gar nicht gedacht. Sie hatte sich durch ihr Spiel verraten. Er würde darauf bestehen, dass sie ihm ihren richtigen Namen nannte, und dann würde er ihren Onkel benachrichtigen und sie musste Mr Lyme heiraten und wäre für immer an ihn gefesselt und musste mit ansehen, wie ihr Mann sich an hilflosen Hausmädchen verging und … und …

Lord Glister unterbrach Annas Gedankenstrom.

»Es wäre unverzeihlich, eine Virtuosin wie dich als Stubenmädchen arbeiten zu lassen. Ich kann nachts nicht schlafen und brauche Ablenkung von den düsteren Gedanken, die mich dann befallen.« Er trank einen Schluck Sherry.

Anna war sich nicht sicher, worauf er hinauswollte. »Sie wollen, dass ich nachts für Sie spiele?«

Lord Glister nickte. »Nicht nur nachts. Immer wenn ich Verlangen nach Musik habe.«

Sie sah ihn ungläubig an. Gestern hatte sie sich noch voller Verzweiflung gefragt, ob sie je wieder Klavier spielen würde, und heute eröffnete sich solch eine fantastische Möglichkeit.

»Das Dinner ist aufgetragen, Mylord!« Gerald, der Butler, war in der Tür erschienen.

Anna folgte Lord und Lady Glister in das große Speisezimmer. Es war ein dunkler Raum, und obwohl es mittlerweile schon Mai geworden war, brannte hier noch ein Feuer im Kamin. Anna hatte es selbst angezündet, bevor sie sich zum Eintopf in die Dienstbotenhalle gesetzt hatte. Jemand hatte Holzscheite nachgelegt. Eigentlich wäre das ihre Aufgabe gewesen.

Anna wich dem Blick des Butlers und der übrigen Diener aus. Es war ihr unangenehm, sich an den Tisch der Herrschaft zu setzen und von den Menschen bedient zu werden, die sie zuvor noch selbst bedient hatte. Als unterstes Stubenmädchen war es ihre Aufgabe gewesen, für die höher gestellten Dienstboten zu sorgen.

Als Gerald ihr Wein einschenkte, errötete sie. Gleichzeitig wunderte sie sich über sich selbst. Es war keine drei Jahre her, da hatte sie sich noch selbstverständlich an den Esstisch gesetzt und sich bedienen lassen. Sie hatte sich nicht einmal Gedanken darüber gemacht, dass ihr Abendessen ohne die stundenlange Vorbereitung der Dienerschaft gar nicht möglich gewesen wäre.

James reichte ihr eine silberne Platte, auf der ein appetitlich aussehender Rinderbraten aufgeschnitten war. Anna schluckte und spießte das kleinste Stück auf die Gabel, um es auf ihren Teller zu legen. Sie dachte an den Eintopf, den sie am Nachmittag gegessen hatte, und wie sehr sich die Speisen der Herrschaft von denen der Diener unterschieden.

Der Braten schmeckte köstlich, aber sie aß ihn mit schlechtem Gewissen. Die anderen Dienstboten, die ebenso hart gearbeitet hatten wie sie, bekamen einen solchen Braten nur am Weihnachtstag vorgesetzt.

»Beatrix wird dir einige ihrer Kleider geben. Die werden wohl etwas verlängert und ausgelassen werden müssen. Du bist ganz schön groß und kräftig gebaut. Genau, wie es sein soll, mein Mädchen.« Lord Glister schnitt ein Stück von seinem Braten ab und steckte es sich in den Mund.

»Danke, Mylord.« Anna errötete. »Es ist jedoch nicht nötig, mir neue Kleider zu geben.«

»Du kannst unmöglich in diesem zerschlissenen Kleid herumlaufen.« Lord Glister kaute auf seinem Braten.

Anna blickte zu Lady Glister hinüber. Ihre Augen waren auf den Teller vor sich gerichtet. Lag da ein Hauch von Missfallen in ihrem Blick? Anna war sich nicht sicher.

Nach dem Essen wies Lord Glister Anna an, seiner Frau in den Salon zu folgen. Verlegen ging Anna hinter Ihrer Ladyschaft her und setzte sich neben sie auf das hellblaue Sofa. Gerald servierte ihnen Kaffee. Anna wandte den Blick ab, als er ihr die Tasse reichte.

Dann waren die beiden Frauen allein. Verschämt trank Anna den Kaffee.

»Sie spielen also Klavier«, brach Lady Glister das Schweigen. Es waren die ersten Worte, die sie je an Anna gerichtet hatte.

»Ja, Eure Ladyschaft.« Anna zwang sich, ihre Herrin anzusehen. Nach den letzten zwei Jahren, in denen sie gelernt hatte, sich mit dem Gesicht zur Wand zu stellen, sobald ihr ein Mitglied der Familie begegnete, fiel es ihr schwer, ihre Herrin nun direkt anzuschauen.

»Wie lange spielen Sie dieses Instrument schon?« Lady Glister stellte ihre Tasse ab.

»Seit meinem dritten Lebensjahr. Mein Vater hat es mir beigebracht, und später hatte ich Unterricht bei …« Anna brach ab. Fast hätte sie zu viel verraten.

Lady Glister sah Anna fragend an. Oje, jetzt musste sie gut aufpassen.

»Bei Professor Falkenstein«, nahm Anna ihre Erzählung vorsichtig wieder auf.

»Professor der Musik?«

Anna nickte.

»Wo hat er gelehrt?«

»In Köln.« Anna schluckte.

»Ach«, sagte Lady Glister und griff nach ihrer Tasse. »Sie stammen aus Deutschland?«

Anna nickte wieder. »Aus Preußen.«

»Ich hatte gleich einen Akzent bei Ihnen bemerkt«, stellte Ihre Ladyschaft fest.

Anna wechselte schnell das Thema. »Es ist mir sehr unangenehm, Ihnen diese Umstände zu bereiten.«

Lady Glisters Lippen schürzten sich wieder. »Nun, nicht Sie machen die Umstände. Es ist mein Mann, der sich diese Posse ausgedacht hat.«

Anna schwieg. Insgeheim stimmte sie Lady Glister zu, aber sie wollte sich nicht gegen ihren Dienstherren stellen. Ihre Ladyschaft hätte Anna ihr nächtliches Abenteuer nicht durchgehen lassen, da war Anna sicher.

»Verzeihen Sie, Mylady.« Gerald räusperte sich diskret, »Seine Lordschaft bittet Sie und Miss Meier, ins Musikzimmer zu kommen.«

»Danke, Gerald.« Lady Glister seufzte und stand auf. »Kommen Sie.«

Anna beeilte sich, ihrer Herrin zu folgen.

Seine Lordschaft hatte es sich bereits in dem Sessel am Kamin bequem gemacht. Seine Frau setzte sich auf die andere Seite des Kamins, in dem heute ein Feuer brannte. Es musste erst vor Kurzem angezündet worden sein.

»Spiel für uns«, forderte Lord Glister Anna auf und deutete auf den Flügel, an dem sie nur zu gern Platz nahm.

Anna machte dort weiter, wo sie in der vergangenen Nacht aufgehört hatte. Sie tauchte wieder in die Musik ein und vergaß alles um sich herum.

Als sie aus der Welt der Töne zurückkehrte, musste es schon tief in der Nacht sein. Ein gleichmäßiges Schnarchen hatte den Rhythmus der Musik begleitet.

Anna sah sich um. Lady Glister war fort. Aber seine Lordschaft saß im Sessel und schlief.

Leise stand Anna auf und streckte ihre schmerzenden Gelenke. So war es ihr zu Hause auch immer ergangen: Während des Spielens spürte sie keinen körperlichen Schmerz, erst hinterher taten ihr nach dem stundenlangen Stillsitzen alle Glieder weh.

Anna schlich sich durch die Tür in das benachbarte Südzimmer. Unschlüssig betrachtete sie das alte Himmelbett, das mit aufwendigen Schnitzereien verziert war. Die Samtvorhänge waren bestimmt einmal kostbar gewesen. Mittlerweile sah man ihnen an, dass sie schon viele Generationen hatten kommen und gehen sehen. Es war Anna nicht wohl dabei, sich in das Bett zu legen. Doch Lord Glister hatte sich beim Abendessen deutlich ausgedrückt. Anscheinend erwartete er tatsächlich, dass sie dieses Zimmer nahm.

Also zog sie ihr Kleid aus und stülpte sich das einfache Leinenhemd über. Kaum berührte ihr Kopf das mit Seide bezogene Kopfkissen, war sie auch schon eingeschlafen.

»Sophia wird uns besuchen.« Lady Glister legte den Brief zur Seite, den sie soeben gelesen hatte, und ließ sich neuen Kaffee einschenken. Dann seufzte sie. »Ich freue mich, dass sie endlich zu uns kommt.«

»Wird auch Zeit«, brummte Lord Glister und nahm sich einen Toast.

Anna sah auf. »Wir bekommen Besuch?«

Mittlerweile lebte sie seit über einem Jahr mit Lord und Lady Glister zusammen, und alles, was von ihr erwartet wurde, war, Klavier zu spielen.

Lord Glister konnte nicht genug davon bekommen, Annas Spiel Stunde um Stunde zu lauschen, und sie wurde es nicht leid, Stunde um Stunde zu spielen.

Eigentlich hätte sie zufrieden sein können. Doch wenn sie morgens von Hillary mit einer Tasse Tee geweckt wurde, wünschte sie sich, das Hausmädchen würde sich zu ihr setzen und den Tee gemeinsam mit ihr trinken. Wenn Hillary ihr beim Anziehen half, wenn Gerald ihr den Lunch servierte oder einer der Diener den Nachmittagstee brachte, wollte sie aufstehen und ihnen helfen. Früher hatten ihr diese Dinge nichts ausgemacht. Heute fühlte sie sich wohler, wenn sie dienen konnte, anstatt bedient zu werden. Sie wusste, wie schwer die Arbeit der Angestellten war und wie viel Muße sie jetzt hatte. Den Dienstboten blieb kaum freie Zeit, denn es wurde von ihnen erwartet, dass sie im Morgengrauen, lange vor der Familie, aufstanden und erst zu Bett gingen, wenn die Arbeit erledigt war. Für Dinge, die nichts mit Arbeit oder Schlafen zu tun hatten, blieb kaum Zeit. Jedem Diener und jeder Dienerin stand ein freier Nachmittag im Monat zu. Anna hingegen hatte jeden Tag viele freie Stunden. Am liebsten hätte sie die mit einem der Mädchen geteilt. Sie würde für Hillary die Betten machen, und dafür könnte das Hausmädchen einen Spaziergang im Garten unternehmen. Aber Anna wusste, dass sie Hillary mit einem solchen Vorschlag in Verlegenheit und vermutlich sogar in Schwierigkeiten bringen würde. Mrs Oakland würde denken, dass Hillary sich bei Anna über die Arbeit beschwert hätte.

Immer öfter dachte Anna an ihre Mutter. In den letzten Jahren hatte sie sich durch die harte Arbeit gut von diesen Gedanken ablenken können. Nun kehrten ihre Erinnerungen an das Haus ihres Onkels zurück. Dabei kreisten ihre Überlegungen vor allem um zwei Fragen: Wie mochte es ihrer Mutter jetzt wohl gehen? Und warum hatte sie Anna verraten?

»Beatrix' Nichte kommt.« Lord Glister strich Marmelade auf seinen Toast. Dann wiederholte er: »Wird auch Zeit.«

Lady Glister seufzte, während sie den Brief ihrem Mann reichte, der ihn sofort zu studieren begann. Dann sah sie sich anscheinend gezwungen, Anna aufzuklären. »Sophia hat vor acht Jahren geheiratet. Seitdem ist sie nicht mehr in Roseberry gewesen. Dabei kam sie vorher regelmäßig zu Besuch.«

Anna runzelte die Stirn. »Warum ist sie nicht mehr gekommen? Ist sie seither sehr beschäftigt?«

»Ach was.« Lord Glister machte eine wegwerfende Handbewegung, ohne von dem Brief aufzusehen.

»Kurz nach der Hochzeit ist Sophias Vater gestorben. Das hat sie sehr mitgenommen.« Lady Glister seufzte erneut und schützte ihre Augen mit der Hand vor der Sonne, die durch das gegenüberliegende Fenster hereinschien. »Und ich denke, ihre Ehe ist nicht besonders glücklich.«

»Wie schrecklich.« Anna konnte sich gut in die arme Frau hineinversetzen. Beinahe wäre auch sie in einer unglücklichen Ehe gelandet.

Lady Glister nickte. »Aber man muss sich arrangieren. Eine solche Verbindung braucht Zeit.«

»Nun, sie ist schon auf dem Weg«, mischte sich Lord Glister wieder in die Unterhaltung ein und fuchtelte mit dem Brief herum. »Allerdings ist es ein langer Weg aus dem Norden von Wales herunter. Wir können also nicht vor morgen Nachmittag mit ihr rechnen.«

Anna ertappte sich dabei, dass sie diesem Besuch entgegenfieberte, denn es war das erste Mal, seit sie als Gesellschafterin von Lord Glister in Roseberry lebte, dass Besuch erwartet wurde.

In London hatte Anna ähnlich prunkvolle Kutschen gesehen wie die, mit der Lady Sophia Lubrell am nächsten Mittag in Roseberry eintraf. Sie erinnerte Anna sofort an die Stunden, die sie in den Armen des Unbekannten in einem solchen Gefährt verbracht hatte. Vor ihrer Londoner Zeit hatte sie nicht gewusst, dass derartige Kutschen überhaupt existierten.

Lord Glister hatte darauf bestanden, dass Anna gemeinsam mit ihm und seiner Frau bei der Begrüßung vor dem Haus anwesend war.

Sie hatten im Morgenzimmer gesessen, als ihnen der Diener Bescheid gab, dass die Kutsche die Auffahrt erreicht hatte. Schnell liefen sie durch die mittelalterliche Halle nach draußen in den Hof.

Die Kutsche hatte schon das äußere Tor erreicht. Anna konnte sie durch den Torbogen sehen. Sie war zu hoch, um bis in den Innenhof fahren zu können, und sie war geräumig und so edel ausgestattet, dass auch die Equipage der Königin nicht prunkvoller hätte sein können. Sie bestand aus dunklem Holz mit goldenen Streben. Auf den Türen waren bunte Wappen angebracht, deren Bedeutung Anna nicht kannte. Sie vermutete, dass es sich um das Wappen der

Lubrells und anderer verwandter Familienzweige handeln musste.

Rosa Seide und Tüll erschienen in der Tür des Gefährts. Ein zierlicher Fuß in einem weißen Stoffschuh wurde auf das Türbrett gestellt.

Und dann tauchte Lady Sophia Lubrell vor Annas Augen auf.

Anna bemerkte sofort, dass die teuren Kleider, die blitzenden Edelsteine und der kostspielige Hut nicht zu ihrer unscheinbaren Trägerin passten. Das dunkelblonde Haar war zu einer aufwendigen Frisur hochgesteckt, die braunen Augen sahen beinahe schreckhaft in die Welt. Ihre Lippen waren schmal, die Nase ein wenig zu groß. Lady Glisters Nichte wirkte sehr zart, beinahe zerbrechlich.

Lady Lubrell ging auf ihre Tante und ihren Onkel zu. Sie streckte ihnen die Hand entgegen.

Als ihr Anna vorgestellt wurde, sah Lady Lubrell sie nur flüchtig an. Etwas an ihr kam Anna bekannt vor. Einen Moment erschrak sie und überlegte, ob sie sie aus London kennen konnte. Aber sie erinnerte sich nicht, ihr dort begegnet zu sein.

Erst als sie beim Tee saßen und Lady Lubrell von ihrer Reise berichtete, fiel Anna ein, was sie an dieser jungen Frau wiedererkannte. Als sie ihren Bericht beendet hatte, saß sie mit ausdruckslosem Gesicht da und starrte in den gefegten Kamin. Es war der gleiche Blick, der den Zuständen von Annas Mutter immer vorausgegangen war. In Lady Lubrells Gesicht erkannte Anna die gleiche Schwermut. Diese Frau erinnerte sie an ihre Mutter, auch wenn sie mindestens zehn Jahre jünger als diese sein musste.

Anna wusste, schon bevor Lady Lubrell nicht mehr ansprechbar war, dass sie gleich ein Zustand ereilen würde. Sie erkannte es an ihrem Blick.

Lady Glister war außer sich, als sie ihre Nichte so entrückt dasitzen sah, und Lord Glister reagierte wie immer, indem er versuchte, der Situation mit Portwein beizukommen.

Schließlich rief man die Zofe von Lady Lubrell. Higgins wurde beim Anblick ihrer Herrin genauso nervös wie Lady Glister. Sie begann auf sie einzureden und ihr Gesicht zu tätscheln. Sie zog ein Fläschchen Riechsalz aus ihrer Rocktasche und hielt es Lady Lubrell unter die Nase. Anna kannte all diese verzweifelten Versuche, hatte sie sie doch selbst oft genug bei ihrer Mutter durchgeführt, in der Hoffnung, ihr helfen zu können. Anna ahnte, was Sophia Lubrell wirklich helfen würde, aber sie wagte es nicht, sich in die allgemeine Aufregung einzumischen. Erst als Lord Glister nach einem Arzt schicken wollte, trat Anna vor.

»Entschuldigen Sie, Eure Lordschaft«, sagte sie und fasste nach der Hand des alten Mannes, um sich seiner Aufmerksamkeit sicher sein zu können, »ich glaube, ich weiß, wie Lady Lubrell geholfen werden kann.«

Lord Glister sah Anna erstaunt an. »So?«

»Können Sie sie ins Musikzimmer bringen lassen?« Anna sah ihren Herrn eindringlich an.

»Warum?« Lord Glister zog an der Klingel neben dem Kamin.

»Ich möchte für sie Klavier spielen. Das wird ihren Zustand verbessern.« Anna stand schon in der Tür des Salons. Sie rechnete damit, dass Lord Glister ihr widersprechen würde, aber dann schien er sich zu besinnen.

»Hm, warum nicht? Das hilft mir nachts auch gut über meine dunklen Gedanken hinweg.«

Er gab zwei Dienern den Auftrag, Sophia in den Ostflügel zu begleiten. Dort setzte sich Anna ans Klavier und begann zu spielen.

Ihre Finger schlugen leichte, freundliche und verspielte

Melodien an. Zuerst Mozart, dann Schubert und schließlich ihre eigenen Lieder. Sie wusste bereits nach wenigen Takten, dass Sophia Lubrell ihren Zustand überstanden hatte.

Als sie schließlich ihre Hände von der Klaviatur nahm, sah Lady Lubrell sie aufmerksam an. Der seltsame Ausdruck war aus ihren Augen verschwunden. Sie stand auf und setzte sich dicht neben Anna auf die Klavierbank.

»Wunderschön.« Ein zartes Lächeln umspielte ihre Lippen. »Was haben Sie da gespielt?« Ihre Stimme war leise, sie klang fast wie die eines Kindes.

»Das waren meine eigenen Melodien.« Anna zögerte. »Sie existieren nur in meinem Kopf.«

»Sie müssen sie aufschreiben.« Lady Lubrells Finger lagen auf den Tasten, und einen Moment lang glaubte Anna, sie würde zu spielen beginnen. Doch dann seufzte sie und zog ihre Hände zurück. »Ich spiele leider nur sehr unzulänglich. Ich habe keine Begabung dafür.«

»Vielleicht brauchen sie nur ein wenig Übung, Eure Ladyschaft.«

Lady Lubrell schüttelte den Kopf. »Nein.«

Anna wusste nicht, was sie jetzt tun sollte. Nachdem sie zu spielen begonnen hatte, waren alle anderen aus dem Musikzimmer geflüchtet. Vermutlich waren sie froh gewesen, der unangenehmen Situation zu entkommen.

»Eure Ladyschaft, soll ich noch ein wenig für Sie spielen?« Anna legte ihre Hände wieder auf die Tasten.

Lady Lubrell nickte und streichelte sanft Annas Finger. Anna hielt inne. Welch seltsames Verhalten für eine englische Lady! In diesem Moment ahnte sie, dass Lady Sophia Lubrell anders war als all die Engländerinnen, denen sie bislang begegnet war.

Kapitel 8

Gut Reichholz, Grünberg, Dezember 1832

talien war interessant.« Frederik lehnte sich in dem teuren Leder der Kutsche zurück.

»Ja, genau das richtige Erlebnis nach dem Studium. Endlich keine Bücher mehr wälzen müssen, einen Sommer lang nur Freizeit.« Timothy dachte an die vielen malerischen Orte, die sie im Süden besucht hatten. Sein Vater hatte ihm diese Reise zum Universitätsabschluss geschenkt. Natürlich hatte William ebenfalls mitkommen dürfen, obwohl er sein Studium bereits vor vier Jahren abgeschlossen hatte.

»Und schön. Landschaftlich großartig.« Bruno grinste. »Und die Frauen waren temperamentvoll und ungezügelt.«

»Aber das hübscheste Mädchen haben wir in Grünberg gehabt.« Timothy streckte die Beine aus, sodass sie zwischen William und Philip an die gegenüberliegende Sitzbank stießen.

Er hatte während der ganzen Italienreise von seinem Abenteuer mit Marianne geprahlt. William hatte ihm anfänglich nicht geglaubt, doch dann war ein Brief von dem Mädchen angekommen. Darin hatte sie anscheinend ebenfalls von der amourösen Episode berichtet. Nach der Lektüre des Briefes hatte William sich auf Timothy gestürzt. Bruno, Frederik und Philip mussten William mit vereinten Kräften von ihm wegzerren. Timothy hatte herzhaft gelacht. Niemals hätte er gedacht, dass er seinen Bruder so reizen könnte, dass der immer beherrschte und besonnen handelnde William derart kopflos werden würde. Timothy war zufrieden mit dem Streich, den er seinem Bruder gespielt hatte.

Seit diesem Tag sprach William kaum noch ein Wort mit Timothy. Er schien persönlich gekränkt zu sein, dass sein kleiner Bruder sich das gleiche Mädchen genommen hatte wie er. Wenn Timothy gewusst hätte, wie einfach es war, seinen Bruder zu ärgern, dann hätte er es schon viel früher getan.

»Und gleich werden wir sie wiedersehen!« Philip grinste anzüglich. »Und nicht nur das – ich habe vor, wieder von diesen süßen Früchten zu kosten.«

»Langsam, langsam«, erwiderte Timothy. Er genoss es, den finsteren Gesichtsausdruck seines Bruders zu sehen. »Zuerst bin ich dran. Ich habe die Früchte schließlich gepflückt. Du brauchtest sie dir nur noch schmecken zu lassen.«

»Die Kleine hat etwas ganz Besonderes.« Philip sah versonnen aus dem Fenster der Kutsche in die verschneite westfälische Landschaft. »Aber im Heu ist es heute zu kalt. Vielleicht können wir sie in ihrem Zimmer besuchen?«

Timothy zog die Schultern hoch. »Ich denke, dass Herr von Lauster nicht besonders begeistert wäre, wenn er das erfahren würde.«

»Glaubst du denn, er weiß nicht, was für ein Luder sein Töchterchen ist?« Philip lachte.

»Hast du überhaupt viel davon mitbekommen? Du hattest schließlich eine ganze Menge Wein getrunken.« Timothy beobachtete aus den Augenwinkeln seinen Bruder. Jedes ihrer Worte schien ihn wie ein Peitschenhieb zu treffen.

»Ich habe es voll und ganz genossen.« Philip lachte. »Du hast wohl vergessen, dass ich einiges an Wein vertragen kann. Davon könnte ich jetzt auch einen ordentlichen

Schluck gebrauchen. Es ist verteufelt kalt.« Er rieb sich mit den Händen, die in dicken Handschuhen steckten, über die Oberarme.

»Glaube mir, wenn wir das kleine Früchtchen wiedersehen und uns ein wenig Spaß mit ihr gönnen, dann wird es dir ganz von selbst warm werden. Frederik, dieses Mal musst du aber mitmachen und nicht nur zusehen.« Timothy bewegte die Zehen in seinen Stiefeln auf und ab, um die Kälte zu vertreiben.

»Schluss jetzt!« William war aufgesprungen, wurde von dem Schaukeln der Kutsche jedoch schnell wieder in den Sitz geworfen. »Ihr seid widerlich. Hyänen und Monster, die über ein harmloses Geschöpf herfallen. Was hat sie euch denn getan? Habt ihr überhaupt kein Mitleid mit ihr?«

»Nein«, erwiderte Philip und grinste. »Sie hat es doch nicht anders gewollt.«

»Genau«, sagte Timothy, der sich so gut fühlte wie schon seit Langem nicht mehr. »Sie hat mir von der ersten Minute an nachgestellt. Das Mädchen wollte es.«

»Lügner!« Williams Hand landete mit einem lauten Schlag auf Timothys Wange. »Sie hat sich überhaupt nicht für dich interessiert.«

Timothy rieb sich erschrocken das schmerzende Gesicht. »Was soll das? Du brauchst deine Wut nicht an mir auszulassen, bloß weil du nicht der Einzige warst, der es mit ihr getrieben hat.«

»Du machst mich krank.« William sah seinen Bruder an, als wäre er eine giftige Wiesenotter. Dann steckte er seine Hand wieder in den Handschuh aus Schafswolle.

»Kann sein«, entgegnete Timothy und zog betont lässig die Schultern hoch. »Ich werde mich jedenfalls nicht wegen einer gewöhnlichen Hure mit dir prügeln.«

William stürzte sich auf ihn, und Frederik, Bruno und

Philip gelang es gerade noch, ihn mit vereinten Kräften zurückzuhalten.

Den Rest der Fahrt verbrachte William schweigend. Timothy war glücklich. Endlich hatte er etwas, worin er seinem Bruder überlegen war. Es war gut, dass Timothy die kurzen Gefühlsverwirrungen seinerseits schnell überwunden hatte. Einen Moment lang hatte er Lust mit Liebe verwechselt und geglaubt, in das Mädchen verliebt zu sein. So etwas sollte ihm nie wieder passieren. Sonst würde es ihm vielleicht genauso ergehen wie William. Der schien ja tatsächlich etwas für Marianne zu empfinden. Und das war vortrefflich! Denn so konnte Timothy seinem arroganten Bruder endlich zeigen, dass im Leben nicht alles nach Wunsch lief. Das wusste niemand besser als Timothy. Zu lieben bedeutete, Schwäche zu zeigen, Angriffsfläche zu bieten. Liebe musste zwangsläufig im Unglück enden.

»Wir sind da!« Philips Stimme riss Timothy aus seinen Gedanken.

Er sah aus dem Fenster der Kutsche. Gut Reichholz lag vor ihnen. Rauch stieg aus dem großen Schornstein auf, die Räume des Erdgeschosses waren hell erleuchtet. Eine dünne Schneeschicht überzog den Hof und das Dach des Hauses. Obwohl es gerade erst vier Uhr vorbei war, war es draußen schon fast dunkel.

Die fünf Männer kletterten aus der Kutsche und nahmen das Gepäck entgegen, das der Kutscher ablud.

Die Kälte des Dezembers ließ auch ihren Empfang kühler erscheinen. Als sie im Juni nach Gut Reichholz gekommen waren, hatten Herr und Frau von Lauster sie persönlich an der Tür begrüßt. Jetzt öffnete ihnen eine Magd. Nachdem sie ihre alten Zimmer bezogen hatten, versammelten sie sich in der Wohnstube, in der Hoffnung auf ein heißes Getränk.

Als sie das warme Wohnzimmer betraten, saß Herr

von Lauster bereits an dem runden Nussbaumtisch und erwartete seine Gäste. Keine Kaffeetafel war gedeckt, keine Kanne mit heißem Tee stand auf dem Tisch bereit. Timothy stutzte. Der Gutsherr wirkte ernst, beinahe wütend. Sobald er William sah, begann er mit schneidender Stimme auf ihn einzureden.

»Er weiß, dass wir es mit dem Luder getrieben haben«, zischte Philip Timothy zu.

Der schüttelte nur den Kopf und flüsterte zurück: »Nein, sie würde doch ihrem Vater gegenüber nicht zugeben, dass sie rollig war wie eine Katze.«

»Na ja, ganz freiwillig hat sie es ja nicht mit euch getrieben.« Frederik wirkte besorgt.

Timothy wunderte sich, dass Frederik offenbar so blind gewesen war. »Natürlich hat sie es gewollt. Sie mag es, wenn man sie hart rannimmt. Das gehört doch alles zu ihrem Spiel.«

Herr von Lauster schwieg jetzt endlich und sah William auffordernd an. Timothy konnte seine Neugierde nicht mehr zügeln. »Was hat er gesagt? Warum ist er so aufgebracht?«

William ließ sich Zeit, Timothys Frage zu beantworten. Als er sprach, hörte Timothy die unterdrückte Wut in seiner Stimme. »Marianne ist in anderen Umständen, und Herr von Lauster weiß, dass einer von uns der Vater sein muss.«

»Unsinn!« Timothy sprach den Gutsherrn jetzt direkt an, obwohl er wusste, dass dieser ihn nicht verstehen würde. »Marianne reizt die Männer gern. Wir waren bestimmt nicht die Einzigen, die sie in letzter Zeit rangelassen hat.«

»Du Schwein!« William stand mit geballter Faust vor Timothy. Wieder sprangen die anderen Männer hinzu, um die Brüder auseinanderzubringen.

Herr von Lauster starrte Timothy wütend an und redete weiter auf William ein.

Timothy schluckte. Der Gutsherr schien zu glauben, dass Timothy seine Schuld eingestanden hatte und William deshalb auf ihn losgegangen war. Doch dann hörte er William antworten, und auch wenn Timothy der deutschen Sprache nicht mächtig war, verstand er doch, was William sagte: »Nein. *Ich* bin der Vater.«

Bruno, Philip und Frederik schienen ebenfalls begriffen zu haben, was William gerade getan hatte. Sie starrten ihn an. Wieso nahm er die Schuld auf sich?

Herr von Lauster schien genauso überrascht von Williams Geständnis zu sein wie die vier Engländer. Er sah verwirrt zwischen Timothy und William hin und her.

»Lasst uns allein«, sagte William, und eine Warnung lag in seiner Stimme. »Ich werde das einzig Ehrenhafte tun, was ein Mann in einer solchen Situation tun kann: Ich werde um Mariannes Hand anhalten.«

Timothy, Frederik und Philip starrten William fassungslos an. Doch dann kamen sie seiner Aufforderung nur zu gern nach. Sie waren froh, den wütenden Hausherrn endlich verlassen zu dürfen. Sie gingen in die Eingangshalle und setzten sich um den Kamin, in dem ein wärmendes Feuer brannte.

Timothy dachte nach. Diese Situation musste er für sich nutzen. Warum William die Vaterschaft auf sich genommen hatte, war jetzt nicht wichtig. Es zählte nur, was Timothy daraus machte, wie er die Situation zu seinem Vorteil nutzen konnte.

Er musste ihrem Vater in England schreiben, noch bevor William dazu kam. Wenn es Timothy gelang, den Vater davon zu überzeugen, dass William sich in Wahrheit unehrenhaft benommen und damit den guten Ruf der Familie gefährdet hatte, würde Timothy endlich die Gunst seines Vaters erlangen.

Er durfte keine Zeit verlieren. Timothy murmelte eine Entschuldigung und eilte auf sein Zimmer. Hastig kramte er in seinem Gepäck nach Briefpapier, Feder und Tinte.

Eine Stunde später betrachtete er stolz sein Werk. Es war bestimmt keine literarische Meisterleistung, dazu war die Zeit zu knapp gewesen. Aber der Inhalt des Briefes würde seinen Vater nachdenklich stimmen. Timothy hatte ihm von Williams unschicklichem Verhalten gegenüber der Tochter ihrer Gastgeber berichtet und von seinen Heiratsplänen. Aus dem Gutshaus machte er einen einfachen Bauernhof, den aristokratischen Gutsherrn von Lauster beschrieb er als Bauerntölpel und Marianne als einfaches Mädchen mit Arbeiterhänden und stark von der Sonne gebräunter Haut. Diese Schwiegertochter würde sein Vater niemals akzeptieren.

Er musste nun auf zwei Dinge vertrauen: Zum einen hoffte er darauf, dass die Liebe William so sehr zum Trottel machte, dass er an der Hochzeit mit Marianne festhielt. Auch wenn sein Vater auf eine Auflösung der Verlobung bestehen würde.

Und zum anderen durfte ihr Vater nicht nach Gut Reichholz reisen. Dann würde er nämlich zwangsläufig erkennen, dass das Gutshaus und auch die Familie von Lauster durchaus vorzeigbar waren. Sie würde den Stand der Familie Stone in der englischen Gesellschaft zwar nicht verbessern, aber vermutlich auch nicht mindern.

Timothy überlegte einen Moment und berichtete dann von einer schlimmen Grippe, die auf Gut Reichholz ausgebrochen sei. Ihr Vater hatte panische Angst vor Krankheiten, und die Aussicht, sich eine Erkältung oder gar Grippe zuziehen zu können, würde ihn hoffentlich fernhalten.

Timothy faltete und versiegelte das Papier. Dann rief er nach einem Diener, den er beauftragte, den Brief heute noch aufzugeben. Der Mann schien ihn verstanden zu haben und eilte hinaus. Jetzt musste Timothy erst einmal abwarten.

Obwohl die Tage kurz waren, schienen sie nicht vorüberzugehen. Am Tag nach ihrer Ankunft auf Gut Reichholz hatte es wieder angefangen zu schneien. Seitdem war eine Woche vergangen, und es hörte einfach nicht auf. Der Schnee lag mittlerweile gut sechs Fuß hoch. Die Männer waren gezwungen, ihre Zeit im Gutshaus zu verbringen. Es gab keine englischen Bücher zu lesen, und die englischen Zeitungen, die Frederik sich schicken ließ, wurden von ihnen verschlungen. Die restliche Zeit verbrachten sie damit, um einen der Kamine zu sitzen oder durch das Fenster in den Schnee hinauszustarren. Gestern war die Post überhaupt nicht gekommen. Die Straßen waren unpassierbar.

Timothy starrte zu seinem Bruder hinüber, der mit Marianne neben dem Kamin saß. William schien der Einzige von ihnen zu sein, der nicht unter dem Wetter litt. Er unterhielt sich leise mit Marianne. Die beiden lächelten sich an, und in ihren Augen lag ein Glanz, wie Timothy ihn von seiner kleinen Schwester am Weihnachtsmorgen kannte. Gestern Abend hatte Timothy in der dunklen Halle gestanden und zufällig in die Wohnstube sehen können. William und Marianne hatten sich unbeobachtet gefühlt. Während Timothy sich leise näher an die Tür geschlichen hatte, musste er beobachten, wie sein Bruder zärtlich Mariannes gewölbten Bauch gestreichelt hatte. Als er sich anschließend über Marianne gebeugt und sie lange geküsst hatte, konnte Timothy es nicht länger ertragen. Er floh in das kalte Zimmer, das er mittlerweile allein bewohnte. William war auf Gut Reichholz anscheinend zu etwas Besserem geworden. Er hatte ein großes Zimmer im Familienflügel bezogen.

Wie kam es nur, dass sich das Schicksal immer zu Williams

Gunsten wendete? Herr von Lauster war wütend gewesen, dass Marianne in anderen Umständen war. William hatte die Schuld auf sich genommen und stand doch plötzlich besser da als die anderen. Das würde hoffentlich nicht lange anhalten. Sobald die Reaktion ihres Vaters eintraf, musste William eine Entscheidung treffen. Entweder er verzichtete auf sein Erbe oder er verzichtete auf Marianne.

Timothy lächelte in sich hinein, während er seinen Blick wieder auf William und Marianne richtete.

Sie hatte bemerkt, dass er sie beobachtete, und es schien ihr nicht zu gefallen. Sie sprach leise auf William ein, der Timothy daraufhin einen bösen Blick zuwarf. William stand auf und bot Marianne seinen Arm. Ganz der englische Gentleman, auch dieser kleinen Dirne gegenüber, die es schon mit sämtlichen Männern getrieben hatte. Das schien William seltsamerweise nicht zu stören.

Er führte Marianne hinaus. Timothy dachte einen Moment darüber nach, ihnen zu folgen. Aber die Stube war der wärmste Raum des Hauses, und nicht einmal die Aussicht darauf, William zu ärgern, ließ ihn diesen Ort freiwillig verlassen.

»Der Postbote kommt!« Frederik, der am Fenster gesessen und in den Schnee hinausgesehen hatte, sprang auf. »Vielleicht bringt er mir die Zeitung von gestern.«

Hoffentlich brachte er auch endlich einen Brief von Timothys Vater. Es war zwar erst gut eine Woche vergangen, seit Timothy den Brief abgeschickt hatte, und die Post war wegen des Schnees langsamer als sonst, aber Timothy konnte die Langeweile im Gutshaus nicht mehr ertragen. Es musste jetzt einfach irgendetwas geschehen.

»Ich sehe mal nach, ob für uns etwas dabei ist.« Bruno verließ das warme Zimmer und ging hinaus in die Halle. Kurze Zeit später kam er mit einem einzelnen Brief zurück.

»Tut mir leid, Frederik. Keine Zeitungen dabei.« Er warf Timothy den Brief zu. »Hier. Von deinem Vater.«

Er war da. Der Brief seines Vaters war angekommen. Timothy versuchte, seine Aufregung zu verbergen. Er wartete einen Augenblick, bevor er das Siegel brach und den Brief entfaltete.

Lieber Timothy,
ich danke Dir, dass Du mich über die Taten Deines Bruders aufgeklärt und mir sein Vorhaben mitgeteilt hast. Von William habe ich bis heute keine Nachricht zu den von Dir beschriebenen Vorgängen erhalten. Ich erwarte Dich umgehend zu Hause. Komm bitte, sobald es Dir möglich ist.
Mit besten Grüßen
Dein Vater

Timothy ließ den Brief sinken. William hatte ihrem Vater also noch gar nicht von seinen Heiratsplänen berichtet. Das war gut. Somit hatte Timothy einen Vorsprung seinem Bruder gegenüber.

»Wir müssen sofort nach England zurück.« Timothy stand auf. »Mein Vater erwartet mich.«

Frederik lachte. »Das kannst du vergessen, mein Freund. Bei dem Schnee würde die Kutsche nicht mal die Auffahrt hinaufkommen.«

»Dieser Brief hat mich auch erreicht. Die Postkutschen fahren also. Dann können wir es auch schaffen.« Timothy trat neben Frederik ans Fenster.

»Glaube mir, ich möchte dieses Haus auch lieber heute als morgen verlassen. Die Langeweile bringt mich noch um.« Frederik stand auf und streckte sich. »Aber es wäre vollkommen unvernünftig, bei diesem Wetter zu reisen. Es bleibt uns keine andere Wahl, als ein paar Wochen abzuwarten, bis sich das Wetter beruhigt hat.«

»Wenn wir Pech haben, bleibt der Schnee noch Monate liegen. Das halte ich nicht aus.« Timothy sah die anderen beiden Freunde an.

»Wir fahren, sobald es ein paar Tage aufgehört hat zu schneien. Vielleicht haben wir Glück und das Winterwetter macht eine Pause«, sagte Bruno. Er stellte sich vor den Kamin und streckte die Hände den Flammen entgegen.

Timothy musste sich geschlagen geben. Solange die anderen nicht bereit waren aufzubrechen, konnte er nichts ausrichten. Die Kutsche gehörte Frederik und der Kutscher stand in seinen Diensten. Er würde nur nach Frederiks Anweisungen handeln.

»Timothy, auf ein Wort …« Plötzlich stand William in der Tür.

»Muss das sein? Hier ist es so schön warm.«

»Ja.« William klang entschlossen.

Timothy stand auf. Na schön, ein Gespräch mit William brachte wenigstens etwas Abwechslung in seinen schnöden Tag. Er folgte seinem Bruder hinaus. William durchquerte die Halle und öffnete die Tür eines Zimmers, das Timothy bislang noch nie betreten hatte.

Er ging hinein und stand in einem geräumigen Arbeitszimmer mit schweren Ledersesseln und einem großen Schreibtisch in der Mitte. Im Kamin brannte ein Feuer.

»Nimm bitte Platz.« William deutete auf einen der Sessel neben dem Kamin.

Timothy sah seinen Bruder fragend an. »Du benimmst dich, als wärst du hier der Hausherr.«

»Herr von Lauster hat mir diesen Raum als Arbeitszimmer zur Verfügung gestellt.« William setzte sich in den anderen Sessel am Feuer.

»Als Arbeitszimmer?« Timothy kräuselte abfällig die Lippen. »Was arbeitest du denn?«

»Genau darüber möchte ich gern mit dir sprechen.« William sah Timothy nachdenklich an. »Ich habe heute einen Brief von Vater erhalten. Er klingt darin sehr erzürnt. Er schreibt, du hättest ihm von meinen Heiratsplänen berichtet.«

»Und?« Timothy rutschte unbehaglich tiefer in das Polster des Sessels. Warum schaffte William es immer, ihn wie einen kleinen Jungen dastehen zu lassen? »Wann wolltest du ihm denn davon berichten?«

»Sobald der Schnee nachgelassen hat und ich zu ihm nach England reisen kann. Ich wollte diese Nachricht gern persönlich überbringen.« William sah seinen Bruder ernst an. »Timothy, ich kenne dich. Du versuchst, Unfrieden zu stiften. Aber in diesem Fall kannst du dir die Mühe sparen.«

»Ich verstehe nicht, wovon du sprichst.« Timothy schlug die Beine übereinander.

»Wenn du darauf hoffst, dass Vater mich verstößt und du dadurch in den Genuss des Erbes kommst, kann ich dich beruhigen. Ich habe sowieso vor, auf das Erbe zu verzichten.«

»Was?« Timothy sah seinen Bruder verblüfft an. »Du verzichtest auf Stone Abbey, auf das Familienvermögen und auf den Handel?«

»Es gibt kein Familienvermögen mehr.« William wirkte plötzlich besorgt. Er beugte sich nach vorn und sah in die Flammen des Kaminfeuers. »Vater hat sich mit seinen Indien-Geschäften vollkommen verausgabt. Er hat beinahe sein gesamtes Geld hineingesteckt. Leider lassen die Gewinne auf sich warten. Es ist fraglich, wie lange er Stone Abbey noch halten kann.« William stand auf und ging zum Schreibtisch.

Timothy starrte seinem Bruder einen Moment hinterher. Dann begann er laut zu lachen. »Wenn du glaubst, dass du mich verunsichern kannst, hast du falsch gedacht. Ich weiß, dass Vater ein erfolgreicher Geschäftsmann ist.«

»*War*«, korrigierte ihn William. »Vater versteht eine Menge von Schafwolle, aber leider nichts von Gewürzen. Das ist sein Problem. Er hat sich in Indien Gewürze von minderer Qualität verkaufen lassen.«

»Ich glaube dir nicht.« Timothy sprang aus dem Sessel und lief in dem geräumigen Zimmer auf und ab. Er musste jetzt gut überlegen. Genau genommen wusste Timothy überhaupt nichts über die Geschäfte seines Vaters.

»Nun, es ist mir egal, ob du mir glaubst oder nicht«, fuhr William fort. »Ich habe dich um dieses Gespräch gebeten, weil ich dir sagen will, wie enttäuscht ich bin. Nicht einmal dir hatte ich zugetraut, unseren Vater so verletzen zu können. Hättest du nicht abwarten können, bis ich selbst mit ihm gesprochen habe?« William setzte sich hinter den Schreibtisch. »Ich werde Vater mitteilen, dass ich auf mein Erbe verzichte. Herr von Lauster, mein zukünftiger Schwiegervater, hat mich mit der Verwaltung seines Gutes betraut. Eine Aufgabe, der ich mit großer Freude entgegensehe. Marianne und ich werden in Grünberg bleiben und hier leben. Ihrer Familie gehören die meisten Häuser im Dorf, und Marianne wird ein hübsches Fachwerkhaus als Mitgift bekommen.«

Timothy betrachtete seinen Bruder. Versuchte William, ihm eine Falle zu stellen? Oder hatte er tatsächlich recht? Befand sich das Anwesen der Familie Stone in Gefahr? Hatte ihr Vater schlecht gewirtschaftet? War das Vermögen wirklich verloren? Timothy wollte es nicht glauben.

»Ich hatte schon vor unserer Reise beschlossen, mit Vater zu sprechen und ihm mitzuteilen, dass ich ein eigenes Geschäft aufbauen möchte. Dass sich nun alles so gut fügt, habe ich nicht voraussehen können.« William lehnte sich in dem roten Ledersessel, der hinter seinem Schreibtisch stand, zurück. »Ich habe eine Frau gefunden, die ich über alles liebe, und dazu einen gütigen Schwiegervater, der mich mit offenen Armen in der Familie willkommen heißt. Mit der Verwaltung von Gut Reichholz und den dazugehörigen Ländereien und Häusern kann ich etwas tun, das mir Freude bereitet und das ich seit frühester Jugend auf Stone Abbey erlernt habe.«

»Dann hast du das alles also im Voraus geplant und deshalb mit Marianne geschlafen?« Timothy versuchte, abfällig zu klingen. Aber es gelang ihm nicht.

William schüttelte den Kopf. Er stand wieder auf und kam um den Schreibtisch herum. »Ich habe dir doch erklärt, dass ich das nicht habe kommen sehen. Ich habe mich in sie verliebt, bereits vor zwei Jahren, als ich zu Gast auf Gut Reichholz war. Ich habe einen Fehler gemacht, als ich sie verführt habe. Aber es geschah aus Liebe und nicht aus purer Begierde.« William legte ein Holzscheit aufs Feuer und sah zu, wie die Flammen daran züngelten. »Nun muss ich nur die richtigen Worte finden, unserem Vater alles möglichst feinfühlig zu vermitteln – was dank deiner Einmischung jetzt schwer sein wird.«

»Du kannst nicht einmal sicher sein, dass du der Vater ihres Kindes bist. Wir haben sie alle gehabt.« Timothy grinste seinen Bruder an.

William schloss für einen Moment die Augen. Als er seinen Bruder wieder ansah, lag derselbe undurchdringliche Ausdruck auf seinem Gesicht wie zuvor. »Ich weiß, dass ihr Marianne Gewalt angetan habt.«

»Gewalt?« Timothy lachte geringschätzig. »Sie hat sich uns an den Hals geworfen.«

»Nein, das hat sie nicht, und das weißt du genau. Ich werde unser Kind lieben und als mein eigenes ansehen. Das,

was ihr Marianne angetan habt, werde ich bei ihr wiedergut-
machen.«

Als Timothy das Arbeitszimmer seines Bruders verließ,
hatte er das Gefühl, ein weiteres Mal vom Leben betrogen
worden zu sein.

Kapitel 9

Mainston Hall, Nordwales, Oktober 2015

Nina humpelte die Stufen zur Eingangstür von Mainston Hall hinauf. Es war Viertel nach zehn. Die fünfzehn Minuten Verspätung waren der Blase an ihrem rechten Fuß geschuldet. Da Nina dieses Mal mit leichtem Gepäck reiste, hatte sie nur ein einziges Paar Schuhe mitgenommen, das zum Wandern wohl nicht geeignet war. Den Rückweg würde sie unmöglich zu Fuß bewältigen können.

Nina drückte auf die Klingel und wartete. Der rockende Butler ließ sich Zeit. Sie setzte sich auf die Treppenstufen und zog vorsichtig den rechten Schuh aus. Natürlich hatte sie kein Pflaster dabei. Sie sah ungeduldig auf ihre Armbanduhr. Er hatte doch zehn Uhr gesagt. Allmählich ging ihr die Geduld mit diesem Typen aus. Aber leider war sie auf seine Hilfe angewiesen, sonst hätte sie diesem arroganten Kerl gern die Meinung gesagt.

Nina war gerade dabei, auch den linken Schuh auszuziehen, als die Tür geöffnet wurde. Bryan erschien und hinter ihm stöckelte eine Blondine aus dem Haus.

»Entschuldigung, ich hoffe, du musstest nicht allzu lange warten.« Bryan grinste. »Ich war noch beschäftigt.«

Nina musterte das blonde Püppchen abfällig.

Bryan verabschiedete sich von seiner Gespielin mit einem ausgiebigen Zungenkuss, und Nina wandte sich angeekel ab. Wie konnte es nur Frauen geben, die auf ihn hereinfielen?

Erst nachdem die Blondine fort war, richtete Bryan seine Aufmerksamkeit auf Nina.

»Bist du barfuß unterwegs?« Er setzte sich grinsend neben sie auf die Eingangstreppe. »Die Hippie-Zeit ist schon seit Langem vorbei. Inzwischen sind Schuhe wieder in Mode gekommen – falls das an dir vorbeigegangen sein sollte.«

Sie musste ein Lachen unterdrücken. Humor hatte der Hinterwäldler, das musste man ihm lassen. Doch sie wollte dem Macho zeigen, dass sie immer noch wütend auf ihn und seine Ansichten war.

Also sah Nina ihn finster an. »Ich bin nicht an diese Einöde gewöhnt. Hier muss man anscheinend in robuster Verfassung und von einfältigem Gemüt sein. Meine Füße halten diese Strapazen nicht aus.«

»Ein Kind der Großstadt, soso …«

Aus seinem Mund klang es, als müsste man sich schämen, aus einer größeren Stadt als Mainston zu kommen. Also, dieser Mensch war wirklich schrecklich! Nina würde sich die Energie für lange Diskussionen mit ihm sparen. Er sollte ihr zeigen, was sie sehen wollte, und sie dann in Ruhe lassen.

Nina bemühte sich um einen möglichst kühlen Tonfall. Die Zeit der Höflichkeit war jetzt vorbei. »Ich würde ja gern weiter mit dir plaudern, aber ich bin nicht zum Vergnügen hier. Kannst du mir jetzt weiterhelfen oder nicht?«

»Ich kann.« Bryan zündete sich lässig eine Zigarette an. »Aber ich muss erst eine rauchen. Nach gutem Sex brauche ich immer eine Kippe.«

Nina rümpfte die Nase und ließ ihren Blick über den Innenhof wandern. »Wenn du deine Zigarette geraucht hast, wärst du dann wohl so freundlich, mir zu zeigen, was es hier über Anna Stone zu sehen gibt? Ich möchte möglichst schnell wieder in die Gesellschaft einigermaßen intelligenter Menschen. Der Intelligenzquotient der Dorfbewohner scheint mir nicht besonders hoch zu sein.«

»Das muss am Inzest liegen, weißt du?« Er stand auf und tippte sich an die Stirn. »Damit haben wir hier schon lange zu kämpfen. Komm schon, damit du es bald hinter dir hast.«

Nina stopfte ihre Strümpfe in die Schuhe und stellte sie neben die Eingangstür. Dann folgte sie dem sexbesessenen Butler barfuß ins Innere von Mainston Hall. Bryans Anzug saß tadellos, und seine schwarzen Lederschuhe verursachten kaum einen Laut auf den hellen Steinen.

Sie gelangten in eine kleine Eingangshalle. Bryan führte Nina weiter, in einen Flur, der in einem gewaltigen Raum endete. Nina blieb stehen. Diese Halle war riesig. Größer als so manche Kirche, die sie kannte. Sie legte den Kopf in den Nacken. Plötzlich hatte sie das Gefühl, diesen Ort zu kennen. War sie schon einmal hier gewesen? Vielleicht auf einer der Konzertreisen mit Mareike? Nein, Nina schüttelte den Kopf. Sie waren nie in Wales gewesen. Sonnenlicht fiel durch die bunt bemalten Fenster, was die sakrale Atmosphäre noch verstärkte.

In einer Ecke der Halle stand ein alter Konzertflügel. Wie würde hier die Melodie einer Beethoven-Sonate klingen? Plötzlich hatte sie die Sonate *Pathétique* im Ohr. Aber nein, sie durfte den Gedanken gar nicht erst aufkommen lassen! Musik war Vergangenheit. Sie wollte gerade weitergehen, als vor ihrem inneren Auge ein Bild erschien.

Sie betrachtete den Flügel und das schräg dahinterliegende Fenster genauer. Ein Schauder lief ihr über den Rücken. Sie kannte diesen Raum. Hier war das Gemälde von Anna Stone entstanden, das im Salon von Stone Abbey hing. Nina erkannte das bunte Fenster mit den filigranen Motiven und den auffälligen Flügel. Tatsächlich, sie war sich sicher: Hier hatte Anna Stone gesessen und gespielt.

Vorsichtig näherte Nina sich dem Flügel, als würde sie auf ein Heiligtum zuschreiten. Ihr Herz klopfte. Noch nie war sie Anna so nah gewesen wie in diesem Augenblick. Sie hatte einen Ort gefunden, an dem Anna auf jeden Fall gewesen war und wo sie Klavier gespielt hatte.

Nina ging um das Instrument herum und betrachtete die Klavierbank. Sie bestand aus demselben hellbraunen Holz wie der Flügel. Vermutlich war sie extra für den Flügel angefertigt worden. Das Samtpolster schien jedoch erst vor kurzer Zeit aufgezogen worden zu sein, es zeigte keinerlei Abnutzung.

Nina setzte sich auf die Bank. Hier hatte Anna Stone gesessen. Sie sah sich um. So hatte auch Anna den Raum gesehen.

In diesem Moment fing es an. Nina spürte das Zucken und dann die Schmerzen. Ihre Finger verkrampften sich. Sie hatte ganz vergessen, dass sie nicht einmal in die Nähe eines Klaviers kommen durfte. Wie peinlich, sich Bryan mit ihrer Schwäche zeigen zu müssen.

»Kannst du Klavier spielen?« Der Butler war zu ihr an den Flügel getreten.

Nina verbarg schnell ihre Hände hinter dem Rücken und versuchte, die Schmerzen zu ignorieren. »Nein.«

»Ein schönes Instrument«, stellte Bryan fest. »Es ist ein sehr alter Flügel mit englischer Mechanik. Unterscheidet sich aber nicht wesentlich von modernen Konzertflügeln.«

»Nein«, murmelte Nina und starrte auf die Tasten. Was wusste dieser Butler schon von Klavieren! Ihre Finger verkrampften sich immer mehr. Eine Welle des Schmerzes durchfuhr sie. Nina hätte am liebsten laut aufgeschrien. Sie musste von diesem Flügel weg.

»Alles okay?«

»Sicher.« Nina versuchte zu lächeln, aber ihre schmerzenden Hände sorgten dafür, dass es bei einem Versuch blieb.

Bryan sah sie einen Augenblick lang an, und Nina glaubte, Sorge in seinem Blick zu erkennen.

Dann drehte er sich um und durchquerte den Raum. »Wenn du möchtest, zeige ich dir noch ein paar andere Zimmer.«

»In Ordnung.« Nina stand mit zitternden Beinen auf. Diese Krämpfe kosteten sie jedes Mal eine Menge Kraft. Was war nur mit ihr los? »Wie kommt es, dass ein Typ wie du Butler wird?«

Bryan sprach, ohne sich zu ihr umzudrehen. »Schon mein Vater war Butler auf Mainston Hall. Es stand früh fest, dass ich seine Nachfolge antreten werde.« Er öffnete eine der Türen, die von der Halle abgingen.

»Ich dachte, deinen Eltern hat schon immer das Mainston Arms gehört?« Nina folgte ihm.

»Meiner Mutter, ja. Aber mein Vater war Butler und wurde in Mainston Hall geboren. Wir Sackvilles sind seit dem frühen neunzehnten Jahrhundert Butler in diesem Haus.«

Er ließ Nina den Vortritt in einen Raum, an dessen Wänden zahlreiche mit Büchern gefüllte Vitrinen standen. Gemütlich aussehende Sofas und vier hohe Kamine verliehen dieser Bibliothek eine einladende Atmosphäre. Ähnlich wie in der Halle standen auch hier Säulen im Raum, und die Decke war aufwendig mit Stuck verziert.

»Das scheint Eichenholz zu sein.« Nina fuhr mit den Fingern über die glatte Oberfläche der Säulen. »Und die Säulen in der Halle sind aus Marmor, nicht wahr?«

»Alabaster«, sagte Bryan und zog den cremefarbenen Vorhang an einem der Fenster zurück.

Diese Bibliothek war viel heller als die von Stone Abbey.

Durch bodentiefe Fenster flutete Licht herein, die Möbel waren mit Tüchern abgehängt.

»Ich dachte, so etwas gibt es nur im Film«, sagte Nina, während sie die Laken betrachtete.

»Was?« Der Butler sah sie an.

»Dass die Möbel mit Tüchern verhängt werden, wenn die Familie nicht da ist. Wie früher, im neunzehnten Jahrhundert.«

»Wir sind hier in England. Vieles läuft noch so wie im neunzehnten Jahrhundert«, sagte der Butler lachend. »Das ist auch einer der Gründe, warum ich unser Land so liebe.«

»Mit deinem Outfit und deinen Rockerbräuten wärst du im neunzehnten Jahrhundert als Butler sicher nicht weit gekommen.«

Nina betrachtete die kostbaren Figuren auf einem der Kamine. Wie sehr sich dieses noble Haus doch von Stone Abbey unterschied, wo alles derart unordentlich war. Nina seufzte. Es war wohl eine Frage des Geldes. Wenn man ein solches Haus in Schuss halten wollte, brauchte man viele helfende Hände. Die Geschäfte der Lubrells liefen offenbar gut, sodass sie sich genügend Hausangestellte leisten konnten. Ninas Urgroßtante hingegen hatte nur Geld für eine Putzhilfe aus dem Dorf gehabt, die ausschließlich die von Ernestine bewohnten Räume reinigte.

»Glaub bloß nicht, dass die Menschen im neunzehnten Jahrhundert kein Interesse an Sex hatten.« Bryan strich den Vorhang glatt. »Auch wenn man gern von den prüden Viktorianern spricht, bei denen die Quartiere der Diener streng von denen der Hausmädchen getrennt waren.«

»Soweit ich weiß, herrschte damals die Meinung, dass es beim Sex ums Kinderkriegen geht und nicht ums Vergnügen«, unterbrach ihn Nina, die sich an einen Zeitungsartikel erinnerte, den sie kürzlich gelesen hatte.

»Das stimmt – zumindest, was die Frauen betraf. Männern war es sehr wohl gestattet, Sex zu genießen. Und es wurde auch hingenommen, wenn sie neben ihrer Ehe Verhältnisse mit anderen Frauen hatten. Aber umgekehrt nicht.« Bryan wandte sich wieder Nina zu.

»Das wäre für dich ja das Paradies gewesen.« Sie trat neben ihn und fuhr mit der Fingerspitze über den Fenstersims. Kein Staubkörnchen blieb an ihrer Hand hängen.

Bryan schüttelte den Kopf. »Ob du es glaubst oder nicht, aber ich bin für Gleichberechtigung. Und wenn ich mich auf eine feste Beziehung einlasse, dann nur bei absoluter Treue. Sonst kann ich mir das Ganze schenken.«

Nina fielen unweigerlich Mareike und Johannes ein. Sie verdrängte den Gedanken sofort. »Kommt eine feste Beziehung für dich denn überhaupt infrage?«

»Ist die Frage nicht ein wenig indiskret?« Bryan grinste.

»Ich dachte nicht, dass du da so zimperlich bist.«

Bryan lachte und trat ans Fenster, um den Vorhang wieder zu schließen. Dann öffnete er eine unscheinbare Tür am anderen Ende der Bibliothek. »Hier ist übrigens der Anrichteraum. Die Speisen kommen aus der Küche herauf, und ich trage sie von hier aus ins Esszimmer.«

Nina betrachtete das teure Porzellan in den Vitrinen und fragte sich, ob Anna Stone wohl auch schon von diesen Tellern gegessen und aus diesen Tassen getrunken hatte.

Bryan ließ ihr nicht viel Zeit, darüber nachzudenken. Er deutete auf eine Tür, die an der gegenüberliegenden Wand zu sehen war. »Und jetzt betreten wir gleich das Herz des Hauses: die Küche.«

Der Butler führte sie eine steile Treppe hinunter, die in einem langen Korridor endete. Er stieß eine der Türen darin auf, und Nina fand sich in einer geräumigen Küche wieder. Sie schnupperte. Es duftete nach Frischgebackenem.

Ein alter Aga-Herd stand gleich neben einer modernen Kochinsel, ein breiter Arbeitstisch befand sich an der Längsseite des Raumes.

»Setz dich. Ich habe zur Feier des Tages Scones gebacken.«

»Du hast für mich gebacken?« Nina sah ihn mit hochgezogenen Augenbrauen an. »Willst du mich etwa anbaggern?«

Bryan zwinkerte Nina zu und bedeutete ihr, an einem gemütlichen Holztisch unterm Fenster Platz zu nehmen. Er setzte Wasser auf und brachte zwei Tassen und Teller. »Deine Kratzbürstigkeit und Feindschaft faszinieren mich.«

»Du betrachtest mich also als eine Art Studienobjekt?« Nina beobachtete, wie der Butler das heiße Wasser wenig später in die Teekanne goss.

»Könnte man sagen«, erwiderte er, während er die sahneähnliche Clotted Cream und Marmelade aus dem Kühlschrank holte. »Du interessierst dich doch auch für mich, gib es zu.«

»Ich enttäusche dich ungern, aber ich beschäftige mich nur mit interessanten Objekten«, erwiderte Nina.

»Wie zum Beispiel Anna Stone?« Bryan kam mit dem Tee zum Tisch und schenkte ihnen ein.

»Genau«, bestätigte Nina, während sie vorsichtig einen Schluck davon nahm. »Bist du denn der einzige Angestellte im ganzen Haus?«

»Es gibt noch zwei Frauen aus Mainston, die hier sauber machen. Und natürlich Monsieur Rénard, den Koch. Aber der ist zurzeit mit der Familie in London.« Bryan öffnete den Ofen und holte ein Blech mit dampfenden süßen Scones heraus. Er stellte die kleinen Brötchen auf den Tisch und zog sein Jackett aus. Nina bemerkte, dass er Hosenträger statt eines Gürtels trug. Unter dem weißen und ordentlich gebügelten Hemd erkannte sie die durchtrainierten Oberarme mit den Tattoos.

Nachdem er sich endlich zu ihr gesetzt und Milch in seinen Tee gegossen hatte, lehnte er sich zurück. »Niemand kennt dieses Haus besser als ich. Schließlich bin ich hier aufgewachsen. Als Kind habe ich in abgelegenen Fluren und ungenutzten Zimmern gespielt. Und damals habe ich eine Entdeckung gemacht.« Er griff nach einem Scone und schnitt es auf.

»Was denn?« Hoffentlich kam jetzt nicht wieder eins dieser Ammenmärchen.

»Warte es ab. Ich werde es dir zeigen. Jetzt nimm erst einmal ein Scone.«

Nina stand auf. »Hinterher. Zuerst zeigst du mir, was du meinst.«

»Nein.« Er griff nach ihrem Arm und zog sie wieder auf ihren Platz. »Bist du immer so ungeduldig?«

Gegen ihren Willen musste Nina lachen.

»Wenn du einem einhundertsechzig Jahre alten Geheimnis auf die Spur kommen willst, wirst du schon etwas Geduld aufbringen müssen. Immerhin hat die Sache lange geruht. Es braucht Zeit, sie aufzuwecken.«

Nina nahm eines der warmen Gebäckstücke und schmierte Clotted Cream und Erdbeermarmelade darauf.

»Warum willst du dieser Geschichte unbedingt nachgehen?« Bryan sah sie interessiert an.

Nina biss in ihr Scone. Es schmeckte köstlich. »Bis vor zwei Monaten wusste ich noch überhaupt nichts von Anna Stone«, sagte sie. Und dann berichtete sie ihm in knappen Sätzen von Ernestine und ihrem Erbe Stone Abbey.

»Und dir kam die mysteriöse Geschichte um Anna Stone so spannend vor, dass du sofort alles stehen und liegen gelassen hast, um hierherzukommen?«

»Natürlich nicht«, erwiderte Nina und sah ihn finster an. »Ich betreibe Ahnenforschung.« Das war nur die halbe Wahrheit, aber Nina schämte sich zuzugeben, dass sie auch auf der Flucht vor Johannes und Mareike war. Sie wollte nicht darüber sprechen, dass sie eine Affäre mit Johannes gehabt hatte und ihre beste Freundin und Mentorin damit schwer verletzt hatte.

»Das klingt spannend.«

Nina zuckte mit den Schultern. »Na ja, nicht wirklich.«

Bryan sah sie an. In diesem Moment erinnerte nichts mehr an ihm an den Macho-Typen. Nina konnte plötzlich nachvollziehen, warum manche Frauen sich von ihm angezogen fühlten.

Sie schob sich die zweite Hälfte ihres Scones in den Mund. »So, zufrieden? Ich habe aufgegessen. Zeigst du mir jetzt endlich, was du als Kind beim Spielen gefunden hast? Oder soll ich selbst auf die Suche gehen?«

»Da kannst du lange suchen.« Er grinste und leerte seine Tasse. »Komm schon. Du bist wirklich eine Nervensäge.«

Bryan ging mit ihr den Weg zurück, den sie gekommen waren. Neben der großen Eingangshalle führte ein prunkvolles Treppenhaus nach oben. Wände, Stufen und Decke waren aus weißem Alabaster und mit geschnitzten Rosen, Rauten und Sternenmustern verziert.

»Es gibt im Nordturm mehrere Schlafzimmer, die seit Jahrzehnten nicht mehr genutzt werden. Sie werden *die verborgenen Räume* genannt.« Bryan stieg die Treppe hoch. »Ich bin als Kind zufällig drauf gestoßen.«

»Warum heißen diese Räume so?«, fragte Nina und sah Bryan an.

»Pass auf …« Der Butler war auf Höhe der ersten Etage aus dem Treppenhaus in einen langen Flur getreten. Rechts gingen mehrere Türen ab, links führten Fenster in den Hof hinaus. Am Ende des Ganges befand sich ein mannshoher Spiegel. Das Glas war an mehreren Stellen dunkel angelaufen.

Bryan drehte an einem kleinen Vorsprung in der Wand rechts neben dem Spiegel. Das Glas glitt zurück und gab den Blick auf eine Tür aus Kirschbaumholz frei. »Deshalb.«

»*Die verborgenen Räume ...*«, wiederholte Nina und trat ungeduldig von einem Fuß auf den anderen, während Bryan die Tür öffnete.

»Ich dürfte dir diese Zimmer eigentlich nicht zeigen«, sagte Bryan und grinste sie schelmisch an. »Ich sollte Lord Lubrell erst um Erlaubnis bitten. Du verpetzt mich doch nicht?«

Nina schüttelte den Kopf und dachte mit leichtem Unbehagen an ihr gestriges Telefonat mit Bryans Arbeitgeber. Sie bemühte sich, abschätzig zu klingen, um zu zeigen, wie unwichtig dieser Lord Lubrell für sie war. »Hat dein Chef ein Problem mit diesen Räumen?«

Bryan lächelte und imitierte ihren Tonfall. »Der Boss mag diesen Trakt nicht.« Dann wurde er ernst. »Dieser Teil des Hauses muss damals eine große Rolle gespielt haben, als Anna Stone hier gelebt hat. Genaueres weiß ich auch nicht. Aber es hieß immer, diese Zimmer sollten am besten in Vergessenheit geraten und der Spiegel nie mehr bewegt werden.«

Nina zog die rechte Augenbraue hoch. »Ihr Engländer steht wirklich auf Ammenmärchen. Was kann schon so Schreckliches geschehen sein, dass selbst hundertsechzig Jahre später niemand darüber sprechen darf?«

Bryan zog die Schultern hoch und trat in den dunklen Gang vor ihnen.

Der Geruch von Moder und Staub schlug Nina entgegen. Fünf Stufen führten zu einer weiteren Tür hinauf.

Bryan drehte den Türknauf und Nina blinzelte. Helles Licht drang in die Dunkelheit. Ihr Bauch kribbelte und ihr Herz schlug schneller.

Sie betraten einen Raum, der an zwei Seiten mit Fenstern ausgestattet war. Indische Tapeten schmückten die Wände mit bunten Pfauen und Vögeln. Es gab ein schweres Bett, Nachttische und einen Frisiertisch, die alle aus Eichenholz gefertigt und mit aufwendigen Schnitzereien versehen waren. Eine dicke Staubschicht lag auf den Möbeln, wie Schnee an einem Wintertag. Spinnweben spannten sich über die Ecken der Zimmerdecke.

»Wie in einem Märchen«, murmelte Nina und fuhr ehrfurchtsvoll mit dem Finger über den Staub. Dieser Raum strahlte Vergangenheit aus, er erzählte von längst vergangenem Leben.

Bryan sah sich um. »Ich habe diese Räume als Kind schon so vorgefunden. Es kommt mir vor, als wären sie irgendwann überstürzt verlassen worden. Abgeschlossen und dann vergessen.«

Nina betrachtete eine große Reisetasche, die geöffnet mitten im Raum stand. Sie war anscheinend nie zu Ende gepackt oder ausgepackt worden. Dicker Staub bedeckte auch die wenigen Kleidungsstücke, die sich darin befanden.

Bryan öffnete die Tür zum Nebenzimmer. Staub rieselte auf ihn herab. Der Butler musste niesen und schnäuzte sich in ein gebügeltes Stofftaschentuch. »Schau mal. Dieser Schreibtisch hier sieht aus, als wäre er gerade eben noch benutzt worden. Nichts wurde weggeräumt.«

Nina folgte Bryan und wedelte sich die tanzenden Staubflocken aus dem Gesicht. Eine Motte flatterte erschrocken auf. Der Schreibtisch, ebenfalls aus Eiche, stand vor einem der hohen Fenster. Darauf konnte Nina aufgeschlagene Bücher, Briefe und eine Tasse erkennen.

»Seltsam, dass er nicht aufgeräumt wurde.« Nina sah den Butler an.

»Komm, es gibt noch mehr zu sehen.« Bryan führte

Nina in ein Ankleidezimmer, wo eine Sitzbadewanne mit geschwungenen Füßen stand, deren Rostspuren Nina verrieten, dass sie schon sehr lange hier stehen musste.

Ein Wohnzimmer bildete den vierten Raum. Die Kissen auf dem Sofa dort waren zerwühlt, ein Stück Stoff und ein Umhang lagen achtlos darauf, begraben unter dickem Staub. Auf dem Kaminsims standen Porzellanfiguren, ein Teeservice war auf einem zierlichen Tisch daneben aufgebaut worden. Der Spiegel über dem Kamin war angelaufen.

»Es gibt zwei Treppenhäuser mit je einer Wendeltreppe.« Bryan öffnete eine unauffällige Tür in der Ecke. »Dieses hier war vermutlich für das Personal vorgesehen. Das andere für die Familie. Es ist prächtiger verziert.«

Sie stiegen die enge und steile Wendeltreppe hoch.

»Das hier wollte ich dir zeigen«, sagte Bryan, während er in ein weiteres Schlafzimmer trat. Es hatte grüne Seidentapeten, auf denen Waldszenen abgebildet waren, und ein Himmelbett aus Ebenholz mit Elfenbeinornamenten.

Nina blieb fasziniert in der Mitte des Raumes stehen. »Ein wunderschönes Zimmer.« Sie strich über die schmutzigen Bettvorhänge. Wie schön der Stoff einmal gewesen sein musste!

Bryan durchquerte den Raum und öffnete die Tür zum Nebenzimmer. »Das hier musst du dir ansehen.«

Nina folgte ihm. »Oh mein Gott.«

Sie hielt den Atem an.

Die Wände des Zimmers waren dicht mit Gemälden behängt. Auf jedem der Bilder war die gleiche Frau zu sehen: Anna Stone.

»Wenn ich nicht wüsste, dass diese Porträts schon lange hier hängen, hätte ich gedacht, sie sind alle von dir …« Bryan sprach aus, was auch Nina gerade dachte.

»Sie sieht genauso aus wie ich.« Nina betrachtete die Bilder genauer: Anna am Flügel in der großen Halle. Anna im Garten. Anna in der Bibliothek. Anna auf einer Wiese in der Sonne. Und dann noch acht weitere Porträts. Alle stellten Anna Stone dar.

»Als du vorgestern im Pub aufgekreuzt bist, dachte ich, dass ich dich irgendwoher kenne. Aber erst als du von Anna Stone angefangen hast, ging mir allmählich ein Licht auf. Ich kannte diese Bilder hier im Turm, wusste aber bis vorgestern nicht, wer die Frau darauf ist. Als du von deiner Verwandtschaft mit Anna Stone gesprochen hast, war mir schnell klar, dass sie deine Vorfahrin sein muss – so ähnlich, wie ihr euch seid.« Bryans Blick wanderte zwischen Nina und den Bildern hin und her.

»Wer hat die Porträts gemalt?« Nina stand noch immer in der Tür, unfähig, sich zu rühren. Eine Gänsehaut lief ihr über den Rücken.

Vorsichtig nahm Bryan eines der Ölbilder von der Wand und drehte es um. »Sie tragen leider keine Signatur. Auch auf der Rückseite steht kein Name.«

Er hängte das Bild wieder an den Nagel. Dann trat er einen Schritt zurück und meinte nachdenklich: »Es muss jemand gewesen sein, der sie geliebt hat. Schon als Kind ist mir aufgefallen, dass die Bilder voller Wärme und Liebe sind.«

Nina erinnerte sich an die Putzfrau in Stone, die bei dem Gemälde dort den gleichen Gedanken gehabt hatte.

»Hier zum Beispiel …« Bryan deutete auf eines der Porträts. »Dieser winzige Leberfleck auf der Haut am Hals. Da hat jemand ganz genau hingesehen, und er hatte diesen Fleck so gern, dass er ihn gemalt hat.«

»Genau. Ein gewöhnlicher Porträtmaler würde einen solchen Fleck wohl eher weglassen und sein Porträt so perfekt und idealistisch gestalten wie möglich.« Nina strich vorsichtig über die staubige Leinwand. »Es scheint fast Besessenheit gewesen zu sein.« Sie hatte einen Stapel Leinwände in der Ecke des Raumes entdeckt, auf denen weitere Bilder von Anna zu sehen waren. »Ich meine, das sind unglaublich viele Gemälde von ihr.«

»Und das ist noch nicht alles. Komm mal hier rüber.« Der Butler hatte einen Schrank in der Ecke geöffnet. Darin waren mehrere schwarze Bücher verstaut. Er zog eines davon heraus und reichte es Nina.

»Das sind Zeichnungen«, stellte sie fest, während sie durch das Buch blätterte. »Und auf jeder ist Anna Stone zu sehen.«

»In all diesen Büchern befinden sich Zeichnungen von ihr.« Bryan legte das Buch wieder zu den anderen.

»Es ist irgendwie unheimlich. Auch wenn ich weiß, dass es Anna ist, die auf diesen Bildern zu sehen ist, habe ich das Gefühl, mich selbst zu betrachten.« Nina ließ ihren Blick wieder über die zahlreichen Gemälde an den Wänden schweifen.

»Ich habe zwar keine Ahnung, wer die Bilder gemalt hat«, sagte Bryan, während er die nächste Tür öffnete, »aber ich bin ziemlich sicher, wo er sie gemalt hat.«

Bryan führte Nina in das angrenzende Zimmer. Auch hier schmückten Bilder von Anna Stone die Wände. Eine Staffelei und Farbtuben, Paletten, Leinwände und Metalltöpfe lagen überall herum.

»Sieh mal«, sagte Bryan und deutete auf einen Stuhl in der Ecke. »Hier muss Anna Stone gesessen haben, während diese Porträts gemalt wurden.«

Er ging in einen weiteren Nebenraum und kam mit einem Bild zurück, das im Hintergrund die grüne William-Morris-Tapete dieses Zimmers und einen Teil des Fensters zeigte. Auf dem Bild saß Anna auf einem Stuhl, der immer noch mitten im Zimmer stand.

»Und dann immer wieder Anna Stone am Flügel.« Bryan deutete auf verschiedene Bilder, die an der Wand hingen. Auf diesen war Anna beim Klavierspiel zu sehen.

»Sie war Pianistin«, flüsterte Nina und bekam erneut eine Gänsehaut.

Nina schüttelte sich, ging zum Fenster und sah über die Wiesen von Mainston Hall. In der Ferne glitzerte das Meer.

Bryan trat neben sie. »Wunderschöne Aussicht, nicht wahr? Ich habe nie verstanden, warum diese Räume nicht mehr genutzt werden. Es ist, als wären diese Zimmer kurz nach Annas Tod versiegelt worden.«

Nina sah über den Wald, durch den sie gestern gekommen war. »Ich habe das Gefühl, diese Räume zu kennen. Ich glaube, wir sind Anna Stone und ihrer Geschichte ganz nah. Hier lässt sich bestimmt etwas finden. Wenn wir die ganzen Unterlagen genau durchsuchen …«

»Wir?« Er sah sie von der Seite an. »Ich bin wohl schon fest eingeplant?«

»Entschuldigung.«

»Eigentlich dürfte ich dich gar nicht in diese Räume hereinlassen. Aber wo du schon mal hier bist, werde ich dich natürlich überwachen müssen. Nicht dass du noch mit dem Familiensilber verschwindest.« Er zwinkerte, und dann wanderte sein Blick über die Gärten, die sich unter dem Fenster erstreckten.

Nina folgte diesem Blick. »Halte ich dich nicht von deinen Butler-Diensten ab? Muss kein Rasen gemäht, kein Silber geputzt oder irgendein Wein bestellt werden?«

»Wenn die Familie in London ist, lasse ich es gern etwas ruhiger angehen.« Wieder zeigte sich dieses freche Grinsen auf Bryans Gesicht, das Nina inzwischen beinahe mochte. »Wenn sie hier sind, arbeite ich rund um die Uhr. Da ist es nur gerecht, dass ich ein bisschen mehr Freizeit habe, wenn die Herrschaft mal nicht da ist.«

Nina verschränkte die Arme und sah ihn herausfordernd an. »Wie ist das denn gemeint?«

Er fuhr schnell fort: »Außerdem hast du mich neugierig gemacht. Ich meine, diese Frau scheint jemanden dermaßen fasziniert zu haben, dass er wie verrückt Bilder von ihr gemalt hat. Das passt nicht mit diesen brutalen Morden zusammen. Früher habe ich nie darüber nachgedacht – aber du hast recht, die Sache kommt einem irgendwie merkwürdig vor.«

Nina stützte sich mit beiden Händen auf dem Fensterbrett ab und sah ihn triumphierend an. »Das klingt ja ganz danach, als ob du mittlerweile auch an ihrer Schuld zweifeln würdest.«

Bryan drehte sich zu ihr um. »Das habe ich nicht gesagt. Ich interessiere mich in erster Linie für den Maler. Ich finde es spannend, dass jemand so besessen von einer verrückten Mörderin war.«

»Du bist wirklich verbohrt. Warum willst du nicht einsehen, dass Anna Stone unschuldig war?« Nina funkelte ihn wütend an.

»Hauptsächlich, weil du dich so schön darüber aufregst.«

Nina genoss den Fahrtwind in ihrem Haar und sog die Morgenluft ein. Die Pedale des alten Fahrrads quietschten im Takt ihrer Bewegungen. Gestern Abend, nachdem sie sich stundenlang durch verstaubte Briefe und Zeitungen gewühlt hatten, hatte Bryan die verrostete Tretmühle aus einem Schuppen neben der Küchentür hervorgezaubert. Jetzt kam Nina deutlich schneller voran und musste die Strecke vom Dorf her nicht mehr mühsam zu Fuß gehen.

Vor zehn Minuten war sie beim Gasthof losgefahren,

und jetzt tauchte bereits die Einfahrt von Mainston Hall vor ihr auf.

Nina fuhr in den Park hinein und freute sich schon darauf, weiter in den verborgenen Räumen nachzuforschen. Gestern hatten sie nicht mehr als einen staubigen Wandschrank im Flur durchsehen können. Er war vollgestopft mit alten Unterlagen und Zeitungen. Leider hatten sie nichts darunter gefunden, was ihnen weiterhalf.

Die Auffahrt zum Haus war steil, und Nina musste kräftig in die Pedale treten, um auf dem unbefestigten Kiesweg zügig voranzukommen. Chrysanthemen, Anemonen und Dahlien blühten und verliehen dem Park von Mainston Hall eine heitere Note. Über den Baumwipfeln konnte Nina die Türme des Hauses aufragen sehen.

Je näher sie dem Anwesen kam, umso steiler wurde der Weg. Nina spürte, wie sie zu schwitzen begann.

Als sie endlich durch den Torbogen in den Innenhof fuhr, fragte sie sich, wen Bryan in dieser Nacht wohl abgeschleppt haben mochte. Sie stellte das Fahrrad neben der Eingangstür ab, klingelte und setzte sich auf die Stufen. Sie hatte kaum Platz genommen, als die Tür auch schon geöffnet wurde.

»Morgen!« Bryan trat aus dem Haus und setzte sich neben sie. Er zündete sich die unvermeidliche Zigarette an.

»Die Zigarette danach?« Nina sah sich suchend nach dem entsprechenden Mädchen um.

»Heute nicht.« Bryan grinste. »Ich wollte meine Energie nicht vergeuden. Wir haben schließlich einen langen Tag voller staubiger Unterlagen vor uns.«

»Du verzichtest tatsächlich auf eine heiße Nummer, nur um mir beim Suchen zu helfen?« Nina sah den Butler von der Seite an.

»Nicht um dir zu helfen, sondern um das Familiensilber zu schützen.«

»Wie auch immer«, erwiderte Nina und stand rasch auf. »Lass uns anfangen, damit ich schnell von diesem Kaff wegkomme.«

»Charmant wie immer …« Bryan drückte seine Kippe in dem kleinen Aschenbecher aus, den er stets in seiner Hosentasche trug. »Was machst du eigentlich beruflich? Bist du Gefängniswärterin oder Politesse?«

»Nichts von beidem. Und jetzt komm schon.«

»Nein, im Ernst.« Bryan trat hinter Nina ins Haus, die schon fast in der großen Halle stand. »Du weißt mittlerweile einiges über mich. Aber von dir hast du kaum etwas rausgerückt.«

Nina hielt inne und drehte sich zu ihm um. »Ich hab dir doch von meiner Urgroßtante erzählt.«

»Nein, ich meine *dich*. Was gibt es über Nina Altmann zu wissen?«

Nina atmete tief ein und trat in die Mitte der Halle. »Ich bin auf der Suche nach Anna Stones Geschichte. Mehr musst du im Moment nicht wissen.«

»Warum hast du mich angelogen?« Er folgte ihr.

»Was?« Nina blieb neben einem achteckigen Tisch stehen. »Das stimmt doch gar nicht.«

Hatte er etwa mit Lord Lubrell gesprochen und erfahren, dass Nina von ihm eine Abfuhr erhalten hatte? Streng genommen war das keine Lüge gewesen, nur ein Verschweigen von Tatsachen.

»Du hast gestern behauptet, dass du nicht Klavier spielen kannst.«

Nina erstarrte. Natürlich. Er hatte sie gegoogelt.

»Warum hast du mir nicht gesagt, dass du eine der besten Nachwuchspianistinnen Deutschlands bist?«

Nina presste ihre Lippen fest aufeinander.

Bryan fuhr fort. »Du hast Interviews gegeben, in denen

du stolz von deinem Leben als Pianistin erzählst. Warum hast du mir gegenüber kein Wort darüber verloren, dass du auch Klavier spielst, genau wie Anna Stone?« Er deutete auf den Flügel, an dem Anna Stone gemalt worden war.

»Warum interessiert dich das? Ich dachte nicht, dass dir ernsthaft daran gelegen ist, etwas über mein Leben zu erfahren.« Ninas Stimme klang gepresst. Sie merkte es selbst. Sie wollte nicht über dieses Thema reden. Dieser Mistkerl Bryan verstand es meisterhaft, alte Wunden aufzureißen.

»Ich hab dir gestern gesagt, dass ich ein großer Fan der Gleichberechtigung bin. Aber ein ehrlicher Umgang ist mir mindestens genauso wichtig. Ich habe dir von mir erzählt und dir eine harmlose Frage gestellt. Darauf bekomme ich von dir eine Lüge aufgetischt.« Bryan ging zum Flügel, schlug den Deckel zurück und setzte sich auf die Klavierbank.

»Warum hast du mich ausspioniert? Du hättest mich doch einfach fragen können.« Ninas zornige Stimme hallte von den Wänden der großen Halle zurück.

»Super Idee. Wo das hinführt, habe ich gesehen.« Bryan schlug ein paar Töne an, und Ninas Magen krampfte sich zusammen. Sie hätte am liebsten vor Wut die große Vase mit den Rosen zu Boden geschleudert, die auf dem Tisch mitten in der Halle stand.

»Ich verstehe nicht, warum du dich so aufregst«, stellte Bryan nüchtern fest. »Du bist Pianistin. Du stehst in der Öffentlichkeit. Es gibt zig Hinweise über dich im Internet. Jeden Tag können dich Millionen Menschen googeln. Das muss dir doch klar sein, wenn du ein Leben als berühmte Künstlerin führst.«

Nina starrte ihn einen Moment lang an. Ihre Augen brannten. Sie war keine Pianistin mehr und wollte mit diesem Dorfrocker nicht darüber reden, dass sich ihre Hände neuerdings weigerten zu spielen – seit sie den Menschen betrogen hatte, der ihr Spiel zu der Perfektion gebracht hatte, die es bis vor Kurzem noch hatte. Das ging nur sie etwas an.

Nina konnte die Tränen kaum zurückhalten. Aber sie würde sich nicht die Blöße geben, vor Bryan zu heulen.

Sie wandte sich zur Tür, die in den Flur zum Ausgang führte.

In diesem Moment spürte sie seine Hand an ihrer Schulter. »Jetzt lauf nicht einfach weg. Wenn du mir nicht davon erzählen willst, dann lass es. Ich fand es ein wichtiges Detail, dass du genau wie Anna Pianistin bist. Und ich fand es ungewöhnlich, dass du geleugnet hast, Klavier spielen zu können.«

Sanft drehte er Nina zu sich um. Sie wich seinem Blick aus. Ihr Gesicht war von Tränen nass und sie schämte sich deswegen.

»Oje.« Er ließ sie los und griff in seine Tasche. Dann reichte er ihr eins seiner gebügelten Stofftaschentücher.

»Es geht schon.« Sie fuhr sich mit dem Handrücken über die Wangen.

Seine Augen ruhten auf Nina, während er Ninas Tränen beinahe zärtlich mit dem Taschentuch wegwischte. Einen Augenblick ließ sie es zu und nahm den Duft des Rasierwassers wahr, der von ihm ausging.

Dann schüttelte sie seine Hand ab. »Lass den Unsinn. Ich bin keine von deinen Tussis.«

»Aha, so kenne und liebe ich dich.« Bryan grinste Nina erleichtert an.

Gegen ihren Willen musste Nina lachen. »Tut mir leid, dass ich manchmal so unausstehlich bin.«

»Komm mit, ich lade dich zum Mittagessen ein. Zu einem frühen Lunch.« Er sah auf die Uhr. »Heute fangen wir mal mit der Pause an.« Bryan griff nach Ninas Handgelenk und zog sie hinter sich her.

Nina wollte schon protestieren. Sie musste unbedingt mit ihren Nachforschungen weiterkommen. Doch andererseits hatte sie das Gefühl, Bryan eine Erklärung schuldig zu sein. Er ging schließlich ein großes Risiko ein, indem er ihr half. Er hatte das Recht zu erfahren, wer Nina war. Und ihr würde es auch guttun, endlich über alles zu sprechen.

Kapitel 10

Roseberry House, Devon, Januar 1856

Anna spielte wie eine Besessene. Nachts für Lord Glister und tagsüber für Lady Lubrell, die nun bereits seit über einem halben Jahr in Roseberry lebte. Während dieser Zeit waren ihre Zustände immer seltener geworden.

Wenn das Wetter es zuließ, unternahmen die beiden Frauen lange Spaziergänge über das weitläufige Anwesen von Roseberry. Die meiste Zeit liefen sie schweigend nebeneinander her. Anna genoss die Stille zwischen ihnen, die nie unangenehm oder verlegen wirkte. Manchmal standen sie lange an den Klippen und schauten in die Brandung, jede in ihre Gedanken versunken.

In der Gischt sah Anna dann manchmal das Gesicht des Unbekannten aus London auftauchen und sehnte sich so sehr nach ihm, dass sie die Tränen nicht zurückhalten konnte. Sie vermischten sich mit dem Salz der Meeresluft. Anna dachte an ihre Mutter und an die Unfähigkeit, ihr zu helfen. Manchmal sah Anna in diesen Momenten zu Sophia hinüber und erkannte, dass auch ihr Gesicht nass war. Ob es die feuchte Luft war, die sich auf Lady Lubrells Gesicht gelegt hatte, oder ob es ebenfalls Tränen waren, konnte Anna nicht mit Gewissheit sagen.

Als sie an einem windigen Januartag wieder an den Klippen standen, hörte Anna plötzlich Lady Lubrells leise Stimme, die sich unter den Wind mischte. Anna war so in ihren Erinnerungen versunken gewesen, dass sie einen Moment brauchte, um in die Wirklichkeit zurückzufinden.

»Sie tun mir gut, Anna.« Lady Sophia Lubrell sah aufs Meer hinaus. »Aber ich möchte zurück nach Mainston Hall, um meine Kinder zu sehen.«

Anna blickte sie überrascht an. »Ich wusste nicht, dass Sie Mutter sind, Mylady.«

Sophia Lubrell nickte. »Ich habe ein Mädchen und einen Jungen.«

»Sie müssen sie sehr vermissen.« Anna überlegte, dass die Kinder ja bereits seit fast sieben Monaten von ihrer Mutter getrennt waren.

»Sie sind bei ihrem Kindermädchen.« Lady Lubrell wandte sich vom Meer ab und griff nach Annas Arm.

Langsam machten sie sich auf den Rückweg. Anna betrachtete die dunklen Wolken, die über Roseberry House hingen. »Wann werden Sie abreisen?«

»Bald«, antwortete Lady Lubrell. Der Saum ihres Wollmantels verfing sich in den Dornen. Doch sie achtete nicht darauf und riss sich beim Weitergehen einen Faden aus. »Der Grund dafür, dass ich nicht schon längst nach Mainston Hall zurückgekehrt bin, sind Sie, Anna.«

»Ich?« Anna blieb stehen und bückte sich. Sie bog die dornigen Äste beiseite, die der Lady den Weg versperrten.

»Sie tun mir gut, Anna«, wiederholte Sophia. »Ihr Klavierspiel ist das beste Heilmittel für meine Seele.«

Anna stand auf und hakte sich wieder bei Lady Lubrell ein. Eine Weile gingen sie wortlos weiter. Anna konnte gut verstehen, dass Sophia sich nach ihren Kindern und ihrem Haus sehnte. Aber es würde ihr schwerfallen, Abschied von ihr zu nehmen. Anna hatte Lady Lubrell mit ihrer sanften und zurückhaltenden Art sehr lieb gewonnen.

»Ist Mainston Hall ein großes Anwesen?«, fragte sie, um sich auf andere Gedanken zu bringen.

»Ja«, antwortete Sophia, während sie über die wintergraue Landschaft blickte. »Sehr groß. Zu groß.«

Anna dachte, dass sie weitersprechen würde, aber Sophia schwieg. Daher fragte sie: »Und wo sind Sie geboren?«

Sophia sah Anna irritiert an. »Dort. Auf Mainston Hall.«

Anna blieb überrascht stehen. »Tatsächlich? Ich dachte, das Haus stammt aus der Familie von Lord Lubrell.«

Sophia schüttelte den Kopf. »Das Anwesen meines Mannes liegt auf der anderen Seite des Tals.«

»Wieso leben Sie dann nicht dort?« Anna betrachtete den zugefrorenen Teich, der sich vor ihnen erstreckte. Die kahlen Äste der Trauerweiden, die am Ufer standen, reichten beinahe bis auf das Eis.

»Mainston ist eines der größten Anwesen des Landes. Mein Mann ist nach unserer Hochzeit dort eingezogen.«

»Es ist doch für Sie bestimmt sehr schön, weiter am Ort ihrer Kindheit leben zu können.« Anna dachte an ihr Fachwerkhaus in Grünberg. Wenn sie doch nur noch einen Tag dort verbringen könnte!

Sophia griff nach Annas Arm. »Nein. Ich habe keine schönen Erinnerungen an meine Kindheit.«

Anna betrachtete sie von der Seite. Sophias Lippen waren zusammengepresst und bildeten einen dünnen Strich. »Lebt Ihre Mutter denn noch?«

»Nein.«

»Das tut mir leid.«

Sophia schwieg.

»Und Ihr Vater? Wann ist er gestorben?«

»Er starb kurz nach meiner Hochzeit.« Lady Lubrell blieb stehen, und ihr Blick wanderte an einer Buche hinauf, deren

Äste trostlos in den Himmel stachen. »Ich bin froh, dass er tot ist.«

Anna sah sie an, kam jedoch nicht dazu, über diese Aussage nachzudenken, denn im gleichen Moment hörten sie eilige Schritte hinter sich.

»Mylady!« Hillary stand atemlos hinter den beiden Frauen. »Bitte, kommen Sie schnell ins Haus. Lord Glister geht es nicht gut. Er ist zusammengebrochen.«

Sie starrten das Mädchen einen Augenblick fassungslos an. Dann eilten sie zurück zum Haus.

Lord Glister lag in der Bibliothek auf dem Sofa, sein Gesicht war seltsam entstellt.

»Es kam ganz plötzlich«, sagte Lady Glister. Sie hatte neben ihrem Mann gesessen und war aufgestanden, als sie Anna und Sophia herbeieilen sah.

»Ist der Arzt benachrichtigt worden?« Anna kniete sich neben das Sofa und strich Lord Glister über die schweißnasse Stirn.

»Ja.« Lady Glister rang verzweifelt die Hände.

Der Atem des alten Mannes ging schleppend. Seine Haut war kalt und fahl.

»Was können wir bloß tun?« Lady Glister liefen Tränen über die Wangen.

Anna betrachtete ihren Herrn und spürte, wie sich Verzweiflung in ihr ausbreitete. »Ich weiß es nicht. Wir können gar nichts tun. Wir müssen auf den Arzt warten.«

Die nächsten Minuten schienen endlos. Annas Blick wanderte zwischen der Tür und ihrem Dienstherrn hin und her. Sie zwang sich zur Ruhe, obwohl sie die Nervosität kaum unterdrücken konnte. Am liebsten wäre sie wie Lady Lubrell rastlos im Zimmer hin und her gegangen. Doch Anna wusste, dass ihre eigene Unruhe sich auf Lord Glister übertragen und Lady Lubrell in noch größere Aufregung versetzen würde.

Endlich waren in der Halle Stimmen zu hören, und der Arzt kam mit zügigen Schritten in die Bibliothek. Mit einem einzigen Blick erfasste er die Situation. Er öffnete seine Ledertasche.

Lady Glister berichtete, dass ihr Mann zuckend zusammengebrochen sei und dann keine Luft mehr bekommen habe. Zwei Diener hatten ihn aufs Sofa gelegt und den Arzt verständigt.

»Gut, ich möchte den Patienten jetzt in Ruhe untersuchen.« Der Arzt wandte sich an die drei Frauen im Raum. »Wenn Sie uns bitte allein lassen würden.«

Lady Lubrell, Lady Glister und Anna verließen die Bibliothek und warteten im Morgenzimmer.

Keine von ihnen rührte den Tee an, den Mrs Oakland ihnen gebracht hatte. Es war so still. Das gesamte Haus schien atemlos auszuharren. Dann endlich erschien der Arzt wieder in der Tür. Er setzte sich zu den Frauen und kam sofort zum Thema.

»Lord Glister hat einen schweren Herzschlag erlitten«, sagte er. »Ich fürchte, es steht nicht gut um ihn.«

»Oh mein Gott!« Lady Glister schlug die Hände vors Gesicht.

Sophia starrte betroffen vor sich hin.

»Können wir irgendetwas für ihn tun?« Anna sah den Arzt verzweifelt an.

»Nun, er braucht vor allem Ruhe. Ich habe ihn in sein Zimmer bringen lassen. Heute sollten Sie ihn möglichst nicht stören. Ich schicke Ihnen gleich eine Pflegerin vorbei.«

»Ja bitte«, sagte Lady Glister mit schwacher Stimme. Ihr Gesicht war blass.

»Ich habe ihm die notwendigen Medikamente verabreicht. Aber der Herzanfall war schwer. Wir müssen die nächsten Tage abwarten.«

In dieser Nacht spielte Anna zum ersten Mal seit Langem kein Klavier. Sie saß in dem Sessel im Musikzimmer und dachte an die Nacht, als Lord Glister ihr zum ersten Mal beim Spielen zugehört hatte. Damals hatte sie gehofft, durch ihr Spiel einen Weg in die Freiheit finden zu können. Tatsächlich war ihr das zu einem großen Teil gelungen. Sie musste keine Böden mehr schrubben und keine Kamine mehr fegen. Aber diese Freiheit reichte nicht sehr weit, denn sie war auf Lord Glisters Gunst angewiesen.

In diesem Moment wurde es ihr zum ersten Mal bewusst: Wenn Lord Glister sterben würde, müsste Anna wieder zu ihren Böden und Kaminen zurückkehren.

Lord Glister starb drei Tage nach seinem Zusammenbruch. Das ganze Haus befand sich in tiefer Trauer um einen guten und gerechten Herrn. Am Tag der Beerdigung bemerkte Anna, dass Lady Glisters braunes Haar plötzlich grau geworden war und sich tiefe Falten auf dem Gesicht der zierlichen Frau gebildet hatten.

Wenn Anna im Musikzimmer am Flügel saß, sah sie ihn immer noch in seinem Sessel am Kamin. Sie betrachtete die Karaffe mit Port, die nun nicht mehr nachgefüllt werden musste.

Sechs Wochen lebten die drei Frauen weiter wie zuvor. Dann entschied sich Lady Glister, in das Witwencottage am Ende des Gartens zu ziehen. Roseberry House fiel dem nächsten männlichen Verwandten Lord Glisters zu, einem Neffen, der auch den Titel erben würde.

In der letzten gemeinsamen Woche schnitt Anna das

Thema an, was aus ihr selbst werden sollte. Die drei Frauen saßen gerade beim Tee im Salon.

»Eure Ladyschaft«, wandte sich Anna an Lady Glister, »würden Sie bitte dafür sorgen, dass mir ein Zeugnis ausgestellt wird? Ich muss mich nach einer neuen Arbeit umsehen.«

Lady Glister sah Anna verwirrt an. »Nach einer neuen Stelle? Ach so, darüber habe ich noch gar nicht nachgedacht. Als Stubenmädchen können Sie natürlich nicht wieder arbeiten«, fuhr sie fort und nahm Anna damit ihre schlimmsten Befürchtungen. »Ich werde Mrs Oakland bitten, ein Zeugnis für Sie zu schreiben.« Sie rührte ihren Tee um. »So lange, bis Sie eine neue Stellung als Gouvernante gefunden haben, dürfen Sie selbstverständlich weiter hier wohnen.«

»Das wird nicht nötig sein«, sagte Sophia, die aufstand und ans Fenster trat. »Ich habe andere Pläne mit Anna.« Sophia drehte sich zu den beiden Frauen auf dem Sofa um und lächelte. »Ich möchte Anna zu meiner Gesellschafterin machen. Anna, Sie sollen mich begleiten, wo immer ich auch hingehe.«

Anna öffnete den Mund, um etwas zu erwidern, aber sie brachte keinen Ton heraus. Es wäre wundervoll, als Gesellschafterin von Lady Sophia Lubrell zu arbeiten!

»Wir werden nach Mainston Hall zurückkehren. Ich werde Ihnen dort die Gärten zeigen. Mainston liegt direkt am Meer, genau wie Roseberry. Ich liebe den schmalen Klippenpfad und den walisischen Wind.« Lady Lubrell hielt begeistert inne und setzte sich neben Anna auf das Sofa. »Ich werde einen neuen Flügel für Sie bestellen. Dann können Sie für mich spielen. Wir könnten auch Konzerte geben, in der großen Halle. Dort werden wir den Flügel aufstellen. Und ich werde wieder beginnen zu malen. Ich werde Bilder von Ihnen malen, Anna. Früher habe ich viel gemalt, aber nach meiner Hochzeit habe ich keinen Gefallen mehr daran gefunden. Aber Sie, Anna, tun mir gut. Oh, ich freue mich schon so darauf, Ihnen Mainston zu zeigen.« Lady Lubrell hielt atemlos inne. So euphorisch und redselig kannte Anna sie bislang noch gar nicht. Sie strahlte wie ein Kind, das sich auf ein neues Spielzeug freute, und steckte Anna mit ihrer Begeisterung an. Anna fieberte dem Tag entgegen, an dem sie Mainston Hall endlich selbst kennenlernen würde.

Mainston Hall, Nordwales, März 1856

Der gleichmäßige Klang der Pferdehufe auf dem Kopfsteinpflaster, die dick gepolsterten roten Samtsitze und das Dämmerlicht des verregneten Tages hatten Anna schläfrig gemacht. Die Kutschfahrt von Devon war äußerst bequem gewesen. Die Kutsche war so geräumig, dass Anna ihre Beine ausstrecken konnte. Von Zeit zu Zeit stand sie sogar auf und sah aus dem Fenster. Obwohl sie von ihrem Platz aus auch gut hinausschauen konnte. Aber vor Aufregung und Freude über die Schönheit der Landschaft hatte sie sich immer wieder aus dem Fenster lehnen müssen. Sophia hatte gelacht und Anna diese Unschicklichkeit nicht übel genommen. Lady Lubrell war eine angenehme Reisepartnerin und Herrin. Die beiden Frauen plauderten über die Landschaft, durch die sie fuhren, und über Reisen, die sie gern unternehmen würden.

Als sie ungefähr eine Stunde gefahren waren, veränderte sich die Landschaft. Sanfte Hügel mit Granitfelsen waren überall zu sehen. Auf den Hügeln inmitten der Heide konnte Anna Ginstersträucher und einzelne Bäume erkennen.

»Ist das das Dartmoor?« Anna hatte die anderen Dienstboten in Roseberry House über die Moorlandschaft sprechen hören. Nachts gingen hier angeblich die Geister der Toten um. Anna konnte diese dunklen Geschichten allerdings nicht mit der Schönheit der Landschaft zusammenbringen.

Sophia nickte und folgte Annas Blick aus dem Fenster. »Jetzt sieht es hübsch aus, nicht wahr? Auf der Hinreise war es hier neblig und unheimlich. Ich war froh, als wir es endlich hinter uns ließen.«

»Was sind das dahinten für Gebäude?« Bislang waren sie nur an einem einsamen Gasthaus vorbeigekommen. Sonst schien das Dartmoor vollkommen unberührt.

»Das ist das Gefängnis. Es hat viele Jahre leer gestanden. Vor Kurzem wurde es wieder in Betrieb genommen.« Sophia rieb sich über die Arme. »Mich überläuft ein kalter Schauer, wenn ich daran denke. Ist das nicht schrecklich, in einem Gefängnis zu sitzen und seine kleine Zelle nicht verlassen zu können?« Ihre Augen fixierten die grauen Gebäude am Horizont.

»Ja, Eure Ladyschaft«, erwiderte Anna, die noch nie über so etwas nachgedacht hatte. Es war das erste Mal, dass sie bewusst ein Gefängnis sah. Sie dachte an ihre ersten Jahre in Roseberry und wie gefangen sie sich damals vorgekommen war. Ob es sich so in einem Gefängnis anfühlte? Sie hoffte, es niemals erfahren zu müssen.

»Ich fange wieder an zu malen«, sagte Sophia, und ihr Blick wanderte in die Ferne, über die Berge, in denen die Wolken hingen. »Früher habe ich viel gemalt. Aber nach meiner Hochzeit habe ich es aufgegeben.«

Anna beobachtete, wie ihre neue Herrin sanft vom Rhythmus der Kutschpferde hin und her geschaukelt wurde. Sie konnte sich die kleine, immer adrett gekleidete Lady nicht mit Farbtuben, Pinseln und schmutzigen Tüchern vorstellen.

»Fehlt Ihnen Ihre Kunst denn nicht?« Anna dachte an die Zeit zurück, als sie nicht hatte Klavier spielen können.

»Nein, überhaupt nicht.« Sophia sah Anna mit leerem Blick an. »Ich verbinde keine guten Erinnerungen damit.«

Anna ließ das Thema ruhen. Sie wollte es nicht riskieren, dass Sophia einen Anfall erlitt. Hier in der Kutsche hätte Anna sie nicht so schnell in die Wirklichkeit zurückholen können.

Sie waren kurz nach dem Frühstück von Roseberry House aufgebrochen. Anna war noch einmal durch das große und mittlerweile leere Haus gelaufen. Lady Glister war bereits vor einigen Tagen in das Witwencottage gezogen. Nur Sophia, Anna und eine Handvoll Dienstboten hatten noch hier gelebt. Die Dienerschaft würde sich zunächst um das Haus kümmern, bis der neue Lord Glister entschieden hatte, was damit geschehen sollte.

Anna hatte sich ein letztes Mal an den Flügel im Musikzimmer gesetzt und zu dem Sessel am Kamin hinübergesehen. An diesem Ort hatte sich ihr Schicksal gewendet. Sie meinte, noch immer Lord Glister in den Polstern sitzen zu sehen. Dann war sie ins Südzimmer gegangen. Ihre neue Reisetruhe, die Sophia ihr geschenkt hatte, war bereits in die Kutsche geladen worden. Das Bett war gemacht. Nichts erinnerte mehr daran, dass Anna hier fast zwei Jahre gewohnt hatte. Sie konnte der Versuchung nicht widerstehen, sich hinzuknien und über die Dielen zu streichen. Wie oft hatte sie sie geschrubbt und gebohnert. Sie warf einen letzten Blick durch den Raum.

Dann ging sie mit zügigen Schritten hinaus. Sie durchquerte das Musikzimmer, strich zum Abschied über die Lehne von Lord Glisters Sessel und über das Klavier und trat in den Gang des Ostflügels. Als sie in der mittelalterlichen Halle angekommen war, bemerkte sie, dass ihr Gesicht nass von Tränen war. Schnell wischte sie sie fort. Lady Lubrell sollte nicht denken, dass sie traurig war. Anna freute sich, nach Mainston zu kommen, als Gesellschafterin der Frau, die sie wie eine Freundin schätzte.

Lady Glister war aus dem Witwencottage gekommen, um ihre Nichte und Anna zu verabschieden. Als die beiden Frauen im Wagen saßen und Anna durch das Fenster der Kutsche beobachtete, wie Roseberry House immer kleiner wurde, begann es zu regnen.

Es war das erste Mal seit fast vier Jahren, dass Anna das Anwesen verließ. Seit sie hier auf der Flucht vor ihrem Onkel angekommen war, hatte sie sich innerhalb dieser hohen Mauern aufgehalten, die den Besitz abschirmten. Die Spaziergänge mit Lady Lubrell hatten sie nur auf die weitläufigen Ländereien des Anwesens geführt.

Sie betrachtete die Bäume und Wiesen, die an der Kutsche vorbeizogen. Was würde ihr die Zukunft bringen? Ihr fiel auf, dass sie nicht viel über das gesellschaftliche Leben auf Mainston wusste. Waren Lord und Lady Lubrell in der Londoner Gesellschaft bekannt? Würde Sophia eines Tages darauf bestehen, dass Anna sie nach London begleitete? Was, wenn sie zur Jagdsaison Besuch aus London erhielten? Und wie würde Lord Lubrell Annas Ankunft auf Mainston Hall aufnehmen? Anna hatte bislang noch nicht viel über ihn nachgedacht. Erst jetzt wurde ihr klar, dass er ihr neuer Dienstherr sein würde.

»Weiß Lord Lubrell, dass ich Sie begleite?«, wandte Anna sich vorsichtig an ihre Herrin.

Sophia presste die Lippen zusammen und schüttelte den Kopf. Sie sah aus dem Fenster. »Das ist nicht nötig. Er ist nicht viel zu Hause.«

Anna zwang sich zur Ruhe. Vorerst war sie in Sicherheit. Mainston lag in Nordwales. Es war ein langer Weg von dort bis London und zu ihrem Onkel Timothy. Sie musste zunächst einmal abwarten. Wenn es tatsächlich gefährlich für sie werden würde, konnte sie ja immer noch behaupten, dass sie sich um eine kranke Verwandte in Deutschland kümmern müsse, und abreisen. Anna lenkte ihre Aufmerksamkeit auf die Landschaft von Devon, durch die sie gerade fuhren.

In Exeter legten sie eine Pause ein. Am Nachmittag tranken sie Tee in einem gemütlichen Gasthaus in Taunton, und die Nacht verbrachten sie in einer vornehmen Herberge bei Bristol.

Sie brachen in aller Frühe auf und erreichten Nordwales am späten Nachmittag des nächsten Tages. Es hatte wieder zu regnen begonnen, nachdem der Vormittag schön gewesen war.

Anna fielen die Augen immer wieder zu. Doch die aufgeregte Stimme ihrer Herrin weckte sie.

»Wir sind gleich da! Da vorn kommt die Einfahrt von Mainston Hall. Ich freue mich so sehr, dass Sie es endlich mit eigenen Augen sehen können.«

Anna streckte sich und schob den goldgelben Brokatvorhang des Kutschenfensters zurück. Die Dämmerung hatte bereits eingesetzt und verdunkelte den trüben Tag zusätzlich.

Die Kutsche verließ den breiten Fahrweg und bog links in eine Auffahrt ein. Ein großes schmiedeeisernes Tor versperrte ihnen den Weg. Rechts davon befand sich ein mit Reet gedecktes Cottage, und sobald es in Sichtweite der Kutsche kam, flog die Tür des Häuschens auf, und drei Männer stürzten heraus. Sie öffneten das Tor und zogen ihre Mützen vom Kopf, als die Kutsche an ihnen vorbeifuhr.

»Der Torwächter und seine Söhne«, erklärte Sophia aufgeregt. »Jetzt fahren wir noch ein Stück durch den Wald, und dann können Sie Mainston Hall sehen.« Rote Flecke hatten sich auf ihren Wangen gebildet, während sie nach Annas Hand griff und sie immer wieder drückte.

Die Auffahrt führte ein gutes Stück durch den Wald. Endlich wichen die Bäume zurück, und einige hundert Meter vor ihnen ragte ein burgähnliches Gebäude in den Abendhimmel.

»Ist Mainston Hall eine mittelalterliche Burg?« Anna hatte sich das Haus viel moderner vorgestellt.

»Nein.« Sophia zog verächtlich die Lippen kraus. »Mein Vater hat es bauen lassen, auf dem Fundament des alten Hauses, das fast fünfhundert Jahre hier gestanden hat.«

Der Kutschweg führte am Fuß des Hügels entlang, auf dem das Gebäude stand. Anna betrachtete das Anwesen aus massiven rotbraunen Steinblöcken. Sie erkannte drei viereckige Türme und einen runden. Die Fenster des Gebäudes waren alle halbrund und symmetrisch angeordnet.

Der Kutscher führte sie in sanften Windungen den Berg hinauf, bis sie direkt an der glatten Steinwand des Hauses entlangfuhren. Die Hufe der Pferde klapperten über das Kopfsteinpflaster, und als sie in den großen Innenhof gelangten, hallte ihr Echo von den Wänden wider. Die Kutsche hielt vor einer breiten Eingangstür, die rechts und links von zwei lebensgroßen Löwen flankiert wurde.

Als Anna aus der Kutsche stieg, ließ sie den Blick durch den Innenhof schweifen. Der Regen hatte nachgelassen. Neben der Tür hatten sich die Dienstboten in zwei Reihen aufgestellt. Anna blieb stehen und wartete auf Sophia, die auf der anderen Seite aus der Kutsche kletterte. Die beiden Diener, die ihnen die Türen geöffnet hatten, verbeugten sich vor ihnen und stellten sich dann in die Reihen der anderen Dienstboten.

Eine streng frisierte Frau in einem eleganten schwarzen Rock trat vor und verneigte sich vor Sophia. »Willkommen zurück auf Mainston Hall, Eure Ladyschaft. Ich hoffe, Sie finden alles zu Ihrer Zufriedenheit vor.«

»Vielen Dank, Mrs Wilson.« Sophia lächelte ihr flüchtig

zu und blieb dann stehen. Mit lauter Stimme, sodass alle Dienstboten sie hören konnten, sagte sie: »Das hier ist Anna Meier, meine Gesellschafterin.«

Die Dienstboten knicksten und verneigten sich höflich vor Anna und Sophia.

Und dann stellte Sophia Anna ihre Hausangestellten vor. »Das ist die Hauswirtschafterin Mrs Wilson«, erklärte sie. »Und das hier«, sie ging auf einen Mann zu, der eine weitere Reihe von Dienstboten anführte, »ist Sackville, der Butler.«

Anna lächelte dem Diener zu und folgte Sophia ins Innere des Hauses. Ein kurzer Flur führte von der Eingangstür in eine Halle. Anna hielt den Atem an. Sie hatte noch nie einen so imposanten Empfangsraum gesehen. Hohe Säulen aus weißem Stein mit üppigen Verzierungen verliehen dem Raum eine beinahe sakrale Atmosphäre. Gegenüber der Tür befand sich ein Kamin, der sicher doppelt so groß war wie Anna selbst. Er bestand aus demselben hellen Stein wie die Säulen, und an seinen Ecken waren zwei Löwenköpfe angebracht. Im Stein des Kaminsimses waren Ranken und Rosenknospen eingemeißelt. Darüber befand sich eine große Uhr. Anna hatte in ihrem Leben bislang nur sehr wenige Uhren gesehen, und hier sah sie zum ersten Mal eine im Inneren eines Gebäudes. In Roseberry hatte sie immer auf die Schläge der Turmuhr hören müssen, wenn sie die Uhrzeit wissen wollte. Fasziniert blieb sie vor dem Zifferblatt stehen und beobachtete, wie sich der große Zeiger langsam vorwärtsbewegte.

Sophia griff nach Annas Arm. »Schauen Sie, diese Fensterscheiben stammen noch aus dem alten Gebäude. Mein Vater hat sie hier einsetzen lassen.«

Anna zwang sich, ihren Blick von der Uhr loszureißen. An den beiden Stirnseiten des Raumes befanden sich Bleiglasfenster mit aufwendigen Malereien. Anna erkannte sofort, dass sie die zwölf Monate darstellten. Sie nahm sich vor, die Bilder später eingehend zu studieren. In der Mitte des Raumes stand ein großer achteckiger Tisch. Ansonsten war die Halle vollkommen leer.

Anna legte den Kopf in den Nacken und sah nach oben. An der hohen Decke liefen die Kapitelle zu einer Art Baldachin zusammen. Zwei weitere ovale Bleiglasfenster mit Sternenmuster ließen zusätzliches Licht in den Raum, und eine Galerie führte um die gesamte Halle herum. Ihr breites Geländer bestand aus vielen kleinen Alabastersäulen.

»Dieser Raum muss eine wundervolle Akustik haben«, überlegte Anna laut, während sie sich, den Kopf immer noch in den Nacken gelegt, um die eigene Achse drehte.

»Wir werden einen Flügel bestellen und hier in der Halle aufbauen.« Sophia lächelte Anna glücklich an.

Kinderstimmen wurden laut, und ein Mädchen erschien in einer der sechs Türen, die von der Halle abgingen. Ein Junge wurde auf dem Arm einer Frau hinterhergetragen.

Als das Mädchen Sophia sah, knickste es höflich und blieb unsicher neben der Frau stehen.

Sophia ließ langsam Annas Hand los. Ein warmes Lächeln breitete sich auf ihrem Gesicht aus. Zögernd trat Lady Lubrell auf die beiden Kinder zu. Sie fuhr dem Mädchen übers Haar und wollte auch den Jungen leicht berühren. Doch als sie sich näherte, begann das Kind laut zu weinen. Erschrocken fuhr Sophia zurück.

Die Kinderfrau lächelte entschuldigend. »Er muss sich erst wieder an Eure Ladyschaft gewöhnen.«

Sophia nickte und sah ihren Kindern hinterher, während sie hinausgeführt wurden.

Anna erkannte die Enttäuschung auf Sophias Gesicht und konnte sie gut nachvollziehen. Sophia war zehn Monate von ihren Kindern getrennt gewesen und hatte sich das Wiedersehen bestimmt anders vorgestellt.

»Zeigen Sie mir Mainston Hall«, sagte Anna und berührte ihre Herrin sanft am Arm. »Geben Sie Ihren Kindern Zeit. Besuchen Sie sie jeden Tag.«

Sophia nickte und führte Anna weiter in die Bibliothek. Auch in diesem Raum war das Rosen- und Rankenmuster aus der Halle zu finden, nur dass die Säulen hier aus Eichenholz und nicht aus Alabaster gefertigt waren. Die Decke war mit Stuckarbeiten verziert, und vier Kamine sorgten für gleichmäßige Wärme und reichlich Arbeit für die Dienerschaft. Überall standen Schränke, hinter deren Glasfenstern Anna Bücher erkannte. Auf dem Boden lagen helle Teppiche.

»Dieser Raum ist den Männern vorbehalten«, erklärte Sophia und führte Anna auf eine Tür in der rechten hinteren Ecke zu. »Allerdings wird er seit dem Tod meines Vaters fast gar nicht mehr benutzt. Lord Lubrell ist sehr viel unterwegs. Manchmal komme ich hierher, um zu lesen oder mir die Bilder in den Kunstbüchern anzusehen.«

Der Butler, der ihnen die ganze Zeit lautlos gefolgt war, öffnete die Tür und ließ Anna und Sophia in ein weiteres Zimmer treten. Orange Seidentapeten und Vorhänge verliehen dem Raum eine gemütliche Atmosphäre.

»Das ist das Wohnzimmer. Der Rückzugsort für uns Damen nach dem Essen.« Sophia durchquerte den Raum mit schnellem Schritt und führte Anna in ein Treppenhaus.

Anna hielt einen Augenblick die Luft an, als sie den hohen Raum betrat. Genau wie die Halle war auch das Treppenhaus aus hellem Stein gebaut und enthielt Säulen mit reichhaltigen Verzierungen. Es schien drei Etagen hoch zu sein, und ganz oben unter der Decke war ein Fenster angebracht, das die Form einer Blume hatte.

»Kommen Sie!« Lady Lubrell stieg mit zügigen Schritten die hellen Steinstufen hinauf. Anna und der Butler folgten ihr.

»Ich habe für Sie die Zimmer direkt über meinen eigenen Räumen herrichten lassen.« Als Sophia die erste Etage erreicht hatte, verließ sie das Treppenhaus, und Anna folgte ihr in einen langen Flur. An seinem Ende hing ein großer Spiegel. Sackville drehte an einem Vorsprung in der Wand, und der Spiegel glitt wie von Zauberhand zur Seite.

Durch einen weiteren Korridor und über eine enge Wendeltreppe gelangten sie in ein hübsches Schlafzimmer, das mit einer grünen chinesischen Seidentapete versehen war, auf der exotische Vögel abgebildet waren.

»Kommen Sie hierher!« Sophia winkte Anna zu einem der Fenster. »Es ist zwar schon fast dunkel, aber Sie können noch sehen, wie schön der Ausblick von hier oben ist.«

Anna musste ihr recht geben. Die Aussicht war wundervoll. Sie mussten sich in einem der viereckigen Türme befinden, die Anna von der Auffahrt aus gesehen hatte.

Anna ließ den Blick über die im Dämmerlicht liegende Landschaft gleiten. Die untergehende Sonne färbte das Meer am Horizont rot. Vor ihr erstreckten sich die Gärten von Mainston Hall, links lag ein Waldstück.

»Es ist wunderschön«, stellte Anna fest.

»Das ist Ihr Schlafzimmer. Und nebenan haben Sie ein Wohnzimmer. Außerdem gibt es noch ein Ankleidezimmer und ein Bad auf dieser Etage.« Sophia lächelte glücklich.

Anna wusste nicht, was sie erwidern sollte. Die Zimmer, die Sophia für sie ausgesucht hatte, waren für eine Lady gemacht, nicht für eine Gesellschafterin, die zwei Jahre zuvor noch unterstes Stubenmädchen gewesen war. Anna betrachtete ein Hausmädchen, das eifrig die Kerzen im Zimmer entzündete.

»Jane wird Ihnen beim Umkleiden helfen, bis wir eine Zofe für Sie gefunden haben«, sagte Sophia und drückte Anna die Hand. »Ich bin so froh, dass Sie hier bei mir auf Mainston Hall sind.«

Dann wandte sie sich an den Butler. »Wir werden das Abendessen um acht einnehmen.«

Die Tür schloss sich so schnell hinter Sophia und Sackville, dass Anna nichts mehr erwidern konnte.

Sie hatte das Gefühl, eine Welle sei über ihrem Kopf zusammengeschlagen. Sie befand sich in einem Schloss, das so groß und prachtvoll war, wie sie zuvor noch keines gesehen hatte. Sie wurde wie eine Dame und nicht wie eine Dienerin behandelt, und es waren ihr Zimmer zugewiesen worden, die so edel und aufwendig gestaltet waren, dass auch die Königin hier hätte wohnen können.

Aber sie gehörte nicht hierher, und Sophia hatte einfach für sie entschieden. Anna hatte nicht einmal die Möglichkeit erhalten, dieser bevorzugten Behandlung zu widersprechen. Doch sie war jetzt die Gesellschafterin, und sie musste lernen, sich den Wünschen ihrer Herrin zu fügen.

Anna seufzte und trat an den Kamin, in dem ein Feuer loderte. Vielleicht war sie auch bloß undankbar. Sie war als Gesellschafterin Sophias nach Mainston gekommen, hatte diese herrlichen Zimmer erhalten und in ihrem Kamin brannte ein Feuer, um das sie sich nicht selbst zu kümmern brauchte. Wenn sie es nur genießen könnte.

Mainston Hall, Nordwales, Sommer und Herbst 1856

Die Tage wurden wärmer, und der Sommer hielt Einzug in das Leben auf Mainston Hall. Morgens wurde Anna von Vogelgezwitscher geweckt, und das Meer wurde ruhiger. Anna und Sophia verbrachten die Nachmittage immer öfter im Garten oder machten lange Spaziergänge die Küste entlang. Die meiste Zeit verbrachten sie jedoch in der Bibliothek, wo Anna stundenlang auf dem alten Cembalo spielte, während Sophia mit geschlossenen Augen neben ihr saß und jeden Ton begierig in sich aufsog. Gleich nach ihrer Ankunft hatte Sophia von Mr Jenkins, dem Verwalter des Anwesens, einen Flügel bestellen lassen. Er sollte in der Halle aufgestellt werden. Die beiden Frauen fieberten dem Tag seiner Ankunft entgegen und verbrachten Stunden damit, über das Instrument zu sprechen. Sie stellten Vermutungen über seine Größe, seine Farbe und seinen Klang an.

Lord Lubrell war auf Reisen, wie Sophia Anna berichtete. Sie erwartete ihn in den nächsten Monaten nicht auf Mainston Hall. Anscheinend war der Hausherr selten auf dem Anwesen und überließ die Geschäfte seinem Verwalter, Mr Jenkins. Sophia sprach nicht viel über ihren Ehemann, und Anna wollte nicht in sie dringen, obwohl sie gern mehr über ihn gewusst hätte. Schließlich war er ihr Arbeitgeber und sie von seiner Gunst abhängig.

Anna war beinahe glücklich. Die Angst, von Timothy gefunden zu werden, verlor sich mehr und mehr. Aber trotz des Friedens, der sie umgab, hatte Anna den Eindruck, dass ein dunkler Schatten über Mainston Hall lag, den sie nicht fassen konnte. Sie sah in den blauen Himmel hinauf, die Sonne blendete sie, und doch fröstelte es sie. Wenn sie mit Sophia Tee auf der Terrasse trank, den Hunden beim Spielen auf der Wiese zusah und über die frechen Vögel lachte, die ihnen die Kuchenkrümel vom Teller stahlen, hielt sie sich für töricht. Warum nahm sie das Glück nicht einfach hin, das ihr widerfuhr?

Die Zustände ihrer Herrin waren vollkommen verschwunden, seit sie in Mainston eingetroffen waren. Wenn sie in der Bibliothek saßen und den Klängen des Cembalos lauschten, vergaßen sie die Zeit. Anna saß am Instrument und Sophia auf dem eleganten Sofa an einem der Kamine. Manchmal ließ Sophia ihre Kinder, Frank und Margaret, holen, damit auch sie Annas Klavierspiel zuhören konnten. Die Kleinen entspannten sich zunehmend, je öfter sie in der Gesellschaft ihrer Mutter waren.

Anna musste lächeln, wenn sie Lady Lubrell mit ihren Kindern beobachtete. Sophia schien oft so hilflos im Umgang mit ihnen und blickte sich ratlos zu der Kinderfrau um. Sie liebte die Kleinen sehr, das konnte Anna an ihren zärtlichen Blicken erkennen, mit denen sie sie bedachte. Und doch schienen Frank und Margaret für Sophia rätselhafte Wesen zu sein, deren Beweggründe sie nicht erforschen konnte.

Eines Morgens, als Jane sich gerade verabschiedet hatte und Anna im Begriff war, ins Frühstückszimmer zu gehen, kam Sophia eilig in Annas Schlafzimmer. Zwei Diener mit sperrigen Paketen folgten ihr.

»Es ist alles angekommen.« Sophia strahlte und ging weiter in das angrenzende Wohnzimmer. »Bitte, bringen Sie das Sofa und die Schränkchen in ein anderes Zimmer«, wandte sie sich an die Diener. Dann sah sie Anna an. »Wir werden den Platz brauchen.«

»Wofür, Eure Ladyschaft?« Anna mochte das gemütliche grüne Sofa und die kleinen Schränkchen gern. Warum sollten sie aus dem Zimmer verschwinden?

»Ich werde wieder anfangen zu malen. Heute sind die Utensilien dafür geliefert worden.« Sie bedeutete den Dienern, die Pakete zu öffnen. »Und ich beginne mit einem Bild von Ihnen, Anna.«

»Oh.« Anna sah sich unsicher um. »Ich bin noch nie gemalt worden.«

»Ich werde noch heute damit anfangen. Setzen Sie sich doch bitte hier auf den Stuhl beim Fenster.« Sophia betrachtete die Staffelei, die ein Diener aus einem der Pakete geholt und aufgestellt hatte.

»Eure Ladyschaft«, sagte Anna und trat zögernd ans Fenster, »sollten wir nicht zuerst frühstücken?«

Sophia winkte ab. »Das Licht ist morgens besonders gut, und ich kann es nicht erwarten, Sie endlich zu malen.«

Sie erteilte den Dienern Anweisungen, ihr eine Leinwand aufzuspannen, und nahm dann eines der schwarzen Skizzenbücher zur Hand, die neben verschiedenen Farbtuben, Malerpaletten, Pinseln und Tüchern ebenfalls in den Paketen geliefert worden waren.

Mit knurrendem Magen setzte Anna sich auf den Stuhl. Der Bleistift in Sophias Hand flog über das Papier. Von Zeit zu Zeit blätterte sie eine Seite um und gab Anna Anweisungen, ihre Position zu wechseln oder den Gesichtsausdruck zu ändern. Erst als Mrs Wilson an die Tür klopfte und sie zum Lunch rief, machte sie eine Pause. Aber kaum hatten sie den letzten Bissen des Truthahnbratens hinuntergeschluckt, drängte Sophia Anna schon wieder auf ihren Stuhl im Turmzimmer. Sie zeichnete den halben Nachmittag weiter und griff dann zu den Leinwänden und Ölfarben. Das lange Stillsitzen fiel Anna schwer, und ihr Rücken begann zu schmerzen. Als es dunkel wurde und das Licht der Kerzen nicht mehr ausreichte, hörte Sophia endlich auf. Anna bat sie darum, sich die Zeichnungen und Gemälde ansehen zu dürfen.

Sophia blätterte zur ersten Seite zurück, und Anna betrachtete alles im schwachen Schein der Kerze. Überrascht weiteten sich ihre Augen. Die Zeichnungen waren wahre Kunstwerke, und die Gemälde waren atemberaubend. Sie strahlten eine solche Lebendigkeit aus, dass Anna meinte, in einen Spiegel zu blicken. Sophia hatte jede Regung auf

Annas Gesicht eingefangen, jedes winzige Muttermal, ja sogar die kleine Narbe an Annas Kinn, die Timothy ihr damals zugefügt hatte.

»Wundervoll«, rief Anna, und Stolz breitete sich in ihr aus, als sie sich selbst auf der Leinwand erkannte.

»Danke.« Sophia strahlte glücklich. »Es macht mir Spaß, endlich wieder zu malen. Morgen werden wir hinaus ans Meer gehen und in den Garten, und ich werde Sie dort malen.«

Am nächsten Tag schien die Sonne.

Sophia wies die Diener an, ihr weitere Leinwände zu bauen, und Mr Jenkins musste noch mehr Stoff und Leisten bestellen. Sophia schien von einem Fieber befallen worden zu sein, das sie zum Malen zwang. Jede Minute des Tages huschte der Bleistift über das Papier, oder der Pinsel glitt in sanften Bewegungen über die Leinwand.

Dann wurde endlich der Flügel geliefert. Nachdem er in der Halle aufgebaut worden war, nahm Anna den Stimmschlüssel in die Hand und stimmte das Instrument.

Nun tanzten ihre Finger über die Tasten und Sophias Hände über das Papier. Etliche Tage verbrachten die beiden Frauen in der Halle, jede in ihre Kunst vertieft und doch ganz eng beisammen.

Irgendwann, nachdem Anna mehrere Stunden hochkonzentriert gespielt hatte, blickte sie auf und sah neben sich eine meterhohe Leinwand. Sophia hatte die Halle zu einem Atelier umgestaltet. Um sie herum standen Tische, auf denen Farben, Paletten und Tücher wild durcheinanderlagen. Anna hielt in ihrem Spiel inne.

»Spielen Sie weiter«, sagte Sophia, und ihre Stimme erklang dumpf von der anderen Seite der Leinwand zu Anna herüber.

Anna ignorierte die Aufforderung und stand auf. »Was haben Sie vor, Eure Ladyschaft?«

Sie ging um die Leinwand herum. Sophia hatte eine Leiter aufstellen lassen, auf der sie nun balancierte und den oberen Rand der Leinwand bearbeitete. Anna blieb stehen und starrte auf das Werk. Sie war überwältigt von dem Anblick, der sich ihr bot. Sie erkannte sich selbst, am Flügel sitzend, den Kopf leicht über die Tasten gebeugt, den Blick in die Ferne gerichtet. Einige Haarsträhnen hatten sich aus ihrer Frisur gelöst und fielen ihr wirr ins Gesicht.

»Gefällt es Ihnen?« Sophia stieg die Leiter hinunter und stellte sich neben Anna. Mit dem Handrücken strich sie sich übers Gesicht, ein zufriedener Glanz lag in ihren Augen.

»Ja, es ist wunderschön«, sagte Anna zögernd. »Aber, Eure Ladyschaft, ich habe diese Ehre nicht verdient. Sie haben schon so viele Bilder von mir gemalt. Ich meine, dass sie sich einem anderen Motiv zuwenden sollten. Malen Sie doch auch Ihre Kinder oder Mainston Hall.«

Einen Moment lang schwebten Annas Worte in der Halle. Sie umschlossen den Flügel, die Leinwand und die Alabastersäulen. Sophias Atem beschleunigte sich.

»Ich darf Sie nicht mehr malen?« Ihre Stimme klang hoch und dünn.

»Doch, natürlich, Eure Ladyschaft.« Anna sah Sophia verwirrt an. Was hatte sie angerichtet? Sie wollte Sophia nicht vor den Kopf stoßen.

»Warum sagen Sie dann solche Dinge?« Sophias Stimme wurde immer höher und schriller.

»Ich meinte doch nur …« Anna brach hilflos ab. Wie konnte sie Sophia begreiflich machen, dass sie als einfache Hausangestellte nicht würdig war, immerfort von ihrer Herrin gemalt zu werden?

»Ich will Sie malen, Anna. Zum ersten Mal in meinem

Leben macht mir mein Dasein Freude. Endlich habe ich einen Grund, morgens aufzustehen. Warum verderben Sie mir dieses Glück? Wieso gönnen Sie es mir nicht?« Tränen liefen über Sophias Gesicht. Anna legte sanft den Arm um ihre Schultern, während Sophia sich weinend an sie schmiegte. Oje, was hatte sie nur angerichtet?

»Es tut mir leid«, flüsterte sie immer wieder und führte Sophia zu dem Stuhl, den die Diener eigens für ihre Herrin in die Halle gebracht hatten. Eine Weile klammerte sich Sophia noch an Anna fest, sodass diese gezwungen war, in gebückter Haltung bei ihrer Herrin stehen zu bleiben. Dann spürte sie, dass sich Sophias Griff lockerte und die Tränen versiegten.

Anna löste sich vorsichtig von Sophia und erschrak. Ihre Herrin war weit weg. Es war der erste Zustand, den sie erlitt, seit sie auf Mainston Hall eingetroffen waren. Anna nahm am Klavier Platz, und bereits nach wenigen Takten bemerkte sie eine Regung in Sophias Augen. Sie spielte so lange, bis ihre Herrin wieder vollkommen bei sich war.

Anna stand auf. »Es tut mir so leid. Ich wollte Sie nicht verletzen oder kritisieren. Ich bin sehr stolz darauf, dass Sie Bilder von mir malen.« Sie kniete sich vor Sophia und strich vorsichtig über ihre Hände.

Ein warmes Lächeln breitete sich auf Sophias Gesicht aus. »Versprechen Sie mir, so etwas nie wieder zu sagen.« Sie sah Anna eindringlich an.

»Ich verspreche es.« Anna stand auf und setzte sich wieder an den Flügel.

Bevor sie erneut zu spielen begann, öffnete sie den obersten Knopf ihres Kleides. Sie hatte plötzlich das Gefühl, schlecht atmen zu können. Das musste an den Ölfarben liegen, deren Geruch seit Tagen Mainston Hall erfüllte.

Seit zwei Wochen arbeitete Sophia nun schon an Annas Porträt. Es war das erste Mal, dass sie so lange an einem Bild saß. Normalerweise vollendete sie jeden Tag ein neues Werk. Doch dieses Gemälde war allein durch seine Größe anders als die anderen. Anna musste jeden Tag dasselbe Kleid tragen. Das blaue, das sie von Sophia geschenkt bekommen hatte. Lady Lubrell hatte ihr viele Kleider nähen lassen, doch dieses hier mochte Anna besonders gern. Der leichte Samt fiel fließend über ihre weiten Unterröcke. Die langen, ausgestellten Ärmel waren mit schwarzer Spitze besetzt. Es war schlicht und doch edel. Das tiefe Blau bildete einen hübschen Kontrast zu Annas blondem Haar, und sie liebte das zarte Gefühl auf ihren Armen, das der weiche Stoff hervorrief. Das Korsett ließ Anna sich nicht allzu eng binden, denn sie erinnerte sich noch gut, wie beklemmend es sein konnte.

Seit einigen Tagen hatte Anna trotzdem Probleme mit ihrer Atmung. Manchmal hatte sie das Gefühl, keine Luft zu bekommen. Sie achtete nun besonders darauf, das Mieder leicht geschnürt zu tragen.

»Oh, Mr Sterling«, riss Sophias Stimme sie aus ihren Gedanken. Sie sah von der Klaviatur auf und folgte Sophias Blick. Im Durchgang zum Flur, der zur Eingangstür führte, stand ein Mann, der nun seine Hand ausstreckte und zu Sophia trat.

»Entschuldigen Sie, Eure Ladyschaft, ich hatte Sie nicht stören wollen.«

»Sie stören nicht, Mr Sterling.« Sophia lächelte und wandte sich wieder ihrem Gemälde zu.

»Ich wusste nicht, dass Sie malen«, sagte der Mann, während er die Leinwand betrachtete.

»Anna hat mich dazu gebracht.« Sophia deutete zum Flügel.

Anna hielt in ihrem Spiel inne und stand auf.

»Das ist meine Gesellschafterin Anna Meier.«

Mr Sterling ergriff Annas ausgestreckte Hand. »Ich freue mich, Ihre Bekanntschaft zu machen. Ich bin ein Freund und Mitarbeiter von Lord Lubrell.«

»Haben Sie Lord Lubrell etwa gesehen? Wird er in den nächsten Tagen zurückkehren?« Anna war neugierig, endlich ihren Dienstherren kennenzulernen.

Mr Sterling schüttelte den Kopf. »Nein. Er wird zur Saison in London bleiben. Auch ich war bis gestern Morgen noch dort. Er hat mich hierhergeschickt, um die Schiefersteinbrüche zu inspizieren.«

Täuschte Anna sich, oder war Sophia erleichtert, dass ihr Ehemann noch nicht zurückerwartet wurde? Nun, das war nicht verwunderlich. Sophia nahm sich momentan viele Freiheiten heraus, die sie, wenn der Hausherr anwesend war, sicherlich nicht mehr genießen konnte.

»Sie haben wundervoll gespielt, Miss Meier.« Mr Sterling strich sich das rote Haar aus der Stirn. In seinen Augen lag ein humorvoller Ausdruck, der Anna sofort gefiel.

Sie neigte bescheiden den Kopf und schwieg.

Mr Sterling wandte sich an Sophia. »Sie haben nicht geschrieben, dass Sie eine Gesellschafterin suchten. Ich hätte Ihnen bei der Suche behilflich sein können.«

»Ich hatte es auch nicht geplant.« Sophia war wieder in ihre Malerei vertieft und sprach, ohne den Blick von der Leinwand abzuwenden. »Ich bin Anna zufällig bei meiner Tante in Roseberry House begegnet. Als mein Onkel starb, habe ich Anna mit nach Mainston Hall genommen.« Sophia klang abwesend. Ihre gesamte Konzentration war auf die Leinwand gerichtet. In der linken Hand hielt sie die Palette. Der Pinsel strich behutsam über das Gemälde.

»Gut. Das ist eine Erklärung, mit der sich wohl auch Lord Lubrell zufriedengeben dürfte. Sie wissen ja, dass er es nicht

mag, wenn in seiner Abwesenheit Personal eingestellt wird.«
Mr Sterling lächelte Anna an. »Das bedeutet nicht, dass ich
Ihre Entscheidung missbillige. Ich erinnere mich nur an
ähnliche Vorfälle in der Vergangenheit und möchte Miss-
verständnissen vorbeugen.«

»Natürlich.« Anna senkte den Blick. Mr Sterling und
Lord Lubrell hatten vollkommen recht, ihr gegenüber
misstrauisch zu sein. Schließlich war sie nicht diejenige, für
die sie sich ausgab.

Sie zuckte unmerklich zusammen. Was, wenn Lord
Lubrell oder Mr Sterling ihre Vergangenheit überprüften?
Konnten sie herausfinden, dass sie nicht Anna Meier hieß?
Würden sie jemanden finden, der Annas wahre Identität
aufdeckte?

Ihre Hände wurden feucht. Sie war lange in Sicherheit
gewesen, doch nun begegnete sie tatsächlich Menschen, die
in der Londoner Gesellschaft verkehrten: Mr Sterling und
Lord Lubrell. Vielleicht kannten sie Anna ja sogar persönlich. Sie warf Mr Sterling vorsichtig einen prüfenden Blick
zu. Nein. Er kam ihr nicht bekannt vor. Das hieß natürlich
nicht viel. Auf den Bällen und Dinnerpartys hatte Anna so
viele Menschen gesehen, dass sie sich unmöglich an jedes
einzelne Gesicht erinnern konnte. Aber wenn sie sich nicht
an ihn erinnerte, wieso sollte er sich dann an Anna erinnern
können?

»Ich möchte Sie nicht länger von Ihrem Spiel abhalten,
Miss Meier.« Mr Sterling verbeugte sich und verabschiedete
sich dann von den beiden Frauen.

Seit Annas Ankunft auf Mainston Hall hatten die beiden
Frauen das Abendessen zu zweit im Speisezimmer einge-
nommen.

Heute Abend war der Tisch zum ersten Mal für drei Personen gedeckt. Auf der langen Tafel in der Mitte des Raumes standen drei Kandelaber, deren Flammen zuckende Schatten auf die Wände warfen. Sie spiegelten sich in den Kristallgläsern, sodass der Weißwein honigfarben wirkte. Die Ahnen der Familie Lubrell auf den Porträts an den hohen Wänden schienen Anna, Sophia und Mr Sterling beim Dinner zu beobachten. Obwohl die Tage schon angenehm warm waren, knisterte ein Feuer im Kamin, um die Kühle der Nacht zu vertreiben.

Mr Sterling erzählte den beiden Frauen von London und gab einige Anekdoten zum Besten. Immer wieder brachte er sie zum Lachen. Er berichtete von einer reichen Amerikanerin, die die Londoner Gesellschaft mit ihrem Afghanen-Hündchen schockierte, das sie bei exquisiten Teegesellschaften mit Tortenstücken vom Tisch fütterte. Oder von der Jagd nach dem Affen von Lord Drawston, der ihm mitten in London entwischt war.

»Diese Jagd hätte ich gern gesehen«, sagte Sophia und wischte sich die Tränen aus den Augenwinkeln. »Lord Drawston jagt hinter einem Affen her …«

»Angeblich liebt er das Tier sehr. Der Affe soll sogar ein eigenes Bettchen in Lord Drawstons Schlafzimmer besitzen.« Mr Sterling schmunzelte.

»Läuft der Affe denn frei im Haus und im Garten umher?«, fragte Anna ungläubig. Sie konnte sich nur schwer vorstellen, sich das Zimmer mit einem echten Affen zu teilen.

»Ja, deshalb konnte er entwischen. Böse Zungen behaupten, er habe sich in eine schöne Affendame im Londoner Zoo verliebt.« Mr Sterling lachte.

Anna stimmte in das fröhliche Lachen ein. »Vielleicht sollte Lord Drawston beim Zoo nachfragen, ob dort ebenfalls ein Affe verschwunden ist.«

»Sie werden es nicht glauben. Aber genau das hat er getan.« Mr Sterling winkte Sackville, Wein nachzuschenken.

»Und? Ist Lord Drawston dort fündig geworden?« Anna deckte ihr Glas mit der Hand zu.

»Nein.« Die kleinen Lachfältchen um Mr Sterlings Augen gefielen Anna. »Ich fürchte, Lord Drawston muss noch eine Weile weitersuchen.«

»Oje, was für ein schmerzhafter Verlust.« Anna lächelte.

»Man sollte meinen, dass ein entlaufener Affe in London auffallen müsste. Es ist schwer zu glauben, dass er einfach verschwinden kann.« Sophia runzelte die Stirn.

»Nun, vor ein paar Jahren ist einem Bekannten von mir etwas ganz Ähnliches zugestoßen.« Mr Sterling nahm eine Scheibe Braten von der silbernen Platte, die ihm einer der Diener reichte.

»Ist Ihrem Bekannten auch ein Äffchen entwischt?« Anna schmunzelte. »Oder ein anderes Tier?«

»Nein. Meinem Bekannten, Philip Lyme, ist die Verlobte abhandengekommen. Eine Woche vor der Hochzeit ist sie einfach aus dem Haus ihres Onkels ausgebrochen und spurlos verschwunden.« Mr Sterling grinste.

Anna zuckte zusammen. Etwas Soße geriet ihr in die Luftröhre, und sie musste fürchterlich husten. Schnell griff sie nach ihrem Wein und trank zwei große Schlucke.

Sophia sah sie besorgt an. »Geht es wieder? Sackville, schenken Sie Miss Meier bitte Wein nach.«

»Danke«, keuchte Anna und unterdrückte einen neuen Hustenreiz.

Sophia wandte sich an den Sekretär. »Mr Sterling, wieso war die junge Dame denn im Haus ihres Onkels eingesperrt? Sie sagten, sie sei ausgebrochen.«

»Nun, sie hat wohl ein recht zügelloses Leben geführt,

und ihr Onkel musste Schlimmerem vorbeugen.« Mr Sterling spießte ein Stück Braten auf seine Gabel.

»Und trotz des schlechten Rufes der Dame hat Ihr Bekannter sie heiraten wollen?« Sophia schien sehr interessiert an dem Thema.

Anna war plötzlich übel.

»Sie muss wunderschön gewesen sein.« Mr Sterling prostete Anna und Sophia zu. »Genau wie Sie, Miss Meier. Mir selbst war es leider nicht vergönnt, die Dame persönlich kennenzulernen.«

Anna bemühte sich zu lächeln und beobachtete Mr Sterling. Hatte er sie erkannt und spielte nun ein Spiel mit ihr? Oder war es tatsächlich nur ein Zufall, dass er von ihrer Flucht sprach?

»Werden Sie noch lange an dem Gemälde arbeiten müssen, Eure Ladyschaft?«, wechselte Anna schnell das Thema, indem sie sich an Sophia wandte.

»Das Bild wird ein Meisterwerk, Lady Lubrell«, griff Mr Sterling den Faden auf. Anna entspannte sich.

»Ich danke Ihnen«, sagte Sophia und ihre Augen glänzten. »Ich male schon seit vierzehn Tagen an diesem Bild. Es macht mir große Freude, Anna zu porträtieren.«

»Sie haben sich aber auch ein besonders hübsches Motiv ausgesucht«, stellte Mr Sterling fest. Er sah Anna an, die den Blick schnell abwandte und errötete.

Sophia betrachtete Mr Sterling nachdenklich.

»Vielleicht haben Sie gleich noch Lust, für uns Klavier zu spielen?«, fragte Mr Sterling Anna.

»Nein.« Sophias Stimme klang schneidend. »Das wird nicht gehen. Anna muss mir gleich vorlesen.«

Anna sah ihre Herrin erstaunt an. Seit sie mit dem Malen begonnen hatte, war Sophia nicht mehr an Büchern interessiert gewesen. Vorher hatte Anna ihr zwei- oder dreimal aus

Romanen von Anthony Trollope vorgelesen, aber nun wollte Sophia nichts mehr daraus hören. Sie malte, bis das Licht abends zu schlecht wurde, und ließ sich dann von Anna vorspielen. Eigenartig, dass Sophia heute vorgelesen bekommen wollte.

»Schade.« Mr Sterling sah Anna bedauernd an. »Aber vielleicht darf ich morgen darauf hoffen?«

»Vielleicht«, erwiderte Sophia. Ihre Stimme hatte einen schroffen Unterton.

»Erzählen Sie mir von den Schiefersteinbrüchen.« Anna versuchte erneut, das Thema zu wechseln.

»Lord Lubrell hat erst vor wenigen Jahren mit der Förderung des Schiefers begonnen. Er hatte geahnt, dass auf dem Land von Mainston, wie in vielen Gebieten in Nordwales, reiche Schiefervorkommen liegen mussten. Und er hatte recht.« Mr Sterling lehnte sich zurück. Anna merkte, dass das ein Thema war, für das er sich sehr interessierte. »In den letzten acht Jahren hat er Handelsbeziehungen in viele Länder der Welt aufgebaut. Die Mainston-Schiefersteinbrüche sind auf dem Weg, zu den erfolgreichsten weltweit zu werden. Wir fördern mittlerweile achtzigtausend Tonnen im Jahr.«

»Seltsam«, sagte Anna und legte ihr Besteck zur Seite. »Ich lebe nun bereits seit einigen Monaten auf Mainston, aber von den Steinbrüchen habe ich noch gar nichts gehört oder gesehen.«

»Anfangs hat Lord Lubrell diese Steinbrüche zusammen mit dem Haus und dem Land verwalten lassen. Aber inzwischen arbeiten dort eintausendachthundert Männer, und das Ganze braucht seit einigen Jahren eine eigene Verwaltung.« Mr Sterling trank seinen Wein aus. »Wenn Sie Interesse haben, zeige ich Ihnen die Steinbrüche gern einmal. Wir könnten alle zusammen einen Ausflug dorthin machen.«

»Sehr gern.« Anna war begeistert von der Idee. Sie hatte sich schon seit Langem vorgenommen, die Gegend zu erkunden.

»Wir werden sehen, ob wir dafür Zeit finden«, sagte Sophia und stand auf. »Mr Sterling, Sie müssen uns jetzt bitte entschuldigen. Wir ziehen uns zurück.«

Kapitel 11

Mainston Hall, Nordwales, Oktober 2015

*W*ohin fahren die Lastwagen?« Nina lehnte ihr Fahrrad an die Hauswand des Pubs und sah den beiden LKW nach, die eine dicke Staubwolke zurückließen.

»Zu den Steinbrüchen«, antwortete Bryan und stellte seine Harley gleich hinter Ninas Rad. »Die gehörten früher den Lubrells, aber der Großvater des heutigen Lord Lubrell musste die Steinbrüche verkaufen, um die Schulden des Anwesens bezahlen zu können.«

»Schulden?« Nina beobachtete eine junge Frau auf der anderen Straßenseite, die einen klapprigen Buggy schob. Zwei Kinder liefen mit ihren Schulranzen neben ihr her. Es war ein schöner Oktobertag, aber auch in der Sonne nicht wärmer als zwölf oder dreizehn Grad.

»Nach dem Ersten Weltkrieg gerieten viele Familien in Not«, fuhr Bryan fort. »Um das Haus halten zu können, mussten auch die Lubrells auf Personal und Luxus verzichten.« Er grinste. »Bevor du fragst: Nein, wir Sackvilles waren unverzichtbar.«

»Ohne Butler funktioniert Mainston Hall wohl nicht.« Nina fuhr sich leicht fröstelnd über die Arme, die in einem einfachen grünen Strickpulli steckten.

»Richtig.« Bryan lachte und hielt Nina die Tür zum Pub auf. »Da hat der alte Lord Lubrell sich lieber von seinen

Steinbrüchen getrennt. Und von dem Erlös kann die Familie seitdem gut leben.«

Nina sog die verlockenden Essensdüfte ein, die aus der Küche des Mainston Arms kamen. Sie wollte den Pub gerade betreten, als ihr Handy zu klingeln begann.

»Ich suche uns schon mal einen Tisch.« Bryan verschwand im Gasthaus.

Nina zog ihr Handy aus der Tasche und zuckte zusammen. Es war Johannes. Sollte sie rangehen oder es weiterklingeln lassen? Doch bevor sie länger darüber nachdenken konnte, nahmen ihre zitternden Finger den Anruf auch schon an.

»Hallo?« Ihre Stimme klang seltsam rau.

»Nina?«

Nina räusperte sich, während sie sich an die Fachwerkwand des alten Hauses lehnte. »Ja.«

»Gott sei Dank. Ich versuche schon seit Tagen, dich zu erreichen. Wo steckst du denn?« Johannes wirkte besorgt. »Ich bin letzte Woche bei dir vorbeigefahren, aber du warst nicht da, und deine Nachbarin hat gesagt, dass sie dich schon seit Wochen nicht mehr gesehen hat. Mareike sucht dich auch verzweifelt. Du hast Warschau verpasst.«

»Ich bin in England.« Nina setzte sich an einen der Holztische vor dem Pub. Ihren Beinen war plötzlich nicht mehr zu trauen.

Einen Moment blieb es still am anderen Ende der Leitung.

»Was machst du in England?«

»Ich kann jetzt nicht darüber reden.« Ihre Nase kribbelte. Gleich würde sie in Tränen ausbrechen. Sie atmete tief ein.

»Ich mache mir Sorgen um dich, mein Liebling. Ich vermisse dich ganz schrecklich.« Es war dieser warme Cis-Dur-Ton, wenn er sprach, der sie auch in Madrid schon so verzaubert hatte.

Nina konnte nicht antworten. Ihre Augen wurden feucht.

»Ich muss dich sehen. Wann kommst du zurück?« Johannes' Stimme war drängend.

Sie zog mit dem Fingernagel die Maserung im Holz des Tisches nach. »Ich weiß es nicht.«

»Ich werde zu dir kommen. Wo bist du genau?«

Nein, das war keine gute Idee.

»Wie ist deine Adresse? Ich bin jetzt noch ein paar Tage in den USA unterwegs. Dann habe ich drei Tage frei.« Er machte eine Pause und wartete offenbar darauf, dass Nina ihm antwortete.

Sie konnte nicht sprechen. Tränen liefen über ihre Wangen, als wäre sie ein kopfloser Teenager. Sie sehnte sich so sehr nach ihm. Und dafür schämte und hasste sie sich.

»Liebling, bitte. Wo bist du?«

»Ich bin zurzeit in Nordwales.« Ninas Stimme war nur ein Flüstern. »Aber nächste Woche bin ich wieder in Stone Abbey.« Sie legte auf, ohne seine Antwort abzuwarten. Dann warf sie ihr Telefon auf den Tisch und schloss die Augen.

Warum war sie wieder schwach geworden! Sie kam sich wie die schlimmste Verräterin vor. Wieso hatte sie ihren Gefühlen nachgegeben und sich von Johannes einwickeln lassen? Er war der Mann ihrer besten Freundin! Sie wischte sich die Tränen aus dem Gesicht und atmete tief durch.

»Meine Güte! Du machst ein Gesicht, als wäre für den Rest des Jahres Regen angesagt.«

Nina fuhr erschrocken zusammen, als Bryan plötzlich neben ihr stand.

»Ich dachte, ich sehe mal nach dir. Was ist los?«

Sie versuchte zu lächeln.

»Sieht aus, als ob du dringend eine Tasse Tee gebrauchen könntest. Ich hole uns mal welchen.«

Er verschwand im Inneren des Gebäudes. Nina sah, wie die Tür langsam hinter ihm ins Schloss fiel. Eine Wolke schob sich vor die Sonne und Nina wurde kalt. Sie kauerte sich auf der Holzbank vor dem Pub zusammen. Am liebsten hätte sie sich einfach in Luft aufgelöst.

Wenige Augenblicke später kam Bryan mit zwei dampfenden Tassen zurück. Er setzte sich neben Nina auf die Bank. Eine Weile tranken sie schweigend den heißen Tee. Er war eine Spur zu süß, aber der Zucker tat Nina gut.

»Ich bin mit meinen Studien vorangekommen.« Bryan zog eine Schachtel Zigaretten aus seiner Jacke.

»Welche Studien?« Nina hatte im Augenblick keine Lust, sich mit ihm zu unterhalten. Sie musste über ihre verfahrene Situation nachdenken. Wenigstens war ihr durch den Tee etwas wärmer geworden.

»Ich habe eine Theorie aufgestellt. Sag mir einfach, ob ich richtigliege.« Das Feuerzeug klickte. Dann zog Bryan an seiner Zigarette und stieß den Rauch langsam aus.

Nina hustete demonstrativ.

»Wie du ja weißt, habe ich mich im Internet über dich schlaugemacht.« Er lehnte sich gegen die Wand des Pubs und streckte die Beine unter dem Tisch aus.

»Du hast mir hinterhergeschnüffelt.« Nina funkelte ihn zornig an.

»Jetzt lass doch mal gut sein.« Bryan sah kurz zu den Wolken hinauf, die sich inzwischen am Himmel ausgebreitet hatten. Dann fuhr er fort: »Als du so empfindlich darauf reagiert hast, kam mir der Verdacht, dass es vielleicht damit zu tun haben könnte, dass du nicht beim Chopin-Wettbewerb angetreten bist.«

»Woher weißt du das?« Nina sprang hastig auf.

Bryan verdrehte die Augen. »Setz dich wieder hin. Meine Güte, im digitalen Zeitalter braucht man kein Spion zu sein, um das herauszufinden.« Er sah sie neugierig an. »Warum bist du nicht hingefahren?«

»Was geht dich das an?« Nina verschränkte die Arme vor der Brust.

»Ich hab gemerkt, dass dir irgendwas wehtut«, sagte Bryan. »Und anscheinend hast du bisher noch mit niemandem darüber reden können.«

Nina zog die Augenbrauen zusammen. »Oh, jetzt kommt die empathische Tour. Du wirst immer komplexer.«

Er griff nach ihrem Arm. »Komm, setz dich wieder.«

Widerstrebend ließ Nina sich auf die Bank ziehen. Sie hatte keine Kraft mehr, sich mit ihm zu streiten.

»Ich hab mir überlegt, dass es dir vielleicht helfen könnte, wenn du mit mir über die ganze Sache sprichst.«

»Mit dir?« Nina sah ihn misstrauisch an. »Warum sollte ich ausgerechnet mit dir darüber reden? Nein danke.«

»Weil du mich nie wiedersehen wirst. Du kannst alles loswerden. Das wird dir guttun. Und danach trennen sich unsere Wege und wir werden uns nie mehr begegnen.«

»Woher weiß ich, dass du die Geschichte nicht einer Zeitung verkaufst?« Nina hatte keine Lust, dass ihr schrecklicher Fehler womöglich in der Regenbogenpresse breitgetreten wurde.

»Bist du immer so misstrauisch?« Er schwang das rechte Bein über die Bank, sodass er Nina direkt ansehen konnte.

»Ich bin vorsichtig«, erwiderte sie und drehte sich demonstrativ weg.

»Nimm dich nicht so verdammt wichtig, Nina. Glaubst du, die Zeitungen warten nur darauf, eine Skandalgeschichte über dich zu hören?«

»Du hast ja keine Ahnung.«

»Na schön. Ich gebe dir mein Wort.«

Nina griff nach ihrem Teebecher und umklammerte ihn.

»Selbst wenn ich mich dazu entschließen würde, dir davon zu erzählen, heißt das noch lange nicht, dass es mir danach besser geht.«

»Das werden wir nicht herausfinden, solange du es nicht ausprobierst.« Bryan stützte seinen Kopf in die Hand und strahlte sie an.

»Es ist eine so komplizierte und lange Geschichte. Ich weiß nicht, wo ich anfangen soll.« Nina starrte auf den staubigen Boden vor den Tischen des Pubs.

»Fang einfach von vorn an. Ich habe Zeit und drinnen gibt es noch Tee bis zum Abwinken.« Er lächelte aufmunternd.

»Keine Frau, die auf dich wartet?« Nina machte eine Kopfbewegung in Richtung der Eingangstür. »Was ist mit der Kellnerin?«

»Ich mach heute mal Pause.« Er grinste.

Nina stieß einen abfälligen Seufzer aus.

Auf der anderen Straßenseite kam die Frau mit dem Buggy zurück. Die beiden Schulkinder hatte sie wohl irgendwo abgeliefert.

Vielleicht hatte Bryan recht. Vielleicht musste sie ja wirklich darüber sprechen, um die Sache loszuwerden.

»Ich habe so viele Ähnlichkeiten mit Anna Stone, dass es mir schon fast unheimlich ist.« Nina lehnte sich zurück. »Und ich meine nicht nur die äußere Ähnlichkeit – auch das Klavierspiel.«

Bryan schwieg.

»Mein Talent hat mich meine gesamte Kindheit gekostet. Ich hatte keine Möglichkeit, Freundschaften zu schließen, weil ich jeden Nachmittag Klavier üben musste. Seit meinem achten Lebensjahr, kurz nachdem meine Mutter gestorben war, bin ich in ganz Europa herumgeschickt worden und habe an verschiedenen Konservatorien und Akademien studiert. Aber ich habe es immer geliebt.«

»Du wusstest schon damals, dass du hauptberuflich Pianistin werden würdest?« Bryan nahm einen Schluck Tee.

Interessierte ihn das wirklich? Nina sah Bryan forschend an und nickte. »Es gab keinen anderen Weg für mich. Ich wollte nichts anderes. Klavier spielen war mein Leben. Als ich vierzehn wurde, bekam ich einen Studienplatz an der Musikhochschule in Wien. Ich war damals die jüngste Studentin dort und hatte eine Professorin, die bis heute eine gefeierte Pianistin ist. Von ihr habe ich unendlich viel gelernt. Dieser Frau habe ich alles zu verdanken, was ich bin … was ich war, meine ich.« Nina verstummte und spürte Übelkeit in sich aufsteigen. »Sie hat mir nicht nur im Bereich der Musik viel beigebracht. Sie war wie eine zweite Mutter für mich.«

Nina hielt inne und sah noch einmal zu Bryan hinüber. Er hörte ihr schweigend und mit ernstem Gesicht zu.

Sie zögerte. Wie konnte sie ihm begreiflich machen, was Mareike ihr bedeutete? »Sie war meine Vertraute. Wenn ich Sorgen hatte, konnte ich immer zu ihr kommen.«

Bryan steckte sich eine neue Zigarette an. Er rauchte wirklich viel zu viel.

»Jedenfalls hatten wir uns gute Chancen für den diesjährigen Chopin-Wettbewerb ausgerechnet«, fuhr sie fort. »In Warschau überhaupt antreten zu dürfen, bedeutet viel für eine Karriere. Und ich hatte die Zusage dafür. Dieser Wettbewerb findet nur alle fünf Jahre statt. Die Chancen sind also gering, noch einmal eine Einladung zu bekommen.«

»Aber ihr seid tatsächlich nicht geflogen?« Bryan sah sie an.

»Nein.« Nina trank den letzten Schluck Tee. »Ich bin geflohen. Nachdem ich etwas getan habe, was Mareike mir nie verzeihen wird.«

»Mareike ist deine Professorin?«, hakte Bryan nach.

Nina nickte. »Ja, Professorin Dr. Mareike Thiedemann.«

»Der Name sagt mir etwas. Thiedemann …« Bryan schien zu überlegen.

Nina seufzte. »Der Name ist auf der ganzen Welt bekannt. Ihr Mann ist einer der berühmtesten und besten Dirigenten überhaupt. Johannes Thiedemann.« Sie biss sich auf die Lippen und zwang sich dann weiterzusprechen. »Mareike hat mir diesen Solopart besorgt. Ich habe unter Johannes' Leitung, zusammen mit den Berliner Symphonikern gespielt. Im September haben wir eine Konzertreise durch Spanien und Frankreich unternommen. Paris, Barcelona und Madrid. Es waren die größten Konzerte, die ich je gespielt habe. Und es war aufregend, mit Johannes Thiedemann und all den anderen erfolgreichen Musikern unterwegs zu sein. Wir haben vorher drei Wochen lang in Berlin hart geprobt. Ich dachte, er muss mich für die unbegabteste Musikerin halten, mit der er je gearbeitet hat. Er ließ mich immer wieder die gleichen Passagen spielen, bis die Intonation perfekt war.« Nina brach ab. Sie hatte noch nie darüber gesprochen.

Bryan rauchte schweigend. Er drängte sie nicht dazu weiterzureden. Nina sah ihm eine Weile beim Rauchen zu. Die Sonne hatte sich mittlerweile wieder hinter den Wolken hervorgekämpft.

Nina holte tief Luft. »Er hat Unglaubliches aus mir herausgeholt. Mareike kam nach Paris und war so stolz auf mich. Es war wundervoll. Ich habe umwerfende Kritiken bekommen. Es war alles wie ein Traum. Dann kam Barcelona. Das Konzert war wieder ein voller Erfolg. Diesmal war Mareike nicht dabei. Aber die Zuschauer waren total begeistert und es gab Standing Ovations. Als die Reporter und Gratulanten alle gegangen waren, saß ich allein in meiner Garderobe. Ich fühlte mich einsam. Es war niemand da, mit dem ich meinen Erfolg teilen konnte. Doch dann kam Johannes.

Er hat sich rührend um mich gekümmert und mich zum Essen eingeladen. Wir haben einen wunderschönen Abend verbracht. In Madrid gab es wieder ein tolles Konzert. Aber diesmal war es hinterher anders.« Nina konnte nicht weiterreden.

»Du hast mit ihm geschlafen«, half Bryan ihr weiter. »Mit dem Mann deiner Professorin, diesem Dirigenten.«

Nina schloss die Augen und nickte. Ihr war kalt geworden. Sie strich sich über die Arme. »Irgendwie war völlig klar, dass Johannes und ich zusammen ausgehen würden. Ich hatte mir extra ein neues Kleid gekauft. Ich sah großartig darin aus.« Sie hielt inne und konnte die Tränen nicht mehr zurückhalten, Tränen der Scham und der Hilflosigkeit. »Verstehst du? Ich habe es darauf angelegt, und er hat angebissen. Ich habe Mareike betrogen. Sie hat mir vertraut. Sie hat mir Johannes vorgestellt.« Nina schluchzte. Endlich ließ sie den Tränen freien Lauf. Sie hatten sich wochenlang in ihr angestaut.

»Seitdem habe ich nicht mehr mit Mareike gesprochen. Ich habe meine Termine bei ihr einfach nicht wahrgenommen. Ich gehe nicht mehr ans Telefon, wenn sie anruft, und ich bin wieder in meine Dortmunder Wohnung gezogen, die mir mein Vater gekauft hat.«

»Du hast also dein Leben, wie es bis vor Kurzem war, einfach aufgegeben?« Bryan sah sie erstaunt an.

Nina nickte. Sie zitterte, ob aus Kälte oder Reue konnte sie nicht sagen. Bryan stand auf, zog seine Jacke aus und legte sie Nina um die Schultern.

»Was hätte ich denn sonst tun sollen? Ich konnte Mareike nicht mehr ins Gesicht schauen, und ich wollte auch Johannes nicht wiedersehen. Es ist mir so peinlich.« Nina zog die Jacke fester um sich. Sie roch nach Bryans Aftershave – leicht herb und zitronig.

»Hat er sich denn seit dieser Nacht wieder bei dir gemeldet?«

Nina nickte traurig. »Ja, er ruft ständig an. Gerade eben noch. Er sagt, er vermisst mich und will mich wiedersehen.«

»Und willst *du* ihn wiedersehen?« Bryan blickte Nina direkt in die Augen.

Sie schüttelte den Kopf. »Nein. Und ja. Ich sehne mich nach ihm und hasse mich dafür. Mareike ist für mich der wichtigste Mensch auf der Welt. Warum tue ich ihr das an? Warum sehne ich mich trotz allem nach ihrem Ehemann?«

Bryan seufzte. »Gefühle sind nun mal nicht rational zu erklären. Sie treffen einen ganz unerwartet, und dann ist man ihnen hilflos ausgeliefert.« Er lächelte.

»Ich habe das wirklich nicht gewollt. Ich hatte bis zu diesem Tag in Madrid nie daran gedacht, dass er etwas anderes für mich sein könnte als Mareikes Ehemann. Aber dann kam dieser Abend und das, was er sagte, und ich dachte: Wow, Johannes Thiedemann findet dich toll. Plötzlich war ich ein anderer Mensch. Ich habe ihn schon als Kind bewundert und mir gewünscht, einmal unter seiner Leitung spielen zu dürfen.«

»Und du glaubst, dass du für ihn mehr bist als ein kurzes Abenteuer? Mehr als nur eine kleine Abwechslung zwischendurch?«, fragte Bryan.

Nina zog die Schultern hoch. »Keine Ahnung. Er behauptet das. Aber ich weiß nicht, ob es auch stimmt.«

Bryan ging um den Tisch herum auf Nina zu. »Sonst wäre er ein echter Schweinehund. Aber wie gesagt, Gefühle sind nicht planbar, und ich kann mir durchaus vorstellen, dass er sich ernsthaft in dich verliebt hat.« Bryan lächelte wieder.

Nina sah zu ihm auf und schüttelte den Gedanken an Johannes ab. »So vernünftige Worte hätte ich dir gar nicht zugetraut.«

»Natürlich nicht. Du hast dir von Anfang an ein bestimmtes Bild von mir gemacht und dich nicht davon abbringen lassen.«

»Die Liste deiner Frauenbekanntschaften ist jedenfalls beeindruckend.« Nina warf einen Blick zu den Kindern hinüber, die jetzt auf dem Gehweg Fußball spielten.

»Ich bin den Frauen gegenüber ehrlich. Und glaube mir, die sind genauso wenig an einer festen Beziehung interessiert wie ich.« Bryan drückte seine Zigarette aus. »Du scheinst diesen Johannes Thiedemann jedenfalls ziemlich zu interessieren. Und das ist eine weitere Gemeinsamkeit zwischen dir und Anna Stone.«

Nina sah ihn irritiert an.

Bryan setzte sich wieder neben sie auf die Bank. »Erinnerst du dich an den geheimnisvollen Maler, der Anna Stone immer wieder gemalt hat? Sie muss ihn um den Finger gewickelt haben.«

»Vielleicht war es ihre Musik. Musik kann Menschen verzaubern.«

»Ja, vielleicht«, sagte Bryan und überlegte kurz. »Ich habe dich allerdings noch keinen einzigen Takt spielen hören«, sagte er dann.

Nina seufzte. »Ich kann nicht mehr spielen. Sobald ich mich an ein Klavier setze, verkrampfen sich meine Finger.«

»Lass mich raten: Das geht so, seit du mit Thiedemann geschlafen hast.«

Nina nickte.

»Und wenn du mit Mareike sprechen würdest?« Bryan sah sie prüfend an.

»Nein.« Nina wich entsetzt zurück. »Das kann ich nicht. Ich habe zu große Angst davor, Mareike zu enttäuschen.«

»Meinst du nicht, dass du das nicht schon längst getan hast?« Bryan musterte Nina kritisch. »Indem du dich nicht bei ihr gemeldet hast, sie versetzt hast und ihre Anrufe ignorierst?«

»Ja«, jammerte Nina und verbarg ihr Gesicht in den Händen. »Das weiß ich doch. Deswegen geht es mir ja so schlecht.«

Bryan runzelte die Stirn. »Rede mit ihr. Steh zu dem, was du getan hast. Entschuldige dich bei ihr oder erkläre ihr die Situation. Auf jeden Fall musst du eine Entscheidung treffen. Für Johannes oder gegen ihn. Und wie auch immer diese Entscheidung ausfällt – du musst sie ihr mitteilen.«

»Nein.« Nina ließ die Hände in den Schoß sinken. »Es geht nicht. Ich kann es ihr nicht sagen. Ich will ihr nicht ins Gesicht sehen und ihre Enttäuschung erleben müssen.« Sie rieb sich die Hände, die immer noch kalt waren. Es wurde Zeit, dass sie ins Warme kam.

»Also gut. Aber denk mal darüber nach. Im Augenblick läufst du davon. Du wirst wohl lernen müssen, dich deinen Fehlern und Schwächen zu stellen.« Bryan griff wieder nach seiner Zigarettenschachtel.

»Und du musst lernen, weniger zu rauchen.«

Bryan schmunzelte. »Das dürfte schwierig werden. Aber ich gebe mein Bestes.« Er zündete sich eine Zigarette an. »Vielleicht bist du ja der wiedergeborene Geist von Anna Stone«, überlegte er dann.

»Das wäre schön«, erwiderte Nina und seufzte, »ein Geist zu sein und von allen Problemen einfach davonschweben zu können.«

»Unterstehe dich wegzuschweben, bevor wir Annas Geheimnis vollständig gelüftet haben!« Bryan grinste sie breit an.

»Du willst mir also immer noch helfen?«

»Klar, ich fange allmählich an, mich an deine Kratzbürstigkeit zu gewöhnen.« Bryan stand auf.

»Kratzbürstigkeit? Nur weil ich mich wehre und mir nicht alles gefallen lasse?«

Bryan zwinkerte amüsiert, ignorierte ihre Frage jedoch. »Jetzt komm endlich. Ich lade dich zu einem späten Mittagessen in den besten Pub des Ortes ein.«

Auch wenn es der einzige Pub in diesem Ort war, nahm Nina seine Einladung gern an.

Bryan drehte den Mauervorsprung, und der Spiegel glitt mit einem leisen Quietschen zur Seite. Als sie den Flur dahinter betraten, brauchten Ninas Augen einen Moment, um sich an das Dämmerlicht zu gewöhnen. Bryan tastete sich vorsichtig zu der Tür vor ihnen und öffnete sie. Der Raum dahinter war in helles Licht getaucht. Nina trat ein und drehte sich fasziniert um die eigene Achse. »In diesem Zimmer komme ich mir immer vor wie in einem asiatischen Regenwald.« Sie deutete auf die bunten Vögel und Pfauen auf der Tapete.

Bryan nickte. »Diese Zimmer und auch die darüber sind sehr kostspielig eingerichtet worden. Ich möchte gern wissen, wer hier früher gewohnt hat.«

Nina trat an den Frisiertisch und fuhr mit den Fingern über den Rücken einer silbernen Haarbürste. »Hier ist überall das Monogramm SL eingraviert.«

»Die Sachen scheinen einer Frau gehört zu haben.« Bryan war neben sie getreten und blies den Staub von den hübschen Haarkämmen aus Elfenbein. »Männer tragen ja selten Haarkämme.«

»Ebenso wenig mit Diamanten besetzte Broschen und Haarnadeln.« Nina hielt die hübsch verzierten Gegenstände ins Licht. »Sieh mal, wie schön die funkeln!«

»Das L steht vermutlich für Lubrell«, überlegte Bryan. »Sehen wir mal auf dem Schreibtisch nach. Auf den Briefen muss schließlich ein Adressat stehen.«

Nina folgte Bryan ins Nebenzimmer. Auch dieser Raum trug eher eine weibliche Handschrift. Nina ging zum Kamin und betrachtete die Figuren, die auf dem Sims standen. Die mit Gold bestickten Tapeten, gelben Brokatvorhänge und sandfarbenen Teppiche mussten dem Zimmer einst ein helles und freundliches Aussehen verliehen haben. Mittlerweile bedeckte ein grauer Schleier die Farben, hervorgerufen durch den Staub vieler Jahrzehnte.

»Ich kann nicht verstehen, warum diese Räume aufgegeben wurden«, sagte Nina. »Es gibt so viele hübsche und kostbare Gegenstände hier. Außerdem gehören diese Zimmer sicher zu den schönsten des Hauses. Die Aussicht ist grandios.« Sie trat an eines der Fenster. »Von dieser Seite des Hauses sieht man die Gärten, und man kann sogar bis zum Meer hinunterschauen. Die Sonnenuntergänge müssen wundervoll sein.« Sie stützte sich auf die niedrige Fensterbank.

»Ja, das stimmt. Ich gehe manchmal abends hoch zum Klippenpfad, um der Sonne beim Untergehen zuzusehen.« Bryan stand plötzlich neben ihr.

»Du überraschst mich mit jedem Tag mehr«, sagte Nina, während sie überlegte, wer Bryan wohl bei diesen romantischen Ausflügen begleitete. Ob es die Kellnerin aus dem Pub war?

»Tief in meinem Herzen bin ich eben ein Romantiker.« Bryan zog sein Jackett aus und hängte es über die Lehne eines zierlichen Stuhls.

Nina trat vom Fenster zurück und ging zu dem Schreibtisch mit der ledernen Oberfläche.

»Wir bräuchten ein feuchtes Tuch, um den Staub wegwischen zu können. Man kann fast nichts erkennen.« Sie hustete, als sie eine Feder in die Hand nahm, die in einem Halter gesteckt hatte. Eine Staubwolke wirbelte auf.

Bryan verschwand durch die Tür und kehrte wenig später mit einem kleinen Eimer und Tüchern zurück.

»Wir müssen sehr sorgfältig vorgehen, damit wir keine Schäden an den Materialien anrichten«, stellte er fest.

Er wrang den Lappen gründlich aus und reichte ihn Nina. Vorsichtig tupfte sie über die Schreibtischplatte. Tinten- und Wachsflecken kamen auf dem Leder zum Vorschein. Dann griff Nina nach einem trockenen Tuch und entfernte den Staub von den Briefen, die in einem goldenen Briefhalter steckten.

»*Lady Sophia Lubrell, Mainston Hall*«, las sie die Adresse auf einem der Briefe vor. Sie drehte ihn um und stieß einen leisen Schrei aus. »Er ist von Anna Stone. Aus dem Gefängnis in Bangor.«

Ihre Hände zitterten. Ihr Mund war plötzlich trocken. Diesen Brief hatte Anna geschrieben. Nina brauchte lange, um das rissige Papier mit ihren zitternden Händen auseinanderzufalten. Der Bogen war mit einer unsauberen Handschrift beschrieben. Ninas Blick fiel zuerst auf das Datum. Der 24. März 1858. Sie las den Brief vor: »*Eure Ladyschaft, ich danke Ihnen für das Papier und die Bleistifte. Für mich kann es keine Rettung mehr geben. Meine Tochter wurde mir genommen und in den nächsten Stunden erwartet mich der Strick. Ich hoffe, im Tod endlich den Frieden finden zu können, der mir auf Erden verwehrt blieb.*«

Nina ließ den Brief sinken und drehte sich zu Bryan um, der ihr aufmerksam zugehört hatte. Ihre Hände waren eiskalt vor Aufregung. »Eine Tochter? Das muss Abigail gewesen sein. Ich habe in Stone Abbey Fotografien und einen Brief von ihr gefunden. Aber warum sollte Anna gehängt werden? Was ist damals geschehen? Wir brauchen endlich Fakten.« Nina sah sich suchend im Zimmer um, als ob die Antwort auf ihre Fragen auf einem der Schränkchen liegen könnte.

»Anna Stone hat sechs Menschen umgebracht. Das habe ich dir doch erzählt. Glaubst du mir jetzt endlich? Warum wäre sie sonst im Gefängnis gelandet?« Bryan wusch den schmutzigen Lappen in dem Eimer aus und fuhr mit einem sauberen, trockenen Tuch über einen weiteren Stapel Papier.

»Unsinn. Sie schreibt, dass der Strick auf sie wartet … Aber warum? Sechs Morde … Woher willst du das wissen?« Nina sah ihn herausfordernd an.

Bryan dachte einen Augenblick nach. Schließlich grinste er und hielt mitten im Abstauben inne. »Das erzählt man sich eben so.«

Nina schnaubte. »Und da wunderst du dich, dass ich dir deine Theorien nicht abnehme? Mr Halston in der Bibliothek sprach sogar von zwanzig Morden.«

»Was sind sonst noch für Briefe da?« Bryan legte den Lappen aus der Hand und durchsuchte den Stapel Papiere auf dem Schreibtisch. »Hier, ein Brief an Lord Frank Lubrell – von Abigail Stone? War das ihre Tochter?«

Nina nickte, nahm Bryan den Brief ab und faltete ihn auseinander. »*Stone Abbey, im Mai 1881. Verehrter Lord Lubrell, beiliegend erhalten Sie eine Übersetzung der Aufzeichnungen meiner Mutter. Ich selbst wuchs bei meiner Großtante Clara in Stone Abbey auf. Nach der Hinrichtung meiner Mutter wurden mir ihre persönlichen Dinge aus dem Gefängnis zugeschickt, darunter auch ein Bericht, den sie im Gefängnis abgefasst hat. Sie beschreibt darin die Vorgänge, die damals zu ihrer Verurteilung geführt haben. Ich habe lange überlegt, ob ich Ihnen die Wahrheit nicht besser vorenthalten soll. Doch ich bin zu dem Schluss gekommen, dass Sie das gleiche Recht haben, sie zu erfahren, wie ich selbst. In der Hoffnung, richtig zu handeln, verbleibe ich ergebenst Ihre Abigail Stone.*«

Nina starrte auf den Brief. Ihr Herz raste. »Bryan, es muss

tatsächlich Aufzeichnungen über die damaligen Ereignisse geben.« Sie begann, aufgeregt im Zimmer hin und her zu laufen. Das war mehr, als sie sich erhofft hatte. »Wo könnte die Übersetzung sein, von der Abigail Stone spricht?«

Bryan sah sich um. »Wir haben den Brief hier auf dem Schreibtisch gefunden, also kann der Rest auch nicht weit sein.« Er ging zum Fenster, neben dem ein Tischchen stand, auf dem mehrere alte Zeitungen und Mappen lagen.

»Hier ist ein Brief von der Gefängnisleitung in Bangor. Adressiert an Lady Sophia Lubrell.« Nina war wieder zum Schreibtisch zurückgekehrt. »*7. April 1858, Eure Ladyschaft, hiermit teilen wir Ihnen mit, dass Ihre ehemalige Hausangestellte heute Morgen um sieben Minuten vor sieben exekutiert worden ist. Alle ihre Habseligkeiten haben wir an ihre nächsten Angehörigen gesendet. Darunter befindet sich auch das Gemälde, das Sie ihr ins Gefängnis geschickt haben und das auf dem Dachboden unserer Einrichtung gelagert wurde.*«

»So ist also das Bild, von dem du mir erzählt hast, nach Stone Abbey gelangt«, stellte Bryan fest.

Nina nickte. »Es ist ihrer Familie geschickt worden. Ihrer Tochter Abigail.«

Eine Weile betrachtete Nina schweigend die Briefe, die jetzt nebeneinander vor ihr auf dem Schreibtisch lagen. Dann räusperte sie sich. »Sie ist zwei Wochen nach dem letzten Brief an Lady Lubrell hingerichtet worden.«

»Mal angenommen, Anna war tatsächlich unschuldig …« Bryan beugte sich jetzt ebenfalls über die Briefe. »Dann werden wir das nur beweisen können, wenn wir diesen Bericht finden, den Abigail Stone damals an Frank Lubrell geschickt hat.«

Nina musste lächeln und schluckte eine spitze Bemerkung hinunter. Stattdessen sagte sie: »Das hier scheinen die

Zimmer von Sophia Lubrell gewesen zu sein. Zumindest ist das ihr Schreibtisch mit ihrer Post. Vielleicht hat sie ja ein Tagebuch geführt und darin den Namen des wirklichen Mörders erwähnt.«

»Gut«, Bryan begann die Briefe wieder zusammenzufalten, »dann lass uns die Briefe ordentlich zurückstellen. Schließlich gehören sie uns ja nicht. Und dann suchen wir nach diesen ominösen Aufzeichnungen.«

Nina nickte und steckte die Briefe wieder in den Halter.

»Okay, du schaust dich hier unten um, und ich nehme mir die obere Etage vor«, sagte Bryan, der schon in der Tür stand.

Nina nickte. Aber sobald der Butler verschwunden war, griff sie noch einmal nach dem Brief von Anna Stone. Bryan hatte nicht ganz recht, wenn er sagte, dass die Briefe nicht ihr gehörten. Immerhin war Anna ihre Vorfahrin, und somit hatte sie auch ein gewisses Anrecht darauf. Nina ließ das Schriftstück in ihre Umhängetasche gleiten und öffnete dann die verschiedenen Schubladen des Schreibtisches. Wenige Minuten später hatte sie alle möglichen Orte überprüft, an denen die Übersetzung sein könnte. Sie war weder im Schreibtisch noch im Kleiderschrank oder in der Kommode zu finden. Nina seufzte und wandte sich zur Tür. Vorsichtig tastete sie sich durch das dunkle Treppenhaus hinauf in die oberen Zimmer.

Bryan kniete vor einer Kommode im Schlafzimmer und wühlte sich durch verschiedene Kleidungsstücke. »Hier scheinen keine Papiere zu sein. Ich habe das ganze Zimmer durchsucht. Es gibt weder Briefe noch irgendeine Übersetzung.« Er stand auf und betrachtete nachdenklich die Gegenstände auf dem Frisiertisch. »Dieses Zimmer ist noch hübscher als das untere. Der Blick aus dem Fenster reicht weiter, und die William-Morris-Tapete ist wunderschön. Auch die Möbel scheinen sehr wertvoll zu sein.«

Nina trat an ein chinesisches Tischchen. »Ist das Elfenbein?« Sie strich die dicke Staubschicht weg.

»Ja«, sagte Bryan. »Und das Holz ist Ebenholz. Das war schon immer eine der teuersten und edelsten Baumarten der Welt.«

»Vielleicht waren das die Zimmer von Sophia Lubrells Ehemann, dem damaligen Lord Lubrell.« Nina trat an den Frisiertisch, der vor dem Fenster stand.

»Nein, das kann ich mir nicht vorstellen.« Bryan deutete auf das Himmelbett und das mit Spitzen besetzte Nachtgewand, das darüber ausgebreitet lag. »Obwohl Männer in dieser Zeit durchaus Nachthemden trugen, scheint mir das kostbare Stück dort doch eher einer Frau gehört zu haben.«

Nina starrte aufgeregt auf das mit silbernen Fäden gestickte Monogramm. Ihre Stimme klang seltsam hoch, als sie sich an den Butler wandte. »Bryan, ich glaube, dieses Zimmer hat Anna Stone bewohnt.«

Bryan folgte ihrem Blick und pfiff durch die Zähne. »Tatsächlich.«

Er strich über das seidene Nachthemd und betrachtete die hellblauen Bänder, die das ehemals weiße Gewand an den langen Ärmeln und am Halsausschnitt säumten. Annas Name war mit silbernem Garn auf den Stoff gestickt worden.

»Anna.« Nina griff nach dem Nachthemd und betrachtete es mit ehrfurchtsvollem Blick.

»Aber vielleicht eine andere Anna.« Bryan fasste nach Ninas Arm und zwang sie, ihn anzusehen. »Ich gebe zu, dass der Gedanke verlockend ist. Wir wissen, dass Anna auf Mainston Hall gelebt hat. In dem Zimmer nebenan wurde sie porträtiert, das haben wir über die Bilder eindeutig herausgefunden. Aber Anna war eine Hausangestellte, wie in dem Brief des Gefängnisleiters stand. Sie wird wohl kaum in einem edleren Bett geschlafen haben als ihre Herrin.«

Nina betrachtete das Himmelbett aus Ebenholz. Die Vorhänge waren aus Seide und Brokat gefertigt. Am Kopfteil des Bettes befand sich eine Platte, auf der Intarsien aus Elfenbein eine chinesische Teehausszene darstellten. Bryan hatte recht. Dieses Bett wirkte weitaus kostbarer als das Eichenbett im darunter liegenden Schlafzimmer.

Enttäuscht wandte Nina sich zum Frisiertisch. Vielleicht fand sie ja hier einen Hinweis auf die frühere Bewohnerin des Schlafzimmers. Sie strich vorsichtig den Staub von den Bürsten und Kämmen und nahm die kleinen Dosen und Schachteln in die Hand. Plötzlich hielt sie triumphierend inne. »Und was meinst du dann zu dieser Inschrift?« Nina hielt eine silberne Puderdose hoch, die mit einem filigranen Rankenmuster verziert war. Sie deutete auf den aufgeklappten Deckel. »*Sie tun mir gut, Anna. In Liebe und Dankbarkeit, Sophia.*«

Bryan nahm ihr die Dose aus der Hand und betrachtete die Worte nachdenklich. »Auf jeden Fall hat hier eine Anna gewohnt. Aber war es tatsächlich Anna Stone? Wenn ja, warum schreibt dann der Gefängnisleiter, dass sie eine Hausangestellte gewesen sei? Mir kommt es eher so vor, als wäre sie eine enge Freundin von Lady Lubrell gewesen.« Bryan legte das Döschen zurück auf den Frisiertisch.

»Aber in ihrem Brief aus dem Gefängnis hat Anna die formelle Ansprache *Eure Ladyschaft* verwendet.« Nina strich instinktiv über ihre Umhängetasche, in die sie den Brief gesteckt hatte. »So spricht eine Dienerin ihre Herrin an. Wäre sie tatsächlich eine enge Freundin gewesen, hätte das sicher anders geklungen.«

»Nicht unbedingt.« Bryan schmunzelte, während er sich dem Nachttisch zuwandte. »Die Aristokratie besteht manchmal auf die kompliziertesten Anredeformeln. Sogar heute noch. Da werden selbst bei Freunden und Verwandten keine Ausnahmen gemacht. Aber die Sache ist trotzdem eigenartig.«

Schweigend standen sie eine Weile nebeneinander in dem Zimmer. Nina hatte das Gefühl, die Tür könnte sich jeden Moment öffnen und Anna hereinkommen. Als wäre sie nur kurz hinausgegangen, um gleich wieder zurückzukehren.

»Aber wenn das hier Annas Schlafzimmer war«, unterbrach Bryan schließlich das Schweigen, »wer hat dann das angrenzende Wohnzimmer als Atelier genutzt? Es kann wohl kaum Anna selbst gewesen sein, die so viele Bilder von sich gemalt hat.«

Nina musste ihm zustimmen und öffnete die Tür, die in den großen hellen Raum führte. Durch die Fenster hatte man einen wunderbaren Ausblick auf das Meer, die Gärten und den großen Park von Mainston Hall. Aber Ninas Blick blieb an den Gemälden rundum an den Wänden hängen. Wieder fiel ihr auf, dass jedes für sich ein Meisterwerk war. Die Bilder wirkten lebendig, Anna Stone schien so wirklich und echt, dass Nina ihre Anwesenheit im Raum zu spüren meinte.

»Sie war unglaublich schön.« Bryan betrachtete eines der Bilder eingehend.

»Vorsicht!« Nina sah ihn an. »Ich bin nicht dein Typ, schon vergessen? Dieses Kompliment könnte ich glatt auf mich beziehen.«

Sie trat dicht an eine hohe Leinwand heran, auf der Anna im Garten abgebildet war. Sie saß auf einer Wiese, und im Hintergrund waren Rosensträucher zu sehen.

Nina schaute in die grünen Augen ihrer Vorfahrin. Sie fühlte sich Anna Stone auf besondere Weise verbunden – wie eine Zwillingsschwester, die hundertsechzig Jahre zu früh gelebt hatte.

Kapitel 12

Mainston Hall, Nordwales, Mai/Juni 1857

*E*s ist fertig!« Sophia strahlte.

»Was?« Anna war nach ihrem konzentrierten Klavierspiel noch nicht ganz in die große Halle zurückgekehrt.

»Das Bild von Ihnen.« Sophia griff nach Annas Händen, die auf der Klaviatur lagen, und zog ihre Gesellschafterin vom Klavierstuhl hoch. »Kommen Sie und sehen Sie es sich an!«

Anna folgte ihrer Herrin um die Holzkonstruktion herum, an der die Leinwand lehnte, und betrachtete das Bild, an dem ihre Herrin fast ein halbes Jahr lang gearbeitet hatte.

Sie sah die Halle, den Flügel und den achteckigen Tisch, der sie an das Atrium in Sixteen Angles erinnerte. Und sie sah sich selbst, in die Musik vertieft, an dem Flügel hier in der Halle sitzend: die blonden Haare zusammengesteckt, das saphirblaue Kleid, der leicht gebeugte Rücken, den Blick in die Ferne gerichtet. Hinter ihr war das bunte Fenster aus Bleiglas mit der Darstellung der zwölf Monate zu sehen.

Anna griff nach Sophias Hand, stumm vor Begeisterung.

»Gefällt es Ihnen?«, fragte Sophia und sah sie prüfend an.

»Natürlich.« Tränen stiegen in Anna auf. Sie war gerührt darüber, wie viel sie Sophia offenbar bedeutete. Ihre Herrin hatte monatelang an diesem Bild gearbeitet, hatte ihre ganze Leidenschaft und Liebe hineingelegt. Und sie hatte jedes

Detail genau eingefangen. Sogar die kleine Narbe an Annas Kinn – die war von den Schlägen zurückgeblieben, die Timothy ihr in der schrecklichen Nacht zugefügt hatte, als er und Philip Lyme über das Hausmädchen hergefallen waren.

»Ich bin so glücklich, dass es Ihnen gefällt«, rief Sophia und machte ein paar Tanzschritte in den Raum hinein. Sie drehte sich ausgelassen im Kreis. »Es tut so gut, dass es nun fertig ist und dass es Ihnen gefällt. Die ganze Arbeit war also nicht umsonst.«

»Natürlich nicht.« Anna fragte sich, wie Sophia auch nur eine Minute hatte denken können, dass ihr das Bild nicht gefallen könnte.

»Ich will es Ihnen schenken, Anna. Sollte uns jemals irgendetwas auf dieser Welt trennen, dann haben Sie eine Erinnerung an mich und unsere gemeinsame Zeit.«

Anna starrte Sophia an. »Eure Ladyschaft, das kann ich nicht annehmen. Sie haben so viel Zeit und Mühe in dieses Bild gesteckt.«

»Ich bestehe darauf.«

Anna stand noch immer reglos vor dem Porträt. Wie hatte Sophia sich das denn vorgestellt? Falls Anna Mainston Hall jemals verlassen musste, wie sollte sie dieses gewaltige Bild dann von hier wegtransportieren?

Darüber schien Sophia nicht weiter nachzudenken. Sie wirkte glücklich und erleichtert, dass Anna ihr Werk gefiel.

Ein Geräusch ließ die beiden Frauen aus ihren Gedanken hochschrecken. Sie fuhren herum und erkannten Mr Sterling, der in der Tür erschienen war.

»Guten Morgen, Eure Ladyschaft«, sagte er und verneigte sich vor Sophia. Dann ging er auf Anna zu. »Miss Meier. Heute ist ein so schöner Frühsommertag. Ich dachte, Sie beide hätten vielleicht Lust, mich zu den Schiefersteinbrüchen zu begleiten.«

Anna strahlte Mr Sterling an. »Das ist eine hervorragende Idee.« Sie wandte sich an Sophia. »Eure Ladyschaft, lassen Sie uns, nachdem Ihr Bild nun vollendet ist, den Tag mit einem Ausflug zu den Steinbrüchen feiern.«

»Mein Gott«, Mr Sterling war vor das große Bild getreten, »das ist umwerfend! Es ist unglaublich gut getroffen.«

Anna drehte sich überglücklich zu Sophia um und erschrak. Lady Lubrell wirkte mit einem Mal völlig entrückt, sie war in einen ihrer Zustände versunken.

»Oh nein!«, rief Anna entsetzt. Sie lief zu Sophia, die stocksteif mitten in der Halle stand wie die Alabastersäulen um sie herum. »Mr Sterling, helfen Sie mir, bitte.«

Der Sekretär kam verwundert näher. »Eure Ladyschaft, geht es Ihnen nicht gut?«

»Sie können sie jetzt nicht erreichen. Wir müssen sie dort drüben in den Sessel setzen.« Anna hatte ihren Arm schon um Sophias Taille gelegt. Gemeinsam mit Mr Sterling brachte sie Sophia zu dem Armsessel, der hinter dem Flügel stand. Anna setzte sich an das Instrument und begann zu spielen.

»Sollten wir nicht lieber einen Arzt rufen?« Mr Sterling betrachtete Sophia besorgt.

Anna schüttelte den Kopf und spielte unbeirrt weiter. Sie bemerkte, dass sich die Aufmerksamkeit des Sekretärs mehr und mehr von Sophia auf sie selbst verlagerte.

Sterling stand immer noch unschlüssig am Flügel, lauschte ihrem Spiel jedoch fasziniert. Anna hoffte, ihn damit von dem Gedanken abzulenken, ein Arzt könnte Sophia besser helfen, als es ihr Klavierspiel tat. Mr Sterling starrte sie derart eindringlich an, dass Anna sich unwillkürlich an die Szene in London erinnert fühlte, als jener geheimnisvolle Mann an ihrem Flügel gestanden hatte. Anna wünschte sich, er stünde jetzt wieder dort anstelle des Sekretärs.

Sie schloss die Augen und sah ihn vor sich. Die dunklen Augen und Haare, der Blick, der bis in ihr Innerstes vorgedrungen war. Die sanften Lippen, die weiche, glatt rasierte Haut. Eine Weile genoss sie die Vorstellung von dem Fremden, dann zwang sie sich, die Augen wieder zu öffnen.

Mr Sterling stand noch immer dort und betrachtete sie. Anna drehte sich, soweit es das Klavierspiel zuließ, zu ihrer Herrin, die langsam aus ihrem Zustand zurückkehrte. Anna schenkte ihre ganze Konzentration wieder der Musik, die aus ihr herausströmte.

Da zerriss plötzlich ein Schrei Annas Melodien. Anna sprang erschrocken auf und wandte sich um. Sophia war aufgestanden, und ihre Augen sprühten vor Zorn. Ihre Stimme war ein hysterisches Keifen. »Hören Sie auf, sie derart anzustarren, Mr Sterling. Das dürfen Sie nicht. Ich lasse es nicht zu. Glauben Sie nicht, ich hätte nicht von Anfang an bemerkt, was Sie vorhaben. Ich weiß genau, dass Sie sie nur benutzen und unglücklich machen wollen. Aber das lasse ich nicht zu.« Einen Moment lang glaubte Anna, Sophia würde sich auf den Mann stürzen. Und Mr Sterling war unwillkürlich einen Schritt nach hinten gewichen.

»Bitte, Mylady!« Anna lief zu Sophia und versuchte, ihre Arme unter Kontrolle zu bringen, die wild umherfuchtelten. »Beruhigen Sie sich. Niemand tut Ihnen etwas. Alles ist gut.«

»Nein, mir tut niemand etwas. Aber Ihnen.« Sie fixierte Anna mit angsterfülltem Blick, und ihre Augen füllten sich mit Tränen. »Er will Ihnen etwas antun. Ich muss auf Sie achten. Ihnen darf nichts geschehen.« Sie begann zu schluchzen.

Anna schloss ihre Herrin in die Arme und fuhr ihr tröstend über den Rücken. »Ich bringe Sie ins Bett, Eure Ladyschaft. Sie müssen sich ausruhen.« Vorsichtig führte sie

Lady Lubrell durch die Tür und in das hohe Alabastertreppenhaus. Als sie sich noch einmal umdrehte, sah sie Mr Sterling völlig verwirrt und ratlos in der Halle stehen.

Natürlich ließ Mr Sterling das Verhalten Lady Lubrells an diesem Tag nicht auf sich beruhen. Anna hatte Ihrer Ladyschaft beim Entkleiden geholfen und ihr das feine Seidennachthemd übergestülpt. Dann hatte sie sich neben Sophias Bett gesetzt und ihre Hand beruhigend gestreichelt, bis ihre Herrin eingeschlafen war.

Wenig später klopfte es an der Tür. Noch bevor Anna aufstehen und öffnen konnte, betrat ein fremder Herr den Raum. Er stellte sich als Hausarzt der Familie Lubrell vor. Sein Name war Dr. Wyatt.

Anna musste ihm die Vorgänge in der Halle noch einmal schildern.

»Ist so etwas schon häufiger vorgekommen?«, fragte er sie, während er nach Sophias Handgelenk griff.

Anna schüttelte den Kopf. »Sie hat immer wieder Zustände. Aber dass sie laut schreit, ist heute zum ersten Mal passiert.«

»Zustände?« Dr. Wyatt sah Anna fragend an. »Was meinen Sie damit?«

»Nun, ich nenne es so. Meine Mutter hatte auch darunter gelitten. Ich habe schon damals herausgefunden, dass es hilft, wenn ich für sie Klavier spiele. Bei Lady Lubrell ist es genauso. Dann schweift ihr Blick in die Ferne, und sie ist nicht mehr ansprechbar. Es ist, als wäre sie in einer anderen Welt und für uns unerreichbar. Nur die Musik schafft es, sie wieder in die Gegenwart zurückzuholen.«

»Tatsächlich?« Dr. Wyatt sah Anna nachdenklich an. Es war, als würde er Lady Lubrells Gesellschafterin in diesem Moment zum ersten Mal wahrnehmen.

Anna nickte.

»Eine interessante Beobachtung. Wie oft kommt es zu diesen Zuständen?« Er suchte in seiner Tasche zwischen einigen Medikamentenfläschchen.

Anna zuckte mit den Schultern. »Das ist sehr unterschiedlich. Manchmal ereilen Ihre Ladyschaft diese Zustände täglich, bis zu zwei- oder dreimal. Dann gibt es wieder Wochen, in denen sie überhaupt nicht vorkommen.«

»Gibt es bestimmte Situationen, die diese Zustände auslösen?«

Dr. Wyatt stellte ein Fläschchen auf Sophias Nachttisch.

Anna schüttelte den Kopf. »Manchmal kommen sie, wenn sie sich aufregt oder wenn sie unter Druck steht. Aber meistens treten sie unvermittelt auf. Ich weiß nicht, ob es etwas gibt, was sie hervorruft. Ich glaube nicht …« Anna brach hilflos ab.

»Der Fall interessiert mich sehr.« Dr. Wyatt stand auf und schloss seine lederne Arzttasche. »Ein guter Freund von mir hat eine Zeit lang unter Dr. Conolly in der Irrenanstalt in Hanwell gearbeitet. Er hat auch an Conollys großer Anthologie *Die Behandlung der Irren ohne mechanischen Zwang* mitgewirkt. Es wurde seinerzeit viel darüber gesprochen.«

»Irrenanstalt? Die Behandlung der Irren?« Anna sah Dr. Wyatt entsetzt an. »Lady Lubrell ist doch keine Irre.«

Dr. Wyatt nahm seine Tasche und ging zur Tür. »Miss Meier, der Irrsinn hat viele Gesichter.« Er lächelte sie nachsichtig an. »Ich lasse Ihnen ein Fläschchen Laudanum hier. Bitte, geben Sie Ihrer Herrin dreimal am Tag einen Teelöffel davon.« Er nickte Anna zu und verschwand.

Anna zerrte an dem engen Kragen ihres Kleides. Warum musste die englische Mode auch Kleider bevorzugen, die am Hals derart eng geschnitten waren? Ihr fiel das Atmen darin unheimlich schwer. Früher in Deutschland hatte sie diese Probleme nie gehabt.

Anna saß an dem großen Schreibtisch im Morgenzimmer, und das trübe Licht des verregneten Junitages fiel durch die hohen Fenster auf die Briefe, die vor ihr lagen. Sie hörte die gleichmäßigen Geräusche, die Sophias Bleistift auf der Leinwand verursachte.

»Lady Isabell fragt, ob Sie dieses Jahr zur Saison nach London kämen.« Anna sah von dem blassrosa Papier auf und blickte fragend zu ihrer Herrin hinüber. »Soll ich Ihnen den Brief vorlesen?«

Sophia schüttelte den Kopf und betrachtete Anna mit zusammengekniffenen Augen, bevor sie sich wieder ihrer Leinwand widmete.

Anna seufzte leise und griff zu Feder und Papier, um den Brief im Namen ihrer Herrin zu beantworten. Nachdem Sophia in den letzten zwei Wochen ausschließlich Zeichnungen angefertigt hatte, waren drei kleinere Ölbilder gefolgt, und nun bereitete Sophia wieder ein großes Bild vor. Sie interessierte sich für nichts anderes mehr.

Anna überlegte kurz, welche Antwort die passende für Lady Isabell wäre. Einige kurze Sätze sollten genügen. Dann unterschrieb sie schwungvoll mit Sophias Namen.

Anschließend widmete sich Anna der Post, die heute Morgen gekommen war.

»Oh, hier ist ein Brief von Lord Lubrell.« Anna stand auf, um ihn ihrer Herrin zu überreichen. Sie lebte mittlerweile seit einem Jahr auf Mainston Hall, und in dieser Zeit war der Hausherr noch kein einziges Mal nach Hause gekommen. Anna hatte Angst vor der Begegnung. Schließlich war er ein Bekannter von Mr Lyme. Sie erinnerte sich mit Unbehagen an Mr Sterlings Bericht über ihr Verschwinden aus London. Wenn der Sekretär mit Philip Lyme bekannt war, warum nicht auch sein Dienstherr Lord Lubrell? Würde er Anna womöglich erkennen?

»Nein.« Sophia wich vor Anna zurück, als hätte die nicht den Brief ihres Mannes, sondern ein blutiges Messer in der Hand. »Lesen Sie ihn und sagen Sie mir, was er schreibt.«

Anna zögerte. »Mylady, möchten Sie den Brief nicht selbst lesen? Sein Inhalt ist sicher nicht für mich bestimmt.«

Sophia schüttelte den Kopf und hielt ihren Bleistift fest umklammert.

Widerstrebend brach Anna das Siegel und entfaltete den Brief. Er war nüchtern geschrieben, eine Mitteilung, wie sie auch von einem Bekannten der Familie hätte stammen können. Lord Lubrell teilte darin seine baldige Rückkehr mit. Er werde jedoch nicht allein kommen, sondern in exquisiter Gesellschaft. Niemand anderes als die Königin selbst und ihr Mann sowie der Duke of Westminster würden ihn begleiten. Außerdem würden zwei Earls und sechs Lords nebst Gefolge erwartet.

Anna las den Brief gleich zweimal, weil sie nach der ersten Lektüre dachte, sich verlesen zu haben. Aber es stand tatsächlich in dem Brief, dass Königin Victoria und Prinz Albert nach Mainston kommen würden. Und zwar hierher, in dieses Haus.

Aufgeregt berichtete sie Sophia von dem bevorstehenden Ereignis. Aber statt sich zu freuen, wie Anna erwartet hatte, wurde Lady Lubrell entsetzlich blass. Der Stift glitt ihr aus den Fingern und fiel mit einem Klirren zu Boden. Sie wankte, und Anna befürchtete, Sophia könnte dem Bleistift in Richtung Boden folgen.

Schnell lief sie zu ihrer Herrin und schaffte es gerade noch, sie festzuhalten, bevor Lady Lubrell in sich zusammensackte. Dabei stöhnte Anna auf, denn ein stechender Schmerz fuhr ihr in den Rücken. Dennoch gelang es ihr irgendwie, ihre Herrin auf das Sofa zu legen. Dann streckte sie sich und rieb sich das schmerzende Kreuz.

In der Zwischenzeit kam Sophia langsam wieder zu Bewusstsein. Anna kniete sich neben sie und nahm ihre Hand. Die Finger waren eiskalt.

»Mylady, das ist eine große Ehre für Mainston«, erklärte Anna ihrer Herrin, sobald diese die Augen wieder geöffnet hatte.

Sophia schüttelte den Kopf. »Ich habe Angst, Anna.«

»Natürlich«, versuchte Anna, sie zu beruhigen, und streichelte dabei liebevoll ihre Hand. »Schon allein so viele Gäste sind Furcht einflößend. Aber die Königin zu Gast zu haben, ist natürlich besonders aufregend.«

»Nein, ich meine nicht die Königin«, sagte sie, und ihre Stimme war kaum mehr als ein Flüstern, »ich meine *ihn*. Warum kann er nicht fortbleiben? Es ging uns doch gut, nicht wahr? Wir brauchen ihn nicht. Wir wollen ihn nicht.« Sophia wirkte wie ein Tier in der Falle.

»Wen, Mylady? Wen brauchen wir nicht?«

»Anna, ich habe Angst. Du darfst mich nie mit ihm allein lassen. Versprich es mir.« Sophia stemmte sich mit den Armen vom Sofa hoch, um ihrer Gesellschafterin in die Augen zu sehen.

»Eure Ladyschaft, ich weiß nicht, wen Sie meinen. Vor wem haben Sie Angst?«, fragte Anna, während sie Sophia wieder sanft in die weichen Sofakissen drückte.

»Es war so schön ohne ihn, nicht wahr?« Sophia starrte an die hohe Stuckdecke des Morgenzimmers.

Langsam begriff Anna, dass ihre Herrin keine Angst vor der königlichen Gesellschaft hatte, sondern vor ihrem eigenen Ehemann.

Anna spürte, wie stark Sophias Hand zitterte. Sie legte ihren Arm um sie.

»Ich werde alles in meiner Macht Stehende tun, um auf Sie aufzupassen, Mylady«, versprach Anna und strich ihr beruhigend über den Rücken.

»Miss Meier, würden Sie bitte schnell ins Elfenbeinzimmer kommen!« Ein rothaariges Hausmädchen mit roten Wangen war in der Küche erschienen, wo Anna gerade mit der Köchin und der Haushälterin stand, um die notwendigen Bestellungen durchzusehen.

»Einen Moment bitte, ich komme in ein paar Minuten hoch.« Anna widmete sich wieder den langen Listen, die auf dem Tisch lagen. Um sie herum herrschte aufgeregtes Treiben. Für den bevorstehenden Besuch der Königin waren zwei weitere Köche, vier Hilfsköchinnen, zehn Diener und zwölf Stubenmädchen zusätzlich eingestellt worden. Aus großen Kupfertöpfen auf dem Herd stiegen verlockende Düfte auf, die Feuerstellen waren alle in Betrieb und ließen die Küche an diesem drückenden Julitag entsetzlich heiß werden. So musste sich die Hölle anfühlen, dachte Anna.

Sie konnte es kaum erwarten, schnell wieder nach oben zu kommen, wo sie besser würde atmen können. Ihr schlichtes Hauskleid aus dunkelgrüner Baumwolle roch schon unangenehm nach Schweiß.

Ihr Blick glitt sehnsüchtig zu den riesigen Fenstern, die in einen Innenhof hinausgingen. Von hier unten war jedoch nichts von dem strahlend blauen Himmel zu sehen. Die hohen Hausmauern verdeckten die Sicht. Ihr Blick wanderte weiter zu der gegenüberliegenden Wand. Durch ein Fenster konnte sie in die Pastetenküche sehen und erkennen, dass auch dort eine Hilfsköchin und zwei Küchenmädchen emsig arbeiteten. Sie bemühte sich, ihre Aufmerksamkeit wieder auf die Köchin neben ihr zu richten, die gerade ausführlich erläuterte, wie viel Mehl sie von der Mühle brauchte und was alles gebacken werden musste. Anna blickte zu den Küchenmädchen. Sie hackten, schnitten, rührten und kneteten. Ein dürres Mädchen kauerte am Boden und wischte eifrig jeden Blutspritzer auf, der aus den toten Kaninchen und Enten tropfte, und jede Kartoffelschale, die eins der Küchenmädchen zu Boden fallen ließ.

Anna spürte einen Stich in ihrer Brust, als sie das Mädchen sah. Sie wusste nur zu gut, wie anstrengend diese Arbeit war. Am liebsten hätte sie der Gestalt zu ihren Füßen die Hand gereicht, sie hochgezogen und eine Tasse Tee trinken lassen. Aber sie wusste, dass sie damit nicht nur die Köchin und die Haushälterin, sondern auch das Mädchen selbst in Verlegenheit bringen würde. Also riss sie sich von der bemitleidenswerten Person los und zählte die Weinflaschen auf der Liste zusammen, die der Butler aufgeführt hatte. Mein Gott, woher sollte sie wissen, wie viel Wein getrunken werden würde, wie viele Kaninchen, Rehe, Wildschweine und Fasane sie brauchten und wie viele Brote gebacken werden mussten? Wie viele Tonnen Eis würden im Eishaus gehackt werden müssen?

Nicht zum ersten Mal in den letzten Tagen wurde ihr bewusst, dass sie in eine Aufgabe hineingerutscht war, die sie kaum bewältigen konnte. Sophia war seit dem Brief ihres Mannes sehr unkonzentriert. Sie geriet regelmäßig in Zustände, malte auch nicht mehr, und Anna musste stundenlang Klavier spielen, bis sie Sophia wieder in die Wirklichkeit holen konnte. Dabei hatte sie gerade jetzt überhaupt keine Zeit dafür. Sophia bestand darauf, dass die Vorbereitung des großen Ereignisses nicht in die Hand der Haushälterin gelegt wurde. Also musste Anna im Namen ihrer Herrin alle Entscheidungen treffen und war dafür verantwortlich, dass der Besuch der Königin bestens vorbereitet wurde. Aber Anna verstand nichts von Haushaltsführung und erst recht nichts von der Führung des Haushaltes von Mainston Hall. Wenn sie damals in Timothys Haus dieser schrecklichen Mrs Roberts nur besser zugehört hätte!

Es blieb Anna nichts anderes übrig, als den Einschätzungen der Haushälterin, der Köchin und des Butlers zu vertrauen. Ihr war bewusst, dass sie den leitenden Hausangestellten damit jede Menge Spielraum für Betrügereien einräumte. Jede gute Hausfrau hätte ihre Bediensteten genauer unter Beobachtung gehabt. Doch Anna hatte sie nicht unter Kontrolle. Der zweifelnde Gesichtsausdruck der Köchin und der überhebliche Tonfall der Haushälterin verrieten ihr nur zu deutlich, dass sie ihre Hilflosigkeit erkannten und als Schwäche verurteilten.

»Bitte, Miss Meier, kommen Sie schnell!« Das rothaarige Hausmädchen stand immer noch hinter ihr. »Es ist wirklich dringend. Es geht um Lady Lubrell.«

»Ihre Ladyschaft?« Anna fuhr herum. »Warum hast du das nicht gleich gesagt?«

Anna murmelte eine Entschuldigung und ließ die Haushälterin und die Köchin verwirrt zurück, während sie mit großen Schritten zur Tür lief.

Je weiter sie die Essensdüfte, das laute Geklapper der Kochtöpfe und das Geplapper der Küchenmädchen hinter sich ließ, umso kühler wurde es. Aber Anna spürte den Schweiß auf ihrer Haut längst nicht mehr. Es ging nur noch um Sophia. Anna hatte seit Tagen ein schlechtes Gewissen ihrer Herrin gegenüber, weil sie sie zwangsläufig vernachlässigte.

Als sie das Elfenbeinzimmer erreichte, fand sie Sophia auf einem der eleganten Sofas liegend, von zwei aufgeregten Hausmädchen umgeben.

»Was ist geschehen?« Anna schob die Mädchen zur Seite und beugte sich über ihre Herrin.

»Wir haben die Türen und den Kamin poliert, wie Mrs Wilson es uns aufgetragen hat.« Das Kleinere der beiden Hausmädchen deutete auf den wuchtigen, mit Ebenholz verzierten Kamin und die dazu passenden Türen links und rechts davon. »Plötzlich kam Ihre Ladyschaft hereingewankt, murmelte etwas, das wir nicht verstehen konnten, und brach auf dem Sofa zusammen.«

Sophia war weiß im Gesicht. Das war diesmal kein Zustand, den Anna mit ihrer Musik vertreiben konnte.

»Bitte, sagt zwei Dienern Bescheid, sie sollen Ihre Ladyschaft nach oben in ihr Bett tragen, und dann schickt nach Dr. Wyatt.« Anna scheuchte die Mädchen hinaus.

Während sie auf die Diener wartete, betrachtete sie Sophia, deren Atem zwar schwach, aber gleichmäßig ging. Wahrscheinlich vertrug Sophia das heiße Wetter ebenso schlecht wie Anna. Nur dass Sophia darauf bestand, ihr Korsett eng geschnürt zu tragen. Anna hatte sich schon oft gewundert, wie sie es darin aushalten konnte, noch dazu wenn es draußen so heiß war.

Endlich erschienen die Diener und kurze Zeit später auch Dr. Wyatt.

Er untersuchte Sophia in ihrem Zimmer. »Es handelt sich um eine Kreislaufschwäche«, stellte er fest. »Wie viel Laudanum geben Sie ihr?«

»Dreimal am Tag einen Teelöffel, wie Sie es angeordnet haben.« Anna sah besorgt auf das Fläschchen. »Ist das zu wenig?«

»Nein, nein – im Gegenteil. Laudanum kann, wenn man zu viel davon einnimmt, zu Kreislaufversagen führen.« Der Arzt machte sich Notizen in einem kleinen Lederbuch, das so ähnlich aussah wie Sophias Skizzenbücher.

»Dann ist es vielleicht besser, wenn Lady Lubrell das Laudanum nicht mehr bekommt?« Anna betrachtete ihre schlafende Herrin. Dr. Wyatt und Anna standen neben Sophias Bett. Die Vorhänge waren zugezogen worden und sperrten das Sonnenlicht nahezu gänzlich aus.

»Nein, Ihre Ladyschaft soll es unbedingt weiterhin nehmen. Es gibt kein besseres Mittel«, erwiderte Dr. Wyatt. »Es ist nur wichtig, dass Sie wissen, dass Laudanum zu Kreislaufschwächen führen kann.« Der Arzt steckte sein Lederbüchlein wieder ein und wandte sich zur Tür.

»Dr. Wyatt, wie Sie bestimmt wissen, erwarten wir nächste Woche die Königin und viele andere Gäste.« Anna betrachtete Sophia besorgt.

»Oh ja, das ist mir bekannt.« Der Arzt strahlte und kam zum Bett zurück. »Ich bin selbst eingeladen. Natürlich erst zum Ball am Abend. Ich freue mich so sehr, die Königin und Prinz Albert zu sehen.«

»Wird Lady Lubrell bis dahin die Schwäche überwunden haben?« Anna konnte Dr. Wyatts euphorische Stimmung nicht teilen.

»Aber natürlich, Miss Meier. Sie soll sich heute den Tag über schonen, dann wird es ihr morgen früh wieder gut gehen.« Er nahm seine Tasche und wandte sich zum Gehen. »Wir sehen uns in der nächsten Woche auf dem Ball, Miss Meier.« Er lächelte zufrieden, als er das Zimmer verließ.

Seltsam, überlegte Anna, alle sind aufgeregt und glücklich wegen dieser Gesellschaft, nur Sophia leidet darunter.

Anna dachte zum ersten Mal darüber nach, was sie selbst über den bevorstehenden Besuch der Königin dachte. Einerseits war sie neugierig darauf, die Königin mit eigenen Augen zu sehen – die Frau, die an der Spitze des mächtigsten Landes der Welt stand. Aber andererseits hatte sie genau die gleiche Angst davor wie ihre Herrin. Anna wusste, auf welch wackligen Pfählen die Hütte stand, die sie in den letzten Tagen gebaut hatte. Die Fassade hatte sie mit bunten Farben bemalt, aber wenn ein unvorhergesehener Windstoß kame, würde sie in sich zusammenbrechen.

Der Innenhof war voller Menschen. Anna ließ ihren Blick über die Menge schweifen. Direkt vor dem Portal stand Sophia, rechts und links von ihr hatte sich die Dienerschaft versammelt. Nur einige Köche, die ihre Arbeit nicht liegen lassen konnten, fehlten in der Reihe. Und die unteren Stuben- und Küchenmädchen befanden sich natürlich auch nicht unter den Dienstboten.

Ein großes Blasorchester stand etwas weiter hinten im Hof. Die Männer traten unruhig von einem Fuß auf den anderen. Anna verstand ihre Nervosität. Es stellte zweifellos den Höhepunkt ihres bisherigen Lebens dar, für die Königin spielen zu dürfen. Auch Annas Bauch kribbelte, wenn sie daran dachte, gleich der Herrscherin des Landes zu begegnen. Gegenüber dem Orchester hatten sich die wichtigsten Bürger aus Mainston und die Hausgäste versammelt, die bereits im Laufe des Tages eingetroffen waren. Anna hatte einige Worte mit ihnen gewechselt, als sie ihre Herrin bei ihrer Ankunft entschuldigt hatte. Sophia leide unter Kopfschmerzen, hatte sie gelogen. Sie wusste nur zu gut, dass es für ihre Ladyschaft ohnehin ein schwieriger Tag werden würde. Wenn sie die Begegnung mit der Königin und das Abendessen gut überstanden haben würde, wäre mehr geschafft, als Anna ihr im Vorfeld zugetraut hatte. Der Ball am Abend würde eine besondere Herausforderung für Sophia werden. Die vielen Menschen, die Gespräche, die sie würde führen müssen und die Gegenwart ihres Ehemannes würden eine große Belastung für Sophia darstellen. Vielleicht könnte Anna allen erklären, dass Sophia wieder Kopfschmerzen habe und deshalb zu Bett gegangen sei.

Anna stand neben Mr Sterling ganz vorn in der Reihe der

Dienstboten und so nah wie möglich bei Sophia. Sie beobachtete ihre Herrin besorgt. Den ganzen Tag war Sophia von einem Zustand in den nächsten geraten. Die Ankunft jedes einzelnen Hausgastes hatte bei ihr neue Ängste ausgelöst. Anna hatte nicht so viel für sie spielen können, wie nötig gewesen wäre, denn es war noch eine Menge zu tun gewesen.

Jetzt stand Sophia einigermaßen gefasst zwischen den beiden Löwen, die den Eingang des Hauses flankierten. Sie sah gut aus in ihrem neuen Kleid aus blassrosa Seide. Der Rock fiel in dicken Falten an Sophia herab und ließ ihre Taille besonders zart wirken. Die ausgestellten Ärmel und der Spitzenbesatz waren nach der herrschenden Mode geschnitten. Anna trug ebenfalls ein neues Kleid. Lady Lubrell hatte darauf bestanden, auch ihrer Gesellschafterin eines schneidern zu lassen. Annas Hände strichen immer wieder verstohlen über den weichen Samt. Das Smaragdgrün des Kleides passte gut zu ihren Augen und bildete einen hübschen Kontrast zu den blonden Haaren. Anna verbrachte sonst nicht viel Zeit mit der Pflege ihres Äußeren. Aber heute Mittag hatte sie, nachdem Jane ihr in das Kleid geholfen hatte, lange vor dem Spiegel gestanden. Sie hatte sich hin und her gedreht und den sanften Bewegungen des Stoffes zugesehen, der an ihr herunterfiel.

Sophia hatte begeistert aufgeschrien, als sie ihre Gesellschafterin so verwandelt gesehen hatte. Jane hatte sich auch lange mit Annas Haaren beschäftigt. Die Frisur war in der Mitte gescheitelt und hinten zum Knoten gesteckt, und Jane hatte Anna unzählige Löckchen seitlich ins Haar gedreht. In den Knoten am Hinterkopf waren Perlen geflochten.

Annas Blick wanderte von Sophia zum Torbogen. Ein Bote war am Bahnhof losgeritten, als der königliche Zug aus London im Dorf Mainston angekommen war. Nach einer offiziellen Begrüßung am Bahnhof war die gesamte Gesellschaft dann nach Mainston Hall aufgebrochen.

Der Bote hatte bereits vor einer Stunde das Haus erreicht und vom baldigen Eintreffen der Gäste berichtet. Nun warteten sie schon eine ganze Weile hier draußen auf den königlichen Tross. Anna hoffte, dass es nicht mehr lange dauern würde, denn sie wusste, dass das Warten nicht gut für Sophia war. Mit jeder Minute wuchs die Wahrscheinlichkeit, dass sie einen ihrer Anfälle bekam.

Aufgeregtes Stimmengemurmel lag in der Luft, die Anspannung der Wartenden war deutlich zu spüren. Das Wetter hätte nicht besser sein können. Die Sonne schien, aber seit dem Gewitter am Vorabend hatte die drückende Schwüle der letzten Tage nachgelassen. Auch die Vögel schienen für Königin Victoria besonders schön zu singen. Anna lauschte gerade ihrem Gezwitscher, als sie aus der Ferne Hufgetrappel hörte, das schnell lauter wurde.

Es war so weit. In wenigen Minuten würde die erste Kutsche den Hof erreichen. Da sah Anna zu Sophia hinüber und erschrak.

Ausgerechnet jetzt hatten Sophias Augen wieder diesen starren Ausdruck angenommen, den Anna nur zu gut an ihr kannte. Sie musste sofort handeln.

Schnell drehte sie sich zu Mr Sterling. »Sie müssen mir helfen, Lady Lubrell in die große Halle zu bringen.«

Mr Sterling sah Anna überrascht an. »Was? Jetzt?«

Sie deutete mit dem Kopf leicht in Sophias Richtung. »Sehen Sie?«

Er erkannte sofort, was sie meinte. »Gut. Kommen Sie. Wir müssen uns beeilen.«

Anna sah sich verstohlen im Schlosshof um. Die Anwesenden hatten alle die herannahenden Kutschen gehört und sahen gespannt zum Torbogen. Niemand beachtete Sophia, die sich jetzt ohne Widerrede von Anna und Mr Sterling ins Innere des Hauses führen ließ.

»Bitte, Mr Sterling, versuchen Sie, die Gesellschaft so lange wie möglich draußen aufzuhalten!« Anna rückte, sobald sie die große Halle erreicht hatten, den alten Lehnstuhl zurecht. »Ich hoffe, dass es nicht allzu lang dauern wird, Ihre Ladyschaft aus ihrem Zustand zurückzuholen.« Anna öffnete den Flügel.

»Aber es wäre sehr unhöflich und gegen jede Etikette, wenn die Herrin des Hauses die Königin nicht an der Tür begrüßen würde«, sagte Mr Sterling, der verzweifelt wirkte. Anna konnte ihn gut verstehen. Seit Tagen hatten sie beide, wie auch die übrige Dienerschaft, ohne Unterlass auf den hohen Besuch hingearbeitet. Und nun drohte der erste Fehler bereits im Moment der Ankunft zu passieren.

»Es gibt keine andere Möglichkeit.« Anna setzte sich an den Flügel. »Lady Lubrell ist nicht in der Lage, die Besucher draußen zu empfangen.« Sie begann zu spielen.

»Was soll ich Lord Lubrell sagen? Er wird toben vor Wut.« Mr Sterling fuhr sich beunruhigt durch das rote Haar.

»Sagen Sie ihm die Wahrheit. Bitten Sie ihn, sich eine Ausrede für das Verhalten seiner Frau zu überlegen.« Annas Finger glitten über die Tasten. Die Musik schien an den Alabastersäulen hinaufzuklettern, um die Wanduhr zu fließen und die bunten Fenster der Halle einzuhüllen.

»Vielleicht ist das gar nicht so schlecht«, murmelte Mr Sterling, während er fasziniert auf Annas Finger starrte, die sicher ihren Weg über die Klaviatur nahmen, »wir könnten behaupten, Ihre Ladyschaft habe sich etwas Besonderes für Ihre Majestät ausgedacht: Sie möchte sie hier in der Halle mit Klaviermusik empfangen.«

Anna lächelte. Dann versank sie in den Klängen der Beethoven-Sonate.

Bereits nach dem ersten Satz merkte Anna, dass die Augen ihrer Herrin leicht zu glänzen begannen. Noch ein paar Minuten, und sie würde wieder bei sich sein.

Anna legte alle Gefühle, die sie empfand, in die Musik. Wenn sie besonders intensiv spielte, würde Sophia vielleicht auch besonders schnell wieder genesen. Denn viel Zeit blieb ihr nicht mehr. Anna hörte draußen bereits das Blasorchester *God Save the Queen* spielen. Die Kutschen hatten also den Innenhof erreicht. Hoffentlich achtete Sophia nicht auf diese Geräusche, sondern ließ sich ausschließlich in Annas Musik treiben.

Wer außer Lord Lubrell war wohl im Gefolge der Königin gerade eingetroffen? Es wurden viele Gäste aus London erwartet. Anna hatte die Namen gelesen, doch auf den Bällen in London hatte sie oft nur die Gesichter, nicht aber die Namen gekannt. Was würde geschehen, wenn jemand sie erkannte? Aber wer sollte sie erkennen? Selbst wenn die Geschichte von ihrer Flucht damals in London herumgegangen war, würde wohl niemand Annas Namen mit ihrem Gesicht in Verbindung bringen.

Sie entspannte sich wieder und betrachtete Sophia. Ihre Augen hatten den starren Ausdruck verloren. Sie war wieder in der Realität angekommen. Und das keine Sekunde zu früh. Schon waren die ersten Schritte im Gang zu hören, der vom Eingangsportal in die Halle führte. Sophia stand auf und stellte sich neben Anna an den Flügel. Anna spielte weiter. Die Musik würde ihre Herrin davor bewahren, erneut in einen Zustand zu gleiten.

Andererseits brachte das Klavierspiel Anna selbst in Gefahr. Sie zuckte leicht zusammen, als ihr klar wurde, dass sie hier am Flügel im Fokus der Aufmerksamkeit stehen würde.

Doch jetzt war es für diese Überlegungen zu spät. In der Tür zur Halle tauchten Menschen auf. Anna meinte, die gedrungene Gestalt der Königin zu erkennen. Wie sie gehört hatte, war Victoria erst im April von ihrem neunten Kind entbunden worden. Anna beugte den Kopf über die Tasten, um möglichst wenig aufzufallen.

Aus den Augenwinkeln sah sie, dass Sophia auf die Gruppe zuging und sich verneigte. Die Stimmen klangen leise zu ihr herüber, sie verstand nicht, was gesprochen wurde. Anna konzentrierte sich auf die Musik. Sie folgte den Tönen mit ihren Gedanken.

Plötzlich mischte sich Sophias Stimme unter die Klänge. Fordernd und verzweifelt rief sie nach ihrer Gesellschafterin. Anna hielt in ihrem Spiel inne und stand unsicher auf. Mit einem Mal war es vollkommen still in der Halle. Niemand unterhielt sich. Die Blicke sämtlicher Anwesenden waren auf Anna gerichtet. Vorsichtig, als liefe sie über Glasscherben, ging sie auf die Gesellschaft zu. Sie fühlte sich nackt und schutzlos. Sollte sie jemand aus London kennen, dann würde er sie jetzt, in diesem Augenblick entdecken.

Anna trat mit gesenktem Kopf zu ihrer Herrin, die neben der Königin stand.

»Ich möchte gern, dass Sie mich begleiten, wenn ich Ihrer Königlichen Hoheit ihre Räume zeige«, sagte Sophia, während sie nach Annas Arm griff.

Natürlich brauchte Sophia Annas Hilfe. Denn Ihre Ladyschaft konnte nicht wissen, wo die Königin untergebracht werden würde. Sie hatte in den letzten Tagen nicht die Kraft gehabt, die Vorbereitungen zu überwachen. Lord Lubrell hatte entsprechende Anweisungen schriftlich an Mr Sterling geschickt, und Anna hatte sich darum gekümmert, dass die Zimmer hergerichtet wurden.

Anna verneigte sich vor der kleinen Person neben ihrer Herrin. Das war also die Königin. Sie trug ein weinrotes Kleid. Annas Blick glitt an ihrer Gestalt empor. Die neun

Schwangerschaften hatten ihre Spuren hinterlassen. Königin Victoria war rundlich, und selbst das eng geschnürte Korsett konnte ihre Taille nicht herausarbeiten. Victoria hatte einen kleinen Mund und große Augen.

Die Königin lächelte und wandte sich an Sophia. »Sie spielt wunderbar.«

Anna errötete, senkte den Kopf und knickste erneut. Langsam sah sie wieder auf – und als sie den Mann an Victorias Seite erblickte, war nichts mehr, wie es vorher gewesen war. Annas Herz schien für einen Moment auszusetzen. Neben der Königin stand er, ihr geheimnisvoller Fremder, an den sie in den vergangenen sechs Jahren jeden einzelnen Tag gedacht hatte. Der Mann, dem sie die schönsten Momente ihres Lebens zu verdanken hatte – damals auf dem Ball und in der Kutsche vor dem Kristallpalast.

Er war hier auf Mainston Hall.

Anna erstarrte. Die Welt um sie herum verblasste. Die Zeit sprang zurück zu einem Frühsommertag in einem anderen Leben.

Die Augen des Mannes fixierten sie. Er schien ebenso verwirrt wie sie selbst. Anna erinnerte sich an jede Einzelheit seines Gesichts: die dunklen Augen, die bis in ihre tiefste Seele zu blicken schienen. Die große, schlanke Nase, die hohe Stirn, der etwas zu breite Mund.

Violinen und Bratschen spielten eine zauberhafte Melodie, Pauken und Blechbläser ertönten, und die Musik in ihren Gedanken klang so prunkvoll und so majestätisch, dass Anna glaubte, ihr Kopf müsse zerspringen. Immer mehr Instrumente setzten ein. Hatte Anna jemals derart vollkommene Harmonien erlebt?

Schließlich zwang sie sich, ihren Blick von ihm zu reißen. Die Königin war bereits an ihr vorbeigegangen und folgte Sophia, die nicht wusste, wohin sie Victoria bringen sollte.

Anna drehte sich ruckartig um. Sie lief hinter ihrer hilflosen Herrin her und führte sie das Treppenhaus hinauf.

Anna ließ sich auf ihr Bett fallen und vergrub das Gesicht in den Kissen. Ihr Abendessen stand unangetastet auf dem Ebenholztischchen. Noch immer klang die Musik, die sich bei dem Wiedersehen mit ihm in ihrem Kopf ausgebreitet hatte, in ihr nach.

Was für ein Tag! Und er war noch nicht vorüber.

Der Mann, der seit Jahren ihre Träume beherrschte, der sich in ihrer Musik wiederfand wie kein anderer, befand sich auf Mainston Hall.

Anna setzte sich auf und zwang sich, an Sophia zu denken. In diesem Moment saß ihre Herrin im Esszimmer, und Anna konnte nicht bei ihr sein. Sie würde ihr nicht helfen können, wenn sie jetzt in einen Zustand geriet. Jane würde gleich hochkommen und Anna für den Ball umkleiden. Bei dem Fest zu Ehren der Königin würde sie wieder in Sophias Nähe sein können, aber bis dahin war ihre Herrin auf sich allein gestellt.

Anna stand auf und trat ans Fenster. Es war noch hell, aber in einer Stunde würde die Sonne untergehen.

Es gab so viele Menschen auf der Welt. Warum musste sie ausgerechnet ihm wiederbegegnen? Sie hatte gedacht, die Sehnsucht nach seinen Küssen überwunden zu haben und ihn nur noch als ferne Erinnerung in ihrem Herzen zu tragen. Ihn wiederzusehen, hieß, alte Wunden aufzureißen. Sie war in Gedanken plötzlich wieder in London. Das bedrückende Gefühl dieser schrecklichen Tage kehrte zurück. Ihr schlechtes Gewissen, ihre Mutter bei Timothy gelassen zu haben, die Angst vor ihrem Onkel und die Wut über sein Verhalten. Erinnerungen stiegen auf, an die viel zu kurzen Momente in seinen Armen. Und die Sehnsucht breitete sich mit einer solchen Wucht in ihr aus, dass Anna glaubte, ersticken zu müssen.

Sie stellte sich vor, wie er seine Lippen auf ihre presste. Dieser Gedanke begleitete sie, seit sie die Königin gemeinsam mit Sophia auf ihr Zimmer geführt hatte.

Victoria hatte Annas Klavierspiel gelobt. Sie hatte sich bei Sophia erkundigt, wo Anna so gut spielen gelernt habe. Annas Herz hatte laut geklopft, als ihre Herrin den Namen ihres Kölner Professors genannt hatte. Zum Glück hatte die Königin nicht genauer nachgefragt.

Bevor der Diener die Tür zu Victorias Schlafzimmer geöffnet hatte, bat die Königin Anna, auf dem Ball nach dem Abendessen für sie zu spielen. Anna kam nicht dazu, ihr zu antworten, denn im gleichen Moment betrat die Königin ihr Zimmer und überprüfte es kritisch. Da sie in dem hellen Bett nicht schlafen könne, verlangte sie nach einem Bett aus Eichenholz.

Anna hoffte inständig, dass ihr Geliebter ihren wahren Namen nicht kannte. Sie war sich sicher, ihn damals nicht erwähnt zu haben. Aber es gab so viele Möglichkeiten, ihren Namen herauszufinden. Er hätte damals nur jemanden fragen brauchen, der ihren Onkel kannte. Dann wäre herausgekommen, wer sie war und dass sie geflohen war.

Konnte sie ihm vertrauen? Würde er sie verraten? Würde er mit Lord Lubrell sprechen und ihm erzählen, dass sie damals so hastig aus London verschwunden war? Anna fiel auf, dass sie ihren Arbeitgeber Lord Lubrell noch gar nicht kennengelernt hatte. Nach ihrer Begegnung mit dem Fremden aus London hatte sie auf niemand anderen mehr geachtet.

Ein Klopfen an ihrer Tür unterbrach ihre Gedanken.

Sie fuhr zusammen. Es war eigentlich noch zu früh für Jane.

»Ja bitte«, antwortete sie mit leiser Stimme und ging zwei Schritte in Richtung Tür.

Mr Sterling trat ein. Anna wusste sofort, dass etwas geschehen sein musste. Ohne Grund würde Mr Sterling nicht in Annas Schlafzimmer kommen.

»Entschuldigen Sie die Störung, Miss Meier, aber Lady Lubrell geht es nicht gut.«

Anna schloss kurz die Augen. »Ein Zustand?«

Mr Sterling nickte. »Ich habe sie von zwei Dienern auf ihr Zimmer bringen lassen.«

Anna lief hastig die Wendeltreppe hinunter. Sophia lag auf ihrem Bett und starrte auf den Himmel aus grüner Seide. Ohne ein Klavier in der Nähe konnte Anna ihre Herrin nicht so schnell zurückholen wie gewöhnlich. Sie ließ sich einen Sessel neben Sophias Bett stellen, setzte sich und griff nach Sophias Hand. Während Anna sie sanft streichelte, redete sie beruhigend auf sie ein.

Anna blieb lange neben Sophia sitzen und beobachtete den Einbruch der Nacht. Im Zimmer war es bereits vollkommen dunkel geworden. Anna hatte keine Kerze angezündet. Sie hoffte, dass Sophia im Dunkeln leichter in einen erholsamen Schlaf finden würde.

Stille hatte sich über den Turm gelegt. Nur die leisen und gleichmäßigen Atemzüge Sophias waren zu hören. Die Arbeit der letzten Tage hatte Anna müde gemacht. Wenig später war sie in dem Sessel eingeschlafen.

Anna schreckte auf, als sie Schritte auf den Stufen der Dienstbotentreppe hörte. Kurz darauf klopfte es an der Tür.

Ein Hausmädchen trat ein, dessen Namen Anna nicht kannte. Es war eigens für den Ball eingestellt worden. »Lord Lubrell bittet Sie, nach unten zu kommen. Die Königin möchte gern etwas vorgespielt bekommen.«

»Oje, das hatte ich ganz vergessen.« Anna betrachtete

Sophia, die mittlerweile zu schlafen schien. Widerstrebend stand sie auf. »Gut, schicke bitte Jane zu mir, sie soll mir beim Umkleiden helfen.«

Das Mädchen wollte gerade durch die Tür in der Holzvertäfelung verschwinden, als Sophia einen unheimlichen Laut ausstieß und sich heftig verkrampfte. Sie zuckte unkontrolliert am ganzen Körper und schien von einer unsichtbaren Kraft in ihrem Bett hin und her geschleudert zu werden. Ihre Augen waren weit geöffnet und die Augäpfel seltsam verdreht.

Anna war eine Sekunde lang starr vor Schreck. Dann beugte sie sich über ihre Herrin. Speichel und Blut quollen aus Sophias Mundwinkel.

»Schnell, lauf und hole Hilfe!«, rief sie dem Mädchen zu. »Es muss sofort ein Arzt kommen.« Anna stemmte sich mit aller Kraft gegen Sophias zuckenden Körper, der gefährlich nah an die Bettkante geraten war. Sie stöhnte vor Schmerz auf, als ein Ellbogen hart in ihren Bauch stieß. Trotzdem blieb sie an der Seite ihrer Herrin, um sie vor dem Fall auf den Boden zu bewahren. Es schien eine Ewigkeit zu vergehen. Mit beiden Armen versuchte Anna immer wieder, ihre Herrin in die Mitte des Bettes zu schieben. Doch mit jedem Krampf, der Sophias Körper befiel, rutschte sie wieder zurück. Annas Arme zitterten heftig von der Anstrengung. Lange würde sie nicht mehr durchhalten können. Die sonderbaren Laute, die aus ihrer Herrin drangen, dröhnten in Annas Ohren.

Anna wusste nicht, was sie tun konnte, damit es Sophia besser ging. Sie hatte noch nie etwas derart Unheimliches erlebt. Tränen der Verzweiflung liefen über ihre Wangen.

Dann endlich, nach einer qualvollen Ewigkeit, hörte sie Schritte hinter sich, und Mr Sterling stand plötzlich neben ihr.

»Oh, Gott sei Dank«, schluchzte Anna. Ihre Beine gaben nach. Sie glitt zu Boden, und Mr Sterling stemmte sich gegen Sophia.

»Ich habe nach Dr. Wyatt suchen lassen. Er befindet sich bereits als Gast im Haus.« Mr Sterling hatte Sophias Handgelenke umfasst und drückte sie fest aufs Bett. Die Krämpfe ließen allmählich nach.

Annas Arme und Beine fühlten sich weich an, wie Grashalme. Sie saß auf dem dicken Teppich und konnte unmöglich aufstehen.

»Ich helfe Ihnen.« Mr Sterling ließ Sophia los und beugte sich zu Anna. Er fasste ihr vorsichtig unter die Arme.

»Nein, bleiben Sie bei Sophia!« Anna deutete nach oben.

»Es ist vorbei. Sie hat keine Krämpfe mehr. Ihre Ladyschaft liegt jetzt ruhig auf dem Bett. Es kann ihr momentan nichts passieren. Aber Sie müssen sich ausruhen.« Mr Sterling zog Anna sanft hoch und half ihr, sich wieder in den Sessel neben dem Bett zu setzen. Er zog an der Klingelschnur, und augenblicklich erschien das Hausmädchen. Es musste vor der Tür gewartet haben.

»Bitte, bringen Sie Miss Meier einen Sherry«, wies Mr Sterling die junge Frau an. Dann zog er sich einen Stuhl heran und setzte sich vor Anna. Er nahm ihre Hand und streichelte sie beruhigend, wie Anna es zuvor bei Sophia getan hatte.

»Was ist geschehen?«, fragte er.

»Ich weiß es nicht.« Anna schloss verzweifelt die Augen. »Ich habe so etwas noch nie erlebt. Ich wollte gerade gehen und mich für den Ball umziehen. Lord Lubrell hatte nach mir verlangt. In diesem Moment hörte ich Ihre Ladyschaft einen schrecklichen Ton ausstoßen, und dann begann sie auch schon, zu zucken und sich entsetzlich zu winden. Es war ein Albtraum.« Anna presste ihre Hand auf den Mund, um nicht laut zu schluchzen.

Die Tür öffnete sich und Dr. Wyatt trat ein. Er trug einen eleganten Abendanzug. Mit eiligen Schritten ging er zum Bett und legte seine Hand auf Sophias Stirn. »Ein Krampfanfall?«

Mr Sterling nickte.

Anna deutete mit zitternder Hand auf Sophias Mundwinkel. »Sie blutet!«

»Sie wird sich wohl auf die Zunge gebissen haben.« Dr. Wyatt nahm ein Baumwolltuch aus seiner Tasche und tupfte Sophias Gesicht damit ab. Er untersuchte ihre Mundhöhle und befühlte die Stirn. »Sie leidet unter Kaltschweißigkeit. Wie lange hat der Anfall gedauert?« Er sah Mr Sterling fragend an.

Dieser zuckte die Schultern. »Ich bin erst zum Schluss hinzugekommen. Miss Meier war von Anfang an dabei.«

Anna sah den Arzt hilflos an. »Ich weiß es nicht. Es kam mir vor wie eine Ewigkeit.«

Dr. Wyatt nickte kurz und drehte sich dann wieder zu seiner Patientin. Er leuchtete ihr mit einer Kerze direkt in die Augen. Sophia wandte den Kopf ab und stöhnte.

»Es geht ihr schon wieder besser, aber sie sollte heute Nacht nicht allein sein. Es muss jemand bei ihr bleiben.« Er sah Mr Sterling an. »Ich weiß, dass heute Nacht wahrscheinlich jeder hier im Haus für den Ball gebraucht wird. Wenn Sie möchten, übernehme ich bis zwei Uhr morgens die Wache. Vielleicht kann mich dann ja ein Hausmädchen ablösen?«

»Das wird nicht nötig sein.« Anna setzte sich auf. »Ich werde mich selbst um meine Herrin kümmern. Ich werde heute Nacht bei ihr wachen.«

»Nein«, rief Mr Sterling und legte seine Hand auf Annas Schulter. Es war eine sehr intime Geste, an der Anna jedoch keinen Anstoß nahm. In der Zeit, die sie nun hier zusammen auf Mainston Hall lebten, war er ihr ein guter Freund geworden.

Sterling fuhr fort. »Lord Lubrell besteht darauf, dass Sie heute für die Königin spielen. Sie hat es sich ausdrücklich gewünscht.«

Anna wollte schon widersprechen, schluckte die Worte jedoch hinunter, als sie Mr Sterlings bittende Augen sah. Alle hatten sich so viel Mühe mit diesem Besuch gegeben, und bislang war nichts so gelaufen, wie sie es geplant hatten. Anna wollte Mr Sterling nicht noch mehr Schwierigkeiten bereiten.

»In Ordnung«, sagte sie und stand auf. »Ich will mich nur schnell umziehen.«

Als sie eine halbe Stunde später wieder in Sophias Zimmer trat, schlief ihre Herrin. Dr. Wyatt hatte ihr ein Schlafmittel gegeben, und sie schien sich entspannt zu haben.

Anna nahm Mr Sterlings Arm und ließ sich von ihm hinunterführen. Sie hatte zum ersten Mal eine Krinoline angezogen. Dieses Drahtgestell, das den Rock ihres Kleides weit abstehen ließ, war in London zurzeit äußerst modern. Sophia hatte für Anna und sich selbst Krinolinen anfertigen lassen und zwei gleiche Kleider dazu bestellt. Annas Kleid war aus grüner und Sophias aus hellblauer Seide gefertigt. Ansonsten waren die beiden Kleider absolut identisch. Die Ärmel waren an den Oberarmen weit ausgestellt und an den Handgelenken mit feiner Spitze besetzt, und über der Seide lag ein zweiter luftig weißer Stoff, in den Perlen eingearbeitet worden waren. Die Kleider waren wunderschön, aber Anna hatte der Einfall nicht gefallen, dass Dienerin und Herrin das gleiche Kleid tragen sollten. Mittlerweile kannte Anna die strengen Sittlichkeitsregeln der englischen Gesellschaft gut. Sie wusste, dass die Kleider einen Skandal heraufbeschwören würden. Aber sie wusste auch, dass es überhaupt nichts brachte, mit ihrer Herrin über Dinge zu diskutieren, die sie sich in den Kopf gesetzt hatte.

Vermutlich wollte Sophia den Kreis um die Königin mit diesem Schritt provozieren. Dabei hatte Mr Sterling immer wieder betont, wie wichtig dieser Besuch für Lord Lubrell sei und wie sehr er auf seinen guten Ruf in der Gesellschaft achte. Wollte Sophia dem gesellschaftlichen Ansehen ihres Mannes absichtlich schaden? Sie schien ihn nicht zu lieben, im Gegenteil: Anna hatte, wenn die Sprache auf den abwesenden Hausherren gekommen war, mehr als einmal puren Hass in Sophias Augen gesehen. Andererseits hatte ihre Herrin aber auch große Angst vor Lord Lubrell. Würde sie es tatsächlich wagen, ihn herauszufordern? Aber warum hatte sie sonst diese gleichen Kleider bestellt? Anna hatte von Zwillingsschwestern gehört, die ähnliche Verhaltensweisen zeigten. Aber Anna und Sophia waren doch keine Zwillinge. Sie standen nicht einmal gesellschaftlich auf einer Stufe.

Anna spürte eine gewisse Erleichterung, dass sie das Kleid nun doch als Einzelstück tragen konnte, und schämte sich sofort für diesen Gedanken.

Sie seufzte laut, als sie die Räume verließen, die hinter dem großen Spiegel verborgen waren. Mr Sterling warf ihr einen fragenden Blick zu, und Anna versuchte, möglichst unbekümmert zurückzulächeln. Sobald sie die Spiegeltür geöffnet hatten und in den Flur getreten waren, hörte Anna die Musik des Orchesters und fröhliches Stimmengewirr. Einen Moment lang blieben sie am Geländer der Galerie stehen und sahen hinunter.

Es war der erste Ball, seit Anna aus London geflohen war. Die Mode hatte sich in den letzten sechs Jahren sehr verändert. Von hier oben sahen die Kleider der Frauen aus, als hätte sich eine Schar Ferkelchen unter ihren Röcken versteckt. Die Krinoline schien die Welt erobert zu haben. Anna war froh, dass sie in dem unbequemen Drahtgestell nicht auffallen würde, da anscheinend alle Frauen hier ein solches trugen.

Nachdem sie den Tänzern und den übrigen Menschen im Saal eine Weile zugesehen hatten, führte Mr Sterling Anna zu dem Orchester auf der gegenüberliegenden Seite der Galerie. Von hier aus konnte die Musik durch die Halle klingen, ohne dass die Musiker zu sehen waren. Mr Sterling gab dem Orchester Anweisungen und wandte sich dann wieder an Anna. »Nach diesem Tanz wird die Kapelle eine Pause einlegen, in der Sie dann einige Lieder am Flügel spielen können.«

Anna nickte und sah wieder hinunter auf die vielen Köpfe, die von hier oben aussahen wie Fliegen, die sich auf bunten Torten niedergelassen hatten. Die Tänze schienen immer noch die gleichen wie früher zu sein. Die Paare, die sich in zwei langen Reihen gegenüberstanden, hielten sich genau an die einstudierten Tanzschritte, die auch Anna damals in London gelernt hatte.

Anna stieg an Mr Sterlings Arm die Alabastertreppe hinunter. Ein Meer aus Pastelltönen schlug über ihr zusammen: Mintgrün, Rosa, Hellblau, Gelb, Beige, Weiß und Fliederfarben. Diamanten, Saphire und Rubine funkelten im Schein der zahlreichen Kerzen. Heute Abend hatte jede Dame ihren schönsten Schmuck angelegt. Es roch nach Lavendel- und Rosenöl, nach Moschus, Tabak und Schweiß. Anna stieß mit ihrer Krinoline gegen die von einer Frau in einem gelben Spitzenkleid, die sich ärgerlich zu ihr umwandte. Anna entschuldigte sich und ging vorsichtig weiter. Wie schafften es die Frauen nur, sich mit ihren ausladenden Kleidern nicht gegenseitig umzuwerfen? Einmal fing Annas Kleid fast

Feuer, als sie zu nah an einem großen Kandelaber vorbei-lief. Sie schaffte es gerade noch, die Funken vom Kleid zu streichen.

Anna brauchte unverhältnismäßig lange, bis sie den Flügel endlich erreicht hatte. Dann atmete sie auf, so gut es ihr eng geschnürtes Korsett zuließ.

Einige Minuten stand sie reglos am Klavier und sah den Tänzern zu. Als die Musik endete, erschienen einige Diener, die mit flinken Bewegungen Stühle auf die Tanzfläche trugen. Die Menge wich zurück.

Am Ende des Saals sah Anna die Königin und Prinz Albert auf sich zukommen, gefolgt von sämtlichen Earls, Dukes, Lords und Ladys.

Annas Blick wanderte über die versammelten Gäste und verharrte eine Sekunde lang auf dem Gesicht, nach dem sie Ausschau gehalten hatte. Er saß direkt neben der Königin. Seine dunklen Augen betrachteten sie. Ein Kribbeln breitete sich in Annas Bauch aus. Ihr Herzschlag beschleunigte sich. Er war hier, ganz nah bei ihr. Er musste ein Lord aus Königin Victorias Gefolge sein.

Und heute Abend würde sie wieder für ihn spielen. Nachdem die Gäste Platz genommen hatten, setzte Anna sich an den Flügel.

Sie wusste, dass insgesamt fast vierhundert Menschen anwesend waren. Nur wenige von ihnen genossen das Privileg, neben oder hinter der Königin auf einem der zierlichen Ebenholzstühle sitzen zu dürfen. Die meisten standen dicht gedrängt am Rand der Halle und beobachteten Victoria, deren Augen jetzt erwartungsvoll auf die Pianistin gerichtet waren.

Anna kam sich winzig klein vor. Ihre Finger schienen kaum länger als Maikäferflügel zu sein. Wie sollten diese kurzen Stummel die Tasten greifen können?

Ganz ruhig. Es war schließlich nicht ihre Idee gewesen, für die Königin zu spielen. Victoria selbst hatte es sich gewünscht. Sie mochte ihr Spiel. Was hatte Anna also zu verlieren?

Oh, da gab es viel. Als Erstes fiel ihr ein, dass sie erkannt werden und zu ihrem Onkel zurückgeschickt werden könnte. Oder wenn ihr Klavierspiel ihrem nach wie vor unbekannten Dienstherrn Lord Lubrell nicht gefiel, dann ließ er sie womöglich hinauswerfen.

Anna spürte, wie ihr kalter Schweiß den Rücken hinunterlief. Ihre Finger schienen plötzlich vollkommen steif geworden zu sein. Sie schloss die Augen und atmete tief ein. Erwartungsvolle Stille erfüllte den Raum. Doch dann legten sich ihre Hände wie von selbst auf die Tasten und begannen ihr Werk. Sie hatte nicht darüber nachgedacht, was sie spielen würde. Sie dachte auch jetzt nicht darüber nach. Atemlos beobachtete sie ihre Finger, die sich ihren Weg ganz allein zu suchen schienen.

Nach wenigen Takten hatte Anna die Königin, den Prinzen, die Earls, Dukes, die Lords und Ladys ganz und gar vergessen. Ihr Spiel galt nur noch dem Mann, dessen Anwesenheit sie so deutlich spürte, als säße er direkt neben ihr.

Sie verlor sich in der Musik, ließ die Anspannung des Tages, den Schrecken, die Angst, ihre Liebe und stille Leidenschaft über das Klavier in die Welt hinausfließen. Niemals zuvor hatte sie und niemals wieder würde sie diese Melodien spielen, sie waren, wie so oft, nur für diesen Augenblick gemacht, wie ein Spiegel ihrer Gefühle, und würden sich nicht wiederholen lassen. Die Zuhörer lauschten atemlos.

Anna vergaß die Zeit, sie spielte lange und ließ die Töne erst verklingen, als sie all ihre Empfindungen zum Ausdruck gebracht hatte.

Anschließend war alles still. Keine Gläser, die klirrten,

kein leises Gemurmel und niemand, der sich räusperte. Anna wagte es nicht, den Kopf zu heben. Was würde sie erwarten? Hatte die Königin sich mittlerweile entfernt? Anna hätte es nicht mitbekommen, so vertieft war sie in ihr Spiel gewesen. War es anmaßend von ihr gewesen, so lange zu spielen? Es war mit Sicherheit länger gewesen, als Lord Lubrell es gewünscht hatte.

Einen unendlich langen Moment schien ganz Mainston Hall den Atem anzuhalten. Dann brandete Beifall auf. Anna blieb für eine Weile an ihrem Instrument sitzen. Schließlich wagte sie es, den Kopf zu heben, und sah in lächelnde Gesichter.

Plötzlich tauchten sie alle wieder vor ihr auf: die Königin und der Prinz, die Dukes und Earls und alle anderen Gäste. Ungelenk wie eine Porzellanpuppe stand Anna auf und verneigte sich.

Da spürte sie ihn wieder – seinen Blick. Er wärmte ihre Haut wie ein Sonnenstrahl. Er suchte ihre Augen und für den Bruchteil einer Sekunde verschmolzen ihre Blicke ineinander. Als sich die Königin zu ihm hinüberlehnte, wandte er sein Gesicht von Anna ab.

Der Zauber war verflogen. Stimmengewirr setzte ein. Die Gäste strömten auseinander. Von der Galerie erklangen die Instrumente des Orchesters. Absätze klapperten auf dem Alabasterboden, Gläser klirrten, jemand rief nach einem Diener.

»Das war wundervoll!« Mr Sterling trat zu ihr und strahlte stolz, als hätte er selbst am Flügel gesessen. Dann reichte er Anna ein Glas Champagner.

Sie lächelte ihn an und suchte nach dem dunklen Augenpaar, konnte es aber nirgends mehr entdecken.

»Kommen Sie, die Gäste drängen darauf, dass ich Sie mit ihnen bekannt mache.« Mr Sterling nahm Annas Arm.

Während sie sich von ihm durch die Schar der Anwesenden führen ließ, huschte ihr Blick unruhig hin und her. Er war verschwunden. Sie konnte ihn nicht mehr sehen. Zu gern hätte sie nach ihm gesucht, aber Mr Sterling war bereits bei einer Gruppe Männern stehen geblieben und stellte ihr Prinz Albert und zwei Dukes vor.

»Sie haben wunderbar gespielt. Ein derart vollkommenes Spiel hört man nur selten.« Die Stimme des Prinzen war tief und angenehm.

Anna neigte den Kopf und bedankte sich.

»Die Königin und ich suchen schon lange nach einem guten Klavierlehrer für unsere Kinder.« Der Prinz lächelte Anna an. »Falls Sie Interesse haben, würde ich mich sehr freuen, wenn Sie uns nach Osbourne begleiten würden, um dort den Unterricht unserer Kinder zu übernehmen.«

Anna starrte ihn an, unfähig, eine passende Erwiderung zu finden. Für die englische Königin zu arbeiten, war eine unermessliche Ehre. Ein Kompliment an ihre Musik, wie sie es sich kaum schöner vorstellen konnte.

Trotzdem wusste sie, dass sie dieses Angebot niemals annehmen konnte. Sie hatte ihre Mutter verlassen und würde nicht noch einmal solch große Schuld auf sich nehmen. Sie würde bei Sophia bleiben, die sie brauchte, wie damals auch ihre Mutter sie gebraucht hatte. Diesmal würde sie ihre eigene Selbstsucht nicht über einen anderen Menschen stellen.

»Denken Sie über mein Angebot nach«, sagte der Prinz, während er nach Annas Hand griff und sie küsste. Er war ein wahrer Gentleman, und sie würde in seinem Haus bestimmt respektvoll behandelt werden. Aber nein, sie durfte nicht einmal davon träumen.

Trotzdem ertappte sie sich immer wieder dabei, wie sie über die Worte des Prinzen nachdachte, während Mr Sterling ihr die anderen Gäste vorstellte.

Um zwei Uhr morgens schwirrte Anna der Kopf. Sie hatte alle Adeligen und Würdenträger kennengelernt und wusste, dass sie sich unmöglich sämtliche Namen würde merken können. Sie hatte Komplimente entgegengenommen und entzückt gelächelt, auch wenn sie dasselbe Lob für ihr Spiel zum hundertsten Mal an diesem Abend gehört hatte. Als die Gäste sich nach und nach verabschiedeten, war sie erleichtert.

Anna war müde und wollte dringend nach Sophia sehen. Sie hatte sie seit Stunden allein gelassen.

»Miss Meier?«

Anna fuhr herum und sah das Dienstmädchen, das am Abend auch bei Sophia gewesen war, als sie diesen schrecklichen Anfall bekommen hatte.

»Ja? Ist etwas mit Ihrer Ladyschaft nicht in Ordnung?« Anna war schon im Begriff, die Treppe zur Galerie hinaufzusteigen, als die Stimme des Mädchens sie aufhielt.

»Nein, es ist nicht Ihre Ladyschaft.«

Anna blieb erleichtert auf der untersten Treppenstufe stehen. »Was denn dann?« Anna klang gereizter, als sie es beabsichtigt hatte. Das Mädchen war bestimmt genauso müde wie sie selbst. Anna lächelte matt.

»Seine Lordschaft wünscht Sie zu sehen.« Die Augen des Mädchens wichen ihr aus.

»Wo ist Seine Lordschaft?«, fragte Anna. Sie hätte nichts dagegen gehabt, ihren Herrn erst am nächsten Morgen kennenzulernen.

»Er wartet in seinem Arbeitszimmer.« Das Mädchen knickste und eilte davon.

Mit einem Seufzer machte Anna sich auf den Weg. Das Arbeitszimmer befand sich in einem Teil des Hauses, in dem sie bisher nur sehr selten gewesen war. Sie ging am Frühstücks- und Esszimmer vorbei in einen Korridor, den sie heute zum ersten Mal betrat. Die Türen aus Eichenholz mit den schweren Eisenbeschlägen wirkten wie in einer mittelalterlichen Burg. Anna blieb einen Moment vor der Tür zum Arbeitszimmer stehen. Sie wusste nur von Mr Jenkins, dass es sich hier befinden musste.

Warum hatte Lord Lubrell sie jetzt zu sich bestellt? Es war bereits nach zwei Uhr in der Nacht, und morgen stand ihnen allen wieder ein anstrengender Tag bevor. Würde er sich über ihr ausuferndes Klavierspiel beklagen? Vielleicht würde er sie tatsächlich sofort hinauswerfen. Nein, das durfte sie nicht zulassen. Sie würde Sophia nicht allein lassen.

Mit zitternden Fingern klopfte sie an und betrat zögernd den Raum. Nur eine Kerze brannte, sodass das Zimmer weitgehend im Dunkeln lag. Der Kerzenleuchter stand auf dem Kaminsims, und sein Licht reichte kaum weiter als bis zu einem Tischchen in der Mitte des Raumes.

Der Schreibtisch vor dem Fenster lag im Schatten. Annas Augen gewöhnten sich langsam an das dämmrige Licht. Sie erkannte die Silhouette eines Mannes, der am Tisch lehnte.

»Sie haben nach mir geschickt, Eure Lordschaft?« Anna sprach den Schatten am Schreibtisch an.

Die Gestalt löste sich langsam aus der Dunkelheit und trat in das Licht der Kerze auf dem Kaminsims. Anna erstarrte. Sie öffnete den Mund, brachte aber keinen Ton heraus. Ihre Augen betrachteten ihren Herrn, doch sie glaubte nicht, was sie sah. Er stand vor ihr, in Lord Lubrells Arbeitszimmer. Der Mann, den sie vor sechs Jahren in London zum ersten Mal gesehen und der sie seither in all ihren Träumen begleitet hatte.

»Ja«, sagte er, während er dicht vor ihr stehen blieb und seine Hand nach ihrem Gesicht tastete. Sanft fuhren seine Fingerspitzen über ihre Wange, und Anna verspürte unfassbares Glück, das durch jede Faser ihres Körpers strömte.

Sein Gesicht war plötzlich ganz nah. Durch halb geschlossene Lider sah er sie unendlich liebevoll an. »Ich habe nach dir geschickt.«

Annas Knie wurden weich, und sie hörte ihre eigene Stimme kaum. Obwohl sie die Antwort kannte, flüsterte sie: »Wer sind Sie?«

Seine Hände legten sich auf Annas Oberarme. Er zog sie dicht zu sich heran. Sie konnte seinen Atem auf ihrer Haut spüren, und der Duft von Moschus und Orangen umfing sie, als er antwortete: »Ich bin Lord Lubrell.«

Anna schüttelte den Kopf. Das passte nicht zusammen. Wie konnte er Lord Lubrell sein? Der Mann, vor dem ihre Herrin so große Angst hatte, dass sie in Zustände geriet. Der Mann, der Anna in der Kutsche vor dem Kristallpalast mit Zärtlichkeit und Liebe überschüttet hatte, konnte nicht Sophias angsteinflößender Ehemann sein! Sein Blick liebkoste sie, während er sie voller Glück betrachtete. Sein Gesicht war ihrem ganz nah, und seine Arme umschlossen jetzt ihren Körper, drückten sie fest an sich. Und dann begann sich der Raum zu drehen, als sie seine Lippen auf ihrem Mund spürte.

Kapitel 13

Mainston Hall, Nordwales, Oktober 2015

Nur noch diesen Schrank, dann haben wir wirklich jeden Zentimeter des Turms durchsucht.« Bryan steckte tief in einem Wandschrank in dem dunklen Korridor und zog einen Stapel Unterlagen hervor.

»Aber etwas Brauchbares haben wir nicht gefunden.« Nina beugte sich erschöpft zu ihm hinunter.

»Wir haben zwar noch keinen Beweis für Annas Unschuld, dafür aber jede Menge über sie und Lady Sophia Lubrell erfahren.« Bryan nieste, als eine Staubwolke vom obersten Blatt des Papierstapels vor ihm aufwirbelte. Der Strahl seiner Taschenlampe beleuchtete das vergilbte Papier in seiner Hand. Er stutzte und sprang auf.

»Schau mal!« Bryans Stimme überschlug sich. »Das hier scheinen alte Aufzeichnungen zu sein …«

Nina stellte sich neben ihn, während der Butler laut vorzulesen begann: »*Die Geschichte meines Lebens. Von Anna Stone. Fertiggestellt am 3. April 1858. Übersetzt von Abigail Stone.*«

Nina sprang vor Aufregung auf und ab. »Das ist es, Bryan. Das ist ihr Bericht, nach dem wir die ganze Zeit gesucht haben!«

Plötzlich waren alle Mühen vergessen. Sie standen am Ende einer langen Suche. Nina wusste, dass dieser dicke Stapel Papier die Wahrheit enthielt. Sie drängte Bryan, sofort in die Küche zu gehen, um das Dokument dort in Ruhe zu lesen.

Begeistert stürmten sie los. Als sie an der Halle vorbeieilten, hörten sie plötzlich Stimmen und blieben überrascht stehen. Nina griff instinktiv nach Bryans Arm, als in der Tür ein Mann erschien.

Er starrte zu Bryan und Nina hinüber. »So? Ich dachte schon, Sie hätten uns verlassen, Sackville.«

Hinter ihm stand eine elegante blonde Frau in einem grauen Designerkostüm. Lange gut gepflegte Locken fielen ihr über die Schultern. Nina hatte schon immer Frauen bewundert, die stets perfekt geschminkt wirkten. Bei ihr selbst hielt der Lippenstift nie lange, weil sie schnell vergaß, dass sie ihn aufgetragen hatte, und versehentlich darüberfuhr.

Der Mann war eher rundlich und weniger attraktiv. Er erinnerte Nina an eine Bowlingkugel. Seine Kleidung schien maßgeschneidert, und eine Wolke teuren Parfums umhüllte ihn. Seine Stimme klang nasal, als wäre er erkältet.

Bryan zupfte nervös seinen Anzug zurecht, der in den verborgenen Räumen gelitten hatte. »Entschuldigen Sie, Mylord. Ich wusste nicht, dass Sie heute zurückkehren.«

Nina hielt die Luft an. Das musste Lord Lubrell sein, der nicht mit ihr über Anna Stone hatte sprechen wollen.

»Natürlich nicht. Sie haben ja das Telefon nicht abgenommen. Ich habe gestern mehrmals versucht, Sie zu erreichen.« Lord Lubrell klang verärgert.

»Ich habe das Klingeln nicht gehört.« Bryan trat von einem Fuß auf den anderen. In den verborgenen Räumen konnte man das Telefon natürlich nicht hören.

»Ich habe Besseres zu tun, als stundenlang hinter meinem Personal herzutelefonieren. – Und wer ist das?« Lord Lubrell betrachtete Nina herablassend. Dann stutzte er. »Sie erinnern mich an jemanden auf einem alten Gemälde, das ich irgendwo mal gesehen habe.«

Nina entschloss sich, die Wahrheit zu sagen. »Ja, Sie haben recht. Ich sehe aus wie Anna Stone. Sie war eine Vorfahrin von mir. Mein Name ist Nina Altmann, und ich bin nach England gekommen, um nach der wahren Geschichte meiner Ahnin zu suchen.«

Lord Lubrell kam durch den großen Raum auf Nina zu. »Moment. Waren Sie das, die mich vor zwei Wochen in London angerufen hat?«

Nina wich Bryans Blick aus und nickte. Irgendwann musste es ja herauskommen, dass sie ihn hintergangen hatte.

Lord Lubrell zog die Augenbrauen hoch. »Ich habe Ihnen unmissverständlich erklärt, dass ich nichts zu dieser Geschichte sagen will. Und Sie haben sich trotzdem Zugang zu meinem Haus verschafft?« Er sah Bryan wütend an. »Sackville, und Sie haben sie in mein Haus gelassen, ohne mein Wissen?«

»Es tut mir leid, Mylord.« Bryan sah zu Boden.

»Es ist ganz allein meine Schuld.« Nina trat vor. Sie stand jetzt mitten in der Halle, direkt vor Bryans Arbeitgeber. »Ich habe Mr Sackville nicht die Wahrheit gesagt. Er ist unschuldig, bitte glauben Sie mir.«

Lord Lubrell brummte etwas Unverständliches. Seine Augen ruhten auf Nina. »Sie sehen Anna Stone wirklich verblüffend ähnlich. Im Turm gibt es einige Bilder von ihr. Als Kind habe ich sie mir ein paar Mal angeschaut. Inzwischen war ich sehr lange nicht mehr dort oben.«

»Ach, die fürchterlichen Turmzimmer«, mischte sich jetzt Lady Lubrell in die Unterhaltung ein. »Wir müssen Sie endlich renovieren lassen, Darling.«

Der Kommentar seiner Frau schien Lord Lubrell abzulenken, und Anna atmete auf.

»Meine Frau hat recht«, sagte er und seufzte. »Aber ich habe immer davor zurückgeschreckt, weil dort kein Strom verlegt ist. Was das alles kostet …!« Er sah sich in der Halle um. »So ein alter Kasten verschlingt fürchterlich viel Geld.«

Jetzt versuchte Bryan, das Gespräch in eine andere Richtung zu lenken. »Wünschen Sie Tee?« Er deutete in Richtung des Treppenhauses. »Ich werde Ihre Koffer sofort nach oben bringen.«

»Eine gute Idee, Sackville.« Lord Lubrell nahm den Arm seiner Frau und steuerte auf das Alabastertreppenhaus zu. »Ach, was haben Sie denn da in der Hand, Sackville?« Er deutete auf die Papiere, die Bryan bei sich trug – Annas Autobiografie.

Bryan räusperte sich verlegen. »Das haben wir im Turm gefunden.«

»Im Turm?« Lord Lubrell streckte seine Hand nach dem vergilbten Papierstapel aus. Bryan reichte ihn ihm zögerlich.

»*Die Geschichte meines Lebens. Von Anna Stone* …« Lord Lubrell sah fragend von dem Papier auf. »Das gehört nicht Ihnen. Ich werde es zunächst an mich nehmen.«

Nina schluckte. Ihr wurde plötzlich eiskalt. »Bitte, Lord Lubrell, ich suche seit Wochen nach diesen Unterlagen. Es könnte sein, dass diese Aufzeichnungen die Unschuld von Anna Stone beweisen können oder wenigstens beschreiben, was damals wirklich geschehen ist. Bitte, lassen Sie mich das lesen. Danach gebe ich es Ihnen zurück.«

Lord Lubrell schüttelte den Kopf. »Das hier geht sie nichts an. Ich werde die Unterlagen sichten, und falls etwas darin steht, was Sie betrifft, werde ich es Sie wissen lassen.«

Er klemmte sich die wertvollen Aufzeichnungen unter den Arm und war schon halb im Treppenhaus verschwunden, als er Bryan über die Schulter noch etwas zurief: »Sackville, wir nehmen den Tee heute im Salon.«

Nina und Bryan starrten eine Weile hinter ihm her. Dann gingen sie wortlos hinunter in die Küche.

Als Bryan die Tür hinter ihnen geschlossen hatte, sah er Nina wütend an. »Du hast also mit Lord Lubrell telefoniert und mir gegenüber kein Wort davon erwähnt? Das kann mich meinen Job kosten.«

»Ich weiß«, Nina schluckte, »und es tut mir leid. Es war ein Fehler.« Sie fuhr sich nervös durchs Haar.

»Ein Fehler? Mein Chef hat dir bereits abgesagt, und du schleichst dich mit meiner Hilfe in sein Haus …« Bryan griff nach einem der Teller auf der Anrichte, und Nina dachte einen Moment lang, er würde ihn ihr an den Kopf werfen. Doch er stellte ihn nur auf ein Tablett und schien seinen Zorn mühsam zu beherrschen.

»Verschwinde.« Bryan öffnete die Küchentür, die in den Innenhof hinausführte, und sah Nina auffordernd an.

»Bitte, Bryan, ich sag doch, es tut mir leid. Ich wusste mir nicht anders zu helfen.« Nina rührte sich nicht von der Stelle.

»Du kümmerst dich nur um deine eigenen Sorgen und Probleme.« Bryans Stimme war laut geworden. Die Adern an seinem Hals traten deutlich unter dem Hemdkragen hervor. »Wie es anderen Menschen dabei geht, ist dir vollkommen egal.«

»Das stimmt nicht.« Nina sah ihn unglücklich an.

»Hau ab und lass dich nie wieder hier sehen.«

Langsam ging Nina an ihm vorbei in den kleinen Innenhof. Sie hörte, wie hinter ihr die Tür geschlossen und der Schlüssel herumgedreht wurde. Wenn sie wenigstens die Aufzeichnungen gehabt hätte.

Auf dem Weg durch den Park von Mainston Hall sah sie immer wieder Bryans wütendes Gesicht vor sich. War sie wirklich nur an ihren eigenen Sorgen und Problemen interessiert? Warum hatte sie Bryan nicht von Anfang an die Wahrheit gesagt? Und warum hatte Bryan sie nicht zu Wort kommen lassen? Sie hätte ihm doch alles erklären können. Schließlich war ihr gar nichts anderes übrig geblieben, als ihm ihr Telefonat mit Lord Lubrell zu verschweigen. Bryan hätte ihr sonst niemals geholfen, und sie wären mit der Aufklärung von Annas schrecklicher Geschichte nicht weitergekommen. Dabei hatten sie bei ihrer gemeinsamen Suche im Haus so viel Spaß gehabt …

Nina sah zum Himmel hinauf. Dunkle Wolken waren über ihr aufgezogen. Es war kalt geworden. In wenigen Tagen würde der November anbrechen.

Nina musste unbedingt erfahren, was in den Aufzeichnungen stand, die sie im Wandschrank gefunden hatten. Sie musste irgendetwas unternehmen. Auch wenn sie keine Lust hatte, diesen schrecklichen Adligen jemals wiederzusehen, war Lord Lubrell der einzige Weg zu Annas Aufzeichnungen. Sie musste ihn wohl oder übel noch einmal darum bitten.

Nina blieb stehen. Sie hatte inzwischen das Tor des Anwesens erreicht. Am besten, sie machte gleich wieder kehrt und versuchte ein zweites Mal ihr Glück. Aber sie musste sich beeilen, denn es war bereits halb vier, und schließlich hatte sie kein Fahrrad mehr. Der Weg zurück ins Dorf war weit.

Während sie den Park von Mainston Hall erneut durchquerte, dachte sie darüber nach, was sie Bryan sagen würde. Als Butler würde er ihr die Tür öffnen. Sie würde die Chance nutzen und sich bei ihm entschuldigen. Aber wie konnte sie ihm erklären, was für ein guter Freund er ihr inzwischen geworden war? In den letzten zwei Wochen hatte er ihr so sehr geholfen. Er hatte immer die richtigen Worte gefunden, wenn sie entmutigt war von ihrer erfolglosen Suche. Er hatte sie zum Lachen gebracht und mit irgendeiner lustigen Geschichte abgelenkt. Er hatte ihr Scones gebacken, Sandwiches zubereitet oder Tee gekocht. Er hatte die Spinnen eingefangen, vor denen Nina erschrocken weggesprungen war. Er hatte ihr seine Stofftaschentücher gereicht, wenn sie niesen musste. Er hatte gewusst, wann sie eine Pause brauchte, noch bevor sie es selbst bemerkt hatte.

Er war ihr so vertraut geworden, als würden sie sich schon seit Jahren kennen. Nina dachte an seine Art, den Tee einzuschenken, wie er mit dem Zeigefinger den Deckel der Kanne dabei festhielt. Wie er die Oberlippe anspannte, wenn er sich konzentrierte. Wie er sein dunkles Sakko ordentlich aufhängte, bevor er sich an die staubige Suche im Turm machte. Sie dachte an die Tattoos, die durch sein Hemd schimmerten, und an sein Lachen, das so ansteckend war, dass Nina mitlachen musste.

Nina wurde unsanft aus ihren Gedanken gerissen, als ein lauter Donner die Stille des Parks zerriss. Sie fuhr erschrocken zusammen und sah zum Himmel hoch. Er war tiefschwarz geworden. Im nächsten Augenblick begann es heftig zu regnen. Nina sprang unter den nächstbesten Baum. Verdammt, wie lautete der Spruch noch gleich? *Eichen sollst du weichen, Buchen sollst du suchen?* Aber dieser Baum war ein Ahorn. War der bei Gewitter sicher? Es war besser, es nicht auszuprobieren. Nina rannte los. Die lange Auffahrt hinauf, wieder in den Innenhof. Als sie bei den beiden Löwen ankam, war sie vollkommen durchnässt. Hoffentlich war Bryans Wut auf Nina mittlerweile abgeflaut, und er war bereit, ihr zuzuhören. Sie drückte auf den Klingelknopf. Nichts rührte sich.

Nina trat verwirrt zurück und sah an der hohen Wand des Gebäudes empor. Er würde sie doch bei Gewitter nicht hier draußen stehen lassen?

Nina klingelte noch einmal. Sie drückte sich an die Hauswand, um dem Regen zu entkommen, aber es schüttete so sehr, dass es vollkommen aussichtslos war. Eine Ewigkeit später wurde endlich die Tür geöffnet.

Nina war gerade im Begriff, zu einer Entschuldigung anzusetzen, als sie stutzte. In der Tür stand Lord Lubrell, der sie mit hochgehobenen Augenbrauen musterte.

»Darf ich hereinkommen?«

Lord Lubrell schüttelte nur den Kopf. »Verlassen Sie auf der Stelle mein Grundstück. Und kommen Sie nicht auf die Idee, es an der Küchentür zu versuchen.« Er schloss geräuschvoll die Tür, und Nina starrte ihm mit offenem Mund hinterher. Der Regen tropfte aus ihrem Haar. Niedergeschlagen wandte sie sich um und machte sich auf den Weg ins Dorf.

Als sie zwei Stunden später den Pub erreichte, war es bereits dunkel. Wenigstens hatte es aufgehört zu regnen. Sie war klatschnass, ihr war kalt, die Jeans klebte unangenehm an ihren Beinen, und ihre Finger waren steif gefroren. In der Gasse neben dem Pub knutschte ein Liebespaar im Schein einer Straßenlaterne. Nina stutzte. Den Typ kannte sie. Sie blieb stehen. Es war Bryan. Er machte sich an einer auffällig geschminkten Dunkelhaarigen zu schaffen. Dieser Kerl schien wirklich völlig anspruchslos zu sein.

Nina starrte auf die schlanke Figur der jungen Frau und die perfekt gestylten Haare. Gegen sie musste Nina wie ein Trampeltier aussehen. Ihre Haare hingen nass und strubbelig an ihr herab, ihre Hose war mit Schlamm bespritzt, und über ihre Turnschuhe wollte sie gar nicht erst nachdenken.

Nina wollte gerade weitergehen, als Bryan sie zu bemerken schien. Sie wandte sich hastig ab. Plötzlich hatte sie das Gefühl, verraten worden zu sein. Aber warum? Bryan war ein freier Mensch, und mit wem er seine Zeit verbrachte, ging Nina nichts an.

Nina ging in den Pub und die Treppe nach oben auf ihr Zimmer. Sie ließ sich aufs Bett fallen und starrte an die Decke. Immer wieder sah sie Bryan vor sich, wie er dieses Mädchen küsste. Was war nur los mit ihr? Sie wusste doch, wie Bryan war. Außerdem hatte er sie rausgeworfen und dann im Gewitter stehen lassen. Er würde nie wieder ein Wort mit ihr sprechen. Nina drehte sich auf den Bauch und vergrub ihr Gesicht im Kopfkissen.

Sie kam sich völlig verloren und einsam vor. Bryan vergnügte sich mit Frauen sämtlicher Haarfarben, Mareike würde bald andere Klavierstudenten betreuen, und für Johannes war sie bloß ein Abenteuer gewesen. Sie rollte sich zusammen und spürte, wie ihr Tränen über die Wangen liefen. Lange lag sie so in dem dunklen Zimmer.

Als es an ihrer Tür klopfte, fuhr sie zusammen.

»Wer ist da?« Sie setzte sich auf.

»Ich bin es. Bryan.«

Nina sprang auf. Schnell suchte sie nach einem Taschentuch und wischte sich über das Gesicht.

Seufzend schaltete sie das Licht ein und öffnete die Tür. Sie bemühte sich um einen sachlichen Tonfall. »Ich dachte, du bist beschäftigt.«

»Ich wollte dir nur sagen, dass du nicht auf den Bericht von Anna Stone zu warten brauchst.« Bryan blieb in der geöffneten Tür stehen.

»Warum nicht?«

»Lord Lubrell hat die Unterlagen verbrannt, kaum dass du zur Tür raus warst.« Bryan drehte sich um.

»Was?« Nina schwankte. Sie hatte das Gefühl, in ein tiefes Loch zu fallen.

Bryan nickte. »Und mich hat er entlassen.«

Er verschwand in der Dunkelheit des engen Flures. Nina starrte ihm hinterher. In den letzten Tagen hatten sie so viel Energie in die Aufklärung dieses Geheimnisses gelegt. Und heute Morgen hatten sie die Lösung in den Händen gehalten. Doch jetzt war alles zunichtegemacht worden.

Sie ließ sich wieder auf ihr Bett fallen. Um wütend zu sein, fehlte ihr die Kraft. Hatte Bryan die Wahrheit gesagt, oder wollte er sie quälen? Es konnte durchaus stimmen, dass die wertvollen Dokumente vernichtet waren. Diesem grässlichen Lord Lubrell war alles zuzutrauen. Was war vor hundertachtundfünfzig Jahren geschehen, dass die Wahrheit selbst heute noch von allen verschwiegen wurde? Nina war müde. Sie schloss die Augen.

Als sie wach wurde, war es stockdunkel. Sie verspürte Angst, Trauer, Enttäuschung und Leere. Was war geschehen? Die Erinnerung sickerte langsam zu ihr durch. Lord Lubrell hatte Annas Papiere verbrannt. Dann sah sie Bryan mit dem anderen Mädchen in der Gasse neben dem Pub. Er war entlassen worden.

Nina riss die Augen auf. Hatte er das wirklich gesagt?

Sie sprang aus dem Bett und schaltete die Nachttischlampe ein. Gestern Abend hatte sie nicht länger darüber nachgedacht.

Nina musste dringend zu Bryan und ihm sagen, wie leid es ihr tat. Lord Lubrell schien es nicht gefallen zu haben, dass Bryan Nina in Mainston Hall hatte herumschnüffeln lassen. Also war sie für Bryans Rauswurf verantwortlich.

Sie öffnete die Tür. Die Notausgangschilder tauchten den Flur in schummriges grünes Licht. Nina klopfte vorsichtig an der Tür, hinter der Bryan gestern Abend verschwunden war. Nichts rührte sich. Nina klopfte noch einmal. Sie hörte, dass sich irgendwer im Zimmer bewegte. Ein Lichtschimmer fiel durch den Türschlitz. Die Bodendielen knarrten, und die Tür wurde geöffnet.

Bryan stand vor ihr. Sein Haar war zerzaust, seine Augen blickten Nina müde entgegen.

»Weißt du, wie spät es ist?« Er trug nur Boxershorts.

»Nein.« Ninas Blick fiel auf seinen nackten Oberkörper.

»Es ist zwei Uhr vierunddreißig. Mitten in der Nacht.«

»Bryan, hast du gestern Abend tatsächlich gesagt, dass er dich entlassen hat?«

»Um Himmels willen komm rein!« Bryan zog sie in das Zimmer und schloss die Tür hinter ihr. »Du weckst ja sämtliche Gäste auf.«

»Tut mir leid. Ich bin vollkommen durcheinander. Bist du allein?« Nina sah sich im Zimmer um. Bei Bryans ausgeprägtem Sexualleben war es nicht ungefährlich, mitten in der Nacht in sein Zimmer zu schneien. Aber sein Bett war leer.

Bryan atmete tief ein. Seine Stimme klang gereizt. »Ja, ich bin allein und ich bin müde.«

»Ich gehe sofort wieder. Stimmt es, dass du gefeuert worden bist?«

Bryan sah Nina einen Moment lang an. Dann seufzte er. »Ja, das stimmt.«

»Es tut mir leid«, flüsterte Nina.

Bryan wandte sich ab und ging zu seinem Bett. Er setzte sich auf die zerwühlten Laken. »Es ist nicht deine Schuld. Ich hätte dich nicht ins Haus lassen dürfen.«

»Ich hätte dir von dem Anruf bei Lord Lubrell erzählen müssen.«

»Ja, das hättest du.«

Nina unterdrückte ein Schluchzen und sah zu Boden. »Aber er kann dich doch nicht einfach entlassen. Die Sackvilles sind doch schon seit Generationen Butler auf Mainston Hall.«

Bryan nickte.

Nina wandte sich zur Tür.

»Ich werde morgen nach Stone Abbey zurückfahren«, sagte sie kurz entschlossen. Und dann drehte sie sich noch einmal zu Bryan um. »Ich danke dir für alles. Dafür, dass du mir geholfen hast, und dafür, dass du mir zugehört hast.«

Sie öffnete die Tür und hielt einen Moment inne. »Was wirst du jetzt tun?«

Bryan zuckte mit den Schultern. »Mich nach einer neuen Stelle umsehen.«

»Und bis du die neue Stelle gefunden hast ...« Nina überlegte eine Weile. Dann schloss sie die Tür wieder. »Würdest du solange für mich arbeiten?«

Bryan sah sie verständnislos an. »Für dich?«

»Ich hab doch diesen alten Kasten am Bein, Stone Abbey. Auch wenn ich gerade keine Einkünfte mehr habe und meine finanziellen Mittel eher begrenzt sind ...« Nina dachte mit Unbehagen an ihr schrumpfendes Bankkonto, auf das wohl so schnell kein Geld mehr eingehen würde. »... aber für ein paar Monate werde ich es mir schon leisten können, dich bei mir einzustellen. Vielleicht müsstest du deine Gehaltsvorstellungen etwas herunterschrauben ...«

»Du willst mich als Butler einstellen?«

Nina strich sich verlegen durchs Haar. »Na ja, vielleicht nicht direkt. Eher als Mädchen für alles. In dem Riesenhaus ist eine Menge zu tun, und ich könnte Unterstützung gebrauchen. Aber wenn du nicht willst ...« Nina sah ihn unsicher an.

Bryan betrachtete sie mit finsterem Gesichtsausdruck. »Ich kann mir was Besseres vorstellen.«

»War nur eine Idee«, sagte Nina und kaute unentschlossen auf ihrer Unterlippe. »Hier gibt es für mich jetzt nichts mehr zu tun. Ich fahre morgen zurück in die Cotswolds. Ich fände es schön, wenn du mit mir kommen würdest. Aber deine Mutter braucht dich vermutlich hier im Pub.« Sie sah sich in dem kleinen Zimmer um. Anscheinend hatte Bryan seine Habseligkeiten noch nicht aus Mainston Hall geholt. Das Zimmer wirkte leer und unpersönlich.

»Meine Mutter hat genug Personal. Ich helf ihr zwar manchmal aus, aber für einen vollen Job reicht es nicht«, erwiderte Bryan, der Ninas Blick folgte. »Und hier werde ich auch nicht lange wohnen können. Meine Mutter braucht das Zimmer für die Hausgäste.« Er stand auf. »Also gut, ich komme morgen mit dir und sehe mir den Schuppen mal an.« Er grinste.

Ninas Herz hüpfte. Es tat gut, Bryan wieder lachen zu sehen.

Kapitel 14

»Nein, auf keinen Fall!« Anna saß neben Sophias Bett und betrachtete ihre Herrin, die endlich eingeschlafen war.

»Aber Lord Lubrell hat ausdrücklich darauf bestanden.« Das Hausmädchen sah Anna verzweifelt an. »Es ist der Wunsch der Königin.«

»Das weiß ich und ich würde gern noch einmal für sie spielen. Aber leider geht es Ihrer Ladyschaft nicht gut. Sie braucht mich.« Anna sah das junge Mädchen an, das sich keinen Schritt wegbewegte. Also wurde sie deutlicher. »Bitte, lass uns jetzt allein und richte Seiner Lordschaft aus, was ich dir gesagt habe.«

Das Mädchen schlich davon.

Anna strich Sophias Decke glatt und trat ans Fenster. Den ganzen Tag hatte sie hier an Sophias Seite verbracht. Am Morgen hatte ihre Herrin Stunde um Stunde geweint, und Anna hatte ihr versichern müssen, dass sie sie niemals verlassen werde.

Irgendjemand hatte Lady Lubrell davon erzählt, dass der Prinz Anna das Angebot gemacht hatte, ihn und die Königin nach Osbourne zu begleiten. Wenig später hatte Sophia zunächst einen Zustand und dann einen Krampfanfall erlitten. Schließlich war die Gesellschaft ohne Lady Lubrell zu einem

Ausflug in die Steinbrüche und zum Hafen aufgebrochen. Anna hatte ihre Herrin entschuldigen lassen.

Jetzt sah Anna auf das Meer, das im Sonnenlicht glitzerte. Ihre Gedanken schwappten wie Wellen in ihrem Kopf umher. Der königliche Besuch war für Sophia zu einem Albtraum geworden, und Anna litt mit ihrer Herrin. Wenn sie an Lord Lubrell dachte, klopfte ihr Herz, und gleichzeitig hatte sie ein schlechtes Gewissen. Ohne es zu ahnen, hatte Anna Sophia betrogen, noch bevor sie sie überhaupt kennengelernt hatte. Aber in London hatte Anna ja nichts von Sophias Existenz gewusst. Anna bereute keinen Augenblick, den sie damals in seinen Armen verbracht hatte. Aber heute war sie die engste Vertraute seiner Frau, und sie durfte nicht einmal davon träumen, je wieder seine Lippen auf ihren zu spüren.

Ein energisches Klopfen an der Tür riss sie aus ihren Gedanken. Noch bevor sie antworten konnte, wurde die Tür geöffnet.

Annas Atem setzte einen Moment lang aus. Lord Lubrell betrat das Zimmer. Als sie den Duft von Moschus und Orangen wahrnahm, der Lord Lubrell umgab, begann Annas Bauch zu kribbeln. Sie ärgerte sich über sich selbst. Warum konnte sie ihm gegenüber nicht gleichgültiger sein?

»Miss Meier, ich möchte Sie sprechen.« Sein Blick schien sie zu durchdringen. »Nebenan.« Er deutete auf die Tür zu Sophias Salon.

»Ich kann meine Herrin nicht allein lassen.« In Wahrheit wollte sie nicht mit ihm allein sein. Und auf keinen Fall hier, in Sophias Salon.

»Natürlich können Sie das.«

Er stand so dicht vor ihr, dass sie jede einzelne Bartstoppel an seinem Kinn erkennen konnte. Seine Augen liebkosten ihr Gesicht. Anna schluckte und unterdrückte den Drang, ihn zu berühren. Einen Moment lang ließ sie es zu, dass seine Augen sich in ihren versenkten.

Plötzlich erklang ein Aufschrei, und Anna wusste sofort, was er bedeutete. Ein erneuter Anfall! Mit wenigen Schritten war sie bei Sophia.

»Schnell, helfen Sie mir, dass sie nicht aus dem Bett fällt.« Anna lehnte sich mit ganzer Kraft gegen den zuckenden Körper ihrer Herrin.

Lord Lubrell starrte wenige Sekunden auf die Szene, dann war er auch schon bei Anna. Gemeinsam warteten sie, bis der Anfall abklang. Sophias Haut war blass, ihr Körper nass geschwitzt.

»Reichen Sie mir bitte das Laudanum.« Anna deutete auf Sophias Nachttisch. »Davon schläft sie ein und kann sich erholen.«

Nachdem Lord Lubrell ihr das Fläschchen und einen Löffel gegeben hatte, maß Anna achtsam die richtige Menge der Medizin ab. Als sie die Flüssigkeit an Sophias Lippen führte, schlug ihre Herrin den Löffel weg, sodass alles auf das Bett spritzte. Aus den Augenwinkeln sah Anna, dass Lord Lubrell an der Klingelschnur zog.

»Bitte …« Anna griff erneut nach der Flasche. »Es ist nicht nötig zu läuten. Ich weiß, was zu tun ist. Ihre Ladyschaft muss die Medizin schlucken, dann wird sie schlafen. Ich werde die Nacht über an ihrem Bett bleiben und auf sie achten.«

»Nein, Anna, das wirst du nicht.« Lord Lubrells Stimme klang bestimmt. Anna zuckte zusammen, als sie die vertraute Anrede hörte. Sophia würde sich fragen, warum ihr Mann Anna so intim ansprach. Obwohl Sophias Augen geschlossen waren, konnte sie die Unterhaltung im Zimmer bestimmt hören.

Lord Lubrell fuhr fort: »Du wirst dich jetzt umziehen und

mit uns zusammen zu Abend essen, wie es der Wunsch der Königin ist. Danach wirst du für uns in der Halle spielen.«

Anna ging um das Bett herum. »Bitte, Eure Lordschaft, ich muss bei meiner Herrin bleiben.«

Er folgte Anna und griff nach ihren Händen. »Ich möchte kein Wort mehr darüber verlieren müssen. Du hast noch eine Stunde Zeit. Dann erwarte ich dich unten im Salon.«

Er fuhr herum, als ein Hausmädchen ins Zimmer trat. »Bleiben Sie bitte bei meiner Frau, bis Dr. Wyatt eintrifft. Ich werde ihn sofort rufen lassen.« Dann ging er mit schnellen Schritten hinaus.

Anna starrte einen Moment auf die geschlossene Tür. Dann hörte sie Sophia schluchzen. Sie eilte an das Bett und strich ihrer Herrin beruhigend über die Wange. »Bitte, regen Sie sich nicht auf. Ich werde so schnell wie möglich zu Ihnen zurückkehren. Ich verspreche Ihnen, dass niemand uns trennen kann. Aber ich muss jetzt nach unten gehen. Nach dem Abendessen, wenn ich der Königin genug vorgespielt habe, komme ich wieder zu Ihnen und sehe, wie es Ihnen geht.« Sie drückte noch einmal die Hand ihrer Herrin, dann ging sie in ihr Zimmer, um nach Jane zu läuten.

»Was hat dich so verstört?«

Anna fuhr zusammen, als die dunkle Gestalt aus der Ecke der Galerie hervortrat. »Eure Lordschaft, Sie haben mich erschreckt.«

Er nahm ihre Hand und zog Anna hinter sich her.

»Nicht.« Sie versuchte, sich von ihm zu befreien. »Lassen Sie mich los.«

»Ich muss mit dir sprechen.« Sein Griff war fest.

»Bitte, es ist schon spät. Ich muss nach Ihrer Ladyschaft sehen.« Wenn sie erst einmal mit ihm allein war, war die Gefahr zu groß, sich vom Klang seiner Stimme, seinem Blick und dem Duft nach Moschus und Orangen verwirren zu lassen.

»Dr. Wyatt ist bei Sophia.« Lord Lubrell blieb stehen und sah Anna eindringlich an. »Dir geht es nicht gut. Ich mache mir Sorgen um dich.«

»Wenn es so ist, dann lassen Sie mich gehen. Ich habe getan, was Sie von mir verlangten. Ich habe für die Königin gespielt und die Gesellschaft unterhalten.« Anna war müde, und die Verlockung, sich in seine Arme fallen zu lassen, war groß.

»Spiel für mich. Nur für mich allein.« Er zog sie die Treppe zur großen Halle hinunter, die jetzt, um ein Uhr morgens, verlassen war.

»Ich habe heute Abend nur für Sie gespielt.« Anna war erst vor wenigen Minuten die Treppe hochgelaufen, in der Hoffnung, nun endlich nach Sophia sehen zu können.

»Nein. Die anderen waren dabei. Ich möchte mit dir allein sein, während du spielst.« Lord Lubrell öffnete die Tür zur Bibliothek. Er schob Anna in den dunklen Raum.

»Ich habe Angst.« Anna zitterte vor Erschöpfung und Aufregung. »Ich habe Angst vor meiner eigenen Schwäche. Ihre Ladyschaft ist der gütigste Mensch, der mir in meinem Leben begegnet ist. Ihr und ihrem Onkel habe ich alles zu verdanken, was ich heute bin. Ich kann sie nicht hintergehen.«

Er schwieg einen Augenblick, dann legte er sanft seinen Arm um ihre Schultern und führte sie durch den Raum zum Cembalo, das vor den Bücherregalen stand. Anna fand nicht die Kraft, seinen Arm abzuschütteln. Lord Lubrell drückte Anna auf die Klavierbank und entzündete eine Kerze auf dem Kaminsims.

Er zog einen Stuhl heran und setzte sich dicht neben sie. »Anna, ich habe dein Spiel heute Abend gehört. Du bist vollkommen durcheinander, und ich weiß, dass es daher rührt, dass du mich liebst.« Er griff wieder nach ihrer Hand.

»Dann lassen Sie mich gehen.« Anna atmete tief ein. »Machen Sie es mir bitte nicht noch schwerer, als es schon ist. Ich möchte meine Herrin nicht verletzen.«

»Ich liebe dich.« Seine Hände streichelten im Zwielicht des Raumes über ihre Wange. »Lass mich nicht betteln. Ich weiß, dass du dich genauso nach mir sehnst wie ich mich nach dir.«

»Und das haben Sie in meinem Spiel erkannt?« Annas Augen brannten.

»Ja, das habe ich.« Seine Finger strichen jetzt über ihren Handrücken. »Dein Spiel verrät dich.«

Anna spürte die Tränen in sich aufsteigen. »Ich bin müde und möchte schlafen.«

»Spiel für mich, dann lasse ich dich gehen.«

Anna seufzte. Nichts wollte sie lieber tun, als für ihn zu spielen. Und das machte ihr Angst. Es war gefährlich, sich ihm in ihrem Spiel vollkommen hinzugeben. Wie konnte sie ihrer Herrin dann jemals wieder gegenübertreten?

Er beugte sich zu ihr, sein Mund war nahe an ihrem Ohr. »Bitte, spiel für mich.«

Anna konnte nicht mehr widerstehen. Ihre Hände legten sich auf die Klaviatur. Zaghaft schlugen ihre Finger die ersten Töne an. Und dann brach die Musik aus ihr heraus wie lang zurückgehaltene Tränen. Gewaltsam und wuchtig, zärtlich und sanft. Verzweifelt, beschämt und voller Leidenschaft. In diesem Moment hoben sich die Grenzen zwischen Musik und Körper auf. Beides wurde eins. Seele, Geist und Musik, untrennbar miteinander verschmolzen.

Plötzlich mischte sich eine unbekannte Angst unter die, die sie kannte, und eine leidenschaftliche Liebe unter ihre eigene. Atemlos spürte sie seine Gefühle. War es tatsächlich möglich, dass die Musik ihre Seelen so nah zusammenbrachte? Dass sie seine Empfindungen wahrnahm, als wären es ihre eigenen? Nie zuvor hatte sie einem anderen Menschen so tief in die Seele blicken können wie in diesem Augenblick. Schuld, Leidenschaft, Hoffnung, Angst, Reue und Liebe lagen in den Tönen, die zwischen ihnen umherwirbelten.

Dann ließen sie sich beide in die Musik fallen, ließen sich von den Akkorden davontragen, wurden ganz eins mit der Musik und miteinander.

Die Intensität dieses Augenblicks war atemberaubend. Nur ihm allein konnte sie sich so vollkommen offenbaren. Es ging nicht um Heilung oder Geborgenheit wie bei Sophia. Und auch nicht darum, einen Menschen wie die Königin zu erfreuen. Die Musik verband sie so eng mit Lord Lubrell, als wären ihre Seelen in diesem Augenblick verschmolzen.

Es hätten Stunden vergangen sein können oder auch erst Minuten, als ein lauter Knall sie jäh aus ihrem Spiel riss. Erschrocken hielt sie inne und öffnete die Augen.

Er stand jetzt neben ihr. Sein Gesicht war noch nass von den Tränen, die sie gemeinsam geweint hatten. Doch er sah nicht Anna an, sondern starrte zur Tür. Dort stand Sophia in ihrem hellblauen Seidennachthemd inmitten von Scherben. Äußerlich wirkte sie vollkommen ruhig. Nur ihre Arme bewegten sich, während sie die kostbaren, jahrhundertealten chinesischen Vasen im Regal eine nach der anderen zu Boden warf.

Anna brauchte einige Sekunden, um in die Realität zurückzukehren. Entsetzt sprang sie auf und lief mit unendlich schlechtem Gewissen zu ihrer Herrin hinüber. Lord Lubrell folgte ihr, und gemeinsam versuchten sie, Sophia zu beruhigen. Doch die schlug mit aller Kraft um sich, und es dauerte Minuten, bis Anna und Lord Lubrell sie mit vereinten Kräften aus den Scherben ziehen konnten. Sophias Füße bluteten, und Tränen liefen ihr übers Gesicht.

»Warum haben Sie das getan?« Sophias Augen waren vorwurfsvoll auf ihre Gesellschafterin gerichtet. »Ich will nicht, dass Sie für ihn spielen. Ich will es nicht.«

Anna streichelte Sophia beruhigend übers Haar und schlang ihre Arme um sie. »Es tut mir so leid, Mylady. Es tut mir so unendlich leid.«

»Sie dürfen nie wieder für ihn spielen. Versprechen Sie es.« Sophia löste sich aus Annas Armen und sah sie eindringlich an.

Anna fühlte sich schlecht. Sie hatte einen schrecklichen Fehler gemacht. Sie hatte Lord Lubrells Drängen nachgegeben, anstatt sofort zu Sophia zurückzukehren. Sie hatte sich heimlich mit Sophias Mann getroffen, hatte ihm ihre Seele in ihrem Spiel offenbart. Warum hatte sie sich von ihm dazu überreden lassen?

»Ja, Mylady.« Anna sah ihr in die Augen. »Ich verspreche es Ihnen.«

Während sie Sophia hinausführte, hatte sie das Gefühl, soeben etwas unendlich Kostbares verloren zu haben.

Die nächsten Tage sah Anna Lord Lubrell kaum. Die königliche Gesellschaft und Mr Sterling waren wieder abgereist, doch der Hausherr war auf Mainston Hall geblieben.

Anna und Sophia verbrachten die Tage im Turm. Manchmal gingen sie zum Meer und liefen den Klippenpfad entlang, setzten sich im Garten unter einen Baum in den Schatten oder beobachteten die Möwen von einem Felsen aus.

Es herrschte ein stillschweigendes Einvernehmen zwischen ihnen, dass Anna momentan nicht für Sophia spielte. Sie wollten beide Lord Lubrell nicht begegnen, der viel Zeit in der Bibliothek verbrachte.

Und doch sah Anna ihn regelmäßig. Wenn sie früh am Morgen das Haus verließen, wartete er auf der Galerie. Wenn sie von ihren Spaziergängen zurückkehrten, sah sie ihn am Fenster stehen. Seine Nähe, die Blicke, die er ihr zuwarf, verstörten und liebkosten ihre Seele zugleich.

Sophia klammerte sich buchstäblich an Anna. Sie ließ den Arm ihrer Gesellschafterin kaum noch los. Die Mahlzeiten nahmen die beiden Frauen in den verborgenen Räumen ein. Abends musste Anna sie in den Arm schließen wie ein Kind und ihr über den Kopf streichen, bis Sophia eingeschlafen war. Dann legte Anna sich auf die Liege neben Sophias Bett. Nachts wachte Sophia mehrmals auf und tastete nach Anna. Bis sie schließlich darum bat, dass Anna in ihrem Bett schlafen sollte.

»Eure Ladyschaft, das ist nicht schicklich«, wehrte Anna ab, »ich stelle meine Liege ganz dicht neben Ihr Bett.«

Aber Sophia bestand darauf. Von nun an kuschelte sie sich wie ein Kätzchen in Annas Armbeuge und wirkte dabei so zufrieden und glücklich, dass Anna ihre Einwände vergaß. Was machte es schon aus, wenn sich die Dienstboten darüber das Maul zerrissen? Hauptsache, ihre Herrin war glücklich.

Anna konnte jetzt allerdings noch schlechter schlafen. Bei jeder Bewegung Sophias schreckte sie auf und starrte dann stundenlang in die Dunkelheit. Sie machte sich Sorgen um die Gesundheit ihrer Herrin. Seit sie Lord Lubrell noch mehr aus dem Weg gingen, hatten die Zustände und die Fallsucht zwar etwas nachgelassen, aber sie hatte immer noch mindestens zwei Anfälle pro Tag.

Anna wusste, dass es ihrer Herrin sofort besser ginge, wenn Lord Lubrell endlich abreisen würde. Und doch ertrug sie den Gedanken daran kaum. Sie fühlte sich schlecht, weil sie seine Anwesenheit auf Mainston Hall genoss, während ihre Herrin darunter litt. Anna begehrte ihn mit jeder Faser ihres Körpers. Doch diese Gedanken durfte sie nicht zulassen. Aber sie schlichen sich immer wieder in ihren Kopf.

Hinzu kam, dass sie selbst zunehmend erschöpft war. Morgens stand sie genauso müde auf, wie sie abends zu Bett gegangen war. Den ganzen Tag trug sie die Müdigkeit mit sich wie einen schweren Mantel. Die Anspannung, jederzeit auf einen Anfall Sophias reagieren zu müssen, ermattete sie zusätzlich. Außerdem machte sie sich um ihre eigene Gesundheit Sorgen. Die Luft in Nordwales bekam ihr nicht. Das Atmen fiel ihr von Tag zu Tag schwerer. Sie schlief kaum noch, und die Sorgen um ihre Herrin lasteten schwer auf ihr.

Als sie und Sophia eines Tages unter einem der Birnbäume im Obstgarten saßen und die Gärtner beobachteten, die im Rosengarten die Beete harkten und das Gras schnitten, wurde Sophia plötzlich wieder von der Fallsucht gepackt. Sie warf sich zuckend auf den Boden und schlug mit dem Kopf immer wieder gegen den dicken Stamm des Baums. Blut lief ihr über das Gesicht, und Anna rief in Angst um ihre Herrin nach den Gärtnern, ihr zu helfen.

Die beiden Männer wurden blass und trauten sich zunächst nicht, Sophia zu berühren, obwohl Anna sie anflehte, sie von dem Baumstamm fernzuhalten. Schließlich rannte einer der Gärtner ins Haus, und kurz darauf kam Lord Lubrell mit einem der Diener zu ihnen geeilt. Der Anfall war längst abgeklungen, und Sophia lag ermattet im Gras. Das dunkle Blut schimmerte auf ihrer weißen Haut. Lord Lubrell befahl dem Diener und den beiden Gärtnern, seine Frau in ihr Zimmer zu tragen und nach Dr. Wyatt zu schicken.

Als Anna ihnen folgen wollte, hielt er sie zurück.

Sein Blick war ernst. »Warte.« Er fasste sie an den Schultern. »Wie lange willst du das noch schaffen?«

»Ich weiß nicht, was Sie meinen.« Anna hatte nicht die Kraft, ihn abzuschütteln.

»Doch, das weißt du genau.« Seine Hände wanderten an ihren Oberarmen hinunter. »Du hast abgenommen, bist blass und hast Ringe unter den Augen. Lang wirst du so nicht weitermachen können.«

»Es geht mir gut, wirklich«, erwiderte Anna. Ihr Atem ging schnell, die Luft war heute schrecklich dünn, und seine Nähe rief ihre ganze körperliche Schwäche hervor. Anna wich seinem Blick aus, sie fixierte den Obstgarten hinter ihm. Und plötzlich hatte sie das Gefühl, gleich in Tränen auszubrechen.

»Du musst Sophia loslassen. Sophia ist krank. Sie muss in eine Einrichtung gebracht werden, wo ihr geholfen werden kann.« Sein Griff verstärkte sich.

»Eine Einrichtung?« Anna zuckte zusammen. Was meinte er damit?

»Eine Irrenanstalt. Sie ist gefährlich, Anna. Ich mache mir Sorgen um dich.«

Anna hatte von diesen Anstalten gehört. Menschen wurden dort in Käfigen gehalten wie Tiere. »Niemals. Sie dürfen sie nicht fortschicken.«

»Bitte, Anna, Sophia muss geholfen werden. Sie muss dorthin, wo es Ärzte gibt, die sich mit so etwas auskennen.« Er umfasste ihr Kinn und wandte Annas Kopf so, dass sie keine andere Wahl hatte, als ihn anzusehen. Seine Augen bohrten sich in ihre. »Ich liebe dich und wünsche mir, du würdest einsehen, dass die Situation, so, wie sie jetzt ist, euch beiden schadet.«

»Niemals«, keuchte Anna, »ich werde niemals damit einverstanden sein, dass Ihre Ladyschaft fortgeschickt wird.«

Am nächsten Morgen musste Anna den obersten Haken ihres Kleides öffnen. Heute bekam sie besonders schlecht Luft. Anna trat an Sophias Bett und berührte leicht ihre Schulter. Ihre Herrin öffnete die Augen und lächelte.

Nach dem Frühstück war Ihre Ladyschaft so erschöpft

gewesen, dass sie sich wieder hingelegt hatte. Jetzt stand Sophia auf und streckte sich. Die beiden Frauen waren gerade im Begriff, ins Boudoir zu gehen, als es an der Tür klopfte.

Lord Lubrell und Dr. Wyatt traten ein. Anna wusste sofort, dass das nichts Gutes zu bedeuten hatte. Sie hatte in den letzten Wochen immer wieder gespürt, dass Lord Lubrell die Situation auf Mainston Hall nicht gefiel. Manchmal hatte Anna den Eindruck, er gebe Sophia die Schuld dafür. Dabei war sie es, die unter ihrem schlechten Gesundheitszustand am meisten zu leiden hatte. Anna wusste, wie ihrer Herrin zu helfen war. Sie brauchten Dr. Wyatt nicht. Sophia brauchte nichts weiter als Annas Musik und viel Ruhe. Und sobald Lord Lubrell wieder aus Mainston Hall abreiste, würde sich Sophias Gesundheitszustand deutlich verbessern. Was war nur zwischen ihnen geschehen, dass Sophia solch große Furcht vor ihm hatte? In dem ersten Jahr, das Sophia und Anna gemeinsam auf Mainston Hall verbracht hatten, war es ihrer Herrin sehr gut gegangen. Erst die Ankunft ihres Mannes hatte die häufigen Zustände herbeigeführt. Lady Lubrell hatte Anna berichtet, dass ihr Mann seit ihrer Hochzeit noch nie länger als wenige Wochen zu Hause verbracht habe. Warum blieb er dieses Mal so lange?

»Dr. Wyatt möchte Sophia untersuchen.« Lord Lubrell lächelte.

»Mich?« Sophia sah ihn erschrocken an. »Warum?«

»Seine Lordschaft hat mir berichtet, dass Sie oft geistesabwesend sind, und der Krampfanfall hat sich auch noch einige Male wiederholt.« Dr. Wyatt stellte seine Ledertasche ab und trat zu Sophia. »Ihr Gemahl möchte nur sichergehen, dass es Ihnen gut geht, Eure Ladyschaft.«

»Aber mir fehlt nichts.« Sophia sah ängstlich zu Anna hinüber.

»Natürlich«, erwiderte Dr. Wyatt und deutete auf das

Bett, aus dem Sophia erst vor wenigen Minuten aufgestanden war. »Legen Sie sich bitte einen Moment hin.«

»Miss Meier und ich werden unten auf Sie warten, Dr. Wyatt.« Lord Lubrell deutete auf die Tür und wandte sich an Anna. »Vielleicht können Sie mir etwas auf dem Flügel in der Halle vorspielen?«

Er stand dicht hinter ihr. Anna musste zur Tür gehen, damit der Abstand zwischen ihnen nicht unschicklich wurde. Als sie draußen waren, hörte Anna die bekannten Geräusche, die mit Sophias Krämpfen einhergingen. Das war vorauszusehen gewesen. Die Schuld für diesen Anfall trug ganz allein Lord Lubrell. Anna warf ihm einen zornigen Blick zu.

»Ich musste es tun«, antwortete er auf ihren stummen Vorwurf, während sie beide in Sophias Zimmer zurückeilten und sie abstützten.

Dr. Wyatt hatte ein Fläschchen aus seiner Tasche gezogen und flößte Sophia einige Tropfen der Medizin ein, die sie jedoch sofort wieder ausspuckte. Erst als der Anfall nach einiger Zeit langsam abklang, gelang es Dr. Wyatt, seiner Patientin die Flüssigkeit einzuträufeln.

»Was ist das?« Lord Lubrells Atem ging schnell. Er hatte sich die ganze Zeit gegen Sophias zuckenden Körper stemmen müssen.

»Beifußwurzel. Ein bewährtes Mittel gegen die Fallsucht.« Dr. Wyatt steckte das Fläschchen wieder in seine Tasche. »Es gibt außerdem ein neues Mittel, das zurzeit erprobt wird: Brom. In einer Anstalt könnte Ihre Ladyschaft damit behandelt werden. Die ersten Ergebnisse sind sehr vielversprechend.«

»In einer Anstalt?«, fragte Anna entsetzt. Natürlich, Dr. Wyatt und Lord Lubrell arbeiteten zusammen.

»Nun, die Symptome haben zugenommen. Um Lady Lubrell angemessen behandeln zu können, ist es unerlässlich, sie in eine entsprechende Einrichtung zu bringen.« Dr. Wyatt griff nach Sophias Handgelenk und fühlte den Puls.

»Nein, bitte, Eure Lordschaft.« Anna sah ihren Herrn und Dr. Wyatt an. Tränen traten ihr in die Augen. »Die Menschen dort werden wie wilde Tiere behandelt.«

»Wir unterhalten uns in Ruhe darüber.« Lord Lubrell bedachte Anna mit einem Blick, der ihr sagte, dass er keine weitere Diskussion wünschte.

Sie betrachtete verzweifelt ihre Herrin, die jetzt zu schlafen schien. Dr. Wyatt hatte ihr einen Löffel Laudanum gegeben. Lord Lubrell zog an der Klingelschnur, und eines der Hausmädchen erschien.

»Bleib bitte bei Ihrer Ladyschaft«, befahl ihr Lord Lubrell, der sich zur Tür wandte. »Wir werden uns in der Bibliothek unterhalten. Und Sie begleiten uns, bitte, Miss Meier.«

Unruhig folgte Anna den beiden Männern nach unten. In der Bibliothek nahmen Anna und Dr. Wyatt auf dem Sofa neben dem Kamin Platz, während Lord Lubrell sich ihnen gegenüber in einen der grünen Ledersessel setzte. Er bestellte Tee. Nachdem ein Hausmädchen ihn gebracht hatte, schenkte Anna ein.

Zunächst erkundigte sich Dr. Wyatt nach dem Besuch der Königin, und Lord Lubrell erstattete einen, wie es Anna erschien, endlos langen Bericht. Schließlich lehnte er sich zurück und kam zum eigentlichen Thema. »Dr. Wyatt, wie schätzen Sie den Gesundheitszustand meiner Frau ein?«

Dr. Wyatt trank seinen Tee aus und überlegte.

Dann sagte er vorsichtig: »Es ist schwierig, nach diesem kurzen Besuch etwas Genaueres zu sagen. Es wäre tatsächlich hilfreich, wenn Ihre Ladyschaft über einen längeren Zeitraum in einer speziellen Einrichtung beobachtet werden könnte. Es müssen verschiedene Untersuchungen gemacht werden.«

»Sie meinen also, es wäre das Beste, wenn sie in eine Anstalt geschickt würde?«, fasste Lord Lubrell die Aussage des Arztes zusammen, und dann stand er auf.

»Unbedingt«, erwiderte Dr. Wyatt, der sich ebenfalls erhob. »Ihr Zustand hat sich verschlechtert. Sie haben mir ja selbst berichtet, dass die Fallsucht bereits mehrmals bei ihr aufgetreten ist und dass sich auch die geistigen Abwesenheiten in letzter Zeit häufig wiederholt haben.«

»Das stimmt«, bestätigte Lord Lubrell und begleitete Dr. Wyatt zur Tür. »Denken Sie, dass Gefahr besteht?«

»Ja, das ist möglich. Der schlechte Gesundheitszustand Ihrer Ladyschaft ist besorgniserregend. In einer Anstalt kann ihr geholfen werden.« Der Arzt trat durch die Tür und wandte sich noch einmal um. »Ich finde allein hinaus. Vielen Dank für den Tee.«

Anna war ebenfalls aufgestanden.

Jetzt wartete sie, bis Lord Lubrell sich ihr zuwandte. »Bitte, Mylord, schicken Sie Ihre Ladyschaft nicht fort. Ich habe von den Zuständen in diesen Einrichtungen gehört. Es muss dort entsetzlich sein. Menschen werden in Käfige gesperrt, gequält und gepeinigt. Das dürfen Sie Ihrer Frau nicht antun.«

»Setz dich«, befahl er ihr und wartete, bis Anna sich auf das Sofa gesetzt hatte. Dann nahm er wieder in dem Sessel ihr gegenüber Platz. »Anna, die Irrenanstalten heute sind nicht mehr mit den Tollhäusern von früher zu vergleichen. Es gibt dort ausgebildete Nervenärzte, die sich ausführlich mit Krankheiten wie der Fallsucht beschäftigt haben.«

Anna schüttelte den Kopf. »Nein, meiner Herrin kann hier geholfen werden – in Mainston Hall. Ich weiß, dass es ihr schnell besser geht, wenn ich für sie spiele. Mehr braucht sie nicht.«

»Aber warum haben ihre Zustände dann zugenommen?

Und auch die Fallsucht hat sich verstärkt.« Lord Lubrell beugte sich vor und sah Anna mit festem Blick an.

»Dafür gibt es eine Erklärung.« Anna schluckte. Sie bewegte sich auf einer gläsernen Klaviatur, die jeden Moment zu brechen drohte. »Ich habe den Eindruck«, sie zögerte, bevor sie weitersprach, »dass Ihre Ladyschaft Angst vor Ihnen hat.« Sie senkte den Blick und wartete ab, was er dazu sagen würde.

Doch Lord Lubrell schwieg.

Nach einer Weile fuhr sie mit leiser Stimme fort: »Ich weiß nicht, was zwischen Ihnen vorgefallen ist und woher diese Angst rührt. Aber als ich ihr im Mai den Brief vorlas, in dem Sie Ihre baldige Ankunft mitteilten, habe ich zum ersten Mal gesehen, wie groß die Angst meiner Herrin vor Ihnen ist. Und erst seit Sie auf Mainston Hall sind, haben ihre Zustände zugenommen.«

Lord Lubrell lehnte sich zurück und fuhr sich mit den Händen übers Gesicht. Er legte den Kopf in den Nacken, sodass er die nächsten Worte in Richtung Zimmerdecke sprach. »Du meinst also, es ginge ihr besser, wenn ich wieder abreisen würde?«

»Ja«, flüsterte Anna.

»Und du?« Er sah sie jetzt wieder an. »Möchtest du das auch?«

Nein, schrie eine Stimme in ihr, während sie sich sagen hörte: »Ja.«

Er schwieg.

Annas Mundwinkel zuckten. Auf einmal schien die Anspannung mit aller Macht über ihr zusammenzubrechen, und sie konnte die aufsteigenden Tränen nicht länger zurückhalten. Schnell senkte sie den Kopf, um sie zu verbergen. Sie schämte und ärgerte sich über diese Schwäche.

Plötzlich spürte sie seine Hände, die sie sanft in seine Arme zogen. Er saß jetzt neben ihr auf dem Sofa. Anna zuckte zusammen. Sie musste sich wehren, aufstehen und zu Sophia zurückkehren, dachte sie.

»Mein Liebling …« Seine Lippen fuhren zärtlich über ihre Stirn. Seine Hände strichen liebevoll über ihren Körper. Es war so leicht, sich in seine Umarmung fallen zu lassen und seine Küsse zu genießen. Doch plötzlich tauchte Sophias Gesicht vor ihr auf. Anna stieß Lord Lubrell von sich. »Nein, bitte nicht!«

Er sah sie einen Moment verwundert an. Dann zog er sie wieder an sich. »Anna, ich brauche dich und du brauchst mich.«

»Sie sind mit meiner Herrin verheiratet. Ich kann nicht«, rief Anna und versuchte erneut, sich aus seiner Umarmung zu befreien.

»Bitte, Anna, wenn du bereit bist, mir etwas Liebe zu schenken, dann bleibt Sophia vorerst hier.« Er streichelte zärtlich ihren Nacken und bedeckte ihr Gesicht mit Küssen.

Anna wusste, dass sie jetzt aufspringen und sich von ihm losreißen sollte. Sie musste ihm sagen, dass sie sich nicht erpressen ließe. Aber seine Forderung war zu verlockend. Sophia würde auf Mainston Hall bleiben, und Anna würde sich Lord Lubrell hingeben müssen. Sie roch den süßen Duft seiner Haut, die Orangen, den Moschus. Sie spürte seine Lippen auf ihrem Gesicht. Hatte sie denn eine andere Wahl? Er hatte sich unmissverständlich ausgedrückt: Sophia würde bei ihr bleiben. Sie musste ihm nur etwas Liebe schenken. Als sie zögerlich begann, seine Küsse zu erwidern, öffneten sich Schleusen, und die aufgestauten Gefühle der letzten Wochen strömten aus ihr heraus.

»Heute Nacht?«, keuchte er und konnte nicht von ihr ablassen. Seine Hände wanderten in ihr Haar und lösten einige der sorgfältig festgesteckten Strähnen.

Anna nickte. Es war eine Möglichkeit, Sophia vor der Anstalt zu bewahren. Die leise warnenden Stimmen in ihrem Hinterkopf ignorierte sie.

Nach dem Abendessen gab Anna ihrer Herrin einen zusätzlichen Löffel Laudanum in den Wein. Sie kam sich schlecht dabei vor, Sophia zu hintergehen, aber nur auf diese Weise konnte sie ihre Herrin vor der Anstalt bewahren.

Nachdem Sophia eingeschlafen war, schlich Anna sich leise durch die Flure des stillen Hauses. Er erwartete sie schon, schloss sie in seine Arme und drückte sie fest an sich. In diesem Moment war Sophia vergessen. Es war, als wollte keiner von ihnen den anderen je wieder loslassen. Erst eine Ewigkeit später suchten sich ihre Lippen den Weg zueinander. Und dann gab es nichts außer diesen Küssen, nichts außer seinen Händen, die über ihren Körper glitten. Anna sog den Duft seiner Haut tief ein, ihre Arme umschlangen seinen Körper. Wie eine Ertrinkende klammerte sie sich an ihn, und wie eine Gerettete sank sie in seine Umarmung.

Die schönsten Klänge erfüllten ihren Körper und ließen ihn bis ins tiefste Innere vibrieren wie die Saiten einer Violine. Seine Hände waren der Bogen, der darüberstrich, und es entstanden Töne, die Anna nie zuvor gehört hatte.

Hinterher fragte sie sich verzweifelt, warum sie sich der süßen Versuchung nicht entzogen hatte. Dabei warf sie sich hauptsächlich vor, dass sie Genuss dabei empfunden hatte. Dieses Begehren, die Tatsache, dass sie es in diesem Moment genauso sehr gewollt hatte wie er.

Als sie eine Ewigkeit später aus seinen Umarmungen auftauchte, lagen sie beide auf dem Teppich vor dem Kamin seines Arbeitszimmers. Der Morgen dämmerte, die Kerzen waren längst heruntergebrannt.

Annas Kleid, Hemd, Hose und Korsett lagen zusammen

mit seinen Kleidern im Zimmer verstreut. Die Krinoline stand neben dem Sessel. Mit dem schwachen Licht des frühen Morgens, das sich seinen Weg durch die langen Fenster in den Raum suchte, kehrte auch Annas Denkvermögen zurück.

Sie setzte sich auf und stemmte ihre Arme gegen seine Brust, um ihn so daran zu hindern, sie weiter zu küssen.

»Bitte nicht«, flüsterte sie, während sie sich aus seiner Umarmung wand und aufstand. »Ich muss gehen.« Ihr war plötzlich schwindelig. Und ein Gedanke drängte sich in ihren Kopf, der ihr gar nicht gefiel: Diese Nacht war für Anna mehr gewesen als Sophias Rettung. Es war ihr nicht darum gegangen, ihre Herrin vor der Anstalt zu bewahren. Das war lediglich eine willkommene Rechtfertigung für ihr Handeln gewesen.

Seine Hand schloss sich um ihr Handgelenk und zog sie wieder zu ihm heran. »Bleib noch bei mir. Du schuldest mir noch einige Erklärungen.«

»Ich Ihnen?« Anna sah ihn erstaunt an.

»Wo warst du damals in London? Ich habe lange nach dir gesucht.«

Anna wich seinem Blick aus. »Das kann ich Ihnen nicht sagen. Bitte, fragen Sie mich nicht danach.«

Er griff nach ihrem Kinn und zwang sie, ihn anzusehen. Lange Zeit betrachtete er sie. Dann sagte er leise: »Gut, ich werde nicht weiter in dich dringen. Aber sag mir wenigstens, wie du Sophia kennengelernt hast.«

Anna zögerte. Wie viel konnte sie ihm erzählen, ohne ihre Tarnung in Gefahr zu bringen? Sie wusste so wenig über ihn. Vielleicht war er ja ein Freund ihres Onkels, oder er hatte von ihrer Flucht gehört und missbilligte sie. Sie musste vorsichtig sein.

»Ich habe in Roseberry House bei Lord Glister gearbeitet.

Dort habe ich Ihre Ladyschaft getroffen.« So viel durfte sie sagen. Das konnte er auch von Sophia erfahren.

»Und wie bist du dorthin gelangt?« Er sah sie forschend an.

Anna schwieg.

»Gut, dann behalte es für dich.« Er wandte sich ab, hielt ihre Hand aber nach wie vor fest.

Anna fröstelte. Ihr Blick wanderte zu den verstreuten Kleidungsstücken auf dem Boden.

»Und du wusstest nicht, dass ich Lord Lubrell bin?«, fuhr er fort. Er sah sie an, als glaubte er ihr nicht.

»Nein.« Anna wich zurück und entzog ihm ihre Hand. »Das habe ich bis zu Ihrer Rückkehr nicht gewusst.«

Er stand auf und streckte sich. »Das scheint mir ein großer Zufall zu sein, und im Allgemeinen gibt es derartige Zufälle nur selten.«

Anna stand ebenfalls auf. »Aber es gibt sie. Und ich war genauso überrascht wie Sie.«

Er war nur zwei Schritte von ihr entfernt. Noch nie zuvor hatte Anna einem Mann unbekleidet gegenübergestanden.

»Ich wollte dich damals unbedingt wiedersehen.« Seine Stimme war leise, als er sprach. »Ich habe mir so sehr gewünscht, dich wiederzufinden. Und jetzt muss es ausgerechnet hier sein, auf Mainston Hall.«

»Sie sind verheiratet.« Anna sah ihn an. »Wo wir uns wiedertreffen, ändert an dieser Tatsache nichts. Es war in London genauso falsch. Und es wäre überall auf der Welt genau das Gleiche.«

Er schüttelte den Kopf. »Das meine ich nicht. Es ist das Haus.« Er strich sich mit verschränkten Armen über die Haut.

Anna wartete, dass er weitersprechen würde. Dass er ihr erzählen würde, warum er Mainston Hall nicht mochte. Aber er schwieg, tief in seine Gedanken versunken. Also hatte auch er seine Geheimnisse, von denen er ihr nicht erzählen wollte.

Als hätte er ihre Gedanken erraten, sagte er: »Ich wünschte, du würdest mir vertrauen und mir deine Geschichte erzählen. Ich hatte eigentlich vor, nächste Woche wieder nach London zu fahren. Aber ich werde diese Pläne vorerst aufschieben. Ich kann dich nicht schon wieder verlassen. Jetzt, nachdem ich dich endlich gefunden habe.« Zärtlichkeit lag in seinem Blick, und Anna musste sich zwingen, die Augen von ihm abzuwenden.

Wie konnte sie ihm begreiflich machen, dass sie gerade einen großen Fehler begangen hatte? Verzweiflung stieg in ihr auf. »Aber Sie sind der Ehemann meiner Herrin. Ich kann Ihre Ladyschaft nicht hintergehen, indem ich mich in Ihre Arme werfe.«

Er wirkte erstaunt. »Aber warum denn nicht? Sophia und ich haben nicht aus Liebe geheiratet. Dich hingegen liebe ich, seit ich dich zum ersten Mal gesehen habe. Solange ich dich sicher bei mir weiß, werde ich darauf verzichten, Sophia in eine Anstalt zu schicken. Aber wenn du dich von mir zurückziehst, werde ich handeln müssen.«

Anna war hilflos. Lord Lubrell erpresste sie auf eine Art und Weise, die das Falsche zum Richtigen und das Richtige zum Falschen werden ließ. Aber es gab nichts Richtiges in dieser Situation. Sie hatte die Wahl, Sophia zu betrügen oder dafür verantwortlich zu sein, dass sie in eine Anstalt kam.

Kapitel 15

Sie ist eine Schönheit geworden«, sagte Philip, während er das Mädchen betrachtete, das durch den Garten lief.

»Vielleicht ist sie ja deine Tochter.« Timothy grinste.

»Sie ist Williams Tochter. Das lässt sich nicht verleugnen. Schau dir das Kinn an, die Augen und die Nase.« Philip sah angestrengt durch das Opernglas. Sie standen auf einem Hügel dem Dorf gegenüber und hatten einen guten Blick auf die kleinen Fachwerkhäuser Grünbergs.

»Sie könnte auch meine Tochter sein. Schließlich ist William mein Bruder.« Timothy ärgerte sich, dass sein Freund diese Möglichkeit nicht in Betracht zog.

Philip lächelte. »Nein, sie ist eindeutig Williams Tochter.«

»Es ist im Moment nicht wichtig, wessen Tochter sie ist.« Timothy trat verdrossen gegen einen Stein, der daraufhin den Hügel hinunterrollte.

»Nun, mir ist schon wichtig, dass sie nicht meine Tochter ist. Denn sie gefällt mir.« Philip ließ das Opernglas sinken.

»Sie gefällt dir?« Timothy grinste wieder. Das passte hervorragend in seine Pläne.

Philip nickte. »Ist sie genau das gleiche Luder wie ihre Mutter?«

Timothy schüttelte den Kopf. »Sie spielt Klavier und macht

sonst nichts anderes. Ich habe mich seit letztem Sommer intensiv mit ihrem Leben beschäftigt.«

»Warum? Hast du mich deshalb hergebracht? Ich habe mich schon gewundert, dass du eine erneute Deutschlandreise vorgeschlagen hast. Schließlich kennen wir Preußen inzwischen und ehrlich gesagt, war es nicht gerade aufregend hier, von unserem Abenteuer mit der kleinen Dirne Marianne mal abgesehen.« Philip sah seinen Freund neugierig an. Er setzte sich auf einen Baumstamm, der am Waldesrand lag. Die beiden Männer hatten sich hinter den Bäumen verborgen, während sie das Dorf beobachteten.

»Ich brauche deine Hilfe.« Timothy nahm neben Philip Platz, der fragend die Augenbrauen hob.

»Das Mädchen hat seine Großeltern beerbt. Letztes Frühjahr sind die alten von Lausters gestorben.«

»Und die Enkelin kann erben? Eine Frau? Sehr ungewöhnlich.« Philip sah Timothy erstaunt an.

»So lauten die Erbbestimmungen in dieser Familie. William wird das Vermögen verwalten, bis die Kleine fünfundzwanzig ist.«

»Und? Ist das Vermögen groß?«

Timothy nickte. »Es soll angeblich beträchtlich sein.«

»Und ich vermute, du interessierst dich für dieses Vermögen?« Philip fuhr mit seiner Stiefelspitze durchs Gras.

»Ja.« Timothy stand auf und lief ein paar Schritte auf den Waldrand zu. Dann kehrte er zu seinem Freund zurück. »Es ist nicht möglich, dass eine Frau die Vormundschaft für das Kind übernimmt. Das heißt, wenn William sterben würde, wäre nicht Marianne, sondern ich als nächster Verwandter der Vormund des Mädchens.« Timothy legte abwartend den Kopf in den Nacken und grinste.

Philip schien allmählich zu begreifen. »Und du hättest freie Hand über das Vermögen, bis sie fünfundzwanzig ist?«

»Nun, ich muss natürlich den Anwälten gegenüber Rechenschaft ablegen, aber ich habe einige Entscheidungsgewalt. Zum Beispiel kann ich die Summe fest anlegen. Und wovon leben die beiden Frauen, wenn sie nicht mehr an das Geld herankommen?« Timothy grinste und spürte die Aufregung, wenn er über seinen Plan nachdachte.

»Das wäre ein echtes Problem für sie, da gebe ich dir recht.« Philip stand ebenfalls auf und sah über die Wiese zu den Häusern des Dorfes hinunter. »Aber du kämst auch nicht an das Geld heran. Was hättest du also davon?«

»Anna ist sechzehn Jahre alt. Es dauert also noch neun Jahre, bis sie über das Geld verfügen kann. Bis dahin müssten Mutter und Tochter betteln gehen oder verhungern. Sie würden das Haus verlieren und ihre Freunde. Arme Kreaturen …« Timothy lachte hämisch in sich hinein. Endlich gab es einen Weg, sich an seinem Bruder zu rächen, der sich damals aus dem Stone'schen Familienhandel geschlichen hatte, um in die reiche Familie von Lauster einzuheiraten. Er hatte Timothy mit dem ganzen Schlamassel des untergehenden Geschäfts der Familie Stone allein gelassen. Wenn Timothy nicht immer wieder geschickt an verschiedenen Fäden gezogen hätte, wären Stone Abbey und ihr Londoner Haus längst verloren. Aber jetzt ging ihm allmählich die Luft aus, und er brauchte dringend Geld.

»Ich weiß immer noch nicht, was es dir bringt, wenn die beiden mittellos wären?« Philip sah ihn ungeduldig an.

»Sie brauchen einen Retter in der Not.« Timothy grinste. »Ich muss Marianne nur vor die Wahl stellen: Entweder sie heiratet mich, und ich sorge dafür, dass sie und ihre Tochter gut versorgt sind – oder ich lege das Geld tatsächlich fest an, und sie wird jahrelang keinen Zugriff darauf haben.«

»Und ihr lebt inzwischen von den Zinsen, die das Vermögen abwirft?«

Timothy nickte. »Wenn ich das Geld für den Unterhalt von Tochter und Mutter verwende, wird mich kein Gericht verurteilen können.« Er stellte sein rechtes Bein auf den Baumstamm und stützte sich mit dem Ellenbogen auf seinem Knie ab. Er war sehr zufrieden mit sich.

»Aber sobald das Kind fünfundzwanzig ist, kann es mit dem Geld doch machen, was es will.« Philip schien noch nicht überzeugt von Timothys Plan.

»Es sei denn«, Timothy machte eine kleine bedeutungsvolle Pause, »sie ist bis dahin verheiratet. Dann kann ihr Ehemann über das Geld verfügen.«

Philip stieß einen leisen Pfiff aus. »Ich verstehe allmählich. Und mit dem Ehemann triffst du im Vorfeld eine finanzielle Vereinbarung.«

»Endlich hast du es verstanden.« Timothy sah seinen ehemaligen Kommilitonen schelmisch an. »Also, willst du nicht langsam ans Heiraten denken, alter Freund?«

»Eine gute Idee!« Philip lachte. »Und noch dazu wenn es sich um eine so hübsche Braut handelt.«

»Gut, dann sind wir uns einig.« Timothy setzte sich auf den Baumstamm. Sein Plan lief perfekt.

»Jetzt gibt es wohl nur noch ein Problem.« Philip sah besorgt zum Dorf hinunter. »William müsste sterben, damit du der Vormund des Mädchens wirst.«

»Genau.« Timothy sah Philip lauernd an. Er lehnte sich auf dem Baumstamm zurück. »Hast du dazu vielleicht eine Idee?«

Philip drehte sich erschrocken zu seinem Freund um. »Du meinst, ich soll mich darum kümmern?«

»Ich stände als Schwager, Onkel und Mariannes künftiger Ehemann zu sehr im Verdacht. Aber zu dir wird niemand eine Verbindung herstellen können. Wenn ich zum Zeitpunkt seines Todes nachweislich in England bin, sind wir sicher.« Timothy riss in aller Ruhe einen Grashalm aus und kaute darauf herum.

»Du schon, aber ich nicht.« Philip sah Timothy unbehaglich an. Er schüttelte den Kopf und schien nachzudenken.

»Es muss wie ein Unfall aussehen. Du musst es gut planen. Dann wird dich niemand verdächtigen«, insistierte Timothy und sah seinen Freund ungeduldig an. »Überleg dir das gut. Deine Finanzen können auch eine kleine Unterstützung gebrauchen, und das Mädchen ist eine leckere Zugabe.«

Philip schüttelte noch einmal den Kopf und setzte sich neben Timothy, der mit dem Grashalm zwischen seinen Lippen spielte.

»Außerdem muss ich dich wohl nicht daran erinnern, dass ich damals geschwiegen habe, als du eine gewisse Pistole manipuliert hast.« Timothy genoss die Panik, die sich plötzlich auf Philips Gesicht zeigte. Sein Freund wurde blass. Der Feigling hatte sich an der Universität duellieren müssen, nachdem er sich mit der Schwester eines Kommilitonen hatte erwischen lassen. Timothy hatte damals versprochen, über die ganze Sache zu schweigen. Aber er hatte nun einmal gesehen, wie Philip dem Sekundanten seines Feindes ein Geldbündel zugesteckt hatte.

Philip stand auf und presste die Lippen zusammen. »Gut, mir wird etwas einfallen, wie wir ihn unauffällig aus dem Weg schaffen können. Aber ich werde das nicht selbst erledigen, sondern in Auftrag geben.«

»Das ist mir gleich.« Timothy sah seinen Freund zufrieden an. »Hauptsache, es kann keine Verbindung zu mir hergestellt werden.« Er stand auf und klopfte sich den Staub von der Hose.

»Mach dir darüber keine Sorgen. Aber wie kann ich sicher sein, dass du danach zu deinem Wort stehst und mir das Mädchen auch überlässt?« Philip trat neben ihn und schoss einen Tannenzapfen weg.

Timothy hatte mit dieser Frage gerechnet und war vorbereitet. »Ich überschreibe dir unser Londoner Stadthaus. Sollte es zu der Vermählung zwischen dir und dem Mädchen kommen, geht das Haus an mich zurück. Wenn nicht, behältst du es.«

»Einverstanden«, sagte Philip und reichte Timothy die Hand.

»Aber ich werde weiterhin in dem Haus wohnen, denn es fällt sowieso an mich zurück. Du wirst sehen – noch bevor das Mädchen sein zwanzigstes Lebensjahr erreicht hat, wird es deine Braut sein.«

Philip nickte und Timothy lachte. Und mit einem Handschlag besiegelten sie Williams Schicksal.

Kapitel 16

Mainston Hall, Nordwales, September 1857

Orangen. Sie schwebten über ihrem Gesicht, und ihr Duft lag im ganzen Raum. Anna lauschte angestrengt durch ihre Mattigkeit. Nichts war zu hören. Sie wollte ihre Augen öffnen, aber es gelang ihr nicht. Nur der Duft der Orangen umgab sie.

»Anna …« Das war Lord Lubrells Stimme. Plötzlich passte alles zusammen. Nicht Orangen schwebten über ihrem Gesicht, sondern seine Hände, die sie jetzt sanft streichelten. Er liebte Orangen. Im Gewächshaus standen fast ausschließlich Orangenbäume, um Lord Lubrells Appetit auf die exotischen Früchte das ganze Jahr über stillen zu können. Anna nahm all ihre Kräfte zusammen und versuchte noch einmal, ihre Augen zu öffnen. Schwaches Licht drang in ihre Dunkelheit, und sie blinzelte. Jetzt sah sie sein Gesicht. Er beugte sich über sie und lächelte sie an. Seine Züge spiegelten Erleichterung.

»Was ist geschehen?« Annas Stimme war nur ein Krächzen.

»Du bist zusammengebrochen. Dr. Wyatt war hier und hat dich untersucht. Er hat mir nicht viel Hoffnung gemacht. Aber ich bin nicht von deiner Seite gewichen, bis du dich erholt hattest.« Er beugte sich über sie und drückte seine Lippen auf Annas Stirn. »Ich habe mir Sorgen um dich gemacht.«

Ganz langsam kehrte die Erinnerung zurück. Die Luft war

in den letzten Tagen immer dünner geworden. Das Atmen war Anna schwergefallen. Der fehlende Schlaf. Sie hatte tagsüber für Sophia und nachts für Lord Lubrell da sein müssen. Immer in der schrecklichen Angst, er könne Sophia in eine Anstalt schicken. Und immer von dem schlechten Gewissen geplagt, das die Begierde nach ihm in ihr auslöste. Lord Lubrell … Ihre Haut prickelte unter seiner sanften Berührung. Seine Orangenhände streichelten noch immer ihre Wangen. Er war bei ihr, nicht von ihrer Seite gewichen. Anna öffnete mühsam die Augen und sah sich um. Sie befand sich in einem der Schlafzimmer im Ostflügel.

»Du musst sie endlich loslassen, Anna.« Lord Lubrell nahm ihre Hand und küsste sie. Sie wusste, dass er von Sophia sprach.

Anna war zusammengebrochen. Ihr Körper hatte versagt. Sie war zu schwach gewesen. Hatte er womöglich recht? Anna liebte Sophia. Aber sie hatte nicht genug Kraft, sich um sie zu kümmern. Konnten ihr die Irrenärzte tatsächlich besser helfen als Anna und ihre Musik? Musste sie Sophia freigeben, wenn sie sie liebte? Und dorthin bringen lassen, wo ihr geholfen werden konnte?

Ihre Stimme war noch schwach. »Warum haben Sie sie nicht schon längst fortgebracht? Auch gegen meinen Willen? Sie hätten es tun können.«

»Ich wollte dich nicht verlieren. Du musstest selbst erkennen, dass du sie nicht retten kannst. Aber in den letzten Tagen, als ich große Angst um dich hatte, musste ich eine Entscheidung treffen, und ich hoffe, du verzeihst mir.«

Anna sah ihn erschrocken an. Plötzlich fühlte sie sich unendlich hilflos. Lord Lubrell strich wieder über ihre Wangen. Der Orangenduft und die Berührung durch seine weichen gepflegten Hände taten ihr gut wie heißer Tee an einem kalten Wintertag.

Er sah sie nachdenklich an. »Ich habe Dr. Wyatt gebeten, ihre Einweisung in eine Anstalt vorzubereiten.«

Anna schloss die Augen. Tränen stiegen in ihr auf. Sie hatte den Kampf verloren, weil ihr Körper ihr nicht mehr gehorchte. Sie war unter der Belastung zusammengebrochen.

»Anna, ich mache mir Sorgen um dich. Ich habe Angst, dass Sophia dir etwas antun könnte.« Er beugte sich über Anna, seine Lippen waren dicht an ihrem Ohr. »Du bist in Gefahr, bitte, glaube mir.«

Anna sah ihren Herrn entsetzt an. »Ihre Ladyschaft würde mir niemals schaden.«

»Sophia ist wahnsinnig. Irre sind unberechenbar.« Er stand auf.

»Wo ist Sophia jetzt?«

»In ihrem Bett. Dr. Wyatt hat ihr Laudanum verabreicht und eine Krankenschwester geschickt, die jetzt an Sophias Bett sitzt.« Lord Lubrell fasste sanft unter Annas Achseln und hob sie leicht an. Er legte zwei Kissen unter ihren Kopf.

Dann fuhr er fort: »Dr. Wyatt wartet auf eine Nachricht seines Freundes. Das ist der Arzt, der Sophia behandeln soll.« Er griff nach einem Glas Wasser und führte es an Annas Lippen. Vorsichtig trank sie einen Schluck. Das Wasser lief ihre trockene Kehle hinunter. Es schmeckte köstlich.

»Du kannst nicht dein ganzes Leben an ihrer Seite verbringen. Sophia fordert etwas von dir, das du nicht leisten kannst.«

Er stand auf und sah lange aus dem Fenster. Ohne sich umzudrehen, sagte er schließlich: »Ich werde dir jetzt eine Geschichte erzählen. Vielleicht hätte ich das schon längst tun sollen, aber ich erinnere mich nicht gern daran. Es ist nicht die Art von Geschichten, die ich der Frau erzählen möchte, die ich mehr als alles andere auf der Welt liebe.«

Er stützte sich auf das dunkle Mahagoniholz der Fensterbank. »Ich komme aus einer angesehenen Familie, der einmal viel Land gehört hatte. Aber mein Großvater war ein Spieler und konnte Frauen nie widerstehen. Um es kurz zu machen: Er hat sehr viel Geld verspielt und für fragwürdige Frauen ausgegeben. Und mein Vater war noch schlimmer. Er hat das Geld so lange zum Fenster hinausgeworfen, bis keines mehr vorhanden war.«

Er machte eine lange Pause. Seine Stimme klang resigniert und müde, als er fortfuhr. »Als zweitgeborener Sohn konnte ich den Titel nicht erben. Ich sollte Pfarrer in der Gemeinde unseres Heimatortes werden. So war es jahrhundertelang gewesen. Der zweitgeborene Sohn wurde Pfarrer. Aber jedes Mal wenn ich an dem Pfarrhaus vorbeiging, wusste ich, dass ich mein Leben nicht in solch einer Enge verbringen konnte. Mein Vater schickte mich nach Oxford, wo ich mit dem Theologiestudium begann. Dabei hatte ich mich immer sehr für Geologie interessiert und mir viel Wissen angelesen. Nach dem Studium war ich eines Tages hier in Nordwales auf dem Anwesen meiner Eltern zu Besuch – oder auf dem, was von dem Anwesen noch übrig war – und streifte durch die Wälder. Ich war lange gelaufen und, ohne es zu merken, auf den Besitz von Mainston gelangt. Ich betrachtete die dunklen Felsen und das Geröll zu meinen Füßen und war mir plötzlich sicher, dass hier gewaltige Schiefervorkommen sein mussten. Wir hatten früher zu Lord und Lady Lubrell nachbarschaftlichen Kontakt gepflegt, aber nachdem ihr einziger Sohn ertrunken war, hatten sie sich aus dem gesellschaftlichen Leben zurückgezogen. Ich erinnerte mich jedoch, dass sie noch eine Tochter hatten.«

»Sophia.« Anna wusste, dass Sophia ein Einzelkind war. Sie hatte nie von einem Bruder gesprochen. »Sie war die Tochter, nicht wahr?«

Lord Lubrell nickte. »Ich ging zu ihrem Vater und zeigte

mein Interesse an seiner Tochter. Damals kannte ich die Erbbestimmungen dieser Familie noch nicht. Ich hatte nicht damit gerechnet, ihren Titel erben zu können. Mein Plan lief vielmehr darauf hinaus, von meinem Schwiegervater das Recht zu erwirken, auf seinem Land Schiefer abbauen zu dürfen. Das war alles, was ich von ihm als Mitgift für seine Tochter verlangte: Schiefer abbauen und vom Gewinn fünfundsiebzig Prozent behalten zu dürfen.«

Anna sah Lord Lubrell skeptisch an. »Schiefer als Hochzeitsgabe, das klingt ja sehr romantisch.«

»Diese Heirat hatte nichts mit Romantik zu tun.« Lord Lubrell drehte sich noch immer nicht zu ihr um. »Ich kannte damals keine Liebe. Es war ein Geschäft. Ich zahlte mit dem immer noch guten Namen meiner Familie und hatte Glück, dass Sophia als nicht ganz normal galt. Niemand hatte bislang Anstalten gemacht, sie zu heiraten. Und sie war damals bereits zweiundzwanzig Jahre alt. Sie hatte also kaum noch Aussichten auf eine gute Partie.«

»Ich weiß, wovon Sie sprechen.« Anna lächelte. »Auch ich bin mit meinen vierundzwanzig Jahren auf dem besten Weg, eine alte Jungfer zu werden.«

Er warf Anna einen kurzen Blick über die Schulter zu. »Gott sei Dank. Ich würde es nicht ertragen, wenn du die Frau eines anderen Mannes werden würdest.«

»Aber Sie sind der Mann einer anderen Frau«, erinnerte Anna ihn. »Sie können mich nicht heiraten.«

»Da gibt es andere Arrangements.« Er lachte bitter. »Aber zurück zu meiner Geschichte.«

»Sophia galt als verrückt?«, wollte Anna wissen, bevor er fortfahren konnte.

Lord Lubrell zögerte. »Es gab da Geschichten, die man sich im Dorf erzählte. Dabei ging es um diesen Unfall. Ihr Bruder, der Erbe des Titels und Anwesens, war ertrunken.

Danach war Sophia nicht mehr dieselbe. Böse Zungen behaupten, sie hätte etwas mit dem tragischen Tod ihres Bruders zu tun gehabt. Aber ich kann das nicht glauben. Sie muss sehr an ihm gehangen haben. Zu der Zeit war sie erst zwölf Jahre alt. Doch ihr Vater hat ihr zeitlebens die Schuld dafür gegeben. Sophia selbst spricht nie über die damaligen Ereignisse.«

Anna nickte. Sie hatte bis heute nichts davon gewusst. »Wie schrecklich!«, murmelte sie. Was es für ein Mädchen wohl bedeuten musste, den einzigen Bruder zu verlieren! Besonders, wenn die beiden ein enges Verhältnis gehabt hatten. »Vielleicht leidet sie aus diesem Grund heute unter dieser fürchterlichen Angst, mich zu verlieren«, überlegte Anna. »Sie hat Angst, dass sich die Geschichte wiederholen könnte. Damals wurde ihr der Bruder genommen, und heute könnte ich ihr genommen werden.«

Lord Lubrell sah Anna nachdenklich an. »Vielleicht. Auf jeden Fall dachte ich damals nicht, dass Sophias Gesundheit jemals zu einem Problem für mich werden könnte. Ihr Vater erklärte mir, dass in den Erbbestimmungen der Familie festgehalten sei, dass der Ehemann der ältesten Tochter den Titel und das gesamte Vermögen erben würde, falls es keinen direkten männlichen Erben gäbe. Ich war natürlich erfreut. Selbst wenn ich mich geirrt hätte und wir keinen Schiefer auf dem Besitz von Mainston gefunden hätten, musste ich nun nicht mehr als Theologe arbeiten.«

Lubrell starrte wieder in den Garten hinaus. »Sophia und ich haben mit ihrem Vater auf Mainston gelebt. Ihre Mutter war bereits einige Jahre zuvor gestorben. Glaube mir, ich kam mit Sophia nur wenige Male zusammen, um unsere beiden Kinder zu zeugen. Sie hatte panische Angst vor mir, und in den wenigen Nächten, in denen ich mir meine Rechte als Ehemann nahm, musste ich ihr Laudanum und

Alkohol geben, damit sie nicht die ganze Zeit auf mich einschlug.«

»Sie hat geschlafen, während Sie …?« Anna brach ab. Sie war entsetzt. Allmählich verstand sie Sophias Reaktion.

»Ich habe es nicht genossen, wirklich nicht.« Lord Lubrell stützte sich wieder auf die Fensterbank des Schlafzimmers. »Leider wurde das erste Kind ein Mädchen, und ich wollte nicht, dass nach meinem Tod ein Fremder das Anwesen erbt.«

»Ein Fremder wie Sie?« Anna schluckte. Hatte er Sophia etwa Gewalt antun müssen? »Warum hat Lady Lubrell diese Abneigung gegen Sie?«

Er zog die Schultern hoch. »Ich weiß es nicht mit Sicherheit. Ich habe beobachtet, dass sie vor allen Männern eine gewisse Scheu hat. Das war auch einer der Gründe dafür, dass sich lange kein Heiratskandidat für sie gefunden hat.«

Anna erinnerte sich an Sophias panische Reaktion auf die Freundlichkeit, die Mr Sterling Anna entgegengebracht hatte. Ihre Herrin schien davon überzeugt zu sein, dass er Anna schaden wollte.

»Sie sieht Männer als Feinde.« Anna verstand Sophia immer besser. Auch sie selbst fühlte sich von den Männern ausgenutzt. Jeder wollte seine eigenen Begierden an ihr stillen. Timothy hatte sie an Mr Lyme verkaufen wollen, Mr Lyme hatte eine Ehefrau gebraucht, die ihm ein Heim bereitete, und Lord Lubrell suchte in ihr die Frau, die ihm seine sinnlichen Wünsche erfüllte.

Er fuhr fort: »Meine Frau hat sich nicht um meine Treue bemüht. Eines Nachts hatte ich Gesellschaft von einem Hausmädchen, als mein Schwiegervater uns überraschte.«

Anna wurde übel. Bilder von Timothy und Philip Lyme, die sich mit Gewalt an dem Hausmädchen vergingen, drängten sich ihr auf. Sie wollte sich die Ohren zuhalten, aber ihre Hände gehorchten ihr nicht.

»Das Mädchen hatte mir schon lange nachgestellt, und in meiner schwierigen Situation war ich empfänglich dafür.«

Erleichterung breitete sich in Anna aus. Er hatte dem Hausmädchen also keine Gewalt angetan. Den Gedanken hätte Anna nicht ertragen.

»Ich weiß, dass es ein Fehler war.« Er drehte sich um und kniete sich neben sie. »Anna – das, was damals geschehen ist, ist nicht mit unserer Liebe zu vergleichen. Ich habe nichts für dieses Mädchen empfunden. Es war reine Begierde. Dich liebe ich.«

»Das weiß ich.« Anna hatte es während der intimen Augenblicke ihres Klavierspiels oft gespürt. Es war, als ob sie in sein Inneres hätte blicken können. »Und was geschah dann?«

Er stand wieder auf und trat ans Fenster. »Ich brauche dir nicht zu erklären, dass wir uns in einer kompromittierenden Situation befanden.«

Anna nickte. Sie wollte nicht daran denken, dass er eine andere in den Armen gehalten hatte.

»Mein Schwiegervater gab trotzdem weder mir noch dem Mädchen die Schuld. Er zerrte Sophia aus ihrem Bett und brachte sie in mein Schlafzimmer.« Lord Lubrell machte eine Pause. »Er warf ihr vor, mich in die Arme anderer Frauen zu treiben, indem sie sich mir entzog.«

»Wie grausam.« Anna schluckte. Wie sehr hatte Sophia unter ihrem Vater leiden müssen. Er machte sie nicht nur für den Tod ihres Bruders, sondern auch für die Untreue ihres Ehemannes verantwortlich. Bestimmt war Lady Lubrells Vater ein wichtiger Grund für die Abneigung, die Sophia Männern gegenüber empfand.

Lord Lubrell fuhr fort: »Auf einmal ging alles ganz schnell. Sie griff nach einem Kerzenleuchter und schlug auf ihren Vater ein. Einer der Schläge muss ihn so ungünstig getroffen haben, dass er stolperte und auf den Kaminvorsprung fiel. Er war auf der Stelle tot.«

Anna schloss die Augen. Was für eine schreckliche Tragödie. »Aber das war ein Unfall. Sie wollte ihn nicht umbringen.«

»Ja, deshalb habe ich damals auch nichts unternommen. Sophia war am Boden zerstört. Sie hat sehr um ihren Vater getrauert. Ich gab zu Protokoll, dass mein Schwiegervater gestolpert und mit dem Kopf auf den Kaminsims gefallen sei. Aber heute denke ich, dass ich vielleicht falsch gehandelt habe.«

»Nein, das haben Sie nicht«, flüsterte Anna. »Sophia war nur ein Opfer der Anschuldigungen ihres Vaters. Sie hat aus einem Impuls heraus gehandelt.«

»Ich weiß es nicht.« Lord Lubrell setzte sich zu Anna auf die Bettkante und fasste nach ihrer Hand. »Aber ich habe Angst um dich. Sophia hat schon einmal einen Menschen getötet. Sie ist dir gegenüber krankhaft anhänglich. Was ist, wenn sie dich umbringt, damit dich niemand anderes besitzen kann außer ihr?«

Anna fröstelte unter der dicken Decke. »Nein, niemals.«

»Ich möchte es nicht darauf ankommen lassen.« Lord Lubrells Stimme klang entschlossen, und Anna ahnte, dass sie Sophia dieses Mal nicht mehr würde helfen können.

Kapitel 17

Stone Abbey, Cotswolds, November 2015

*W*ahnsinn!« Bryan flüsterte unwillkürlich, als sie aus der niedrigen Eingangshalle von Stone Abbey ins Treppenhaus traten. »Ich habe so etwas noch nie in meinem Leben gesehen.«

»Was?« Nina steckte den Schlüsselbund wieder in ihre Tasche.

»Es kommt mir vor, als hätte irgendwer das Haus vor langer Zeit hier abgestellt und dann einfach vergessen«, sagte Bryan, während er die gerahmten Pferdegemälde betrachtete, die an der Wand hingen.

Nina ging langsam die Treppe hinauf. »Genau dasselbe habe ich auch gedacht, als ich Stone Abbey zum ersten Mal im Tal vor mir liegen sah.« Sie erinnerte sich an den Tag, als sie bei diesem verwilderten englischen Anwesen angekommen war. Er kam ihr mittlerweile Jahre entfernt vor, dabei waren seitdem erst vier Wochen vergangen.

Nina seufzte. Wie sollte es jetzt weitergehen? Ihr fiel einfach nichts mehr ein, was sie unternehmen konnte, um dem Geheimnis um Anna Stone näher zu kommen. Sie warf Bryan einen besorgten Blick zu. Hatte sie vorschnell gehandelt, als sie ihm spontan zugesagt hatte, dass er für sie arbeiten könne? Eigentlich gab es auch für sie hier in Stone nichts mehr zu tun, und es wäre das Vernünftigste, nach Deutschland zuzückzukehren. Aber sie konnte ihn doch jetzt nicht schon nach Hause zurückschicken.

Nina ging voraus, die Treppe hoch in den Salon.

»Lass deinen Koffer hier stehen«, sagte sie zu Bryan, bevor sie die Tür zum Salon öffnete, »wir werden gleich nach einem Zimmer für dich suchen. Wenn du willst, kannst du auch meins haben, ich kann mir ein anderes nehmen.«

»Nina, jetzt hör schon auf!«, sagte Bryan genervt.

»Was?« Nina sah ihn verständnislos an.

»Mit deinem Rumgeschleime. Seit wir heute Morgen in Mainston in den Zug gestiegen sind, säuselst du mich voll.«

Nina runzelte die Stirn. »Wie bitte?«

Bryan verdrehte die Augen. »Du ertränkst mich in Kaffee und stopfst mich mit Keksen und Sandwiches voll. Du verwöhnst mich nach Strich und Faden.«

»Na und? Das macht mir eben Spaß.« Sie drehte sich um und stieß dabei fast an eine der Porzellanfiguren, die auf einem wackligen Beistelltisch stand.

»Nina, das bist du doch gar nicht. Was ist los mit dir?«

»Ich versuche, eine gute Arbeitgeberin für dich zu sein.«

»Warum hast du mir die Stelle überhaupt angeboten? Das hast du doch nur getan, weil du dich dafür verantwortlich fühlst, dass ich meinen Job verloren habe.«

Nina atmete tief ein. »Ich wollte dir helfen.«

»Warum?«

Sie zögerte. »Ja, vielleicht habe ich es auch wegen meinem schlechten Gewissen getan. Aber nicht nur.«

»Ich wette, du hattest in deinem ganzen Leben noch keinen Angestellten, vermutlich nicht mal eine Putzhilfe.« Bryan setzte sich auf eines der großen Sofas, die im Raum standen, und sah sie herausfordernd an.

»Aber ich brauche hier tatsächlich Hilfe. Sieh dir das Haus

doch an.« Nina machte eine ausgreifende Handbewegung und betrachtete die Unordnung um sie herum.

»Diese Hilfe kannst du billiger bekommen. Ich glaube kaum, dass du dir meine Dienste sehr lange leisten kannst.« Er grinste.

»Warum hast du mein Angebot dann überhaupt angenommen?«

»Ich war neugierig auf Stone Abbey. Alte Häuser sind meine Leidenschaft – berufsbedingt.«

»Und deshalb fährst du mit mir in die Cotswolds? Man sollte meinen, es gäbe auch in Wales genug alte Häuser. Wenn du willst, schenke ich dir eine Jahresmitgliedschaft für den National Trust.«

»Und«, Bryan dehnte das Wort, »ich konnte den Gedanken nicht ertragen, dass du einfach wieder aus meinem Leben verschwindest.«

Nina starrte ihn an, unfähig, eine passende Antwort zu finden.

Da entdeckte Bryan plötzlich das riesige Bild von Anna Stone, das an der Wand hing. Er stand auf und ging darauf zu. Dann blieb er in einiger Entfernung stehen und betrachtete es lange. Er räusperte sich. »Das ist das beste von allen Bildern.«

Nina trat neben ihn. Sie legte den Kopf in den Nacken. Er hatte recht. Dieses Bild hier sprühte vor Liebe.

»Das ist ein weiterer Grund dafür, dass ich mit dir nach Stone Abbey wollte.« Bryan nahm den Blick nicht von dem Gemälde.

»Anna Stone? Wegen ihr bist du gekommen?«

»Auch …« Bryan riss sich von Anna los und wandte sich an Nina. Seine Augen lagen forschend auf ihr. »Aber noch mehr wegen dir. Wegen dir und deiner Ähnlichkeit zu Anna Stone. Es besteht eine enge Verbindung zwischen euch, die ich faszinierend finde. Deshalb habe ich dir geholfen – und das hätte ich auch getan, wenn du mir von Anfang an von dem Anruf bei Lord Lubrell erzählt hättest.«

»Echt?« Nina erwiderte seinen Blick.

Bryan nickte. »Du bist wirklich nicht der Typ Frau, auf den ich stehe.« Er grinste. »Aber deine Kratzbürstigkeit und dein eiserner Willen haben mich beeindruckt. Nein, mehr als das: Du hast mich verzaubert, so, wie Anna den geheimnisvollen Maler verzaubert hat.«

Nina öffnete den Mund, um etwas zu erwidern. Aber sie spürte, wie sie errötete. Oje, wie ein kleines Mädchen. Schnell wandte sie sich ab. »Wir sollten jetzt wirklich nach einem Zimmer für dich suchen.«

»Einverstanden.« Bryan warf noch einen letzten Blick auf Annas Bild. »Was hast du mit Stone Abbey vor?«

Nina hob unentschlossen die Schultern. »Ich denke, ich werde es verkaufen.«

»Du solltest die Vorhänge im Salon zuziehen. Das Sonnenlicht schadet den Bildern und den Stoffen.« Bryan ging wieder zurück und kämpfte sich durch das Chaos des vollgestellten Raumes zu den Fenstern vor. »Noch scheinen die Farben gut erhalten zu sein. Du musst dir unbedingt Hilfe von Experten holen. Wenn man sich nicht auskennt, kann man schnell massive Schäden anrichten.«

Nina war hinter Bryan hergelaufen und stand jetzt wieder vor Annas Bild. »Ich habe das Gefühl, ihr verpflichtet zu sein. Als könnte ihr Geist erst Ruhe finden, wenn wir wissen, was damals wirklich geschehen ist.«

»Gibt es denn hier im Haus irgendetwas von Anna, das uns vielleicht weiterhelfen könnte? Stand nicht in dem Brief, den wir in den verborgenen Räumen gefunden haben, dass ihre persönlichen Dinge zu ihrer Familie geschickt wurden?«

Nina nickte. »Aber ich glaube kaum, dass sie lange überlebt haben. Vermutlich sind sie irgendwann vernichtet worden. Sie galt schließlich als Mörderin.«

»Ich bin mir nicht sicher.« Auch Bryan betrachtete jetzt nachdenklich das Bild. »Irgendjemandem muss sie so viel bedeutet haben, dass er ihr Porträt aufbewahrt und an dieser exponierten Stelle im Salon aufgehängt hat.«

Nina trat nachdenklich neben ihn. Ihr Blick wanderte über die zahlreichen Möbelstücke und Vitrinen voller Porzellan und wertvoller Gegenstände, die in diesem Raum herumstanden. Die Bewohner von Stone Abbey schienen leidenschaftliche Sammler gewesen zu sein. Nina dachte daran, wie viel jahrhundertealter Trödel wohl in den anderen Zimmern dieses Hauses noch verborgen sein musste.

»In meinem Schlafzimmer gibt es einen ganzen Schrank voller alter Unterlagen, die aus der Zeit stammen«, sagte sie schließlich. »Ich habe sie mir schon einmal flüchtig angesehen. Allerdings konnte ich nichts finden, was auf Anna Stone hingedeutet hat.« Nina drehte sich um und steuerte auf die Tür des Salons zu.

»Dann sollten wir uns den Inhalt dieses Schranks noch einmal genauer ansehen«, erwiderte Bryan und folgte ihr.

Zwei Stunden später hatten sie nicht allzu weit von Ninas Zimmer ein einigermaßen gut erhaltenes Schlafzimmer für Bryan gefunden. Da es mittlerweile spät geworden war, gingen sie ins Dorf, um in dem kleinen Supermarkt das Nötigste einzukaufen. Wenig später saßen sie im Kerzenlicht bei einer Flasche Wein und selbst gemachten Sandwiches vor dem Wandschrank mit den viktorianischen Briefen und Bildern.

»Nichts«, stellte Nina enttäuscht fest, nachdem sie sämtliche Dokumente mehrmals durchgesehen hatten. »Aber auch nicht der kleinste Hinweis auf Annas Geschichte. Wenn dein blöder Chef nur nicht die Papiere verbrannt hätte, die wir in den verborgenen Räumen gefunden haben …«

»Ich frage mich, warum er so empfindlich auf diese alte Geschichte reagiert.« Bryan runzelte die Stirn. »Wie bist du damals eigentlich auf Mainston Hall gekommen?«

Nina streckte die Beine aus und lehnte sich mit dem Rücken an die Wand. »Ich hab einen Brief von Abigail Stone an Frank Lubrell gefunden, der Mainston Hall erwähnte. Und da ich hier nicht weiterkam, bin ich eben dorthin gefahren.« Nina starrte resigniert an die Decke. »Ich denke, wir sollten aufgeben. Es ist uns einfach nicht gelungen, Annas Unschuld zu beweisen. Wir wissen nicht einmal, was damals wirklich geschehen ist.«

Bryan wühlte in den dicken Notenstapeln, die im Wandschrank lagen. »Was sind das für Noten?«

Nina zog die Schultern hoch, während sie den Stuck unter der Decke betrachtete. »Keine Ahnung.«

»Das Papier scheint sehr alt zu sein. Vielleicht sind sie wertvoll.«

Nina drehte sich zu ihm. »Nein, da muss ich dich leider enttäuschen. Ich hab sie mir schon mal flüchtig angesehen, und diese Melodien sind vollkommen unbekannt. Damit ist sicher kein Geld zu verdienen.«

Plötzlich stand Bryan hektisch auf und hielt einen der Notenbögen ins Kerzenlicht. »Nina, diese Noten sind von Anna Stone.«

»Was?« Auf einmal war Nina wieder hellwach. Sie sprang auf und lief zum Schrank hinüber.

»Siehst du dieses Wasserzeichen?«

Sie nickte.

»Es ist das Wappen der Familie Lubrell. Nirgendwo, außer auf Mainston Hall, gibt es diese Briefbögen. Noch heute tragen die Briefe von Lord und Lady Lubrell diese Wasserzeichen.« Er wedelte mit einem der Blätter in der Luft herum und lief in Ninas Schlafzimmer auf und ab.

»Aber die Noten kann doch jeder auf dieses Papier gemalt haben.«

»Nein. Schau mal, wie viele Notenblätter das sind.« Er blieb stehen und deutete auf die dicken Stapel. »Es muss schon ein absolut eifriger Musiker gewesen sein, und ich hab nie davon gehört, dass irgendein Mitglied der Familie Lubrell besonders musikalisch gewesen wäre. Außerdem gibt es keine andere Verbindung zu Stone Abbey außer Anna Stone.« Bryan hob einen der Stapel auf und musterte ihn. »Sie sind alle mit einem Datum versehen … zwischen den letzten Monaten des Jahres 1857 und den ersten des Jahres 1858. Zu dieser Zeit war Anna auf Mainston Hall.«

Ninas Herzschlag beschleunigte sich. »Nein, damals war sie schon im Gefängnis in Bangor.« Nina erinnerte sich an die Briefe, die sie gefunden hatten, besonders an den von Anna, der sich noch immer in ihrer Umhängetasche befand.

Bryan ließ sich auf Ninas Bett fallen. »Es gibt keine andere Erklärung, wie diese Noten nach Stone kommen konnten. Wenn wir nur eine Handschrift von Anna hätten, dann könnten wir sie mit der auf den Noten vergleichen.«

Nina lächelte verlegen. »Wir *haben* eine Handschrift.« Sie stand auf und zog den Brief aus ihrer Umhängetasche. »Ich habe diesen Brief hier von Mainston Hall mitgenommen, als du nicht hingeschaut hast. Tut mir leid.«

Einen Moment lang starrte Bryan sie an. Dann grinste er. »Gut gemacht. Gib mal her.«

Nina reichte ihm den Brief.

Bryan ging zurück zum Wandschrank und wühlte in dem Notenstapel. Schließlich zog er einen Bogen heraus. »Schau mal, dieses Wort *forte*, das hier in den Noten steht, ist mit

Annas Handschrift identisch. Die Noten stammen also mit Sicherheit von Anna Stone. Außerdem gibt es auch keine andere Erklärung dafür, wie diese Briefbögen aus Mainston Hall nach Stone Abbey gekommen sein könnten.«

»Man hat diese Unterlagen und alle Habseligkeiten von Anna Stone nach ihrem Tod hierhergebracht.« Nina strich liebevoll über die alten Papierbögen.

»Genau. Sie hat diese Melodien im Gefängnis aufgeschrieben, und sie wurden mit all ihren sonstigen persönlichen Dingen an ihre Familie geschickt.« Bryan holte einen Stapel nach dem anderen heraus, bis Ninas Zimmer voller alter Notenblätter war.

Nina betrachtete die Noten jetzt mit neuer Aufmerksamkeit.

»Eigenartig …« Sie stutzte.

»Was denn?« Bryan sah ihr über die Schulter und setzte sich wieder aufs Bett.

Nina nahm zwei der Notenblätter und ließ sich neben ihm auf die Matratze fallen. »Diese Partitur ist ziemlich komplex. Es scheint eine wunderschöne Melodie zu sein.« Sie deutete auf das andere Blatt. »Aber diese Noten hier folgen überhaupt keinem Muster. Sie ergeben keine Harmonie.« Ratlos ließ sie die Blätter sinken.

»Komisch. Vielleicht hat sie hier nur etwas ausprobiert? Irgendwelche Übungen gemacht?«, schlug Bryan vor.

Nina sah ihn ungeduldig an. »Wenn jemand in der Lage ist, derart komplizierte Melodien zu komponieren, dann braucht er keine Übungen mehr. Jedenfalls keine wie die hier. Ich weiß nicht, was diese Kritzeleien zu bedeuten haben.« Sie ließ sich rücklings auf die Matratze fallen und starrte unter den Baldachin des alten Bettes.

»Vielleicht hat sie bloß die Feder ausprobiert.«

Nina schüttelte den Kopf. Sie stand wieder auf, ging zu

den übrigen Noten hinüber und prüfte sie noch einmal sorg-fältig. »Dieser gesamte Stapel scheint ohne Sinn und Verstand geschrieben worden zu sein. Und der daneben auch. Drei von den fünf Stapeln scheinen keine echten Noten zu enthalten. Nur die anderen beiden.« Sie blickte irritiert zu Bryan hinüber.

Er stand nun ebenfalls auf und kam zu ihr. »Es sind verdammt viele Noten.« Bryan strich über die dicht beschriebenen Bögen.

Nina seufzte. »In den letzten Wochen habe ich mir niemals mehr gewünscht, wieder spielen zu können, als jetzt.«

»Warte ab.« Bryan strich ihr sanft über den Arm. »Irgendwann wirst du wieder spielen können.«

»Hoffentlich hast du recht.« Nina legte die Noten zurück in den Schrank. Sie konnte im Moment nichts damit anfangen.

»Hm, das riecht gut.« Nina sah sich in Ernestines kleiner Küche um. Die mit Blumenmuster gezeichnete Tapete. Das beige Geschirr mit den roten Punkten, die Messingstühle mit orangefarbenem Bezug. Hier lebten noch immer die Siebzigerjahre. Nina und Bryan hatten den Tag damit verbracht, die Schränke zu schrubben und das verstaubte Geschirr abzuspülen, damit sie die nächsten Wochen einigermaßen angenehm auf dem Anwesen leben konnten. Bryan hatte den Ofen getestet und festgestellt, dass er noch einwandfrei funktionierte. Als ihre Hände vom vielen Putzen schon schrumpelig waren, waren sie ins Dorf gegangen und hatten fürs Abendessen eingekauft.

»Bin gleich wieder da«, rief Bryan und verschwand aus der Küche.

Nina sah ihm erstaunt nach und setzte sich an den Küchentisch. Immer wieder kehrten ihre Gedanken zu den seltsamen

Partituren zurück. Warum hatte Anna dieses sinnlose Zeug geschrieben? War sie am Ende doch geistig verwirrt gewesen, wie es die Menschen in Mainston glaubten? Nina schüttelte den Kopf und stützte sich mit den Ellbogen auf der Wachstuchtischdecke ab. Sie seufzte und legte den Kopf auf die Hände. Sie war müde, seit Nächten hatte sie nicht mehr richtig geschlafen, weil sie nur noch an Anna denken konnte. Die Vorstellung, dass die Wahrheit für immer verborgen bleiben würde, war unerträglich. Während sie durch die getönte Scheibe des Ofens auf den Braten sah, den Bryan vor einer ganzen Weile dort hineingeschoben hatte, sagte sie sich, dass sie endlich mit der Geschichte abschließen musste. Gleichzeitig wusste sie, dass sie das nicht schaffen würde. Solange sie nicht herausbekam, was damals wirklich geschehen war, würden ihre Gedanken immer um Anna Stone kreisen.

Sie zuckte zusammen, als Bryans Stimme auf einmal hinter ihr ertönte.

»Hast du mich vermisst?«

Nina fuhr herum. »Ich hab noch keine Vermisstenmeldung bei der Polizei aufgegeben, falls du das meinen solltest.«

Bryan öffnete die Schublade und nahm einen Löffel heraus. »Schade, ich hatte gehofft, dass du schon sehnsüchtig auf mich wartest.«

»Das magst du von anderen Frauen vielleicht so gewohnt sein. Aber ich konnte es gut ohne dich aushalten.«

»Wirklich?« Er grinste sie schelmisch an und ging zum Ofen, um die Bratensoße zu probieren.

»Was soll das denn heißen? Glaubst du mir etwa nicht?« Ninas Magen knurrte.

Bryan zwinkerte und zog sie vom Stuhl hoch. Dann führte er sie zur Tür.

Nina fröstelte, als sie in den kühlen Flur traten. »Was soll das?«

Bryan ging Nina voraus die Treppe hoch. »Eine Überraschung.«

Er lächelte geheimnisvoll. Schließlich standen sie vor einer Tür, die einmal weiß gewesen sein musste. Mittlerweile war die Farbe abgeblättert.

Als Bryan die leise knarrende Tür öffnete, stieß Nina einen Begeisterungsschrei aus.

»Oh, Bryan, das ist wunderschön!« Kerzen tauchten das Esszimmer in warmes Licht. Nina trat ein und sah sich um.

Der Tisch war für zwei Personen gedeckt. Auf einem alten Buffet aus Kirschbaumholz standen zwei Gläser und eine gekühlte Sektflasche bereit. Bryans Sohlen hinterließen kaum einen Laut auf dem Parkett, während er zu der Anrichte hinüberging.

»Ich bin zwar nur dein Butler, aber ich hoffe, du hast nichts dagegen, wenn ich mit dir zusammen esse.« Bryan schenkte ihnen ein.

Nina lächelte unsicher. »Ach was, ich würde mich hier doch nicht allein hinsetzen und von dir bedienen lassen.«

Bryan wirkte nun ebenfalls verlegen. Er biss sich auf die Unterlippe und zögerte kurz, bevor er mit den beiden gefüllten Gläsern auf Nina zukam. Wortlos reichte er ihr den Sekt.

Nina betrachtete das Kristallglas in ihrer Hand, in dem sich das Kerzenlicht fing. Sie räusperte sich. »Machst du das immer so? Erst fährst du die volle Romantik auf, und dann greifst du zu?«

Bryan stellte sein Glas ab. »Nein, so viel Mühe wie heute Abend gebe ich mir eigentlich nie.«

»Tatsächlich?« Nina sah ihn an.

»Können wir nicht noch einmal von vorn anfangen?« Seine Augen ruhten fragend auf ihr.

»Du meinst, ich soll die vielen Zungenküsse vergessen, die ich in den letzten Wochen unfreiwillig mitbekommen habe?«

»Das meine ich, ja.« Bryan trat einen Schritt auf Nina zu. »Und ich vergesse, was du mir über Johannes Thiedemann erzählt hast.«

»Ich bin nicht dein Typ«, erinnerte Nina ihn und stellte ihr Sektglas auf dem Tisch ab.

»Das war gelogen.«

»Und du bist auch nicht mein Typ.« Nina spürte ein Kribbeln im Bauch. Das waren wohl die berühmten Schmetterlinge.

»Das ist ebenfalls gelogen«, erwiderte Bryan, der jetzt ganz nah bei ihr war. Seine Lippen waren leicht geöffnet.

»Kann sein.« Nina lächelte. Das Kribbeln in ihrem Bauch war stärker denn je. Vorsichtig legte sie ihm die Hand um den Nacken, fühlte die kräftige Muskulatur seiner Schultern. Seine Finger legten sich um ihre Taille.

Da zerriss ein lautes Klopfen die Stille des alten Herrenhauses. Die beiden fuhren auseinander.

Ninas Herz klopfte. »Was war das?«

Bryan wandte seinen Blick nicht von ihr ab. »Ein paar Kinder, die eine Mutprobe veranstalten.« Er zog sie wieder zu sich. Bryan roch nach herbem Aftershave, Putzmitteln, Zigarettenrauch und Bratendunst. Nina liebte diesen Duft.

»Nina«, murmelte Bryan, und seine Lippen fuhren über ihr Haar. »Ich …«

Er wurde von einem erneuten Klopfen unterbrochen.

»Wir sollten nachsehen, wer es ist.« Nina löste sich behutsam aus seinen Armen.

»In Ordnung.« Er seufzte, während er ihr durch den dunklen Gang zur Treppe folgte. Nina drehte den Lichtschalter aus Bakelit.

»Warte«, flüsterte sie, »was ist, wenn es Einbrecher sind?«

»Einbrecher klopfen meines Wissens nicht lange an. Die finden bei so einem alten Kasten sicher einen bequemen Weg einzusteigen.« Bryan drehte den Schlüssel im Schloss und öffnete die Tür.

Nina erstarrte.

»Johannes!« Sie sah ihn fassungslos an. Er hätte keinen ungünstigeren Moment wählen können.

»Ich konnte nicht länger warten, ich musste dich sehen.« Johannes blieb einen Augenblick unschlüssig vor ihr stehen. Dann zog er sie in seine Arme, und sie spürte seine Lippen auf ihren.

Nina war so überrascht, dass sie seine Küsse einen Moment lang zuließ. Dann wurde ihr bewusst, dass Bryan neben ihr stand. Er musste alles mit ansehen. Sie versuchte, sich von Johannes zu befreien, doch er wurde immer leidenschaftlicher. Als sie sich endlich aus seiner Umarmung befreit hatte, war Bryan verschwunden.

Nina drehte sich um und lief von der Eingangshalle ins Treppenhaus. »Bryan? Bryan! Wo bist du? Bitte, ich muss mit dir reden.«

Johannes tauchte hinter ihr auf. »Wer ist der Kerl, nach dem du da rufst?«

»Ein Freund.« Nina lauschte in die Stille hinein. »Bryan, bitte.« Ihre Stimme klang schrill.

»Ach so, ich verstehe.« Johannes stellte seinen Koffer am Fuß der Treppe ab. »Da läuft was zwischen euch?«

»Nein.« Jetzt tauchte Bryans Gesicht am oberen Treppenabsatz auf. Er kam langsam die Treppe herunter. »Keine Sorge, wir haben nichts miteinander.«

Nina wagte es kaum, ihm in die Augen zu schauen. »Wo warst du?«

»Ich habe ein drittes Gedeck aufgelegt.« Bryan sah Nina

an. »Ich nehme doch an, dein Gast bleibt zum Abendessen?«

»Johannes Thiedemann«, stellte sich der Dirigent vor und streckte Bryan die Hand entgegen. Sein Englisch war perfekt.

»Bryan Sackville.« Bryan schüttelte Johannes' Hand. Nach einer kurzen Pause fuhr er fort. »Ich bin Ninas Butler.«

Johannes sah Nina überrascht an. »Du hast einen Butler?«

»Nicht direkt.« Sie errötete. »Bryan ist ein Freund von mir. Solange er keinen Job hat, hilft er mir hier im Haus.«

Einen Augenblick standen sie unschlüssig im Treppenhaus. Bryan auf der ersten Treppenstufe, Johannes direkt neben Nina.

Schließlich brach Bryan das Schweigen. »Wir sollten essen, damit das Fleisch nicht anbrennt.«

Nina nickte und stieg die Treppe hinauf. Sie hörte Johannes' Schritte dicht hinter sich. Vor den Bildern mit den Rennpferden, die im Treppenhaus hingen, blieb er einen Moment stehen und betrachtete sie.

»Welch ein morbider Charme«, stellte Johannes fest, während er Nina in die erste Etage folgte. »Was hat es mit diesem Haus auf sich? Warum bist du überhaupt hier?«

»Ich habe es geerbt«, erklärte Nina. Sie hatte nicht die Kraft, ihm die ganze Geschichte zu erzählen.

Dann setzten sie sich im Esszimmer an den großen Tisch.

»Entschuldigen Sie mich, ich werde jetzt das Essen holen«, sagte Bryan und wandte sich zur Tür.

Nina lief hinter ihm her. »Warte, ich helfe dir.«

»Nein, du solltest dich um deinen Gast kümmern.« Bryan verschwand im Zwielicht des Treppenhauses und ließ Nina mit Johannes allein zurück.

»Ich habe dich schrecklich vermisst«, begann Johannes, sobald Bryan den Raum verlassen hatte. »Ich konnte es nicht länger aushalten. Ich musste dich sehen.«

Er stand auf und kam um den Tisch herum. Er zog Nina von ihrem Stuhl und küsste sie wieder. Seine Hand fuhr ihren Rücken hinunter. Seine Berührungen erregten und beunruhigten sie zugleich.

Sie dachte an Mareike.

Wieso konnte sie ihn nicht aufhalten? Wieso küsste sie wieder den Mann ihrer besten Freundin? Wieso war sie so schwach?

»Nina, ich liebe dich«, murmelte Johannes.

Sie stieß ihn sanft zurück. »Warte, nicht jetzt! Bryan hat Abendessen gekocht.« Nina sah ihn eindringlich an. »Ich habe seit Wochen ein schlechtes Gewissen wegen dem, was in Madrid geschehen ist.«

»Warum? Wegen Mareike?« Er legte den Arm um sie und bedeckte ihren Hals mit Küssen. »Hab keine Sorge, ich werde mich scheiden lassen. Ich habe in den letzten Wochen darüber nachgedacht und bin zu dem Entschluss gekommen, dass ich dich liebe.« Er zog sie wieder an sich.

»Was?« Nina sah ihn an.

Er küsste sie wieder. »Ich wollte dich, seit ich dich zum ersten Mal gesehen habe.«

»Aber du wusstest doch, dass ich die Schülerin und Freundin deiner Frau bin.« Aus den Augenwinkeln sah Nina die Sektgläser auf dem Tisch stehen, die Bryan vor einer Viertelstunde für sie beide gefüllt hatte.

Johannes seufzte. »Man kann sich eben nicht aussuchen, in wen man sich verliebt.«

Nein, dachte Nina. Das kann man nicht. Aber man kann sich entscheiden, seinen Gefühlen nicht nachzugeben. Johannes wollte sich ihretwegen von Mareike scheiden lassen. Das fühlte sich falsch an. Sie wusste, dass sie jetzt Nein sagen musste.

»Hier kommt das Essen!«, rief Bryan schon aus dem Flur,

und Nina riss sich von Johannes los. Der schien jedoch keine Eile zu haben, wieder auf seinen Platz zurückzukehren.

Als Bryan eintrat, stand er immer noch dicht bei Nina, die plötzlich einen schalen Geschmack im Mund hatte. Bryans Blick lag eine Sekunde lang forschend auf ihr. Dann stellte er das Tablett ab und machte sich an den Schüsseln zu schaffen.

Er servierte ihnen Braten, Kartoffelgratin und Erbsen. Nina kaute widerwillig. Plötzlich war ihr der Appetit vergangen. Eine unterschwellige Feindschaft lag zwischen den beiden Männern im Raum wie ein übler Geruch. Bryan war Johannes gegenüber höflich. Johannes wiederum erzählte Nina ausführlich von seinen letzten Konzerten, von den Proben in Mailand und zwei Nachwuchstenören, die er bei einem Wettbewerb entdeckt hatte. Er sprach ausschließlich mit Nina, sah Bryan nicht an, und wenn er eine Frage stellte, dann war sie an Nina gerichtet. Immer wieder wechselte er zur deutschen Sprache und schloss Bryan so aus ihrer Unterhaltung aus. Nina hingegen achtete darauf, immer auf Englisch zu antworten.

Als sie gegessen hatten, räumten Bryan und Nina das Geschirr zusammen.

»Ich mach das schon«, sagte Bryan und nahm ihr das schwere Holztablett ab.

Nina öffnete die Tür. »Nein, ich komme mit. Ich mach den Abwasch.«

»Ich werde Nina helfen«, sagte Johannes, während er nach dem Tablett griff. »Es ist nicht nötig, dass Sie mitkommen.«

»Nun, dann werde ich wohl nicht mehr gebraucht.« Bryan sah Nina einen Moment an und wandte sich dann zur Tür. »Gute Nacht.«

»Bryan«, Nina lief hinter ihm her und hielt ihn an der Tür auf, »bitte geh noch nicht ins Bett. Komm mit nach unten. Wenn wir gespült haben, können wir noch ein Glas Wein zusammen trinken.«

Bryan schüttelte den Kopf und ging wortlos hinaus.

Nina führte Johannes die Treppe hinunter in den engen Flur, der zur Küche in Ernestines Räumen führte.

Sie dachte an Bryan. Er war verletzt und hatte auch allen Grund dazu. Wenn Johannes heute Abend nicht an die Tür geklopft hätte … Nein, Nina wollte nicht darüber nachdenken. Im Augenblick war ihr Leben schon verwirrend genug.

Johannes stellte das Tablett auf einem der braunen Küchenschränke ab. »Was ist das denn? So was kann man doch nicht als Küche bezeichnen.«

Nina musste trotz ihres schlechten Gewissens lachen. »Doch, das ist ein echtes Zeitzeugnis aus den Siebzigerjahren.«

»Aber hier kann man unmöglich kochen.« Johannes fuhr mit einem Finger über die niedrigen Schränke. »Das ist vermutlich alles verschimmelt und vergammelt.«

»Ach was«, erwiderte Nina und ließ Wasser ins Spülbecken laufen, »wir haben heute den ganzen Tag geputzt, und jetzt ist sie wie neu.«

»Dieser Bryan scheint sich in der Küche ja wohlzufühlen«, stellte Johannes fest. Er sprach Bryans Namen aus, als handelte es sich bei ihm um ein seltenes Reptil.

»Das sollte er auch. Er ist schließlich Butler.« In Nina regte sich wieder das schlechte Gewissen, als sie an Bryans Kündigung dachte.

Johannes lachte. »Der alte Kasten hier fällt auseinander, sobald jemand mit der Tür knallt – und du hast einen Butler.«

Nina schüttelte den Kopf. »Ich sagte dir doch schon, er ist ein Freund. Und solange er keinen anderen Job hat, hilft er mir eben.«

»Ist er hinter dir her?« Johannes lehnte sich an den Küchentisch.

»Nein.« Nina war froh, dass sie Johannes den Rücken zuwandte und er nicht sehen konnte, wie sie rot wurde. »Wir sind Freunde. Das ist alles.«

Plötzlich stand er hinter ihr, und seine Hände begannen, ihre Brüste zu liebkosen. »Komm her, Kleine, das Geschirr ist morgen auch noch da.«

»Bitte, Johannes …« Nina griff nach einem schmutzigen Teller. »Das ist doch schnell gemacht. Ich habe es Bryan versprochen.«

Johannes' Berührungen wurden drängender. Nina spürte seinen Mund in ihrem Nacken. Dann drehte er sie zu sich um. Im nächsten Moment lagen ihre Lippen aufeinander. Nina hatte das Gefühl, in einem Flugzeug zu sitzen, das mit viel zu hoher Geschwindigkeit dem falschen Ziel entgegensteuerte. Der Flug wurde schneller und schneller. Ihr wurde schwindelig.

»Halt!« Sie stieß Johannes von sich.

Er sah sie überrascht an. »Was?«

Sie wollte ihm sagen, dass sie Zeit brauchte, über alles nachzudenken. Sie wollte sagen, dass sie Mareike nicht noch mehr verletzen wollte, dass sie Bryan nicht wehtun wollte, dass ihr das alles viel zu schnell ging. Aber sie konnte nicht. Er stand vor ihr und sah sie voller Leidenschaft an. Es war ein schönes Gefühl, so begehrt zu werden. Sein grau meliertes Haar hing ihm wild ins Gesicht. Nina kannte ihn überhaupt nicht anders. Sie erinnerte sich an die Konzerte, die sie als Kind im Fernsehen verfolgt hatte. Die Haare hatten ihm damals auch ins Gesicht gehangen, genau wie heute, an diesem Abend in Stone Abbey.

Irgendwie musste sie ihn daran hindern, das Flugzeug weiterzufliegen, schoss es ihr durch den Kopf.

»Wir brauchen deine Hilfe«, sagte sie mit belegter Stimme. Es war das Erste, was ihr einfiel. Sie räusperte sich. »Wir haben eine Partitur gefunden, die wir hören müssen.«

»Dann spiel sie doch. Du bist eine viel bessere Pianistin als ich.« Er schlang seine Arme erneut um sie und drückte seinen Körper fest gegen ihren. Sie stand noch immer an die Spüle gelehnt. Nina konnte seine Erregung deutlich spüren. Sein Mund suchte schon wieder ihre Lippen.

Sie versuchte es erneut. »Bitte, ich kann momentan nicht Klavier spielen. Es ist sehr wichtig für uns.«

»Ich kann gerade auch nicht spielen, weil ich etwas viel Wichtigeres zu tun habe.« Er knabberte zärtlich an ihrem Ohr.

Mein Gott, war Johannes hartnäckig. »Ich verspreche dir eine aufregende Nacht, aber erst musst du uns helfen«, flehte sie und stemmte ihre Arme gegen seine Brust, um Abstand von ihm zu bekommen.

Johannes seufzte. »Also gut, wenn es unbedingt sein muss.« Endlich ließ er sie los.

Es dauerte eine ganze Weile, bis Nina die ausgestopften Tiere, die Holzkästen mit alten Münzen, die löchrigen Deckchen und das ganze Porzellan vom Flügel geräumt hatte. Johannes setzte sich an das Instrument und schlug ein paar Tasten an.

Nina fuhr zusammen. »Das klingt ja entsetzlich.«

»Er ist seit Jahrzehnten nicht mehr gestimmt worden, nehme ich an.« Johannes verzog das Gesicht. »Auf diesem Flügel werde ich überhaupt nichts spielen.«

Nina ließ sich enttäuscht auf einen wackligen Stuhl fallen. Aber so schnell wollte sie sich nicht geschlagen geben. Sie dachte einen Augenblick nach.

»Okay, dann lass uns ein anderes Klavier suchen.« Sie stand auf und ging zur Tür.

»Oh Nina, ich bitte dich!« Johannes blieb am Flügel sitzen und sah sie mit leidender Miene an. »Lass uns lieber ins Bett gehen.«

Nina blieb stehen. Sie wusste, dass er recht hatte, dass es vollkommen verrückt war, nachts das nur spärlich beleuchtete Haus zu durchsuchen. In vielen Räumen waren die Glühbirnen defekt, oder die Leitungen funktionierten nicht. Aber sie hatte es sich in den Kopf gesetzt – und hoffte auch, sich Johannes damit vom Hals zu halten.

»Du kannst gern ins Bett gehen, ich suche ein funktionstüchtiges Klavier.« Nina steuerte auf eine der Türen zu, die zum Flur hinausführten.

»Na schön.« Johannes stöhnte, stand von der Klavierbank auf und folgte ihr.

Plötzlich blieb er wie angewurzelt stehen und starrte auf das Gemälde an der Wand.

Nina drehte sich zu ihm um. »Es ist wunderschön, nicht wahr?«

»Es ist atemberaubend.« Seine Stimme war ein sanftes Flüstern. »Es trifft dich so exakt wie kaum eine Fotografie. Genau so siehst du aus, wenn du spielst.« Er trat einen Schritt näher an das Bild heran. »Wer hat es gemalt?«

»Das wissen wir nicht genau. Wahrscheinlich Lady Sophia Lubrell.« Als Nina wieder die große Halle sah, das bunte Fenster im Hintergrund und die Alabastersäulen, hatte sie fast das Gefühl, zurück in Mainston Hall zu sein.

»Was soll das heißen?« Johannes wandte seinen Blick nicht von dem Bild ab.

Nina lachte. Ihr war ihre Ähnlichkeit mit Anna Stone längst vertraut geworden. Aber sie hatte nicht daran gedacht, dass Johannes ja nichts davon wusste. »Das bin nicht ich. Das ist Anna Stone.«

Nina erzählte ihm von ihrem ersten Tag in Stone Abbey und von der Entdeckung des Bildes. Davon, wie sie zu Ernestines Putzfrau gegangen war und von ihr erfahren hatte, dass das Bild schon immer im Salon gehangen hatte. Und von dem Brief, in dem über das Gemälde berichtet wurde, das zu Annas Familie gebracht worden war.

Johannes wirkte verwirrt. »Das ist unfassbar. Ich habe noch nie eine solche Ähnlichkeit zwischen zwei Menschen gesehen. Vielleicht bei Zwillingen, aber die unterscheiden sich oft mehr als die Frau auf diesem Bild hier und du.«

»Das ist meine Vorfahrin Anna Stone. Ich habe versucht, alles über ihr Schicksal zu erfahren. Und diese Noten sind das Einzige, was mir noch bleibt. Sie hat sie komponiert.« Nina holte tief Luft. »Es ist uns nicht gelungen, die Wahrheit herauszufinden und Annas Unschuld zu beweisen. Ich möchte wenigstens ihre Musik hören.«

Johannes sah Nina fragend an, und sie erzählte ihm von den Morden, die Anna zur Last gelegt wurden.

Johannes' Blick wanderte zwischen Nina und Annas Bild hin und her. »Das ist ja entsetzlich. Diese Frau soll eine Mörderin gewesen sein?«

»Nein, ich kann das nicht glauben, aber leider kann ich auch nicht das Gegenteil beweisen.« Nina rieb sich die Augen und wandte sich dann zur Tür.

Sie suchten fast eine Stunde lang, doch es schien tatsächlich nur den einen Flügel in Stone Abbey zu geben. Es war kurz vor Mitternacht, als Johannes seine Arme nach ihr ausstreckte.

»Ich glaube, wir sollten für heute Schluss machen. Vielleicht haben wir morgen noch eine andere Idee.«

Nina wollte trotz ihrer Müdigkeit nicht aufgeben. »In diesem Haus haben immer viele Menschen gelebt«, sagte sie nachdenklich. »Die Familie, die Dienerschaft, Gäste, Kinder, Nannys. Wo sind eigentlich die Räume der Dienerschaft?«

Johannes stand auf. »Okay, da ich vermute, dass du sonst keine Ruhe gibst, werden wir jetzt noch in den Gesindezimmern nachsehen. Auch wenn es äußerst unwahrscheinlich ist, dass sie dort ein Klavier hatten.«

Nina nickte halbherzig.

Johannes ging die Treppe hinunter. »Die Räume der Bediensteten befanden sich in solchen Häusern meistens im Keller. Die kleine Küche, in die du mich vorhin geschleppt hast, war wohl nicht immer die Küche dieses Schuppens.«

Nina sah ihn fragend an, sodass Johannes sich anscheinend zu weiteren Erklärungen aufgefordert sah. »Sie ist viel zu klein. Früher wurde für ziemlich viele Menschen gekocht. Für die Familie, die hier lebte, Hausgäste und Dienstboten. Wegen der Brandgefahr, die damals von den Küchen ausging – man kochte ja auf offenem Feuer – hat man sie gern in Nebengebäuden oder im Keller untergebracht. Lass uns mal dort nachsehen.«

Er winkte ihr, ihm zu folgen, während er weiter die enge Treppe hinunterstieg.

Die Stufen endeten in einem langen Flur, dessen ursprüngliche hellblaue Farbe von den Wänden abblätterte. Rechts und links gingen Türen zu kleinen Zimmern ab. Am Fuß der Treppe befand sich ein geräumiges Zimmer mit zwei langen Tischen und Stühlen rundherum, einem Kamin und einem Klavier.

Nina schrie begeistert auf. »Da ist eins!« Sie stürmte darauf zu.

»Ein Samick«, stellte Johannes fest. »Das Klavier kann

noch nicht so alt sein wie der andere Krempel hier im Haus. Die Firma gibt es erst seit der Mitte des zwanzigsten Jahrhunderts, so viel ich weiß.«

Nina nickte. »Stimmt. Eine koreanische Firma. Sie lassen sich gut spielen.«

Sie öffnete die Tastenabdeckung und schlug eine Note an. Sofort verkrampften sich ihre Finger. Sie fuhr zurück und merkte, wie sie unter Johannes' Blick errötete. Schnell versteckte sie die steifen Finger hinter ihrem Rücken.

Einen Moment lang lag peinliche Stille im Raum.

Dann lachte Johannes nervös. »Was ist mit deinen Händen los?«

Nina wich seinem Blick aus. »Ich habe dir doch gesagt, dass ich nicht mehr spielen kann.«

Johannes zog die Augenbrauen zusammen. »Bist du schon bei einem Arzt gewesen?«

Nina blickte zu Boden.

»Du musst es untersuchen lassen«, beharrte Johannes. »Es wäre unverantwortlich, dein Talent der Welt vorzuenthalten.«

Nina wusste, dass sie sich jede Untersuchung sparen konnte. Sie ahnte, womit diese Krämpfe zusammenhingen, und Johannes' Anwesenheit auf Stone Abbey würde die Situation nicht verbessern.

Er setzte sich ans Klavier, und als seine Finger über die Tasten strichen, spürte Nina einen stechenden Schmerz im Bauch. Sie wollte wieder spielen können.

»Auch nicht wirklich gut«, stellte Johannes fest. »Aber damit können wir es versuchen.« Er stand auf und sah sich um. »Wo sind die Noten, die ich für dich spielen soll?«

Nina war schon wieder an der Treppe. »Oben. Kommst du mit und hilfst mir? Es sind einige Stapel.«

Johannes verdrehte die Augen. Er lief hinter ihr her, hielt

sie auf und schlang seine Arme um sie. »Dafür erwarte ich aber eine angemessene Entschädigung.«

Nina stieß ihn sanft von sich.

In ihrem Schlafzimmer angekommen, nahm sie den dicken Schlüsselbund vom Schreibtisch und schloss den Wandschrank auf.

»Hier.« Sie holte ein Bündel nach dem anderen heraus.

Johannes sah sie erschrocken an. »Soll ich die heute Nacht etwa alle noch spielen?«

»Nicht alle«, erwiderte sie, während sie den letzten Stapel aus dem Schrank zog. »Viele dieser Partituren sind nicht zum Spielen angelegt. Sie enthalten keine Melodien, keinerlei Harmonien. Ich weiß nicht, was sie sich dabei gedacht hat.«

»Dann können wir die doch hier oben liegen lassen«, sagte Johannes und warf einen prüfenden Blick auf die Blätter.

Nina schüttelte den Kopf. »Nein, ich möchte gern wissen, was diese Noten bedeuten. Ich glaube nicht, dass Anna sie ohne Hintergedanken zu Papier gebracht hat. Sie war zu dieser Zeit schon im Gefängnis. Es war bestimmt nicht einfach für sie, an Papier und Tinte heranzukommen. Für sinnlose Schmierereien hätte sie diese Anstrengung sicher nicht unternommen.«

»Also gut.«

Während Johannes die Papierberge ins Klavierzimmer brachte, beschloss Nina, Bryan zu wecken. Er hatte die ganze Zeit mit ihr über Annas Geschichte nachgeforscht, hatte mit Nina gelitten, nachdem Lord Lubrell die wertvollen Dokumente verbrannt hatte, und war mit ihr nach Stone Abbey gereist. Sie wollte unbedingt, dass er dabei war, wenn Annas Noten zum ersten Mal gespielt wurden.

Nina lief zu Bryans Schlafzimmer und klopfte. Als sie keine Antwort erhielt, öffnete sie vorsichtig die Tür.

Bryan lag in Hose und Hemd auf seinem Bett und sah sie müde an. »Ich muss eingeschlafen sein.«

»Es ist ja auch schon nach Mitternacht«, stellte Nina fest. »Tut mir leid, dass ich dich neuerdings immer mitten in der Nacht wecken muss.«

»Was gibt es?« Sein Blick verdunkelte sich. »Ich dachte, du bist beschäftigt.«

Nina schloss die Tür hinter sich. »Ach, Bryan, es tut mir leid, dass Johannes hier aufgetaucht ist.«

Der Butler setzte sich auf. »Wir sind nicht verheiratet. Du kannst tun, was du willst.«

»Wenigstens sind wir jetzt quitt.« Nina grinste.

»Ist Johannes denn nur einer von vielen für dich?«

Nina zog die Schultern hoch. Dann wechselte sie schnell das Thema. »Johannes wird jetzt Annas Noten spielen – willst du nicht auch dabei sein?«

Bryan sah Nina unschlüssig an.

»Bitte …« Nina griff nach seiner Hand.

Einen Moment lang zögerte er. Doch dann stand er auf und folgte ihr.

Johannes war Dirigent und kein Pianist. Aber er spielte gut und einfühlsam. Nina hatte ihn schon immer dafür bewundert, dass er fast jedes Instrument zum Klingen brachte.

Sie hatte das Gefühl, noch nie etwas Schöneres gehört zu haben. Annas Sonaten erzählten Geschichten. Nina erkannte tiefe Traurigkeit, Verzweiflung und unfassbare Wut. Andere ihrer Kompositionen waren voller Liebe und Freude, von Unbeschwertheit und dem Duft des Meeres erfüllt. Nina verstand sofort, wovon die einzelnen Werke handelten.

Hätte sie nur selbst wieder spielen können! Sie hätte die Gefühle, die sich hinter den Noten verbargen, ganz hervorholen können und glänzen lassen.

Schließlich ließ Johannes die Hände in den Schoß sinken und sah Nina müde an. »So, jetzt ist es zwei Uhr, und ich möchte endlich schlafen.«

Nina stand von dem wackligen Holzstuhl auf und reichte ihm ein Blatt von dem anderen Notenstapel. »Bitte, noch ein Letztes. Spiel nur noch das hier, dann ist Schluss für heute, versprochen.«

Johannes seufzte, und Nina setzte sich wieder neben Bryan, der ebenfalls aufmerksam zugehört hatte.

Jetzt erklangen wirre Töne.

»Was ist das denn?«, jammerte Johannes, während er verblüfft die Tonfolgen spielte.

»Merkwürdig«, überlegte Bryan. »Sie wusste doch, wie es ging. Warum hat sie auf diesem Blatt so ein komisches Zeug zusammengeschrieben?«

Nina zuckte mit den Schultern. »Es muss irgendwas dahinterstecken. Diese Noten haben bestimmt etwas zu bedeuten.« Sie stand auf und ging in der alten Dienstbotenhalle hin und her. Das Echo ihrer Schritte hallte von den Steinwänden zurück.

Dann blieb sie stehen. »Ich glaube, ich weiß es.«

Johannes hatte zu spielen aufgehört und beobachtete Nina, die sorgfältig die Aufzeichnungen studierte.

»Es könnte sich um eine Art Geheimsprache handeln«, sagte sie aufgeregt. »Bryan und ich haben in Mainston Hall ein Dokument gefunden, das die Lebensgeschichte von Anna Stone enthielt. Ihre Tochter Abigail Stone hatte sie übersetzt.«

Johannes sah sie verständnislos an.

»Damals habe ich angenommen, es handle sich um eine

Übersetzung aus irgendeiner Sprache. Abigail habe den Text beispielsweise aus dem Deutschen ins Englische übertragen. Aber könnte es nicht auch sein, dass sie ihn aus einer Geheimsprache übersetzt hat?« Nina legte eines der Notenblätter auf den Tisch. »Schaut mal, das System ist gar nicht so kompliziert.«

Sie überlegte eine Weile. Doch da sie mit Noten sehr vertraut war, hatte sie das Rätsel schnell herausgefunden. Anna hatte offenbar jeder Note einen Buchstaben zugeordnet.

»Anna wollte etwas Wichtiges erzählen, das in ihrer Zeit niemand erfahren sollte«, erklärte Nina den beiden Männern schließlich atemlos. »Es sollte irgendwann entdeckt und ihr Geheimnis damit gelüftet werden. Jeder, der ein bisschen Ahnung von Musik hat, muss merken, dass mit diesen Noten etwas nicht stimmen kann.« Nina hob die Blätter hoch und grinste. »Und wenn ich mit meiner Vermutung richtigliege, wollte Anna genau das erreichen.«

Johannes schüttelte ungläubig den Kopf. »Aber das verstehe ich nicht. Warum hat sie sich diese Mühe gemacht? Warum hat sie nicht alles mit Buchstaben aufgeschrieben und dann irgendwo versteckt?«

»Sie war im Gefängnis. Ihre Briefe wurden kontrolliert. Aber sie wollte etwas mitteilen, das den Menschen nicht gefallen hätte, die die Post kontrollierten.« Nina deutete auf den dicken Stapel Papier. »Darin steht also etwas, was ihr sehr wichtig war und was sie vor anderen Leuten verbergen wollte.« Nina spürte ihre Aufregung nun deutlich. Lord Lubrell hatte die Übersetzung verbrannt, aber sie hatten das Original in Stone Abbey gefunden.

Bryan kramte einen Stift und einen Block aus der Schublade hervor, und Nina fing an, Annas Noten zu übersetzen und ihm zu diktieren.

Sie beugte sich über das Notenpapier. »Also, hier haben

wir ein F, ein Dis und ein G. Ergibt das Wort ›Die‹. Und das nächste Wort heißt ›Geschichte‹.« Nina klatschte begeistert in die Hände. »*Die Geschichte meines Lebens. Von Anna Stone.*«

»Übersetzt von Nina Altmann«, fügte Bryan mit einem Augenzwinkern hinzu.

Kapitel 18

Mainston Hall, Nordwales, September 1857

Dr. Wyatt, wann kann meine Frau in die Anstalt gebracht werden?« Lord Lubrell eilte dem Arzt in der Halle entgegen. Anna konnte die Sorge in seiner Stimme hören.

»Wenn Sie wünschen, Mylord, kann Ihre Ladyschaft noch heute Mainston Hall verlassen«, sagte Dr. Wyatt, der seine Tasche auf dem achteckigen Tisch abstellte.

»Sehr gut«, erwiderte Lord Lubrell und schien sich zu entspannen. Anna stand auf der Galerie und hatte ebenfalls auf die Ankunft des Arztes gewartet. Sie hatte die ganze Nacht wach gelegen und über Sophias Situation nachgedacht.

Sie wusste, dass ihr Herr recht hatte. Anna konnte Sophia nicht mehr helfen. Aber vor Lord Lubrells Ankunft hatten die beiden Frauen auf Mainston Hall glücklich zusammengelebt. Wenn Lord Lubrell nach dem Besuch der Königin wieder abgereist wäre, ginge es Sophia heute gut, davon war Anna überzeugt.

Sie seufzte leise. Lord Lubrell war nicht bereit, sich von Anna zu trennen. Sophia wiederum konnte nur gesund werden, wenn sie bei ihr war und ihr Mann weit fort. Sechs Jahre lang hatte Anna sich nach dem Unbekannten aus London gesehnt. Der Zufall hatte sie wieder zusammengeführt. Lubrell wollte bei ihr bleiben und sein Leben mit ihr teilen.

Damit ging Annas größter Traum in Erfüllung. Selbst wenn sie niemals seine Ehefrau werden konnte, würde sie doch ein Leben in Luxus führen und vor allem geliebt werden.

Erst gestern Abend hatte er es ihr wieder versprochen. Er hatte auch davon gesprochen, sie materiell abzusichern. Er würde ihr einige Besitzungen von Mainston Hall überschreiben, sodass sie Vermögen hätte, sollte Lord Lubrell vor Anna sterben. Wieder und wieder hatte er ihr seine Liebesschwüre ins Ohr geflüstert. Er begehrte sie und hörte ihrem Klavierspiel mit dieser besonderen Art zu, die Anna zu unermesslichen Ausdrucksformen führte.

Warum fühlte es sich trotzdem falsch an? Warum konnte sie sich nicht in seine Liebe fallen lassen?

Anna kannte die Antwort. Der Preis für ihr Glück war hoch. Sophia musste ihn bezahlen.

Würde Anna dieses Glück jemals genießen können, wenn sie wusste, dass Sophia daran zugrunde gegangen war?

Anna hatte Lady Lubrell seit ihrem Zusammenbruch nicht mehr gesehen. Sie wusste, dass Ihre Ladyschaft noch im Haus war. Immer wieder stellte Anna sich vor, wie Sophia in einem Käfig eingesperrt in der Irrenanstalt leben musste. Dann erinnerte sie sich an die vielen schönen Tage, die sie gemeinsam mit dem Malen und Klavierspielen verbracht hatten. Sie erinnerte sich an die Spaziergänge und an Sophias Worte: »Sie tun mir gut, Anna.«

Anna betrachtete oft ihre Puderdose, ein Geschenk von Sophia, in die diese Worte eingraviert waren.

Anna war Sophias Rettung gewesen. Sophia hatte sich auf sie verlassen und sich an sie geklammert, wenn es ihr schlecht gegangen war. Jetzt ließ Anna sie fallen. Aber sie hatte keine Wahl. Lord Lubrell hatte für sie entschieden. Es lag nicht in Annas Verantwortung, dass Sophia in eine Anstalt gebracht wurde. Und doch war sie nicht unschuldig.

Wenn Lord Lubrell Anna nicht lieben würde, wäre er längst wieder abgereist. Er hatte zuvor nie mehr als wenige Tage auf Mainston Hall verbracht und war den größten Teil des Jahres in London gewesen oder auf Reisen, die ihn zu Geschäftspartnern führten.

Hätte Anna nicht noch mehr kämpfen müssen und sich niemals auf seine Liebe einlassen dürfen? Sie hatte ihre eigenen Bedürfnisse über das Wohl ihrer Herrin gestellt. Aber er hatte Anna erpresst. Sie hatte keine Möglichkeit gehabt, gegen ihn zu gewinnen.

»Ich werde alles für die heutige Abreise meiner Frau vorbereiten lassen.« Lord Lubrell und Dr. Wyatt kamen die Treppe zur Galerie herauf.

Anna konnte nicht länger schweigen, sie musste handeln und für ihre Herrin eintreten – auch wenn sie wusste, dass sie am Ende verlieren würde.

»Bitte, Eure Lordschaft, lassen Sie Ihre Frau noch nicht fortbringen.« Anna trat den Männern in den Weg.

»Miss Meier …« Lord Lubrells Blick wurde weich. »Ich dachte, wir hatten die Sache geklärt.«

»Ja, Mylord«, erwiderte Anna und sah ihm in die Augen. »Aber ich habe meine Herrin schon einige Zeit nicht mehr gesehen. Meine Krankheit hat es mir nicht erlaubt. Geben Sie mir ein paar Tage, mich von ihr zu verabschieden.«

»Reichen da nicht ein paar Stunden? Sie können sich heute Vormittag von ihr verabschieden, und am Nachmittag wird sie aufbrechen.«

Annas Augen füllten sich mit Tränen der Verzweiflung. »Bitte, Mylord, wir haben die letzten Jahre gemeinsam verbracht. Ich möchte sie nicht so plötzlich verlieren.«

Dr. Wyatt zog die Augenbrauen hoch. Er wunderte sich offensichtlich über diese Forderungen einer einfachen Gesellschafterin.

»Dr. Wyatt, wenn Sie uns bitte einen Moment allein lassen würden.« Lord Lubrell lächelte den Arzt an. »Gehen Sie schon voraus zu meiner Frau. Ich erwarte Sie anschließend in meinem Arbeitszimmer.«

Sobald der Arzt gegangen war, folgte Anna Seiner Lordschaft ins Arbeitszimmer.

Lord Lubrell schloss die Tür und zog Anna in seine Arme. »Du warst doch damit einverstanden gewesen, dass Sophia so schnell wie möglich abreisen muss.« Seine Lippen strichen über Annas Haar.

Anna löste sich heftig aus seiner Umarmung. »Nein, das haben Sie entschieden.« Tränen liefen ihr übers Gesicht.

»Ich bekomme heute für ein paar Tage Besuch«, sagte Lord Lubrell, der unentschlossen schien, »eine kleine Jagdgesellschaft, Studienfreunde von mir. Vielleicht kannst du diese Zeit nutzen, um dich von Sophia zu verabschieden.«

»Das wäre wundervoll.« Anna fühlte sich etwas besser. Sie nahm das Taschentuch, das er ihr reichte, und trocknete sich das Gesicht.

»Aber sobald meine Freunde abreisen, wird es auch für Sophia Zeit zum Aufbruch.« Lord Lubrell zog Anna an sich. »Und dann gibt es nur noch dich und mich.«

»Aber Ihre Ladyschaft wird doch zu uns zurückkehren, wenn es ihr wieder besser geht?« Anna löste sich erneut von ihm und sah ihn an.

»Sie wird nach Mainston Hall zurückkommen, aber ich möchte mit dir auf einem anderen meiner Landsitze leben. Sophia vereinnahmt dich, und du brauchst Abstand zu ihr.« Seine Augen strichen liebevoll über Annas Gesicht. Er streckte die Arme nach ihr aus und küsste sie. Anna hatte das Gefühl zu ersticken.

Niemand hatte Sophia davon erzählt, dass sie in den nächsten Tagen in eine Anstalt umziehen würde. Als Anna in die verborgenen Räume zurückkehrte, fand sie ihre Herrin im Bett vor. Dr. Wyatt habe angeordnet, dass sie das Bett hüte, erklärte die Zofe.

Anna half Sophia in ihren Morgenrock, und die beiden Frauen setzten sich in den Salon. Sophia weinte ununterbrochen. Sie habe Angst gehabt, Anna zu verlieren, erklärte sie. Anna umarmte ihre Herrin und hätte ihr gern gesagt, dass sie sich keine Sorgen machen müsse, aber sie konnte sie nicht belügen.

»Wann wird er abreisen?« Sophia sah Anna ängstlich an. »Wann wird er endlich wieder fort sein?«

Was sollte sie ihr antworten? Wie konnte sie ihr erklären, dass er Anna niemals wieder verlassen würde? Sie griff nach den Händen ihrer Herrin und streichelte sie beruhigend.

»Er wird heute Besuch bekommen.« Anna wunderte sich über die Erleichterung, die sie selbst empfand. Sie brauchte Zeit. Es kam ihr vor, als wäre sie eine Puppe, um die sich zwei Kinder stritten. Dabei war das eine Kind viel stärker als das andere.

»Wird er danach mit seinen Gästen nach London reisen?« In Sophias Stimme schwang Hoffnung mit.

»Ich weiß es nicht«, sagte Anna leise. Sie fühlte sich schlecht. Sie wollte keine Geheimnisse vor Sophia haben. Aber mit der Wahrheit hätte sie die letzten gemeinsamen Tage zerstört. Krampfanfälle und Zustände wären die Folge gewesen. Anna wusste, dass die Anstalt Sophia zugrunde richten würde. Sie zweifelte daran, dass Lady Lubrell dort geholfen werden konnte. Sophia würden keine Medikamente heilen.

Ein Hausmädchen war leise in den Raum getreten. »Lord Lubrell bittet Sie, Miss Meier, nach unten zu kommen. Sie sollen seine Gäste begrüßen.«

»Ich?« Annas Blick glitt zu Sophia. »Aber ich bin doch nicht die Hausherrin.«

»Lord Lubrell besteht darauf.« Das Mädchen eilte davon.

»Ich werde gleich wieder bei Ihnen sein, Mylady«, sagte Anna und stand auf.

»Er will dich mir wegnehmen, nicht wahr?« Sophia griff nach Annas Hand.

Anna atmete tief ein. »Ich sollte nach unten gehen.«

Während sie die Treppen in die Halle hinunterstieg, dachte Anna über Sophias Worte nach. Sie hatte die Absichten ihres Mannes durchschaut.

Lord Lubrell stand am Fuß der Treppe und erwartete sie, vor ihm eine Gruppe von Männern. »Anna, ich möchte dich meinen Freunden vorstellen.«

Die vertraute Anrede durch ihren Herrn gefiel Anna in Gegenwart der fremden Männer nicht.

»Was für eine interessante Bekanntschaft ...«, sagte einer der Männer, der aus der Gruppe herausgetreten war.

Anna lächelte höflich. Sie wusste nicht, wie sie sich verhalten sollte. Einerseits war sie als Sophias Gesellschafterin eine Dienerin, andererseits gab Lord Lubrell ihr mit dieser Begrüßung und der vertrauten Anrede den Status der Hausherrin.

Unsicher verneigte sie sich und betrachtete die drei Männer neben ihrem Herrn. Der Anna am nächsten stand, war ein freundlich dreinblickender Mann mit braunem Haar, der sich als Bruno Lancaster vorstellte. Anna wandte sich den anderen beiden zu.

Und dann stutzte sie. Das war unmöglich! Der Zweite sah fast genauso aus wie ihr Onkel Timothy. Er war nur etwas älter als Timothy und hatte einen dickeren Bauch.

»Anna?« Der Mann starrte sie an – und in diesem Moment begriff sie. Es war tatsächlich Timothy! Die letzten sechs Jahre hatten nur deutliche Spuren bei ihm hinterlassen.

Der Boden fing unter Annas Füßen zu schwanken an, und sie schnappte entsetzt nach Luft. Auch auf dem Gesicht ihres Onkels zeichnete sich allmähliches Begreifen ab.

Er hatte sie gefunden, nach all den Jahren!

Aber wie war das möglich? Er konnte doch kein Freund von Lord Lubrell sein.

Annas Onkel hatte seine Verwirrung schnell überwunden und grinste nun zufrieden. »Das ist also die Frau, von der du uns geschrieben hast? Die Frau, die du liebst?«

Lord Lubrell strich zärtlich über Annas Rücken. »Ja, das ist Anna. Anna Meier, sie ist eine begnadete Pianistin.« Nun sah Lord Lubrell zwischen Anna und ihrem Onkel hin und her. »Kennt ihr euch etwa?«

Anna senkte den Blick und hielt die Luft an. Was würde jetzt geschehen? Dabei hatte sie sich so lange vor ihm verstecken können.

»Das kann man wohl sagen.« Timothy trat auf Anna zu, die unmerklich vor ihm zurückwich.

Der dritte Mann kam hinter Timothy hervor und grinste hämisch. »Nein, Frederik, mein lieber Studienfreund, das ist nicht Anna Meier«, sagte er zu Lord Lubrell. »Das ist vielmehr Anna Stone, die Nichte unseres Freundes Timothy und gleichzeitig meine Verlobte.«

Anna sah erschrocken auf und erkannte das runde Gesicht von Philip Lyme. Nicht nur ihr Onkel war hier, sondern auch der Mann, mit dem sie verheiratet werden sollte! Schlimmer hätte es nicht kommen können.

Ihr wurde übel und sie schloss kurz die Augen. Dann atmete sie tief ein und bemühte sich, mit fester Stimme zu sprechen. »Nein, ich bin nicht Ihre Verlobte, Mr Lyme. Ich bin es nie gewesen. Mein Onkel und Sie haben über die Verlobung entschieden. Sie ist nie vollzogen worden, und ich habe sie auch niemals anerkannt.«

»Das ist glücklicherweise vollkommen unwichtig«, sagte Mr Lyme mit schneidender Stimme. Er lachte höhnisch. »Sie sind eine Frau, und die Entscheidung liegt nicht bei Ihnen.«

»Nun, so viel ich weiß, muss die Frau sehr wohl zustimmen«, stellte Lord Lubrell fest, der mit gerunzelter Stirn zwischen den beiden Männern und Anna hin- und hergesehen hatte.

Timothy schnaubte wütend. »Deine Geliebte ist meine Nichte und somit offiziell mein Eigentum.«

»Ich fürchte, da irrst du dich. Anna ist vierundzwanzig Jahre alt und nicht deine Sklavin. Sie kann selbst entscheiden, bei wem sie leben möchte.« Lord Lubrell trat neben sie und nahm ihren Arm. »Und jetzt bitte ich euch, Anna nicht mehr zu bedrängen. Sie steht unter meinem persönlichen Schutz.« Lord Lubrell war im Begriff, Anna zurück ins Treppenhaus zu führen, als Timothy ihm vehement in den Weg trat.

»So?« Timothy kochte anscheinend vor Zorn. Er sah Anna mit zusammengezogenen Augenbrauen an. »Dieses Kind hat mich zum Narren gehalten. Ihr habe ich zu verdanken, dass ich mein Haus in London an Philip abtreten musste. Nach ihr habe ich die letzten sechs Jahre gesucht. Und jetzt hast du mich zu ihr geführt, Frederik. Ich bin nicht bereit, die Sache auf sich beruhen zu lassen.«

Auch Mr Lyme machte ein wütendes Gesicht, während Lubrell die Gesellschaft nun in seinen Salon führte. Lyme ließ sich in den nächstbesten Sessel fallen und blickte Anna herausfordernd an. »Und ich wurde in der Gesellschaft bloßgestellt.«

Lord Lubrell legte seinen Arm um Anna. »Aber warum? Verlobungen werden geschlossen und wieder gelöst. Das kommt doch häufig vor.«

»Dieses Miststück ist geflohen. Sie hat mich in einer peinlichen Situation zurückgelassen.« Jetzt sah Mr Lyme zu Annas Onkel hinüber. »Da Timothy ja in ganz London herumposaunen musste, dass seine Nichte verschwunden war, konnte man die Sache nicht verschweigen.«

Timothy trat auf seinen Freund zu. »Ich hatte die Hoffnung, das Luder noch einfangen zu können. Was hättest du denn gemacht? Stillschweigend abgewartet, dass sie von allein zurückkommt?« Er sah sich im Zimmer um und ging dann zu dem Tisch mit den Spirituosen. Er griff nach einem Glas und füllte es bis zum Rand mit Whisky.

»Anna ist ein freier Mensch, und wenn sie nicht deine Frau werden will, Philip, dann sehe ich nicht, wie du oder Timothy sie dazu zwingen könntet.« Lord Lubrell drückte Anna fest an sich. »Außerdem schuldest du ihr eine Erklärung, Timothy. Sie braucht einen Nachweis dafür, dass du ihr Geld inzwischen gut verwaltet hast.«

»Gar nichts bekommt sie.« Timothy machte einen Schritt auf Anna und Lord Lubrell zu. Sein Gesicht war inzwischen dunkelrot geworden. Er holte aus, als wollte er zuschlagen, besann sich dann aber eines Besseren. Der Whisky in dem Glas, das er immer noch in der Hand hielt, schwappte über. Timothy fluchte und ging zurück zum Tisch, um das Glas neu zu füllen.

Er leerte es in einem Zug. Dann drehte er sich langsam um. Ein hässliches Grinsen lag auf seinen Lippen. »Du weißt hoffentlich, dass du Inzest begehst, wenn du mit diesem Mädchen schläfst.« Timothy schien jedes einzelne seiner Worte zu genießen.

»Ich bin nicht ihr Onkel«, erwiderte Lord Lubrell und lachte. »Du scheinst da etwas zu verwechseln.«

»Davon spreche ich nicht.« Jetzt schenkte Timothy seinem Freund ein süffisantes Lächeln. »Du erinnerst dich doch noch an unser Abenteuer auf Gut Reichholz? An diese kleine Dirne Marianne?«

Anna zuckte zusammen. Sprach er etwa von ihrer Mutter?

Lord Lubrell beobachtete Timothy mit zusammengekniffenen Augen.

Annas Onkel ließ sich auf das Sofa am Kamin fallen und schlug lässig die Beine übereinander. »Damals, als wir uns alle mit der Hure vergnügt haben, wurde Anna gezeugt. Und du hattest doch auch deinen Spaß mit ihrer Mutter – nicht wahr, Frederik?«

Anna wurde schwindelig. Sie befreite sich aus Lord Lubrells Arm und starrte ihn an. Er schien begriffen zu haben, und auf seinem Gesicht spiegelte sich Entsetzen.

Dann sah er Anna an. »Ich habe nicht gewusst, dass du Marianne von Lausters Tochter bist.«

Anna hatte das Gefühl, ins Bodenlose zu fallen. Sie wankte und sank auf einen der Sessel, dann atmete sie tief durch. »Bedeutet das, Sie haben meine Mutter geschändet?« Ihre Stimme war kaum mehr als ein Krächzen.

»Unsinn.« Jetzt klang Lord Lubrell wütend. »Ich hätte doch niemals …«

Aber er wurde von Timothy unterbrochen. »Das bedeutet, dass der gute Lord Frederik Lubrell ebenso dein Vater sein könnte wie ich selbst, Philip oder William. Wir haben deine Mutter damals alle gehabt, sie war eine Hure, ein Flittchen, eine Dirne.«

»Nein!« Anna sprang auf und stürzte sich auf ihren Onkel, der sich lachend die Hände vors Gesicht hielt, um Annas Schläge abzuwehren.

»Ich sehe, du bist immer noch so angriffslustig wie vor sechs Jahren. Aber glücklicherweise nicht mehr so erfolgreich damit. Damals hatte ich noch tagelang ein Ziehen im Schritt.« Er lachte immer lauter.

»Anna, hör mir bitte zu!« Lord Lubrell griff nach ihrer Hand. »Ich habe mich nicht an deiner Mutter vergangen. Aber ich trage tatsächlich einen Teil der Schuld. Ich habe damals dabei zugesehen, wie Timothy und Philip es getan haben.«

Anna glaubte, sich übergeben zu müssen. Sie wusste nicht mehr, wem sie glauben sollte. »Warum haben Sie es nicht verhindert?«

»Ich hatte viel Wein getrunken und war nicht mehr Herr meiner selbst. Es tut mir unendlich leid, und ich habe bis heute ein schlechtes Gewissen deswegen.«

»Von wegen, Frederik!« Timothy lachte immer noch. »Wenn du nicht so betrunken gewesen wärst, hättest du nur allzu gern mitgemacht.«

»Schluss jetzt!« Nun ergriff endlich Bruno das Wort, der die ganze Szene sprachlos beobachtet hatte. »Wir sollten uns benehmen, Timothy. Immerhin sind wir Gäste auf Mainston Hall. Außerdem sehe ich mich gezwungen, die Sache vor Miss Stone etwas zurechtzurücken. Ihre Mutter war keine Dirne, und sie hat nicht freiwillig mit euch geschlafen.«

Annas Kopf drohte zu zerplatzen. Entsetzt starrte sie Lord Lubrell an. Timothy und Philip hatten ihre Mutter gezwungen? Bilder des hilflosen Hausmädchens stiegen vor ihrem inneren Auge auf. Sie zweifelte keine Sekunde daran, dass die beiden Männer in der Lage gewesen waren, ihrer Mutter Gewalt anzutun. Aber warum hatte Lord Lubrell tatenlos dabei zugesehen? Warum war er immer noch mit diesen Männern befreundet?

»Wo ist meine Mutter jetzt?«, keuchte Anna und hatte Angst vor der Antwort. »Und wie geht es ihr?«

Timothy lehnte sich zufrieden in seinem Sessel zurück. »Deine Mutter ist seit vier Jahren unter der Erde. Übrigens – unter ungeweihter Erde.«

»Oh mein Gott!« Anna glaubte, ersticken zu müssen. Tränen stiegen in ihr auf, und sie sackte in sich zusammen. Sie sank auf den dicken Teppich vor dem Kamin.

»Sie hat ihrem elenden Leben selbst ein Ende gesetzt.« Timothy grinste.

Anna war übel. Sie musste diesen Raum verlassen. Sie musste fort von diesen Männern.

Da ertönte wieder Lymes beleidigte Stimme. »Anna steht mir zu. Timothy als ihr Vormund hat sie mir versprochen. Wir haben eine Vereinbarung getroffen, und ich habe einiges dafür riskiert.« Mr Lyme hievte sich aus dem Sessel und wandte sich an Timothy. »Wenn ich William nicht …«

»Philip – nicht!« Timothy hob warnend die Hand. »Wir sollten das für uns behalten.«

»Welche Vereinbarung?« Anna stand mühsam auf. Ihre Knie waren weich, während sie Mr Lyme ansah, der bedauernd die Schultern hob.

Sie ging einen Schritt auf ihn zu. »Es hat mit dem Tod meines Vaters zu tun und damit, dass meine Mutter sich merkwürdigerweise einverstanden erklärt hat, dieses Scheusal Timothy zu heiraten, nicht wahr?«

Da ihr niemand antwortete, fuhr sie fort: »Und es hat mit dem Vermögen meiner Großeltern zu tun, das ich erben soll.«

Plötzlich ergab alles einen Sinn. Ihre Mutter hatte damals gar keine andere Wahl gehabt, als Timothy zu heiraten. Er hatte sie erpresst. Als ihr Vormund hätte er ihnen das Geld der Großeltern vorenthalten können. Sie wären vollkommen mittellos gewesen, bis Anna fünfundzwanzig Jahre alt geworden wäre. Annas Mutter, die nach dem Tod ihres Mannes jeglichen Lebenswillen verloren hatte, hatte Timothy geheiratet, damit sie und ihre Tochter versorgt waren.

»Deshalb wollte sie also nicht mit mir fliehen. Und aus

diesem Grund hat sie mich verraten. Sie hatte Angst, das Vermögen ihrer Eltern zu verlieren. Sie wollte mich schützen.« Anna wandte sich entsetzt ab.

»Anna, warte!« Lord Lubrell trat ihr in den Weg. »Es tut mir leid. Ich wusste nicht, dass du Mariannes Tochter bist.«

Anna sah ihn geringschätzig an. »Was hätte das an Ihrer damaligen Tat geändert?«

»Anna, das ist alles sehr lange her.« Lord Lubrell griff nach ihrer Hand.

Anna riss sich von ihm los. »Ich weiß, wie lange es her ist – fünfundzwanzig Jahre!« Sie stürmte an ihm vorbei zur Tür.

Anna rannte durch die Halle, durch das Treppenhaus und die Galerie. Sie nahm nichts um sich herum wahr, lief, ohne nachzudenken, zum Spiegel und drehte an dem Mauervorsprung. Erst als sie die verborgenen Räume betreten hatte, hielt sie inne.

Sie dachte an ihre Kindheit in Grünberg, an ihre Mutter, die ihr gegenüber immer zurückhaltend gewesen war. Anna hatte manchmal geglaubt, dass sie sie nicht lieben konnte. Natürlich nicht, denn durch Anna wurde sie an die Gräueltaten erinnert, die Timothy und Philip ihr angetan hatten. Sie konnte Anna nicht ansehen, ohne daran zu denken.

Ihr Vater wiederum hatte ihr unendlich viel Liebe entgegengebracht. Und ihn hatten Timothy und Philip umgebracht, um an Annas Vermögen zu gelangen.

Anna schloss die Augen. Auch wenn Lord Lubrell sich nicht selbst an ihrer Mutter vergangen hatte – war es nicht fast genauso schlimm, dabei zugesehen zu haben?

Da erschien plötzlich Sophia in der Tür vor ihr. »Ist alles in Ordnung, Anna?« Sie sah ihre Gesellschafterin besorgt an.

Anna schüttelte den Kopf, unfähig, ein Wort zu sagen, ohne in Tränen auszubrechen.

Sophia war mit wenigen Schritten bei ihr und umarmte sie. Lange standen die beiden Frauen so da, und Anna dachte angestrengt nach.

Sie würde Sophia nicht in die Anstalt gehen lassen. Denn nicht Sophia war gefährlich, sondern ihr Mann. Alle Männer waren gefährlich. Anna hatte gehofft, nicht noch einmal fliehen zu müssen. Aber es blieb ihnen keine andere Wahl.

»Eure Ladyschaft, wie viel Laudanum haben Sie noch in dem Fläschchen?« Anna löste sich aus der Umarmung ihrer Herrin und zog sie in ihr Schlafzimmer.

»Dr. Wyatt hat mir gerade eine neue Flasche hingestellt.« Sophia deutete auf die Medizin auf ihrem Nachttisch.

Anna nickte zufrieden. »Heute Abend dürfen Sie es nicht nehmen.« Sie drehte sich zu ihrer Herrin um. »Wir müssen heute Nacht fliehen. Es ist unsere einzige Möglichkeit, Ihrem Mann zu entkommen. Er will Sie in eine Irrenanstalt stecken und dann mit mir zusammenleben.«

Sophia sah sie verwirrt an. »Wohin werden wir fliehen?«

Darüber hatte Anna noch nicht nachgedacht. Sie seufzte. Es würde ihr wohl nichts anderes übrig bleiben, als wieder als Hausmädchen zu arbeiten.

»Weit weg«, antwortete sie ihrer Herrin. »Ich werde für Sie sorgen. Ich werde Geld für uns beide verdienen. Unser Leben wird bescheiden sein, aber wir haben keine andere Wahl.«

Sophia sah Anna mit ängstlichen Augen an.

»Verstehen Sie, wie wichtig es ist, dass unsere Flucht gelingt?«

Sophia nickte.

»Ich werde versuchen, den Männern nach dem Abendessen Laudanum in ihren Whisky zu träufeln. Wenn ich es schaffe, sie ins Sommerhaus zu locken, können wir sie dort schlafen lassen. Im Haus würden die Dienstboten schnell merken, dass etwas nicht in Ordnung ist. Wir brauchen Vorsprung. Von dem Laudanum werden sie einschlafen, und wir können das Haus unbemerkt verlassen.« Anna stellte das Laudanum auf den Frisiertisch. Sie würde es vor dem Abendessen in ihr Korsett stecken. »Mylady, Sie warten im Sommerhaus auf mich. Ich werde gleich ein paar Seile aus den Stallungen holen. Damit können wir die Männer an die Stühle binden. Das verschafft uns zusätzliche Zeit.«

Sophia nickte wieder. »Ja, wir fesseln sie. Dann brauchen sie länger, bis sie Hilfe holen können.«

»Sehr gut, Mylady, Sie bereiten das Sommerhaus vor, während ich mich um die vier Herren kümmere.«

Lord Lubrell betrat Sophias Schlafzimmer. »Anna, bitte …«

Anna stand aus dem Sessel auf, in dem sie gesessen hatte, und deutete auf die schlafende Sophia. Sie legte ihren Zeigefinger an die Lippen, nahm seine Hand und zog ihn hinaus.

»Anna, ich muss mit dir sprechen«, platzte es aus Lord Lubrell heraus, sobald sie die verborgenen Räume verlassen hatten. »Ich liebe dich, und ich will dich nicht verlieren. Bitte, verzeih mir.«

»Wie könnte ich Ihnen jemals verzeihen, was Sie meiner Mutter angetan haben?« Anna lehnte sich gegen den Spiegel, der den Zugang zu den verborgenen Räumen bildete.

»Es tut mir leid. Wir waren damals noch so jung. Ich hatte viel zu viel Wein getrunken.« Er streckte seine Hände nach ihr aus.

Anna ließ sich von ihm küssen, ertrug seine Umarmungen und Berührungen jedoch nur noch mit großem Widerwillen.

»Komm mit!« Er zog sie in Richtung seines Schlafzimmers.

»Nicht jetzt«, erwiderte Anna und hielt sich am Geländer der Galerie fest. »Heute Nacht …« Sie lächelte und küsste ihn noch einmal.

»Dann ist alles wieder gut?« Frederik Lubrell sah Anna zärtlich an.

Sie nickte und strich ihm über den Arm. »Es tut mir leid, wie ich Sie vor Ihren Freunden behandelt habe.«

»Nein …« Er schloss die Augen und zog sie wieder an sich. »Du hattest vollkommen recht. Es war ein Schock für dich.«

Anna schüttelte den Kopf. »Ich habe zu heftig reagiert.«

»Komm, wir müssen uns für das Dinner umziehen«, sagte er und presste seinen Körper fest an ihren, sodass ihre Krinoline eingedrückt wurde. »Aber komm vorher noch mit mir, bitte.«

»Nein«, flüsterte sie ihm ins Ohr, »heute Nacht verspreche ich Ihnen wundervolle Stunden. Aber wir dürfen Ihre Gäste nicht warten lassen.«

Anna lief in der Bibliothek auf und ab. Sie hatte Lord Lubrell versprochen, für ihn und seine Gäste zu spielen, sobald sie sich von ihren Zigarren und vom Portwein trennen konnten. Täuschte sie sich, oder dauerte es heute besonders lange, bis die Herren aus dem Esszimmer kamen? Ob bei Sophia alles in Ordnung war?

Endlich waren Stimmen zu hören. Die Tür der Bibliothek wurde geöffnet. Anna lächelte, als Lord Lubrell auf sie zukam, nach ihren Händen griff und sie ans Cembalo führte.

Ihre Finger spielten, ihre Augen beobachteten die Männer. Die Karaffe mit dem Whisky. Sie schenkten sich ein.

Timothy, Philip Lyme, Bruno Lancaster mit dem braunen Haar und Lord Lubrell.

Er durfte ihr heute nicht wie gewohnt zuhören. Sonst würde er sie durch ihre Musik entlarven.

Aber seine Freunde waren keine guten Zuhörer, und das kam Anna zugute. Sie lenkten Lord Lubrell mit Anmerkungen und Anekdoten ab. Als Anna sah, dass sie sich alle nachgeschenkt hatten, wusste sie, dass es Zeit wurde aufzuhören.

»Meine Herren, ich habe eine Überraschung vorbereitet«, sagte sie und stand auf.

Die vier Männer sahen sie neugierig an. Anna erkannte bereits die Müdigkeit in ihren Augen.

»Es tut mir leid, dass ich mich heute Mittag von meinen Gefühlen habe mitreißen lassen.« Anna ging zur Tür und bedeutete den Männern, ihr zu folgen. Hoffentlich schafften sie es ungesehen zur Verandatür. Sie öffnete die Tür zum Salon.

Ja, sie hatte alles gut geplant. Um diese Zeit saß die Dienerschaft beim Abendessen. Keiner der Angestellten war zu sehen, kein Hausmädchen huschte durch die Halle. Sie betrat den leeren Salon. Sophia hatte alles erledigt, wie sie es besprochen hatten. Vor der Verandatür lagen einige Mäntel und Petroleumlampen.

»Wenn Sie sich bitte anziehen und jeder mit einer Lampe versorgen würden.« Anna nahm ihren Umhang und eine der Lampen. Sie öffnete die Tür und trat in die kühle Nacht hinaus.

Gut, die Männer folgten ihr. Sie wirkten gespannt und gaben hin und wieder heitere Kommentare ab. Das nächtliche Abenteuer schien ihnen zu gefallen.

Anna führte die Männer im Schein der Lampen durch die Gärten und die lange Steintreppe hinauf.

Das Sommerhaus war hell erleuchtet. Es strahlte in die Nacht hinaus. Die Männer lachten vergnügt, als sie die vielen Kerzen und Stühle sahen, die Sophia in dem kleinen Haus aufgestellt hatte.

Anna betrat den Pavillon. »Nehmen Sie bitte Platz, meine Herren!«

Timothy stolperte über die Türschwelle. Philip Lyme versuchte, ihm aufzuhelfen, war jedoch selbst unsicher auf den Beinen. Nachdem die Männer auf den Stühlen saßen, trat Annas Herrin aus der hinteren Ecke des Pavillons hervor.

»Sophia?« Lord Lubrell sah sie überrascht an.

Lady Lubrell wandte sich mit leiser Stimme an Anna. »Haben sie alle von dem Whisky getrunken?«

Anna nickte und flüsterte zurück: »Ja, jetzt müssen wir nur abwarten. Sie sollten gleich eingeschlafen sein. Die Seile liegen unter den Stühlen. Damit binden wir sie fest. Wenn sie dann wach werden, brauchen sie eine Weile, um sich zu befreien.«

Sophia drehte sich zu den Männern und rief mit lauter Stimme: »Das wird nicht nötig sein. Denn in dem Fläschchen, das ich Ihnen gegeben habe, war kein Laudanum.«

»Was?« Anna sah ihre Herrin verständnislos an.

Sophias Gesichtsausdruck war kalt. »Dr. Wyatt hat mir vor ein paar Tagen ein anderes Medikament gegen meine Krämpfe gegeben – Schierling. Ich habe gehört, wie er der Krankenschwester erklärte, es sei nicht nur ein Medikament, sondern auch ein Gift. Man muss es sehr vorsichtig dosieren. Bei Krämpfen helfen ein paar wenige Tropfen, aber ein ganzer Teelöffel führt in einer halben Stunde zum Tod. Ich denke, die Herren werden jetzt schon nicht mehr laufen können.«

»Was redest du für einen Unsinn?« Lord Lubrell versuchte, von seinem Stuhl aufzustehen. Er stemmte sich mit seinen Armen hoch und sackte dann auf dem Boden zusammen. Die Beine knickten unter ihm ein. Seine Augen waren voller Angst. »Ich spüre meine Füße nicht mehr.«

In diesem Moment hörte Anna ein lautes Würgen. Timothy erbrach sich auf den Fußboden des Sommerhauses.

Anna starrte entsetzt auf die Szene. »Lady Lubrell, Sie haben mir statt des Laudanums ein Fläschchen mit Schierling gegeben? Ich habe die Männer also nicht betäubt, sondern vergiftet?«

Sophia nickte. Anna wurde schwindelig. Sie schnappte nach Luft. Sie hatte die Männer betäuben wollen, um mit Sophia zu fliehen, aber sie hatte doch niemanden töten wollen! »Warum haben Sie das getan?«

»Weil er Sie mir wegnehmen wollte und weil Sie sich nicht dagegen gewehrt haben.« Sophias Augen sprühten vor Kälte und Hass.

»Aber … ich wollte nicht bei ihm bleiben. Ich habe Ihnen doch gesagt, dass wir beide fliehen und Mainston und Ihren Mann verlassen werden.« Anna sah verzweifelt zu den Männern, die sich jetzt alle übergaben. Ihre Gesichter schimmerten vor Schweiß.

Anna überlegte panisch. Was konnte sie tun? Sollte sie ins Haus laufen und nach Dr. Wyatt schicken? Sie schüttelte verzweifelt den Kopf. Wenn sie den Männern tatsächlich Schierling in den Whisky getan hatte, gab es keine Hoffnung mehr.

»Sie wollten Frederik erst verlassen, nachdem Sie heute Mittag erfahren haben, dass er Ihre Mutter im Stich gelassen hat. Ich bin Ihnen gefolgt und habe alles von der Galerie aus gehört.« Sophias Wangen waren gerötet. »Sie waren damit einverstanden, dass ich in eine Irrenanstalt gebracht werde, damit Sie mit ihm zusammen sein können.«

Anna starrte Sophia an. Sie hatte das alles gewusst? Anna

konnte ihrer Herrin nicht widersprechen, denn sie sagte die Wahrheit. Und wozu sollte Anna ihr jetzt noch erklären, dass sie die ganze Zeit ein schlechtes Gewissen gehabt hatte, Sophia zu betrügen? Warum sollte sie ihr erklären, dass sie sich Lord Lubrell hingegeben hatte, um Sophia vor der Anstalt zu bewahren?

»Die Männer haben ihre Strafe bekommen. Sie werden in den nächsten Minuten qualvoll ersticken.« Sophia beobachtete zufrieden die sich auf den Stühlen und am Boden windenden Männer.

»Aber was haben Ihnen Mr Lyme, mein Onkel und Mr Lancaster getan?« Anna versuchte, den säuerlichen Gestank von Erbrochenem und die in ihr aufsteigende Panik zu verdrängen.

»Sie sind Männer. Sie vergehen sich an Frauen. Sie haben ihre Strafe verdient.« Sophia lachte. »Und Sie, Anna, werden für die Morde zur Verantwortung gezogen werden.«

»Aber ich dachte, es wäre Laudanum. Ich habe sie nicht töten wollen.« Anna hatte Tränen in den Augen.

Sophia nahm Annas Hand. »Nein, aber die letzten Wochen, während ich ertragen musste, dass Sie sein Bett teilten, haben mir gezeigt, dass Sie nur im Tod für immer mit mir verbunden sein werden.«

»Ich verstehe nicht, was Sie meinen.« Annas Knie wurden weich. Sie musste aus diesem Sommerhaus hinaus.

»Ich liebe Sie, Anna. Sie sind der wichtigste Mensch in meinem Leben. Ich werde nicht zulassen, dass Sie mir genommen werden. Wenn Sie wegen Mordes gehängt werden, gehören Sie für immer mir.« Sophia trat zu Anna. Ihre Krinolinen berührten sich. Lady Lubrell strich liebevoll über Annas Wange.

Plötzlich tauchten an der Treppe, die zum oberen Garten führte, Lichter auf. »Eure Lordschaft?«

»Sie haben uns gefunden.« Sophia sah Anna zufrieden an. »Gleich ist alles vorbei.«

Sackville und zwei Diener standen in der Tür zum Sommerhaus. Sie starrten auf die röchelnden Männer.

»Schnell, lauf und hole Dr. Wyatt!«, rief Sackville einem der Diener zu und stürzte zu Lord Lubrell.

»Ich fürchte, Sie werden ihm nicht mehr helfen können.« Sophia trat neben den Butler. »Miss Meier hat die Herren mit Schierling vergiftet.«

Anna sah einen Moment bestürzt auf die Männer, die unter Zuckungen, mit aufgerissenen Augen und angsterfüllten Blicken nach Luft rangen. Innerhalb weniger Minuten wurde es ruhig im Sommerhaus. Die Männer hatten, einer nach dem anderen, ihren letzten Atemzug getan.

Anna traten Tränen in die Augen. Sie musste diesen Ort des Todes und der Qual verlassen. Hastig stürzte sie aus dem Pavillon in den Garten hinaus.

»Schnell, Rupert!«, hörte sie Sackville rufen. »Sie versucht zu fliehen!«

Die beiden Diener liefen hinter Anna her, die abrupt stehen blieb. Warum sollte sie weglaufen? Sie würde dem, was sie getan hatte, nicht entkommen. Sie würde niemals vor dem Wissen fliehen können, vier Menschen getötet zu haben.

In der Musik hatte sie immer Freiheit gefunden. Und doch war es diese außergewöhnliche musikalische Liebe gewesen, die sie damals in London in Lord Lubrells Arme getrieben hatte. Es war die Musik gewesen, durch die sie später Lady Lubrell an sich gebunden hatte. Ohne die besondere Liebe zur Musik wäre sie nie nach Mainston Hall gelangt und hätte sich nicht zwischen zwei Menschen entscheiden müssen, die sie beide besitzen wollten.

Anna hätte an dem Tag, als Lord Lubrell nach Mainston

Hall zurückgekehrt war, Wales verlassen müssen. Sie hätte Sophia und ihren Herrn zurücklassen müssen. Stattdessen hatte sie geglaubt, ein Leben zwischen den beiden führen zu können.

Während sie sich von Sackville ins Haus führen ließ, erklangen irgendwo in ihrem Innern die Töne der Sonate *Pathétique*.

Kapitel 19

Nachdem Bryan das letzte Wort von Annas Geschichte aufgeschrieben hatte, lag Stille im Raum. Nina spürte Johannes' Blick auf sich ruhen. Nach einer Weile stand er auf und setzte sich ans Klavier. Sie schloss die Augen.

Als die Töne der Sonate *Pathétique* erklangen, hatte Nina das Gefühl aufzutauchen – aus einem anderen Leben und einer anderen Welt.

Bald wurden die Töne leiser. Als Nina ihre Augen wieder öffnete, hatte Johannes aufgehört zu spielen. Ninas Gesicht war nass von Tränen. Sie hatte nicht bemerkt, dass sie geweint hatte.

Nina stand auf. »Ich muss Mareike anrufen. Ich muss ihr alles erzählen.«

»Was willst du ihr erzählen?« Johannes hielt Nina am Arm zurück.

Nina sah ihm direkt in die Augen. »Von uns. Ich muss ihr sagen, dass ich einen schrecklichen Fehler begangen habe. Wenn sie danach nie wieder mit mir spricht, kann ich es verstehen. Aber sie hat das Recht zu erfahren, was wir getan haben.« Nina schüttelte Johannes' Hand ab und ging zur Tür.

»Ich bitte dich, Nina. Du bist müde. Wir alle sind müde.

Wir haben die ganze Nacht an dieser Übersetzung gesessen«, sagte Johannes und lief hinter ihr her. »Nina, ich liebe dich doch …«

Sie drehte sich um. »Das zählt nicht. Lord Lubrell und Lady Lubrell haben Anna beide geliebt. Aber diese Liebe hat sie zerstört.« Nina machte eine Pause. »Und deine Liebe zerstört mich. Ich kann nicht mehr Klavier spielen. Ich kann es nicht mehr seit dieser Nacht in Madrid.«

Wieso hatte sie sich dieser Tatsache nicht viel früher gestellt? »Johannes, ich bitte dich zu gehen. Wir beide werden niemals zusammen glücklich sein können.«

Er starrte sie einen Moment an, öffnete den Mund, um ihr zu widersprechen, doch dann nickte er.

Epilog

Stone Abbey, Cotswolds, Juni 2016

Als Nina die von dicken LKW-Reifen matschig gefahrene Auffahrt zu Stone Abbey hinaufging, hatte sie das Gefühl, nach Hause zu kommen. Sie hatte Mareike gebeten, mit ihr am Tor auszusteigen und den Rest des Weges zu Fuß zu gehen. Dabei hatte Nina nicht an die Baustelle gedacht. Nun gut, ein bisschen Matsch würde ihnen nicht schaden. Nina wollte, dass Mareike den ersten Blick auf Stone Abbey nicht aus dem Fenster eines Taxis erlebte. Sie sollte es zu Fuß entdecken, so, wie Nina es damals getan hatte. Sie freute sich sehr darauf, ihrer Freundin endlich ihr Herrenhaus zeigen zu können.

Der Taxifahrer war vorausgefahren, um die Koffer zur Eingangstür zu bringen. Nina erinnerte sich an ihren ersten Tag, als sie durch den verwilderten Park gelaufen war. Wie viel hatte sich seitdem verändert!

Sie sah zu Mareike hinüber, die mit festen Schritten neben ihr herlief. Mareike hatte ihr verziehen. Sie hatten ein wenig Zeit benötigt, um sich wieder anzunähern, aber schließlich hatte ihre Freundschaft über den Verrat gesiegt.

Gemeinsam brachten sie nun Annas Kompositionen zum Klingen. Nachdem Nina sich gegen Johannes entschieden und mit Mareike ausgesprochen hatte, konnte sie endlich wieder spielen. Zurzeit spielte sie fast ausschließlich Anna

Stones Werke und fand damit weltweit große Beachtung. Nina war in den bedeutendsten Konzerthäusern zu Gast.

Alle Einnahmen, die über das hinausgingen, was Mareike und Nina für ihren Lebensunterhalt und für die Renovierung von Stone Abbey brauchten, flossen in den Anna-Stone-Stipendien-Fonds. In zwei Jahren sollte dieses Stipendium zum ersten Mal vergeben werden. Der geförderte Künstler würde acht Wochen lang auf Stone Abbey von international anerkannten Lehrern Unterricht erhalten und am Ende einen Plattenvertrag bekommen.

»Das ist Stone Abbey«, sagte Nina und blieb stehen. Sie deutete stolz auf das eingerüstete Haus. Zwei kleine Gestalten standen oben auf dem Gerüst und strichen die Fassade.

Nina lächelte zufrieden. Bryan hatte alles bestens im Griff. Das war nicht verwunderlich, denn als Butler konnte er hervorragend organisieren. Er hatte Nina jeden Abend am Telefon von den Fortschritten der Bauarbeiten berichtet. Nina fieberte seinen Anrufen entgegen und ertappte sich immer wieder dabei, dass sie an ihn dachte. Sie hatte ihn vermisst und freute sich, ihn endlich wiederzusehen.

»Das Haus ist ja wirklich riesig!« Mareike war neben ihr stehen geblieben. »So was macht viel Arbeit.«

»Das werden wir schon schaffen«, sagte Nina und lachte. »Schließlich sind wir zu dritt. Auch wenn wir für die handwerklichen Dinge besser Profis hinzuziehen sollten.«

»Und du hast wirklich nichts dagegen, dass ich erst mal bei dir wohne?« Mareike hatte die Hände in die Hüften gestemmt. Nachdem sie im Winter aus Johannes' Haus ausgezogen war, hatten Nina und sie auf ihren Konzertreisen ausschließlich in Hotels gewohnt.

»Ich bin glücklich darüber«, sagte Nina, während sie langsam weiterging. »Das Haus ist so groß, dass wir uns tagelang aus dem Weg gehen können.«

Mareike lachte. »Ich hoffe, das wird nicht nötig sein.«

Nina ergriff Mareikes Hand. »Es tut mir leid.«

»Das weiß ich doch«, erwiderte Mareike und blieb stehen. »Ich wusste schon lange, dass Johannes nicht der richtige Mann für mich ist. Seit Jahren hat er mich mit seinen Affären gedemütigt. Aber dass er selbst vor dir nicht haltmacht, hat mir endlich die Augen geöffnet.«

Bryan trat aus der niedrigen Eingangstür und ging den beiden Frauen entgegen. »Hi, Nina! Ich habe euch schon kommen sehen.«

Ninas Herz hüpfte, Schmetterlinge flatterten in ihrem Bauch. Als sie Bryan erreichte, blieb sie stehen.

Er war auf einmal ganz nah. Seine Hand strich zärtlich über ihren Hals. Nina hielt den Atem an, als sie seine Lippen auf ihrer Haut spürte. Ein angenehmer Schauer lief über ihren Körper.

»Wir waren damals unterbrochen worden«, flüsterte er. Seine Lippen suchten ihren Weg zu Ninas Mund, sie fühlten sich warm und weich an. Seine Bartstoppeln kitzelten sie an Kinn und Wangen. Seine Hände strichen über ihren Rücken. Es war so einfach, so schön und fühlte sich genau richtig an.

Plötzlich fiel ihr Mareike wieder ein. Widerstrebend löste sie sich von ihm.

»Sie sind bestimmt Bryan.« Jetzt streckte Mareike, die sich diskret abgewandt hatte, dem Butler die Hand entgegen. »Nina hat unentwegt von Ihnen gesprochen.«

»Hat sie das?« Bryan grinste. »Kommt rein, ich habe Scones im Ofen. Und außerdem habe ich eine Überraschung vorbereitet.«

»Eine Überraschung? Klingt ja sehr aufregend.« Nina drehte sich zu Mareike um, die ihr und Bryan nun durch das Treppenhaus bis in die zweite Etage folgte. Beeindruckt stellte Nina fest, dass das Gebäude völlig verändert wirkte.

Auf den Treppenstufen lag ein neuer Teppich, das Eichenholz der alten Treppen glänzte, und die Pferdebilder strahlten wie neu.

In der obersten Etage angekommen, öffnete Bryan die Tür gegenüber der Treppe und ließ Nina und Mareike vorausgehen.

Nina erstarrte. Der Raum war genauso groß wie der darunterliegende Salon, auch wenn die Decken nicht so hoch waren. Bryan hatte das Zimmer, das mit jahrhundertealtem Trödel vollgestellt gewesen war, ausgeräumt und einen Teppich freigelegt. Wenige Stühle, Sessel und Tische standen an den Seiten.

Aber das, was Nina den Atem anhalten und sie aus unerfindlichen Gründen in Tränen ausbrechen ließ, waren die Gemälde, die an den Wänden hingen.

Nina erkannte sie sofort. Hier kamen sie noch besser zur Geltung als in den kleinen staubigen Turmzimmern in Mainston Hall. Es waren die Bilder, die Sophia von Anna gemalt hatte.

»Wie hast du …?« Nina konnte nicht weitersprechen. Sie ging auf eines der Porträts zu und streckte die Hand aus. Zärtlich fuhr sie über die dicke Schicht Ölfarbe.

»Ich habe mit Lord Lubrell verhandelt«, sagte Bryan, während er Nina ein Stofftaschentuch reichte. Und dann schmunzelte er. »Ich glaube, er war ganz froh, die Bilder loszuwerden. Er hat sich mit ihnen wohl auch von der alten Geschichte befreit.«

»Das also ist Anna Stone?« Mareike war neben die beiden getreten. Nina hatte ihr alles erzählt, daher verstand sie trotz der Ähnlichkeit sofort, dass es nicht Nina war, die man auf den Gemälden sehen konnte.

Nina nickte. Sie hatte immer noch das Gefühl, sich selbst auf den Kunstwerken zu sehen.

Sie war überglücklich. Stone Abbey würde ihr neues Zuhause werden, auch wenn sie nicht viel Zeit hier verbringen konnte. Solange sie die Möglichkeit hatte, Annas Werke zu spielen, wollte sie die auch nutzen. Selbst wenn das ein Leben in Hotels bedeutete.

Denn wenn sie am Flügel saß und sich in Annas Musik fallen ließ, vergaß sie die Menschen um sich herum und die ganze Welt. Dann sah sie Frederik Lubrell am Flügel lehnen, der sie mit halb geschlossenen Augen beobachtete, oder sie spielte verzweifelt gegen Sophias Depression an. Sie saß nicht mehr auf der Bühne, sondern in der Halle von Mainston Hall am Flügel und spürte das enge Korsett an ihrem Körper. Sie war von Traurigkeit, Liebe, Wut und Sehnsucht überwältigt, die sie mit der Musik erfüllten. Erst am Ende ihres Konzertes tauchte sie atemlos und verwirrt wieder auf aus dieser fremden und doch so vertrauten Welt. Dann sah sie Bryans freches Grinsen vor sich und freute sich auf ihre Heimkehr nach Stone Abbey. Sie war wieder Nina Altmann, doch in den Momenten am Klavier lebte Anna Stone in ihr.

Danksagung

Danke, Dario, ohne Deine unermüdliche Liebe und Unterstützung wäre all mein Schreiben nicht möglich. Es ist schön zu wissen, dass Du immer hinter mir stehst, mir hilfst und für mich da bist.

Danke, Frau Dr. Sabine Korsukéwitz, Sie haben mit Ihrer Kritik, Ihren Ideen, Verbesserungsvorschlägen und fachlichem Rat einen großen Teil dazu beigetragen, dass mein Roman ›Der Klang der verborgenen Räume‹ überhaupt entstehen konnte.

Danke, Marlies Ferber, Du hast mir als liebe und gute Freundin mit unendlich viel Zuspruch und Einfühlungsvermögen so viel Mut gemacht, hast den Entstehungsprozess des Romans und die spannende Agenten- und Verlagssuche meines Debüts begleitet. Deine Erfahrungen und Kenntnisse, an denen ich auf langen Wald- und Hundespaziergängen teilhaben durfte, haben mich inspiriert und immer wieder ermuntert. Dein Traditional English Breakfast wird weiterhin der Nährboden kreativer Ideen sein.

Danke, Martin Brödemann, Du bist nicht nur ein großartiger Pianist und Komponist, sondern auch mein kritischer Erstleser und darüber hinaus ein geduldiger Beantworter meiner hartnäckigen Fragen zum Thema Musik. Du hast mir immer ausführliche Antworten gegeben und sogar ein paar Unterrichtsstunden am Klavier. Dass es bis heute nichts mit einer Karriere als Pianistin geworden ist, liegt wohl daran, dass meine Begabungen auf einem anderen Gebiet liegen.

Danke, Anna Sigalova, für Deine Einblicke in das Leben und die emotionale Gedankenwelt einer Konzertpianistin. Dieser wunderschöne und interessante Nachmittag in Köln mit Dir wird mir immer in Erinnerung bleiben. Deine Antworten, auch rund um das Thema Ausbildung und Studium für Pianistinnen, waren für die Arbeit an meinem Roman sehr hilfreich.

Danke, Dr. Nikolaus Grünherz, dass Sie sich die Zeit genommen haben, meine Fragen zu psychischen Erkrankungen so ausführlich zu beantworten. Sie haben mir wertvolle Tipps und Denkanstöße gegeben. Sollte irgendetwas an meinen Darstellungen der Krankheiten von Sophia oder Annas Mutter Marianne medizinisch nicht korrekt sein, ist das ausschließlich meinen Interpretationen und der Fiktion geschuldet.

Danke, Dr. Harry Olechnowitz, Sie sind nicht nur mein Literaturagent, sondern haben von Anfang an auf meinen Roman gesetzt und ein Greenhorn unter Ihre erfahrenen Fittiche genommen. Sie haben mir dadurch viel Selbstvertrauen gegeben, sodass ich weitere Projekte mit der gebotenen Verve angehen kann.

Danke, Hannelore Hartmann, Sie haben beim dtv mein Manuskript unter vielen anderen herausgefischt und Ihr Vertrauen in mich gesetzt. Unabhängig vom Erfolg meines Romans haben Sie mir das Gefühl vermittelt, in eine große

Familie aufgenommen worden zu sein, in der ich mich ausgesprochen wohlfühle.

Danke, Ulrike Schuldes, Sie haben als meine Lektorin durch Ihr sensibles, kreatives, erfahrenes und damit großartiges Lektorat meinen Roman erst zum Glänzen gebracht.

Danke, Sabrina Marre, Du bist eine tolle Unterstützung, wenn es um die Gestaltung meiner Homepages geht. Du bist eine große Hilfe, indem Du mir viele bürokratische Notwendigkeiten abnimmst und auch so manche Recherche im Zusammenhang mit meinem Roman übernommen hast. Außerdem warst Du eine wertvolle Erstleserin und hast, in gewohnter Manier, so manchen Fehler gefunden.

Danke, meine lieben Schauspielkolleginnen und Kollegen Carola Schmidt, Simon Jakobi, Stefan Schroeder und Beate Wieser. Ihr wart meine Erstleser und habt mir Mut gemacht. Ohne eure kritische und positive Rückmeldung hätte ich den Schritt an die Öffentlichkeit vielleicht niemals gewagt.

Danke an das Team vom Theater an der Volme, ihr seid das beste Theater-Team der Welt. Ihr sorgt dafür, dass es im Theater und auf der Bühne rundläuft. So kann ich mich mit gutem Gewissen auf das Schreiben konzentrieren.

Danke, Tanja Diederich, meiner Jugendfreundin und selbst ernannten Paten-Cousine. Weißt Du noch, als wir beide vor langer Zeit in meinem Kinderzimmer saßen und beschlossen haben, Schriftstellerinnen zu werden? Damals hast Du meinen allerersten Romanversuch gelesen und mir gesagt: »So etwas Schönes habe ich noch nie gelesen.« Ich weiß nicht, ob Du das ernst gemeint hast, jedenfalls habe ich diese

Worte nie vergessen, und sie waren der Antrieb für mich, den Traum vom Schreiben nie loszulassen.

Danke, Mama, für Deine Liebe und unermüdliche Unterstützung auf meinem gesamten Lebensweg. Du hilfst mir immer wieder, indem Du mir Zeit schenkst, auf unsere Hunde aufpasst, uns im Theater unterstützt oder einfach zuhörst. Du spielst in meinem Leben eine große Rolle und viele verschiedene auf der Bühne.

Danke, Papa, Du hast mir auf Deine unkonventionelle Art immer vorgelebt, was es heißt, ein Künstler zu sein. Deine Ausdrucksformen waren Metall, Eisen, Leinwand und Farben. Ich wünschte von Herzen, Du hättest meinen Roman noch lesen können. Er hätte Dir gefallen, glaube ich. Ein Teil von Dir lebt in mir weiter.

Und das größte Dankeschön geht an meine geliebten Hunde Poirot, Hastings, Barnaby und Miss Marple sowie unsere Pflegehündin Velvet. Eure bedingungslose Liebe lässt mich jeden Tag vor Glück strahlen und alle Schwierigkeiten meistern.

Zum Schluss danke ich allen, die ich vielleicht vergessen habe, die aber ein Dankeschön verdienen.